A E
& I

Hombres desnudos

Autores Españoles e Iberoamericanos

Esta novela obtuvo el Premio Planeta 2015,
concedido por el siguiente jurado: Alberto Blecua,
Fernando Delgado, Juan Eslava Galán, Pere Gimferrer,
Carmen Posadas, Rosa Regàs y Emili Rosales.

Alicia Giménez Bartlett

Hombres desnudos

Premio Planeta
2015

Giménez Bartlett,
Alicia

10/14
LAD 5/14

Obra editada en colaboración con Editorial Planeta – España

Diseño de la colección: © Compañía

© 2015, Alicia Giménez Bartlett
© 2015, Editorial Planeta, S.A. – Barcelona, España

Derechos reservados

© 2015, Editorial Planeta Mexicana, S.A. de C.V.
Bajo el sello editorial PLANETA M.R.
Avenida Presidente Masarik núm. 111, Piso 2
Colonia Polanco V Sección
Deleg. Miguel Hidalgo
C.P. 11560, México, D.F.
www.planetadelibros.com.mx

Primera edición impresa en España: noviembre de 2015
ISBN: 978-84-08-14787-9

Primera edición impresa en México: noviembre de 2015
ISBN: 978-607-07-3247-8

Impreso en los talleres de EDAMSA Impresiones, S.A. de C.V.
Av. Hidalgo núm. 111, Col. Fracc. San Nicolás Tolentino, México, D.F.
Impreso en México – *Printed in Mexico*

Me importa muy poco, ya no lo quiero. En estos momentos incluso me asalta la duda de si alguna vez estuve enamorada de él. Quince años de matrimonio, eso es lo malo: la sensación de tiempo perdido; aunque ¿qué hubiera hecho durante esos quince años de no haber estado casada con él? No lo sé; nadie está capacitado para adivinar el pasado, pero mucho menos para conjeturar cómo hubiera sido el pasado en caso de variar algunos de los componentes de nuestra vida. Debo de ser una mujer extraña; en vez de estar llorando a lágrima viva, mi sentimiento más intenso es la curiosidad. Quizá solo pretendo ser diferente para no engrosar una nómina muy común: la de esposa abandonada. El asunto admite pocas interpretaciones: me han abandonado. Mi marido me ha dejado por otra más joven, más guapa, más alegre y optimista que yo. Al parecer es una chica sin problemas, fresca y lozana como una flor. Traductora simultánea en congresos. Rubia, sin un céntimo. Probablemente inexperta en amores, debido a su juventud.

La escena final fue muy intensa, como sacada de un

culebrón barato. Yo estaba casi segura de que él tenía un lío, y cuando me dijo, muy serio, que debíamos hablar, ya me imaginé cuál sería el tema. Sin embargo, nunca hubiera podido esperar aquella confesión tan típica, con un guion tan articulado, tan de hombre maduro en crisis amorosa. Debió de estudiarla en un manual: *Cómo despedirte de tu legítima mujer.* Perdí un poco los nervios, pero no me arrepiento. Me he pasado la vida ejerciendo el autocontrol. Creo que ni siquiera cuando me trajeron al mundo lloré. En la maternidad del hospital estaban encantados conmigo: «¡Qué niña tan buena, qué formal será!». Lo cierto era que no tenía motivos para llorar: mi familia era rica y yo, la primera hija de una pareja ideal. Él, brillante. Ella, hermosa. No podía saber entonces que mi hermosa madre moriría poco tiempo después, de un cáncer fulminante. Pero me quedaba papá. Papá trabajaba mucho en su empresa, aunque siempre se ocupaba muy bien de mí: cariñoso, complaciente, daba órdenes taxativas a mis cuidadoras y les pedía cuentas cuando regresaba al hogar. Yo no cogía rabietas ni era presa de ataques de mal humor. Papá llegaba cansado después de todo un día de tensiones y yo no quería hacer nada que le contrariara, que lo llevara a lamentar volver a casa conmigo, tan contentos y tan unidos los dos. No quería que al día siguiente se quedara trabajando hasta más tarde y yo no pudiera abrazarlo por estar ya en la cama. Papá siempre olía bien, a colonia con extracto de madera de sándalo. David nunca olió así. A veces olía a sudor reconcentrado de despacho, como los ejecutivos de medio pelo al término de la jornada laboral. Hubiera sido siempre un muerto de hambre de no ser por papá, por la empresa, por mí.

—He estado pensándolo mucho, Irene. Hace tiempo que las cosas no van bien entre nosotros. Vivimos juntos, somos civilizados y nos ayudamos el uno al otro si surge algún problema; eso es verdad, pero no es suficiente. El matrimonio exige o debería exigir algo más. Ya no sentimos ese cariño mutuo que hace de la vida algo trascendente. No hacemos el amor. Tengo cuarenta y seis años, soy joven aún, necesito otra vida. Damos la cara en público, pero entre nosotros ya no hay nada. ¿Qué futuro me espera si seguimos juntos? El trabajo no lo es todo para mí. Siento dolor y nostalgia cuando veo parejas que se besan en la calle, cuando alguien me cuenta que está enamorado, cuando observo cómo la gente se ama con pasión. Pero no te voy a engañar; es posible que si no hubiera aparecido esta mujer, tú y yo habríamos seguido, tal y como estamos, hasta el final. Pero los hechos son los hechos y he conocido a esa mujer.

¡Los hechos son los hechos! ¡Qué hijo de puta! Ha conocido a una mujer. ¿Cómo se atreve siquiera a mencionarla delante de mí? Lo hubiera abofeteado en ese mismo momento, como se hacía en otros tiempos con un criado que se había pasado de la raya, que te había ofendido, que te había robado un objeto de valor. ¡Es joven aún, pobre idiota, debe de sentirse un verdadero galán!

—Se llama Marta. Es traductora simultánea de inglés. Trabaja en una empresa. Nunca ha estado casada. No quiero tener una relación paralela con ella estando contigo. Me he enamorado, Irene; por muy duro que suene, así es. Debemos ser maduros y afrontar la realidad. Nuestro matrimonio llevaba años roto. Siento una pena enorme al decirte estas cosas, pero es imprescindible ser sincero. Quizá si hubiéramos tenido hijos nuestra evolución habría sido diferente, pero resulta inútil lamentarse. Fuimos felices en su día y eso es lo que cuenta. Tú también eres joven, tienes la empresa, y si lo desearas podrías rehacer tu vida sentimental. Sé que te inclinarás por lo más sensato, como siempre. Eres una mujer equilibrada y prudente.

Lo habría insultado utilizando expresiones del lenguaje más grosero, más soez; pero estaba demasiado estupefacta como para reaccionar. ¡Si hubiéramos tenido hijos! Algo que jamás me había reprochado hasta el momento. Hijos, ¿qué hijos? ¡Cuánto me alegro ahora de que los posibles hijos no llegaran! Mi intuición siempre me dictó que no tuviera hijos con ningún hombre, ni con él ni con nadie. No había hombres como papá. Cuando murió me di cuenta enseguida de que era el último hombre de verdad que pasaría por mi vida. Dice que sigo teniendo la empresa, y es cierto, empresa que siempre he impulsado hacia delante, aunque me vienen tentaciones de pensar que David me abandona por la recesión mundial. Soy otra víctima de la crisis. Él está convencido de que me voy a ir al traste. Prefiere saltar del barco antes del hundimiento. Muy bien, no es novedad. Nunca creí que se casara conmigo por amor. Era un pobre desgraciado cuando lo conocí, un abogadillo sin futuro, un buscavidas que encontró el cielo abierto conmigo. Ha prosperado trabajando en mi empresa, gracias a papá, gracias a mí. No lo hizo mal, pero cualquiera en su caso lo hubiera hecho de modo parecido, quizá mejor. A ver cómo se las compone a partir de ahora en su nueva vida de hombre joven aún. «Eres una mujer equilibrada y prudente», me ha dicho. No conoce la dignidad. ¿Quién le ha dado permiso para soltarme toda esa retahíla de vulgaridades? ¡El amor, qué importante, un

8

elemento capital! «Puedes rehacer tu vida sentimental.» ¡Qué basura! ¿Desde cuándo habla así, como en una película de serie B, como en un maldito folletín del siglo pasado? Lo que yo haga o deje de hacer con mi vida sentimental no es asunto de su competencia. No le dije nada de eso. En aquellos instantes me resultaba difícil hablar con él, era un desconocido. ¿Quince años? Parece evidente que en quince años no se conoce a una persona. Como si nos hubieran presentado anteayer. Cuando él acabó de hablar, creo que esbocé una sonrisita irónica, y luego le espeté en tono tranquilo:

—Por supuesto, quedas despedido de la empresa. Buscaremos otro abogado, no será difícil. En cuanto a las acciones que te corresponden, te haré una oferta razonable por si quieres venderlas.

Hice una pausa que él aprovechó para murmurar un comentario sobre la frialdad de mi reacción, tan típicamente mía por otra parte.

—En cuanto a la casa, tienes una semana para sacar tus cosas de aquí. Ven a recogerlas cualquier mañana, yo no estaré.

Continuó con los comentarios. Esperaba mis palabras, sabía que yo iba a actuar así. No era más que un pedazo de hielo, una mujer sin corazón. Le pedí que se largara. Una semana para recoger sus cosas me parecía un plazo más que generoso.

—No me olvido de que la mitad de la casa es tuya —añadí—. Cuando el negocio vuelva a ir mejor, haremos un contrato de compraventa. De momento, yo me quedo donde estoy.

Esta vez no replicó. Enfiló la puerta con aire muy digno y se fue. La verdad es que no le había dicho gran cosa, pero ¿para qué iba a hablar más? Él ya había agotado las fórmulas melodramáticas. Ni se me hubiera ocurrido abundar en aquel terreno de tópicos malolientes. Tengo que seguir viviendo conmigo misma, y me hubiera perdido el respeto de haberme puesto a su altura. No quería verlo de nuevo. Tiré a la papelera, rota en mil pedazos, una nota que me envió días después, remachando su idea:

«Compréndeme, Irene. No podría volver a mirarme en el espejo nunca más de no haber tomado esta decisión».

De acuerdo, David, mírate ahora el resto de tu vida en ese espejo maravilloso. Espero que te guste lo que ves. No hay nada que comprender. Ni se me pasó por la cabeza contestarle la nota, claro está.

～～

Se duermen. Lo que les cuento les aburre tanto que se duermen. Veo cómo se les velan los ojos, cómo su mente flota en dirección a lugares desconocidos para mí. San Juan de la Cruz, santa Teresa de Jesús, la mística española. No me extraña que se aburran. ¿Qué tienen que ver sus vidas con las visiones teresianas, con la fundación de conventos? Nada. Internet. Twitter. Facebook. ¿Qué ejemplos puedo ponerles para que al menos tengan una vaga idea de lo que estoy diciendo? No se me ocurren, probablemente no existen. A la postre se quedan con la pura anécdota: santa Teresa levitaba al rezar, se elevaba en el aire cargado de incienso, se le aparecían ángeles con espadas flamígeras que le traspasaban el corazón. Ni siquiera esas imágenes básicas las acercan al contexto real del sentimiento místico. Mis alumnas trasladan cualquier mística a sus submundos de fantasía a la moda: piensan en una santa Teresa con poderes extrasensoriales, casi embarcada a bordo de una nave espacial. Se representan a los ángeles como esos vampiros bellos y adolescentes que protagonizan películas de éxito. Si intento decirles que un rapto místico es como una concentración extrema de la mente que acaba produciendo la abducción de los sentidos, les suena a chino. No creo que ninguna de ellas, ninguna, se haya concentrado ni cinco minutos seguidos en toda su vida. Les resulta muy difícil centrar la atención en algo. Lo suyo es la dispersión, poder conectarse con diez personas a la vez aunque no tengan nada que decirse. ¿El éxtasis místico?: no sabe, no contesta. Lo de *éxtasis* les suena a una droga que no deben tomar, porque estamos en un colegio religioso y ese tipo de prohibiciones las tienen muy interiorizadas. Es el término *místico* lo que intento inútilmente explicar.

La literatura clásica ha dejado de interesarles tal y como se enseña. Para ellas el pasado no existe, solo reciben algún atisbo gracias a imágenes cinematográficas, televisivas, pero piensan que eso no tiene nada que ver con su mundo. Las comedias de Lope no les parecen ingeniosas, ni divertido el *Buscón*, ni interesante Jorge Manrique. No ven ningún sentimiento trágico de la vida en Unamuno y tampoco la sonoridad cadenciosa de los poemas de Machado se acopla a su oído. «Mil veces ciento, cien mil. Mil veces mil, un millón.» No sienten su belleza melancólica.

A veces lo comento con mis compañeros en la sala de profesores, pero sus opiniones no me sirven. Sueltan letanías que ya he oído muchas veces. Los más radicales se cargan de un plumazo a toda una generación: «Solo piensan en frivolidades. Lo tienen todo. Sus padres no les han enseñado el valor de las cosas». Los conformistas buscan consuelos genéricos: «Hay que tener paciencia. Sin darnos cuenta, les vamos inculcando el gusto por el saber, y va quedando un poso que se conserva al cabo del tiempo». Suelo proponer soluciones más drásticas: cambiar los programas o, mucho mejor, que los programas no existan. Buscar obras que se adapten a la nueva sensibilidad de estas chicas, independientemente de que los escritores pertenezcan a una u otra corriente, época o país. Siempre me ponen verde, como si yo fuera un revolucionario que pretendiera acabar con el sagrado orden natural del conocimiento. En el fondo solo pretenden mantener sus puestos de trabajo, el sueldo a fin de mes, una mínima seguridad.

Yo hubiera debido hacer lo mismo, sobre todo viendo lo que sucedió después, aquel final de curso, justo antes de acabar las clases. La directora del centro me llamó a su despacho.

—¿Sabes para qué te he llamado, Javier?

—No sé, madre, por algo de las clases, supongo.

—Es algo de las clases, y no bueno. Estamos contentos contigo. Las alumnas te aprecian, has llevado bien el temario y nadie duda de tu profesionalidad. Pero ya ves cómo está la situación de este país. Somos un colegio concertado y dependemos en gran parte de las subvenciones del ministerio. Los recortes presupuestarios nos afectan como a los demás. Al final, todo queda justo y contado para que llevemos adelante nuestro proyecto educativo. El caso es que nos vemos obligados a suprimir las clases de refuerzo, exceptuando las de Matemáticas.

Cuando iniciamos la experiencia novedosa de las clases de Literatura de refuerzo, los tiempos eran otros; pero espero que lo comprendas, ahora resultan un lujo difícil de mantener. Sin embargo, te queda todo el verano para buscar otro empleo. Te indemnizaremos según marca la ley, por supuesto. No será mucho, como solo has trabajado a tiempo parcial... ¿Tu familia puede ayudarte?

—Mis padres se mataron hace años en un accidente de coche.

—¡Dios santo, qué tragedia! ¿Te dejaron algo con lo que puedas contar ahora?

—Eran trabajadores; lo poco que dejaron ya se esfumó.

—¿Tienes hermanos?

—Una hermana mayor que trabaja fuera. Está casada, lleva su vida, casi nunca nos vemos. Pero vivo con mi novia, que tiene trabajo.

—Mi consejo es que te pongas enseguida a preparar oposiciones para la enseñanza pública. Es la mejor solución.

—Casi no hay convocatorias, usted lo sabe.

—Dios te ayudará, Javier, porque eres un buen chico. De todas maneras, hablaré con administración para que te paguen el verano completo. Es lo máximo que podemos hacer.

—Gracias, madre.

Debo de ser imbécil, acabé dándole las gracias. Tampoco iba a servirme de mucho montarle un follón. Me aconseja que haga oposiciones, como si yo no lo hubiera pensado, pero siempre me desanimó tener que demostrar que soy bueno, competir con los demás. Además, ponerse a estudiar requiere dedicarse a ello al cien por cien, y yo tengo que ingresar dinero cada mes. Mi padre me decía que me hiciera abogado. Él era albañil, y convertirse en abogado le parecía el culmen del éxito social. Una extraña fijación, podría habérsele antojado que cursara Arquitectura, Medicina, pero las leyes eran para él el colmo de los colmos. Mi madre, más romántica, solo deseaba que yo fuera feliz en cualquier futuro que escogiera. El coche en el que ambos viajaban se salió de la autopista en un tramo sin curvas. No llovía ni había niebla. Casi con toda seguridad mi padre se adormiló. Se dirigían a un apartamento que habían alquilado en la costa para pasar unos días de vacaciones. Una historia triste y vulgar, como tantas. Mi hermana lloró mucho, pero en cuanto salió del tanatorio regresó con los suyos, y es verdad que casi no he vuelto a verla más. La única familia que me quedó fue mi abuela, y no dejé de visitarla nunca una vez a la semana, hasta que el año pasado murió de un infarto repentino. Fue con mi abuela con quien comenzó esta pesadilla. La vida es imprevisible, la vida es una mierda después de todo.

Para la directora del colegio, su proyecto educativo es prioritario. Solo le importa que sigan aprendiendo los niños ricos. Eso hubiera debido decírselo en el momento de mi despido, pero no se me ocurrió. Ni eso ni ninguna otra cosa que sonara reivindicativa. Mi padre quería que fuera abogado, pero no lo habría hecho bien. Nunca se me ocurren réplicas ni frases brillantes, no soy peleón. Tampoco ser abogado me hubiera garantizado un buen puesto de trabajo en los tiempos que corren. Sandra es economista y está empleada como administrativa.

Aquella noche la esperaba en casa, como siempre. Llegó muerta de cansancio, como siempre también. Me besó en la boca. Se sorprendió de que a aquella hora y en aquella época del año no estuviera corrigiendo ejercicios de mis alumnas. Le pedí que se sentara y le conté la conversación con la directora del colegio. Lo primero que hizo fue echarse a llorar.

—¡Las cosas nos iban demasiado bien! —dijo—. Yo tengo trabajo y tú te sacabas un dinero aunque fuera a tiempo parcial. Ya me dirás qué vamos a hacer ahora.

Luego se enjugó las lágrimas y se puso furiosa.

—¡Malditas monjas! A la mínima echan a la gente a la calle. ¿No se les ha ocurrido que podrían repartir los sueldos y no suprimir ninguna clase? Mucha historia con educar a las generaciones futuras y luego se portan como auténticas ratas.

Al final se apaciguó y se volvió razonable, incluso animosa.

—No te preocupes, Javier, no pongas esa cara. Nos arreglaremos. Me he indignado porque me dan mucha rabia todas las cosas que van sucediendo con total impunidad. Parece que todo esté permitido. Es injusto. Tú siempre te has tomado a esas chicas muy en serio, querías que aprendieran, que leyeran, que comprendieran la literatura. Pero nos arreglaremos. De momento, te dan un dinero. Luego tienes dos años de cobrar el desempleo. Será muy poquito, pero algo es. Yo sigo ingresando mi sueldo, que nos da para vivir. En dos años, muy mal tendrían que ir las cosas para que no encontraras otro empleo. No te digo que vaya a ser de profesor de Literatura, mírame a mí, pero algo encontrarás. Que no cunda el pánico. Todo cambiará.

Así acabó aquel día aciago. Es verdad que todo cambió. Fue el comienzo de una nueva época para mí.

Ni siquiera sé por qué estoy aquí. Soy un maldito sentimental, o como decía mi abuela, que tanto me quería, soy «un chico con mucha sensibilidad». Solo un año la ha sobrevivido su amiga del alma. Unas vecinas me han comunicado su muerte. Encontraron mi número de móvil en la lista mugrienta que la anciana conservaba sobre el aparador. He venido sin dudarlo, aun sabiendo que se trata de un homenaje absurdo. He sentido pena por aquella pobre mujer. Mi abuela y ella se hacían mutua compañía, se ayudaban en lo que podían, charlaban a diario. Ambas habían sido tocadas por el rayo de la desgracia. En el caso de mi abuela, una hija y su marido muertos en accidente de tráfico. Los traumas de la señora Juana eran más complicados, menos exhibibles, incluso claramente vergonzantes: un hijo muerto por sobredosis y su mujer en la cárcel, nunca supe el motivo. Sin embargo, las dos desgracias eran de tal envergadura que cayeron sobre ellas como una maldición y las singularizaron frente a la comunidad, confiriéndoles un estatus superior. El resto de las viejas que vivían solas en el barrio solo podían presentar quejas vitales que entraban dentro de lo habitual: la soledad, los achaques, el deterioro progresivo, la escasez de dinero, los recuerdos de cuando todo iba mejor. Mi abuela y la señora Juana no, ellas contaban con una enorme reserva de desgracia que pesaba como un petate militar. Además de los inconvenientes de la edad, a los que debían hacer frente como todo el mundo, ambas cargaban con el fardo terrible de dos hijos muertos en la flor de la vida, y ninguno de los dos de muerte natural. Aquello las dignificaba ante los ojos ajenos, encaramándolas a la aristocracia del dolor y la vejez. Semejante distinción las hacía acreedoras de muchas atenciones por parte de los vecinos: les compraban el pan y la fruta, iban al consultorio de la Seguridad Social para renovarles las recetas de medicamentos y habían hecho la promesa formal de avisar a sus nietos si algo sucedía. A mí, en el caso de mi abuela, a Iván, en el de la señora Juana.

De los dos, yo era el nieto bueno. La visitaba cada domingo, sin fallar jamás. Llegaba sobre las cinco y me largaba a las siete. La abuela me daba de merendar, como a un niño pequeño. Siempre lo mismo: galletas de chocolate compradas en el supermercado y Coca-Cola en envase de litro, algo desvaída porque ella ya había empezado la botella. A menudo no me apetecía en absoluto ir a verla, pero iba igual. Sandra me miraba con cara de no entender: «Desde luego, Javier, ¡tienes una moral!». Es cierto que tenía mucha moral, porque lo procedente era quedarse el domingo en casa, leyendo tranquilamente, sin dejarse machacar por ninguna obligación moral. Supongo que la pérdida de mis padres me llevó a experimentar carencias familiares, y aquella mujer vieja era mi única familia, aparte de mi hermana, que tiene la suya propia y nunca se deja ver.

De vez en cuando se sumaba la señora Juana a aquel festejo dominical de galletas y Coca-Cola. Por eso sabía yo que su nieto se llamaba Iván y que era el nieto malo de la reunión. Nunca iba a verla. A lo sumo se presentaba en casa de su abuela la noche de Navidad, a horas intempestivas, cuando la pobre señora Juana ya había acabado de cenar, preguntándole si no iba a invitarlo ni a una miserable copa de celebración. «Solo viene para enredar», decía ella. Yo lo había visto en una ocasión, y lo recordaba difusamente: un tipo de mi edad, con pinta de chulo de barrio, delgado, fibroso, un arete en el lóbulo de la oreja y el pelo muy rapado.

Y allí estaba yo, en aquel tanatorio medio vacío, participando en los ritos funerarios de la señora Juana: un cubículo pequeño, con su ataúd tapado y un montón de coronas de flores a los pies. Las vecinas me contaron que la difunta pagaba un seguro mensual para tener un entierro digno y un nicho en el cementerio, nada de cremación. Supongo que la opinión de las vecinas también me influyó para asistir. Ya que era «el nieto bueno», poco costaba conservar aquella reputación hasta el final. Y el final de mi abuela era aquel. Tras la muerte de su amiga, todo vestigio de su existencia se extinguiría por siempre jamás. Pero estaba deseando marcharme, todo era cutre a morir: las palabras rutinarias del cura, con las imprescindibles alusiones a la despreciable vida terrenal, a la deseable vida eterna. Las flores pagadas por la muerta, la ausencia de dolor real en todos los que allí estábamos... En la primera fila veía la espalda de un tipo que debía de ser Iván. Justamente él complicó mi huida cuando había concluido la ceremonia. Se acercó a mí, me tendió la mano.

—¿Qué tal, Javier? ¡Qué detallazo que hayas venido! Te lo agradezco de verdad, tío. Mi abuela siempre me hablaba de ti. Decía que tú sí eras un nieto como es debido. Me contó que eres profesor. Oye, mira, no sé cómo decirlo; pero es que ahora, después de este coñazo de cura, hay que ir al cementerio para el entierro, como mi abuela no quería que la quemaran ni de coña... Todas esas brujas de las vecinas no van a venir, claro. Así que me voy a quedar solo con el cura, ese cabrón. ¿Tú no podrías seguir enrollándote bien un poco más y acompañarme? Es que si me quedo con el cura delante sin nadie más, es capaz de pegarme una bronca o algo así.

Hubiera debido negarme, pero mi mente se resiste a decir *no*. Si alguna vez he tenido que hacerlo, paso un rato fatal. Además me hizo gracia la ocurrencia de aquel tal Iván: que el cura le pegara una filípica por haber sido malo era una idea descabellada, una locura en el fondo divertida. Así que fui con él. A la salida del camposanto, agradecido y feliz por que el cura no le hubiera reñido, se empeñó en invitarme a beber algo en un bar. Accedí a eso también; al fin y al cabo, ahora era un desempleado que no tenía nada mejor que hacer.

—¿Tu madre no ha podido venir al entierro, Iván? —intenté sonsacarlo.

—Mi madre está enferma.

Este lo sabe, joder, sabe que mi madre está en el trullo. La abuela debió de ponerle la cabeza como un bombo a la suya. Lo que no sabe es que ya casi ha cumplido la condena y la dejan salir. Está en el psiquiátrico de la prisión, pero de vez en cuando la dejan salir. No me ha dado la gana de decirle que viniera al entierro de su suegra. ¿Para qué? Hubiera tenido que ir a buscarla yo. Al principio iba alguna vez. Me llamaban de la trena para que fuera, los servicios sociales o algo así. La esperaba a la salida y era igualito que en las pelis: ella pasándome su petate y yo abriendo el capó. Estaba hecha una mierda: con unas bolsas debajo de los ojos que daban grima. El último día que fui llevaba una blusa de manga corta y se la veía tan flaca que parecía que le habían metido los brazos en el cocido y se los habían sacado cuando ya no quedaba sustancia. Total, que no volví. Desde que cumplí los quince años la he visto muy poco. Me busqué la vida yo solo, joder. Estaba hasta la polla de sus problemas con las drogas. Y a mi padre lo vi menos aún. ¡Qué familia, joder! ¡La Sagrada Familia! Tendrían que hacerles una iglesia tan grande como la de Gaudí. Aquí este Javier igual se cree que yo también ando en el mundo de las drogas. A la que pueda le digo que ni hablar. La verdad es que, siempre oyendo que él era un nieto tan bueno, había pensado que sería un gilipollas; pero parece un buen tío. Que se portara bien con su abuela no quiere decir que sea por narices un gilí. Yo a veces también pensaba que tenía que ir a verla, a la pobre; pero luego llegaba el momento y me entraba una pereza de cojones. Ya sabía lo que iba a pasar y lo que me iba a decir: «¿Comes bien, te vas a la cama a tus horas, andas metido en algo malo?». Y siempre insinuando que la culpa de toda la movida la tenía mi madre. Su hijito no, su hijito cascó por sobredosis de puta casualidad. Dios se lo llevó con Él de tan bueno que era. La borde era mi madre, la drogota, que cazó a mi padre y lo llevó por el mal camino. ¡Anda y que te follen, abuela! Si te has muerto creyendo eso, bien engañada te has ido.

—Tú eres profesor, ¿verdad? Profesor en un colegio de monjas.

—Soy profesor, sí.

¡Menudo elemento, este Iván! A saber qué acudirá a su mente cuando dice «profesor». Debe de ser de los que ven series americanas en la tele. Por la cara tan formal que ha puesto sin duda me imagina con el birrete colocado, el día de la graduación. Aunque ha tenido que estar escolarizado. Quizá era de los violentos que amenazaban al profe de Matemáticas, que pinchaban las ruedas al coche del director. Me mira con cara de alucinado. Tiene los ojos vivos y potentes. Parece un tipo listo después de todo. ¿A qué se dedicará? Puede ser cualquier cosa: monitor de gimnasio, mecánico de coches. No creo que sea vendedor. Tiene porte orgulloso, aspecto de no querer convencer de nada a nadie, de no aceptar por las buenas a quien tiene delante. Haga lo que haga, lo suyo es un papelón existencial: padre muerto por sobredosis, madre en la cárcel. ¿Se sentirá un hombre atormentado? Quizá nunca echa la vista atrás. Ahora voy a tener que decirle que me he quedado en paro. Será la segunda vez que se lo cuente a alguien. La primera fue a Sandra. ¿Me molesta confesarlo? Creo que sí. Antes, cuando no había crisis y todo el mundo tenía trabajo, quedarse parado se tomaba como un incidente sin demasiada importancia. Uno se ponía a pensar en qué haría a continuación: buscar otro empleo, ampliar los estudios, cambiar de actividad. Ahora no, ahora todos sabemos que si pierdes tu trabajo pasas a formar parte de un club del que no se sale con facilidad. Es como declarar que padeces una enfermedad incurable. Es como reconocer que eres otro de los imbéciles que no han sabido superar los malos tiempos, esos de los que solo salen indemnes los más fuertes, los más listos, los mejores. Pero a Iván no voy a decirle nada de eso, porque dejará de verme como a un honorable profesor, comprenderá que ando montado en la misma realidad que él. He decidido que Iván me cae bien. Es divertido oírlo hablar.

—¿Te han echado las monjas? ¡Joder, tío, vaya tela!

¡Un profesor y lo echan! ¡A la puta calle! ¿Cómo van a respetar los chavales a sus maestros si ven que pueden largarlos sin más? Pero ahora es que están echando a todo el mundo: médicos, abogados…, ya no sirve de nada tener estudios. A este van y lo ponen de patas en la calle las monjas. ¡Ya decía yo que este tío me cae bien! Y es que no trago a monjas ni a curas. Al principio no conocía a ninguno, porque en mi casa no iban a misa ni nada de eso. Pero cuando mi madre ya andaba enganchada a las drogas, le dijeron que fuera a la parroquia porque había un cura joven que era muy enrollado y la podía ayudar. Yo aún era pequeño, pero a veces me tocaba acompañarla, otras veces iba mi padre también. Era para que, estando con toda la familia, se desenganchara más fácil y empezara a llevar una vida normal. Creo que mi padre dejó de ir enseguida, pero yo seguí, y me daba una vergüenza del carajo estar allí diciendo chorradas con otros críos, sabiendo que todos estaban por lo mismo que yo. El cura enrollado me miraba como si le diera mucha pena, como si fuera un corderito al que llevaran al matadero: «¡Pobrecito nene, que su mamá es drogota! Gracias a Dios que ha pedido ayuda a Dios y ha venido a la casa de Dios y aquí todo dios va a estar de puta madre!». Menos mal que mi madre se había apuntado a aquella vaina solo con la idea de sacarle al enrollado los cuartos. Y algo le sacó, lo justo para comprar farlopa dos meses más. Después no volvió. Pero yo a los curas ya los tenía retratados, y ahora este Javier me cuenta lo de las monjas, que deben de ser igual pero en tías, o sea, peor. Este chaval es un buen tío. Voy a ver si puedo echarle una mano, joder, aunque solo sea por los coñazos que le haya aguantado a mi abuela alguna que otra vez: «¿Comes bien, duermes bien, andas metido en algo malo?». Yo a este tío lo ayudo. Me cae bien.

—Oye, Javier, tío, ¿por qué no me pasas tu número de móvil? ¿Tienes WhatsApp, estás en Facebook? De vez en cuando podemos darnos un toque y tomar una birra, ¿no? ¿Qué haces? Guarda tu dinero, tío. Te invito yo. ¡Solo faltaría eso, joder!

<hr />

Ya se ha enterado todo el mundo de que me separo, y todo el mundo sabe por qué. No he comentado nada salvo a mis amigos más cercanos, pero da igual, la gente está informada. Voy a la empresa a trabajar y me miran de un modo extraño. Se sienten violentos delante de mí. Algunos se ven obligados a hacer un comentario. Si David no hubiera sido el abogado de la empresa guardarían silencio, fingirían. Pero así resulta demasiado obvio, y los que tratan conmigo diariamente creen que están en la obligación de soltarme alguna frase de condolencia. Es divertido, porque no encuentran la manera de hacerlo, ni por dónde empezar. He pensado incluso en redactar una nota como hacen los famosos en sus blogs: «Por diferencias irreconciliables y después de muchos años de felicidad y fructífera convivencia, no tengo más remedio que anunciar el final de nuestro matrimonio. A pesar de ello, seguiremos siendo amigos». Luego desestimé la idea porque no soy famosa, y por tanto, no tengo que dar explicaciones a nadie. No me importa lo que piensen. He llamado a mi despacho al encargado de personal y le he anunciado que David causa baja en la empresa. Su cara traslucía la lucha entre la discreción y la curiosidad. «Voluntariamente», he añadido. El hijo de puta de Javier me ha puesto en una situación difícil. Estaría muy bien contarles a todos que me deja por otra; pero ¿cómo hacerlo?, ¿en plan doliente y victimista, llena de ira, intentando ser graciosa, irónica y comprensiva: «Ya se sabe que a cierta edad los hombres necesitan que una chica joven les diga lo maravillosos que son»? Ninguna de esas fórmulas me gusta, aunque quedarse callada puede ser peor. No quiero que nadie crea que mi dolor es tan grande que intento ocultar lo ocurrido.

La reacción de las parejas de amigos con las que salíamos habitualmente ha sido cautelosa. Hemos visto separarse a muchos durante los últimos años. ¿Qué hacíamos entonces los que permanecíamos unidos? Hago memoria y lo que recuerdo es una única y reiterada obra teatral. Lo de menos eran las circunstancias de la pareja en cuestión, la representación se repetía siempre igual: primero, solidaridad con el más afrentado o débil, si lo había. Después, demostración de equidad: «No tomaré partido por ninguno de los dos». En tercer lugar nos relajábamos y empezaba un cotilleo sin fin sobre los recién separados. Que los demás se separasen te hacía sentirte bien muy en el fondo. Los que continuábamos casados reforzábamos nuestros vínculos con el mundo de la gente feliz. Siempre había bromas: «No creáis, cualquier día envío a este señor/señora a hacer puñetas. ¡Hasta la coronilla me tiene!». Empujoncitos en el hombro, besos robados, protestas, risas. Todos estábamos orgullosos de seguir en la brecha. Que nuestros matrimonios duraran mientras otros se rompían no solo denotaba amor conyugal a prueba de desgaste, sino también estabilidad emocional, madurez, inteligencia, responsabilidad.

No recuerdo bien sobre qué versaban los cotilleos, pero eran parecidos de una separación a otra. Cuando intervenían «terceras personas», como en mi caso, los comentarios eran más divertidos; pero había un muestrario para cada ocasión: uniones demasiado largas que provenían de un casamiento con el primer novio/novia, problemas económicos, cansancio a causa de la convivencia…, imposible ser demasiado original, porque los contratos matrimoniales no admiten variaciones excesivas, vienen siendo iguales a sí mismos desde el Paleolítico. En compensación, no éramos demasiado vulgares en nuestros chismes. Glosábamos la psicología de los separados, salían a colación detalles significativos que alguien había presenciado y que ya presagiaban un final abrupto. Señalábamos el modo equivocado de hacer las cosas, por parte de uno de los cónyuges o de los dos. No se trataba de una cháchara de café, nadie decía horteradas ni se excedía en las críticas. Solo cuando el tema parecía agotado podía surgir alguna broma subida de tono, sin mala intención. Pero el tema no se agotaba con facilidad. En cada salida de fin de semana volvía a surgir. Un solo divorcio podía dar para meses, incluso un año si contaba con algún componente más excitante de lo normal.

Pues bien, ahora todos esos chismorreos civilizados tratarán sobre mí, sobre David, sobre los largos años de nuestro matrimonio. Seguro que salen a colación los fallos que ambos hemos cometido como pareja. Seguro que los diagnósticos serán certeros, incluso los tratamientos que hubiéramos podido aplicar para seguir juntos. Demasiado tarde. Desde que David y yo nos separamos he salido con el grupo de amigos un par de veces, a cenar en el restaurante del club. No pienso hacerlo más. Me aburre el disimulo que se fuerzan a emplear, las conversaciones falsamente neutras, la comprensión y deferencia que me demuestran. Imagino lo que dirán cuando no esté presente. Me fastidia comprobar que soy como todos, igual de corriente. Eso es algo que nunca le perdonaré a David, que me haya convertido en una abandonada más, como hay miles.

He salido otras veces solo con mujeres. Una a una, esas amigas me han resultado más soportables. Se esfuerzan menos en la hipocresía. Las casadas me cuentan cosas negativas de sus vidas, para compensar: problemas con el marido o los hijos que quizá exageran para crear un vínculo solidario conmigo. Las divorciadas me dan consejos: cómo aguantar el primer chaparrón, de qué modo afrontar la soledad. Todas afirman estar encantadas de haberse librado en su día del esposo. Todas disfrutan como locas de su nueva independencia, de su libertad, de no tener que rendir cuentas a nadie. Nunca les pregunto cómo consiguieron esas vidas tan fastuosas porque sé que lo tomarían a mal. Supongo que en realidad viven como todo el mundo, haciendo lo que pueden y pasando los días. Si la felicidad femenina consistiera en casarse y después divorciarse para así comprender y valorar la libertad, todas las mujeres lo harían, pero no es así. De las que se divorcian, quien más quien menos ha tenido que replantearse temas económicos. Las que tienen hijos se las han visto y deseado para suplir roles, para doblarlos. Incluso las que han sido promotoras de sus rupturas se han topado con problemas que nunca antes habían tenido que encarar. De modo que calma, no me cuentes que eres la mujer más feliz del mundo, querida amiga, porque tengo más de cuarenta años y no te voy a creer.

¿Cómo me siento, cómo estoy, cómo lo llevo después del abandono? No lo sé. Me gusta acostarme sola por la noche. La cama que habíamos compartido durante tantos años ahora es solo para mí. Me coloco en diagonal, abro los brazos en cruz. Estoy cómoda. Puedo encender la lamparilla a media noche, poner la radio sin miedo a molestar. Acostarme sola me proporciona paz. Despertarme sola por la mañana es peor. Abro los ojos y noto un encogimiento en el pecho. Pienso en las acciones que voy a hacer a continuación: levantarme, tomar una ducha, preparar café, escoger la ropa, vestirme. Siento una desazón incomprensible, una enorme pereza. Me quedaría entre las sábanas un rato más. Ya he llegado tarde a la oficina tres veces.

¿Echo de menos a David, a la persona de David, a él con su carácter, con su modo de hablar, de caminar, de mirar? Creo que no. Experimento una cierta nostalgia por tener a alguien al lado, sin más. Hay un espacio que noto vacío; supongo que eso es la soledad. A mí David no me molestaba, hubiera podido seguir casada con él toda la vida. A pesar de trabajar en la misma empresa nos veíamos poco. Teníamos horarios diferentes. Yo cenaba y él no. Yo veía la tele y él se enfrascaba en el ordenador. Yo me iba pronto a dormir y él se quedaba leyendo un rato. Los fines de semana íbamos al club, pero él jugaba al golf y yo al tenis. Cenábamos en el restaurante con el grupo de amigos, nunca solos los dos. En vacaciones visitábamos algún país extranjero, brevemente. Luego, la casa de verano: él al golf y yo al tenis, natación para ambos. No dábamos románticos paseos por el campo ni organizábamos veladas íntimas, solos frente a las velas. Ninguno de los dos parecía añorar esas cosas. Al principio de nuestro matrimonio hacíamos el amor con frecuencia. Más tarde, él seguía teniendo ganas y yo no; los encuentros se fueron espaciando hasta llegar a desaparecer. A mí me parecía normal. Nunca he sido una mujer muy fogosa. Nunca me había acostado con nadie, antes de David. Ni siquiera cuando estudiaba Económicas en la universidad me interesó el sexo. Nunca me sentí atraída por nadie. Soy fría, lo sé. Un psicoanalista me diría que el motivo es haber crecido sin madre. Una estupidez. Hubiera podido continuar casada con David toda la eternidad.

Papá me decía siempre: «Lo importante es contar con un proyecto de futuro. Nosotros somos privilegiados porque tenemos la empresa, y esa es una buena razón para vivir». ¡Pobre papá! Morir a los setenta años es absurdo hoy en día. Hay gente que llega tranquilamente a los cien. ¿Por qué tuvo que tocarle a él? Ahora la empresa va cada vez peor, menguan los pedidos, hay impagados... Si él estuviera a mi lado me diría qué hacer. Mi proyecto de futuro se oxida poco a poco y encima me he convertido en una abandonada, como hay miles. Creo que estoy empezando a odiar a David. Dudo de que pueda perdonarlo. Con su abandono me ha dejado en la trinchera sin munición, sin ganas de disparar. Largándose con su jovencita traductora simultánea me ha colocado en una posición incómoda, y si hay algo que deteste con todas mis fuerzas es la incomodidad. Nunca hago cola en ninguna parte. Tomo un taxi en vez de coger mi coche para no tener que aparcar. No he cambiado de criada en años porque no hubiera podido soportar tener que explicarle a la nueva cómo quiero que haga las cosas. La incomodidad es, además, una pérdida de tiempo, y yo he perdido muchos años junto a David.

¿Quién podía pensar que me afectaría tanto ser un desempleado oficial contabilizado en las listas del paro? Pero así es; llevo cuatro meses sin trabajo y no he conseguido crear una rutina de vida que me sirva para ir tirando. El estado de alerta que experimenté al poco de ser despedido ya ha desaparecido. Entonces pensaba que estaba en tránsito hacia otra cosa: debía darme prisa en buscar un nuevo colegio. Visité centros educativos, envié currículos, colgué mi perfil profesional en Linkedin, me mantuve al tanto de todas las posibilidades. Sin embargo, mientras iba desarrollando aquella actividad frenética, me daba cuenta de que no había nada para mí. Aquel cambio iba a ser lento. Empecé a considerar el largo plazo. Compré el temario de oposiciones a profesor de instituto, pero no me apetecía estudiar. ¿Para qué prepararme?, ¿para cuándo? Por primera vez en mi vida me planteé seriamente si tengo vocación de profesor. ¿La tengo? Estudié Literatura porque me gusta leer, analizar los libros, descubrir escritores desconocidos para mí, revisitar los clásicos de cualquier nacionalidad. La enseñanza parece ser la única aplicación práctica de mi carrera. He pensado buscar en otros campos: el mundo de la edición, las revistas literarias, las escuelas que enseñan a escribir. Pero se necesitan contactos en esos ambientes, y yo no los tengo. Fui uno de esos románticos que escogen sus estudios por gusto y afinidad espiritual, no para ganarse la vida. Debo contarme entre los últimos imbéciles que quedan.

Esta situación es jodida. Que un parado se sienta un poco inútil me parece normal; lo malo es que se está desmontando la imagen que tenía de mí mismo. Me veía como un tío moderno, progresista, un tipo solidario, ecologista, alguien capaz de vivir con mujeres en régimen de total igualdad. Los tópicos del hombre español no me afectaban. Ahora voy descubriéndome como un sujeto mucho más limitado. Por las mañanas, cuando Sandra se va a trabajar, me quedo en casa leyendo. Luego me ocupo de la limpieza, pongo la lavadora, tiendo la ropa en el patio de luces. Me fastidia que las vecinas me vean haciendo las tareas domésticas. Desde la cocina oigo las televisiones, la cháchara interminable de la radio. En el quinto vive un parado de larga duración, uno de esos que ya no se reenganchará al mundo laboral. Es una especie de friki que mantiene un blog sobre música como única actividad. Cuando me lo encuentro en el ascensor me informa acerca de los grupos que actúan en la ciudad, las últimas canciones que ha bajado de la red. Antes me hacía gracia, ahora lo evito. No quiero pensar que tengo algo que ver con él. Me avergüenzo de estar en casa, me siento como una vieja señora a cargo del hogar. Creí que tenía superados ciertos prejuicios, pero no es así.

A veces, para no sentir la presión del apartamento, me voy al parque a leer. Sentado en un banco al aire libre se está bien. Cuando levanto la vista y miro a mi alrededor veo críos muy pequeños, aún sin escolarizar, viejos de ambos sexos que toman el sol. Hay también niñeras sudamericanas, algún que otro colgado como yo y tres sintecho que se sientan siempre juntos en el mismo lugar: dos son jóvenes, el tercero un poco mayor. Se pasan de mano en mano el indefectible cartón de vino, aunque nunca beben demasiado. Van abrigados con capas de harapos aunque haga calor. Están sucios. Suelen mantener una animada conversación que no llego a captar. Se dan golpes amistosos en la espalda. De repente, uno de ellos se levanta como si estuviera enfadado, da una vuelta sin destino y regresa a su lugar, ya calmado. A veces, el mayor se arranca en toses violentas y teatrales como si fuera a morir; luego se ríe. No entiendo su lógica, son hombres extraños. Tras un rato de observación me doy cuenta de que estoy distraído, de que he dejado de leer. Entonces me levanto y me voy porque aquel ambiente me deprime.

Sigo viendo a mis amigos, claro está; pero cada uno tiene la cabeza en sus cosas. Alguno ha perdido el trabajo también. Hay quien ha encontrado uno nuevo, hay quien no. Los hay incluso que se han acostumbrado a vivir sin dar ni golpe y dicen estar en la gloria. Dos han emigrado a Chile. Raúl, compañero de la facultad, sobrevive haciendo trabajillos temporales, chapuzas aquí y allá. Se ha reciclado en fontanero, no está mal. El otro día comimos juntos una pizza y me confesó que se encuentra satisfecho. «Lo importante es no estar de brazos cruzados, tío. Créeme que no podía soportarlo más», me dijo. Se nota que sabe de qué va la cuestión.

La convivencia con Sandra se ha hecho más difícil. Llevamos cinco años viviendo juntos y nunca nos había ido peor. Ella asegura que todo se debe a que yo creo mal ambiente, y supongo que lleva razón. Dice que siempre estoy tenso, malhumorado, que salto sin venir a cuento por cualquier bobada, como si me hubiera ofendido gravemente. Dice que nunca me había visto así, que no soy yo. Tiene suerte de saber eso, yo no sé ya quién era y quién soy. Ella tampoco se comporta con naturalidad, no vayamos a exagerar la autocrítica. Nunca me comenta nada de su trabajo cuando antes lo hacía con frecuencia. Imagino que no quiere hacer patente que ella trabaje y yo no. Me trata como a un enfermo terminal frente al que no pueden mencionarse planes de futuro. Pero no todo son contemplaciones. Al mismo tiempo que se muestra cautelosa sobre el trabajo, no tiene empacho en pegarme broncas cuando me olvido de hacer algún recado, cuando plancho mal la ropa o hay manchas en el suelo de la cocina. Eso me repatea, me revuelvo contra ella y empezamos a discutir. Me echa en cara tener resabios machistas, se pone en plan víctima y acaba contestando: «No te preocupes, ya lo haré yo. Yo lo haré todo cuando vuelva de trabajar». Discusiones absurdas, pero agrias. ¡Resabios machistas! Es inútil hacerle comprender que las labores de la casa son un coñazo reiterativo y árido, seas hombre o mujer. Después de la discusión no tardamos en reconciliarnos y hacer el amor. Pero estoy preocupado, porque estas escenas se van convirtiendo en costumbre.

Me ha llamado un par de veces Iván, el loco del nieto de la señora Juana. Quería que tomáramos una cerveza, que charláramos un rato. Me pregunto qué quiere en el fondo de mí. No creo que se sienta aún en deuda por lo del entierro de su abuela. En cualquier caso me lo he quitado de encima como he podido, no tengo ánimos para ampliar mi mundo social.

〜⁓

Hemos tenido que echar a la calle a cuarenta trabajadores, fundamentalmente personal de fábrica y comerciales. Lo lamento en el alma por ellos, pero el objetivo de una empresa no es ejercer la caridad. Me había resistido, pero los números ya no dan más de sí. Aunque tengo serias dudas sobre el futuro, por muchas medidas drásticas que lleguemos a tomar. Todo ha dado un vuelco vertiginoso. Hace tan solo un par de años nadie hubiera pensado que la economía del país se hundiría de un modo tan radical. Mi único consuelo es que mi padre no haya alcanzado a verlo. Quizá la única razón por la que me fastidiaba no haber tenido hijos era que la empresa se quedara sin continuidad familiar. ¡Qué ingenuidad!

David quiso tener hijos desde el principio. Yo no. Me parecía que estábamos bien como estábamos: en atareada soledad. La paternidad eran ganas de complicarse la vida. Finalmente, cuando llevábamos un tiempo de casados, accedí. Si eso era lo que hacía todo el mundo… Luego resultó que no me quedaba embarazada. Fuimos al médico y la responsable resulté ser yo. Me atiborraron a pastillas sin ningún éxito. A partir de ahí los tratamientos se complicaban, y me negué a seguirlos. No quería que cometieran todo tipo de tropelías con mi cuerpo. Me planté, y estaba muy segura de lo que hacía. Hoy lo hubiera hecho exactamente igual. Legaré mi cadáver a la ciencia, pero no me apetece que experimenten conmigo en vivo, como si fuera un cobaya o un ratón.

David no insistió, pero un mes después de haber tomado la decisión de abandonar cualquier terapia, me preguntó con cara de circunstancias: «¿Quieres que adoptemos, Irene? A mí no me importa si es eso lo que deseas». Me quedé asombrada. ¿Cómo, cuándo y por qué habían cambiado las tornas de aquella manera? No había sido yo la promotora de todo aquel lío de la concepción, y ahora mi marido me hablaba como si pudiera sentirme tremendamente frustrada, como si debiera renunciar a la ilusión de mi vida. «¿Adoptar? ¡Ni lo sueñes!», le respondí. No estaba dispuesta a pasar por la experiencia de adoptar a un niño que te sale con un soplo en el corazón, con una asquerosa enfermedad hereditaria, el hijo de un alcohólico, de una puta, todos con más taras que un coche de cuarta mano. O largarse a China para sacar a una niña del orfanato. He visto esas adopciones en parejas de amigos. Cuarentones a quienes les entra el furor paternal porque el reloj biológico de ella señala la hora del peligro definitivo. ¡Por Dios, hasta la expresión *reloj biológico* es ridícula! Se meten en un proceso que resulta un auténtico vía crucis: viajes al país, esperas, papeleos, dinero, mucho dinero. ¡Hasta exámenes tienes que pasar, exámenes para comprobar tu competencia como progenitor! Investigan tu vida, hurgan en tu intimidad, se meten en tus cuentas de banco… ¡Un horror! Y todo a pesar de que estás dispuesto a cargar con críos ajenos de países que están en el quinto infierno.

«¿Estás segura?», quiso remachar David. Creo que ni le contesté. Supongo que ahora tendrá uno o dos bebés con la traductora simultánea. Niños deseados por ella, que es joven, y aceptados por él, que está enamorado. Aunque, por muy enamorado que esté, maldita la gracia que debe de hacerle en su fuero interno. Ya se sabe lo que es eso: biberones, pañales, canguros si quieres salir…, y adiós al golf y al sereno whisky de media tarde. La casa llena de gorjeos infantiles y de olor a leche agria. Me resisto a pensar que será feliz, es tan egoísta y comodón como yo. Siempre he pensado que cuando haces algo por alguien esperas recibir alguna compensación. ¿De qué manera se sentirá compensado mi querido exesposo viendo sus días invadidos de babas, de pipí, de dientes que salen y de llantos a media noche? Igual estoy equivocada, igual le entra un ramalazo de trascendencia y quiere ver materializados los frutos de su nuevo amor. A lo mejor empieza a compartir el deseo masculino de dejar descendencia, una estela tras de sí, un apellido que siga vivo. Quizá quiera formar una familia de verdad, sentarse a la cabecera de la mesa y bendecirla antes de comer. Es un hombre tan estúpido que no me extrañaría.

Mis amigos adoptantes de hijos, parejas encantadoras, también se han unido al grupo que me ofrece «cualquier cosa que necesite» tras mi separación. Y me han hecho gratas y bienintencionadas profecías: «Ya verás, después de un tiempo todo volverá a la normalidad. Te sentirás bien, más fuerte si cabe, más segura de ti misma». No he vuelto a verlos, no me han llamado por teléfono ni una sola vez. Pensar que «los amigos me han fallado» comportaría que alguna vez tuve fe en ellos, y no es así. Los amigos siempre me han importado de un modo relativo, sirven para cubrir las necesidades sociales: salir a cenar, charlar distendidamente..., poco más. Por eso suelen tener características en común; y no me refiero al carácter o la ideología, sino a cosas muy materiales: compañeros de trabajo, hijos de la misma edad, residencia en el mismo vecindario. Rellenan un espacio de la vida que está libre. Nunca he visto con mis propios ojos ninguna de esas amistades épicas de los hombres ni la intimidad total que dicen que puede darse entre mujeres. ¿Fidelidad hasta la muerte? Ni los perros te la proporcionan.

Me ha llamado en un par de ocasiones Genoveva Bernat. No la había informado de mi separación, pero naturalmente se ha enterado igual. La primera vez me tuvo dos horas colgada del teléfono hasta que le corté pretextando que estaba en la empresa y tenía trabajo. Su verborrea se puede resumir muy fácilmente: «Cualquier día salimos por ahí y tomamos unas copas para celebrar tu libertad. La vida sigue, chica. No te vayas a encerrar en casa como una ermitaña». Bien, por lo menos no se puso trágica. El motivo de su segunda llamada fue invitarme a una fiesta que daba en la terraza de su ático. Le dije que no asistiría. Insistió. Estoy segura de que seguirá insistiendo para que hagamos cosas juntas. Está bastante sola y le viene bien otra mujer sin ataduras y con disponibilidad para salir. De nuevo, las necesidades de la amistad. A Genoveva todo el mundo le ha dado un poco de lado. Es mayor que yo, ronda los cincuenta. En su día montó un buen escándalo porque dejó a su marido para largarse con su entrenador personal, un chaval carne de gimnasio, guapo, joven y cutre. Llegaron a convivir algún tiempo, pero la pasión no tardó mucho en irse al traste. Un día me explicó que el chico decía: *«Me se* ha ocurrido una idea», *calcomonías,* y empleaba *temática* en vez de tema. La ponía de los nervios, claro está. Su familia vivía en un pisito de sesenta metros de un barrio obrero. ¡Ideas de bombero, fugarse con un tipo así! Menos mal que Genoveva tiene dinero de familia y que su ex le pasa una buena pensión cada mes porque no quiere líos ni abogados, ni quedar mal en nuestro círculo social. Cuando el enamoramiento con el gimnasta tocó a su fin, ella se quedó tan pancha. Siempre pensé que quería librarse del marido y encontró la oportunidad con aquel desgraciado. Así no tenía que dar explicaciones excesivas ni pormenorizar sus razones: «Me fugo con un cachas», eso todo el mundo lo entiende, ¿no? Una vez libre se hizo un *lifting* total y se compró un bonito ático en una zona bien. Es un poco putón, pero dudo de que sea por eso por lo que el grupo de amigos le ha hecho el vacío. Supongo que el motivo verdadero es que se ha convertido en una mujer un tanto vulgar: se viste con ropa demasiado juvenil y se maquilla como el sarcófago de una momia faraónica. Va de tía buena, de disfrutadora de la vida, de pendón desinhibido. De todo dice que es «genial» y «brutal», «ideal» y «fenomenal»; pero no resulta patética porque aún tiene buen tipo, lleva un alto tren de vida y carece de complejos. Lo que piensen de ella los demás no le importa.

Personalmente nunca le había prestado demasiada atención, pero ahora me doy cuenta de que ha sido una mujer valiente que se ha puesto el mundo por montera, y eso me gusta. Casi la admiro. Tiene defectos innegables que cuesta sobrellevar: es charlatana en exceso, incluso pesada. Hace negocios ficticios que nunca se materializan. Recuerdo haberla oído hablar sin fin de una escuela de danza que pensaba montar, dirigida por una vieja gloria. Había planeado hasta la decoración de las salas. Hay que dejar que se explaye. En el fondo tiene su gracia.

Genoveva Bernat, todo un personaje. La próxima vez que me llame le diré que sí, que quiero salir con ella. Mejor todavía, la llamaré yo para proponérselo. Al menos con ella no tendré la sensación de que están juzgándome, compadeciéndome, intentando sacarme información sobre mi ruptura para lanzarse a murmurar cuando ya me haya ido. Incluso hasta igual me divierto en su compañía.

⁓

Parece que este tío no estaba por la labor de salir de copas conmigo. Igual ha pensado que quería algo de él. Debe de verme con malos ojos por no haber ido a visitar a mi abuela tanto como él a la suya. Hoy me ha dicho que sí, pero ya es la tercera vez que lo llamaba; aunque lo habría llamado más veces si hubiera hecho falta. No me conoce, no sabe que a mí nadie me da un *no* por respuesta. A ver si se va enterando de quién soy yo. Claro que la ciudad es grande y él no está en el ambiente. Si estuviera, ya se habría dado cuenta de que soy el puto amo, el gallo del corral, el jodido emperador. Voy a vestirme bien para la cita. La semana pasada me compré siete camisetas de Armani en un *outlet*, una para cada día de la semana. Me quedan de puta madre: entalladas en la cintura y con los hombros bien apretados, marcando músculo. De microfibra, una pasada. Hoy me pondré una caqui, tejanos Diesel y deportivas Nike, negras. El otro día unas nenas que salían del colegio se pararon a mirarme cuando pasaba. Las cacé con los ojitos en blanco y dándose codazos. Cuando se vieron descubiertas se cascaban de risa, las tías. Mucho uniforme y los pelitos cogidos con diadema pero ya les gusta la carne fresca a las nenas. A ver, como a las fieras del África. Si te enganchan, te pegan un bocado. Ya se les notaban las tetas debajo de la blusa.

Lo he citado a las siete en el Cocoa, para que vea que hay poderío. Estoy casi seguro de que piensa que quiero algo de él. A lo mejor se cree que soy drogota y camello como mi parentela y que pretendo venderle material. A lo mejor me equivoqué en el cementerio y sí que va de algo: de sabio, de profesor, de tío que lee libros a todo meter. Pero es un puto parado, un pringado al que las monjas han puesto en la puta calle. O sea que a mí no me venga con rollos de tío superior porque la conversación va a durar poco: me tomo la cerveza para cumplir y me piro enseguida. Pero ¡quieto, Iván, que te estás acelerando!

Mejor paro el carro. A lo mejor no quería quedar conmigo en todo este tiempo solo porque estaba depre.

Mira, ahí viene. Levanto la mano para que vea la mesa en que estoy sentado. Me sonríe, el chaval. Lo dicho: es buen tío. Me da la mano, escoge la silla a mi lado.

—¡Bueno, tío, dichosos los ojos! ¿Cómo va, Javier?

—Pues aquí estoy, ya ves.

Sí, ya veo. Está demacrado el tío, con ojeras y más flaco. Seguro que lo está pasando de pena con el rollo del paro. Tengo un amiguete que lo llevó fatal. El primer año adelgazó siete kilos. Parecía un esqueleto con patas. Se metía unos colocones de la hostia para olvidar. Decía que tenía la autoestima por los suelos. El segundo año andaba más conformado, aunque los colocones se los pegaba igual. Luego he dejado de verlo, seguro que ha acabado hecho una mierda. Y es que la gente se agobia enseguida, no sabe buscarse la vida, se quedan quietos parados esperando que la solución les llueva del cielo. Y no, del cielo no cae ni una gota, que este país es muy seco.

—Y tú ¿qué tal andas, Iván el Terrible?

—¿Por qué terrible?

—Es como llamaban a un personaje histórico.

—¡Ah, vale! ¡Joder, tío, pues empezamos bien! Voy a buscar en internet quién era ese terrible y como no dé la talla te vas a enterar.

Se ríe, pero está desanimado el pobre. Se lo noto aunque sea solo la segunda vez que nos vemos. A ver si le doy un poco de marcha. Él será un sabio que ha ido a la universidad, pero yo soy un psicólogo de la hostia. Calo a la gente a la primera. Una ojeada y ya sé hasta de qué color llevan los gayumbos, o las bragas.

—Yo estoy bien, tío, siempre a flote. Vamos a marcarnos unas birras como manda el Profeta.

—¿Siempre a flote?

—¡Siempre!

Que se entere pronto, que tome nota el profe. Puede haber una crisis del copón pero a mí no me hunde ni el ejército de los putos nazis, todos disparando a la vez. Yo tengo siempre la cabeza fuera del hoyo. Por encima no me pasa ni el aire. Sé por dónde piso. A mí la política y los bancos me la traen floja. Siempre he ido a mi bola, hasta cuando todo el mundo manejaba pasta y parecía que eran los reyes del mambo. Amigos míos, más inútiles que la picha del papa, cobraban un pastón solo por subirse al andamio y darle al ladrillo. Se iban de vacaciones a Cancún, se compraban el Audi o el BMW y bebían vino de marca. En el restaurante a veces lo probaban y le decían al camarero que lo retirara porque estaba un poco pasado. ¡Ya ves tú!, tíos que no habían catado en la vida más que litronas de birraca y peleón en tetrabrik. Yo pensaba: «Vale, tíos, que os vais a caer de la nube de aquí a un rato y os daréis el gran hostión». Y así ha sido, ahora andan todos más hostiados que si hubieran tomado la comunión en masa: el que no está en el paro anda en curros temporales cobrando una mierda. Ahora, ni Cancún ni Canpollas, y al tetrabrik otra vez.

—¿Tú no lo viste venir, Javier, este puto rollo de la crisis?

—Supongo que sí. Pero yo en el colegio ya cobraba un sueldo muy bajo.

Está muy loco, este Iván; pero tiene gracia y, además, lleva razón. Yo no lo veía tan claro como él, quizá porque el andamio, como él dice, me cogía más lejos. Sin embargo, veía que la gente subía su nivel de vida, no su nivel cultural. Los cursos de refuerzo que yo daba en el colegio no estaban considerados como algo necesario. Eran un lujo. La jefa de estudios se había enterado de que en centros de países avanzados se impartían ese tipo de clases. En Francia, en Alemania, ¿y por qué íbamos a privarnos nosotros de lo que tenían las élites europeas? Pero en cuanto el dinero ha dejado de fluir con alegría, los cursos han caído. Nadie creía que sirvieran para algo.

—Las monjas no querían pagar un profe extra.

—¡A las monjas y los curas ni me los nombres! Son todos una panda de mangantes y aprovechados.

Tiene que quedarle muy claro al profe este que yo voy en su mismo barco, que soy de los suyos aunque no haya estudiado. Pero mira cómo es la vida, a él lo han apeado y yo sigo montado en el tren. Se ríe cuando hablo, se descojona, me encuentra gracioso. Eso está bien.

—¿Sabes que llevo flores a la tumba de mi abuela, Javier? Sí, tío, no te rías, que hablo en serio. En vida no le veía el pelo, pero ahora le deposito, como dicen en la tele, unas coronas de claveles que te cagas. Y no le pongo velas porque en el cementerio está prohibido, no vaya a ser que les prendamos fuego a los muertos cuando no toca. Ya sé que a la pobre abuela eso le aprovecha poco ahora, pero más vale tarde que nunca, ¿no? Tú la conocías poco, pero has de saber que la abuela Juana era muy plasta. Me contaba unas historias de echarse a dormir un rato y que avisara al acabar. ¡La guerra de España, tío, ni más ni menos! Que por culpa del cabrón de Franco comían lentejas todos los días, y pan negro. También historias de cuando se casó, con mi abuelo sería, supongo, que yo no lo vi en la vida. Que si llevaba un vestido blanco y zapatitos forrados de satén, que si el velo era así y asá. ¡La hostia, tío, puntada a puntada me contaba cómo estaba cosido el vestidito de los cojones! Me ponía la cabeza a reventar, como un bombo, tío, de verdad. Pero lo que más me jodía era cuando daba consejos a bulto: «Sé buen chico». ¿Y cómo se es bueno, abuela? Porque hay hijoputas que, aunque quieran, no pueden dejar de serlo. Bueno, tú ya me entiendes, Javier, era un taladro, la abuela; y solo porque se haya muerto no voy a decir lo contrario. Pero yo la quería, ¿eh?, no vayas a interpretarme mal. Lo que pasa es que no comprendo por qué tenemos que estar visitando siempre a la gente que queremos. Mi abuela, por más que fuera a verla, no dejaba de ser un taladro y yo nunca era un buen chico, así que si nada había cambiado, ¿para qué tanta visita?, ¿para encontrarse siempre con el mismo plan? ¡Pero, tío!, ¿es que no puedes dejar de reírte? Mira que te estoy contando cosas muy serias.

—Lo sé, lo sé. No me hagas caso, es que me ha dado por reír.

Es sorprendente, este Iván. No tiene un pelo de tonto. Todo lo que dice desprende una cierta ironía divertida, refrescante, crítica al mismo tiempo. Debe de ser uno de esos gatos criados en la calle: listo, rápido, capaz de huir del enemigo o de enfrentarse a él según lo requiera la ocasión. Y por lo poco que sé, podría tratarse de un tipo esquinado, depresivo…, pero no, parece haber sobrevivido sin demasiados traumas. Hace tiempo que no lo pasaba tan bien. Él sabrá cómo lo ha hecho. Siento una gran curiosidad por saber de qué vive, pero me da apuro preguntárselo y él no suelta prenda. Es demasiado pronto, quizá.

—Tengo que irme, Iván. Podríamos quedar otro día para tomarnos otra cerveza…

—¡Pues claro, tío, pues claro que podemos vernos otro día! Yo mismo te llamaré. ¡Ah, pero eso sí que no! ¡Suelta la cuenta! Hoy invito yo.

Le ha cambiado hasta la cara. ¡Pobre tío, debe de estar pasándolo de puta pena!

～～つ

—¿Genoveva? Soy Irene Sancho. ¿Qué tal estás?

—¡Qué sorpresa, querida! Estoy muy bien, ¿y tú?

¡Mira por dónde aparece esta ahora! No hace falta que lo pregunte, yo ya sé cómo está: más sola que la una, ¿no? Por eso me llama. Todas las veces que yo la he llamado no ha hecho el menor caso. Ni siquiera quiso venir a mi fiesta del otro día. A lo mejor no recuerda que ella había dejado de invitarme a las suyas. Aunque me da igual, no me quita el sueño. Justamente por eso la telefoneé, porque lo que piensen los demás me trae al pairo; por eso y para que supiera que estoy al tanto de su separación. Ha volado el pajarito, ¿no?; pues bienvenida al club de las mujeres independientes. En todas partes cuecen habas, espero que se haya enterado por fin. Irene, la chica perfecta, siempre fría y distante, como si las cosas de este mundo no fueran con ella. La empresaria modelo, la niña de papá, la esposa fiel…, pues mira, mona, te ha cogido el toro como a todo quisque. Es verdad que cuando pasó lo mío no se portó mal. Jamás me hizo un desprecio ni me lanzó una indirecta, como otros. Pero hay actitudes que hablan por sí mismas: el modo en que me miraba, como perdonándome la vida…, y ya ves, por lo menos a mí no me ha dejado el marido por otra, sino que yo lo dejé a él. Supongo que el grupo de amigos le ha vuelto la cara y por eso recurre a mí. Aunque quizá lo único que pasa es que se aburre como una ostra con ellos. Salir con los amigos de cuando estabas casada es un horror. Siempre pareces la viuda, la apestada, como si todo el mundo tuviera lástima de ti. Se nota un montón que la relación no es natural, y cuanto más quieren disimularlo, resulta peor. Conmigo no hicieron eso, claro, porque yo era la mala, la frívola, la puta que planta al marido por un chico joven. Como iban de progres y de civilizados, nadie mencionaba el asunto, pero me trataban desdeñosamente. Seguí yendo durante un tiempo a sus reuniones hasta que corté. Corté porque me dio la gana, estaba hasta las narices de tanto disimulo y tanta miradita y tanto aparentar lo que no es. Y además me aburría, como debe de pasarle ahora a esta. Siempre me habían aburrido, desde el principio: todo tan correcto, tan formal. Aunque no es extraño, a todos los conocí por medio de mi marido, y mi marido era el aburrimiento absoluto. ¡Pobre Adolfo!, decía todo el mundo cuando lo abandoné: que si se portó siempre conmigo como un caballero, que si no tomó represalias ni habló mal de mí, que si sigue pasándome una pensión, que si a estas alturas tendrá que rehacer su vida. Nadie entraba en el fondo del problema. Adolfo es bastante mayor que yo y ha envejecido mal. Un hombre fondón y sin chispa alguna: callado como un muermo, rutinario, poco amante de salir..., repetía el mismo esquema eterno: su trabajo, vuelta a casa y a la cama temprano. Para eso no hace falta tener a una mujer de bandera como siempre he sido yo. Sé que ya no soy una jovencita, pero conservo mi atractivo y me circula la sangre por las venas y me gasto una coña bastante divertida cuando estoy con la gente, que conmigo se ríen mogollón. Nada que ver con mi ex. Por no mencionar las cuestiones de sexo: una vez al mes y rapidito, no se vaya a cansar el señor. ¡Ay, no, por Dios!; para llevar ese plan que se busque una cuidadora, una monja benedictina, o que se meta él a monje.

No diré que Adolfo se haya portado mal después de la separación porque no sería cierto, pero si me pasa una pensión es porque le da la gana, que yo no se la pedí. Durante nuestro matrimonio nunca necesité su dinero. Cuando mis padres murieron, mi hermano y yo heredamos un pastón en inmuebles y fincas. Claro que se han ido vendiendo, pero aún queda algo por ahí que, a las malas, podría rematarse. La pensión me viene muy bien, no voy a negarlo, porque así el patrimonio queda preservado para la vejez. Pero necesitar, lo que se dice necesitar, nunca he tenido que pedir nada a nadie. No he nacido debajo de un puente. Es bien cierto que el papá de Irene le dejó una fábrica de sistemas, que siempre queda muy bien, y ella es economista, que queda genial. Yo no quise estudiar porque me parecía un rollo, pero mi padre era el dueño de la mayor empresa de desguaces de España. Aunque eso suena mal para los oídos muy finos, ¿no?, como si hubiera sido una especie de chatarrero. En fin, supongo que esa pandilla de amigos del club lo único que tienen es envidia de mí y por eso me miran por encima del hombro. De todas maneras, he oído decir que la empresa de Irene va fatal con la crisis; así que menos lobos, Caperucita.

—¡Pues claro que sí, mona, tomamos algo en el Manhattan! ¿A qué hora terminas en la fábrica? Perfecto, allí estaré.

Allí está Genoveva. De no haber quedado con ella no sé si la hubiera reconocido. ¡Hace tanto tiempo que no nos veíamos! La encuentro distinta. ¡Va tan arreglada!: vestido negro escotado, americana blanca ligera, zapatos combinados en blanco y negro. Lleva dos pulseras en el mismo brazo: una de ébano, la otra de marfil. Resulta muy sofisticada. Me sonríe. Dos besos. Casi chilla:

—¡Estás guapísima! Más delgada, me parece. Ven, siéntate. Yo, un gin-tonic de Saphyr con tónica Nordic, y la señora…

La veo muy desmejorada: con ojeras, demacrada, seguro que está pasándolo fatal. Debe de ser un mal trago que el marido te deje por otra más joven; aunque hubiera podido imaginárselo. A mí David siempre me pareció bastante interesado. Un abogado muy brillante, muy brillante, pero que enseguida se coloca en la empresa del suegro. Me han dicho que ella lo ha despedido. ¿Qué hará ahora? Supongo que como ya es un profesional reconocido podrá volar solo. Los tíos son la bomba, siempre a la suya. Ahora que la tengo delante me da hasta pena. Por muchos defectos que tenga, no se merecía esa faena.

—¿Cómo te va, cariño? ¿Qué me cuentas?

—Poca cosa, Genoveva, ya ves.

Poca cosa que ella no sepa ya. Lo único que quizá no sepa es que empiezo a estar harta de ser la pobre abandonada, y si veo que empieza a tratarme con la condescendencia con que lo hacen los demás, este encuentro acabará pronto. Ahora que la veo más de cerca tengo la sensación de que se ha operado de nuevo la cara. Antes, a pesar de su *lifting*, tenía los ojos rodeados de arrugas finas que han desaparecido. También empezaba a descolgársele la barbilla, lo recuerdo muy bien. No aparenta cincuenta años pero tampoco parece más joven. Ha adquirido un aspecto de fragilidad un poco angustiante, como una muñeca de cristal que pudiera romperse con cualquier movimiento. No se ha quedado en pequeños retoques, debe de haberse operado íntegramente otra vez. ¿Para qué, para seguir siendo seductora? Las mejillas están demasiado tirantes y las cejas demasiado elevadas. ¿Aspira a tener una nueva pareja, la tiene ya y quiere resultarle siempre bella? ¡Qué cansancio! Debe de ser terrible luchar día a día contra la edad. Yo no sería capaz. Voy al gimnasio, procuro no engordar, uso buenas cremas y compro ropa cara, pero la eterna juventud..., ¿para qué?

—¿Ves a los amigos con frecuencia, Irene?

—Bueno, los amigos ya sabes cómo son.

Por supuesto sabe que la he llamado porque estoy dejando atrás la época de los amigos. Si me lo pregunta es porque demanda un pequeño homenaje por mi parte. Quiere que los critique, que le diga que si busco la compañía de la gran Genoveva es porque ella está muy por encima de todos los demás. Es un peaje que debo pagar, no me importa. Me interesa que comprenda que no temo el rechazo social ni las habladurías, que lo único insoportable es ser una *single* en un mundo de parejas correctas y presuntamente felices. Se lo digo, le digo que ya no aguanto los falsos ofrecimientos de ayuda moral desinteresada. Le digo que no necesito a nadie para seguir en pie: ni me acometen crisis de llanto, ni me devora la soledad, ni tengo tendencia a la depresión. No busco consuelo. No busco compañía. Estoy bien sola. David ya forma parte del pasado. Me abstengo de decirle que tengo una profunda sensación de tiempo perdido, de vida desaprovechada. En vez de eso le digo:

—Me apetece pasarlo bien, Genoveva. He trabajado demasiado, he sido demasiado seria y formal. Ahora tengo ganas de ir a los bares de moda, de decir estupideces, de reírme, de asistir a espectáculos frívolos, hasta de bailar. ¿Entiendes a qué me refiero?

—¡Pues claro que te entiendo, chica! ¿Cómo no voy a entenderte? Te entiendo mejor que nadie, puedes apostar por eso.

Si la cuestión es pasarlo bien que no se preocupe, lo pasaremos fenomenal; sobre todo me ha tranquilizado eso que ha dicho de que no llora. Las lágrimas de esposa abandonada me cargan un montón. Para lo único que quieren salir contigo es para clavarte siempre la misma paliza: que si mi ex ha resultado ser un cabrón, que si nunca me lo hubiera esperado…, un rollo insoportable. La vida es corta, y si te cuentan penas estás perdiendo un tiempo precioso.

—¿Has notado que he vuelto a operarme, Irene? La doctora Martínez Santos, que aparte de ser un amor, es también una eminencia, lo más de lo más. Me ha aplicado una técnica nueva que es una pasada. Resulta que no solo estiran la piel sino también los músculos faciales; y lo más novedoso es que te colocan un entramado de hilos de oro con anclajes estratégicos. Así, cuando la flacidez se reproduce al cabo de un tiempo, estiran de los hilos y ¡zas, para arriba todo!, sin necesidad de otra operación. Una pasada, ya te digo, aunque también te digo que me dolió cantidad. Lo pasé fatal unos días, pero valió la pena, me he quitado diez años de encima. Si quieres te acompaño a ver a la doctora y te haces algo, ¿no? Claro que tú eres más joven que yo, tiempo tendrás.

—La primera vez que te operaste los amigos te criticaron mucho.

—¡Bah, ya lo sé! Ahora voy con otros amigos, ya te lo imaginas. Pero no es como antes: salir siempre en pandillita y siempre al club y a los mismos restaurantes. Ahora soy mucho más libre; a los amigos los veo aquí y allá, quedas un día, al otro no, te los encuentras en los sitios... Somos adultos, no hace falta estar siempre en grupo. Yo hago muchas cosas; en realidad, llevo una actividad frenética: gimnasio, masajista, tratamientos de belleza, voy mucho al cine... Pero no creas que soy tan egoísta que pienso solo en mí. Una vez cada quince días ayudo a servir en un comedor de beneficencia que tienen las monjas en un barrio deprimido. Sorprendida, ¿eh? Ya sé que no me pega nada, pero hay que hacer algo por los demás. En Navidad colaboro en la campaña «Todos los niños con un juguete» y en Pascua participo en grupos que llevan monas y huevos de chocolate a familias sin recursos. Te cuento todo esto por si te apetece apuntarte a esos rollos. A mí me da muchas satisfacciones, aunque reconozco que es algo muy personal, muy de conciencia.

—Lo pensaré.

—Muy bien.

Me escucha con mucha atención, pero no sé qué piensa. Irene siempre ha sido muy cerrada, muy indiferente a todo. Es difícil saber por dónde va, pero me cae bien, nunca me había caído mal. De todas maneras espero que no pretenda que yo sea su maestra de ceremonias. Puedo salir con ella, pero no ser su cangura. Si se pega a mis faldas en plan último recurso me arriesgo a no quitármela de encima. Yo soy un pájaro libre y voy suelta por la vida.

—¡Pues claro que saldremos juntas de vez en cuando! Por mí, encantada. Lo pasaremos fenomenal, no tengas ninguna duda.

—No la tengo.

¡Dios!, si todo lo que puede ofrecerme Genoveva es la dirección de un cirujano plástico y hacer caridades en barrios deprimidos, creo que me he equivocado viniendo a esta cita.

∽

Sandra dice que podría dar clases particulares. No se entera. Es cierto que, hace años, un licenciado en Humanidades podía dar clases particulares de latín. El Latín era una asignatura complicada que se les atragantaba a muchos alumnos. Entonces los papás les ponían un profesor. Pero desde esa época hasta ahora han pasado muchos muchos años. Ahora el latín es un sueño del pasado, del que los jóvenes no han oído ni hablar. Le explico: nadie necesita un profesor privado para que le dé clases de Literatura, nadie. Es algo que se estudia en soledad. Me presenta otras alternativas: puedo ser coordinador de uno de esos grupos de lectura que se forman en las bibliotecas públicas. Es obvio que ha advertido mi creciente desesperación y que se ha informado de las posibilidades de trabajo a las que podría aspirar. Le contesto que el presupuesto para clubes de lectura también ha sido recortado a causa de la crisis. De hecho, muchos se han suprimido, y los que quedan ya tienen coordinador. Me dice que puedo formar mi propio club de lectura, vía internet, y cobrar por ello. Le contesto que eso es una gilipollez. Se enfada. Se enfada porque piensa que tumbo todas sus propuestas sin detenerme siquiera a considerarlas. Supongo que lleva razón, aunque sus propuestas son tan absurdas, tan imposibles de llevar a la práctica, que debería meditarlas un poco antes de abrir la boca. Comprendo que a veces soy duro con ella, comprendo que solo pretende ayudar, pero sería mejor que ella comprendiera que ofrecer una ayuda inútil acaba enervando a quien se la ofreces. Ella se enfada, yo me enervo. Si seguimos así nos vamos a la mierda en cuatro días. ¿Tan cogida con alfileres está nuestra convivencia que al primer problema serio que se presenta revienta por las costuras? ¿Y qué puedo hacer yo para evitarlo: sonreír todo el tiempo para que ella esté tranquila? No me apetece sonreír. No me apetece hacer casi nada. Me he vuelto inactivo justo cuando tengo todo el tiempo libre del mundo. Cuando daba mis clases estaba deseando regresar a casa para ponerme a leer. Ahora ni siquiera puedo concentrarme en la lectura. Me temo que soy un tipo de lo más convencional: necesito el trabajo porque me integra en el mundo. Todas esas historias que hemos oído mil veces y de las que otras mil nos hemos burlado resulta que son verdad. El trabajo dignifica, integra, te procura un lugar social, te hace útil. Supongo que si yo fuera un hombre más inteligente, más profundo en mis pensamientos, con el alma mejor amueblada, no necesitaría figurar en una nómina para sentirme bien, pero incluso el hecho de leer me lleva, pensamiento a pensamiento, hasta el callejón sin salida de siempre: soy inútil a la sociedad, leer no genera beneficios.

He salido un par de veces más con Iván, justo el tiempo de tomar una cerveza y charlar. Le confesé que estaba jodido por el asunto del trabajo y me soltó un discurso genial en su lengua inculta, canalla, divertida:

—El trabajo no es más que una manera de que te llegue la pasta al bolsillo, tío, nada más. ¿Adónde vas con ese rollo de que te da dignidad y te hace más hombre? Ni hablar; lo único que te da dignidad es llevar pasta en el bolsillo. Lo que pasa es que tú eres un malcriado, chaval, que no piensa las cosas como hay que pensarlas. Lo malo, lo jodido, es tener un empleo pero que te paguen una mierda. ¡Ahí sí te puede entrar el complejo de la falta de dignidad y la hostia divina! Y la mayoría de la gente está en ese caso. Se pasan la vida en un curro que les importa tres carajos y a final de mes les pagan una puta mierda que no les llega ni para comprarse calcetos nuevos. Sin dinero en el bolsillo es cuando no tienes dignidad, Javier, se te cierran todas las puertas, te conviertes en un puto esclavo y en un pringado. Todo el mundo te mira por encima del hombro. ¡Eso sí que es un problema, tío, y no la dignidad! Así que no me digas que te sientes inútil a la sociedad. ¿A qué sociedad, tío, a la que deja a la gente en la puta calle? ¡Venga, hombre, no me jodas! Yo no perdería ni una hora de sueño pensando en eso.

Práctico, ecléctico y certero como una ecuación. Aquella hubiera sido mi oportunidad de preguntarle a qué se dedicaba, pero debido al respeto que me infunden los demás, al miedo a ofenderlo o parecer indiscreto, guardé silencio. Hubiera venido a cuento que él me lo dijera por propia iniciativa, pero calló también. Quizá se ganaba la vida en algún negocio ilegal, o quizá, después de su proclama anarcomaterialista, solo era el encargado de un supermercado que se avergonzaba de no seguir las teorías de las que parecía tan convencido. No lo sé, en cualquier caso su compañía me venía bien. Era tan cutre, y al mismo tiempo tan libre, que daba gusto oírlo hablar.

Durante nuestro tercer encuentro en un bar me sorprendió pidiéndome la dirección de mi casa. Titubeé un instante y, al notarlo, casi se ofendió.

—¿Es que no te fías de mí?

Me deshice en explicaciones y disculpas hasta que sonrió.

—Te voy a mandar un regalo que te vas a quedar acojonado —dijo.

Y así fue.

~~

Primera salida recreativa con Genoveva. Ha programado algo que raramente me tienta como actividad: hacer *shopping*. Suelo comprar mi ropa en tiendas a las que voy desde hace años. Los dueños o los dependientes me conocen, saben lo que me gusta y lo que me sienta bien: Max Mara, Armani, Calvin Klein. Nunca escogería nada de Versace, Dolce Gabbana o cualquier otro diseñador demasiado vistoso o innovador. La discreción me parece crucial. Papá me lo decía: «Un empresario es como un banquero o un político: representa siempre a su empresa frente a la sociedad. Huye de los colores vivos, usa trajes y americanas, un punto masculino siempre viene bien. Y sobre todo, ni estampados de flores ni volantes, tu madre no los hubiera aprobado jamás». Papá era la personificación del sentido común. No volvió a casarse, aunque en su lugar cualquier hombre lo hubiera hecho. Siendo viudo todo fue difícil para él: tuvo que contratar niñeras, preocuparse de mi educación, escoger colegio, universidad..., desde los detalles hasta lo esencial. Siempre se mostró valiente y cuidadoso, pocos hubieran sabido hacerlo mejor. La razón fundamental para no volver a casarse fue lo destrozado que quedó tras la muerte de mi madre. Y una vez superado ese trauma, la razón de su vida fui yo. No quiso imponerme una falsa madre, renunció a tener más hijos, a estar acompañado y a disfrutar del amor. Con dos cosas parecía bastarle para sentirse en plenitud: su empresa y yo. No me di cuenta hasta qué punto se había sacrificado por mí hasta que me hice algo mayor. Aun siendo un hombre equilibrado, sin duda en algún momento añoró la compañía femenina, la alegría de vivir que proporciona una familia amplia y feliz. Cuando tuve edad de comprender, empecé a preocuparme por él, a intentar compensarlo por las carencias que, sin saberlo, yo le había impuesto. Me volqué en la empresa pensando que esa era la manera de demostrarle mi gratitud. Todo iba bien hasta que esta crisis económica desbarató lo que con tanta devoción se había construido. Por fortuna, papá no pudo ver las últimas consecuencias de tanta devastación. ¿Qué debería hacer ahora? Seguir luchando aunque él ya no esté: reflotar el negocio, diversificarlo, intentar una salida para nuestros productos por vía de la exportación..., pero me encuentro cansada, muy cansada. La huida de David, su abandono, han desorganizado por completo mi mente. Eso es lo peor; poco me importa que se haya enamorado de una chica más joven, pero alterar mi trabajo me ha sumido en un hoyo profundo. No contaba con él para la dirección de la empresa, pero estando donde estaba, me aportaba cierta estabilidad. Ahora estoy sola. Me pregunto qué ideas tendría papá para mantener la firma en activo, y no hay respuesta. El cansancio me impide pensar.

Genoveva ha querido sorprenderme. Me ha llevado a cadenas de ropa juvenil superbarata: Zara, Stradivarius, Blanco. Nunca había entrado en uno de esos almacenes, y es genial: música a toda marcha, decoración estridente... ¡Y la ropa! Una ropa espantosa, de mala calidad, como de usar y tirar. Las dependientas se mueven por todos lados con unas pintas increíbles, los ojos tan pintados que les cuesta parpadear. Y las clientas no son mejores; no podía creérmelo: chicas jóvenes vestidas de la manera más vulgar, con tejanos ajustados y tacones, con los pelos teñidos de cualquier color. El follón es endemoniado: todo el mundo lo toca todo, lo cambia de sitio, lo saca de las perchas y lo deja tirado en un rincón. En los probadores no hay puerta, tan solo una cortina que cualquiera puede descorrer desde fuera, encontrándote en ropa interior. Genoveva ha estado muy graciosa, se ha puesto a hacer el ganso imitando a las dependientas, pegando grititos sin ninguna vergüenza. Pero lo más alucinante de todo es que hemos comprado un montón. Geno estaba en su salsa, me ha contado que viene a estos sitios de vez en cuando. La mayoría de las prendas que se lleva se las regala a la asistenta para su hija, pero dice que, a veces, uno de estos trapos mezclado con prendas de marca queda fenomenal. Ha escogido por ejemplo una casaca de tipo militar con botones dorados que la hacía parecer un húsar. Me partía de risa cuando se la ha probado, pero luego resulta que, con la falda negra que llevaba puesta, estaba hasta elegante. Yo me he comprado varios pares de pantalones con el talle tan bajo como el de un biquini. Absurdos. Al final, hemos salido de la tienda con dos paquetones de ropa imposible de lucir; pero lo importante es que hacía tiempo que no me divertía tanto. Luego Genoveva ha propuesto ir a tomar un gin-tonic.

—¿Un gin-tonic a media tarde? Seguro que me dará dolor de cabeza.

—¡Qué va, mujer, qué va! Te sentará de maravilla.

¿Dolor de cabeza? ¡Por favor! Esta Irene no se entera. Siempre me había parecido un poquito monjil, pero es peor de lo que creía. ¿De verdad nunca había entrado en ninguna tienda *low cost*, ni siquiera en plan divertido? ¿Será posible que se pase la vida metida en la fábrica, trabajando sin parar como si estuviera condenada? Pues sí, por ahí deben de ir los tiros. Está claro que su padre la explotaba. ¡La empresa era sagrada! Y el señor Sancho, un estirado. Lo había visto alguna vez en el club, algún sábado que venía con la hija y el yerno. ¡El yerno!, no te lo pierdas, debió de acabar hasta la coronilla del suegro. Seguro que se corrió una juerga cuando se murió. Le fue muy bien el chollo de casarse con la heredera; pero no sé hasta qué punto sabía que casarse con Irene era hacerlo con la empresa, el apellido, el papá y toda la corte celestial. Pensándolo bien, ha tardado mucho en plantarla. Debía de estar acabando de dejar sus cuestiones económicas atadas y bien atadas. Ahora ha podido volar. Me gustaría ver a la chica con la que se ha largado, pero no creo que la lleve a ninguno de los sitios donde pueda encontrarse con los amigos. La niña no debe de tener ni un céntimo, y debe de estar embobadita con él. Me apostaría cualquier cosa a que David le ha vendido la moto de que ha dejado a su esposa para vivir con ella su eterno amor. ¡Como si ese matrimonio no hubiera estado carcomido desde la tira de tiempo! Pero bueno, ella ha sobrevivido a fin de cuentas. Aquí la tengo muerta de risa por ir a comprarse ropa de colorines. Tampoco comprendo tanta diversión. ¿Es que no veía por la calle cómo van vestidas las churritas? Aunque mejor así, no me importa llevarla conmigo a algunos sitios, tampoco tengo amigas con tanto tiempo libre como yo.

—¿Cuándo vas a estrenar los pantalones de rayas que te has comprado? ¡Son ideales!

—¡Calla, loca! Solo los usaré para andar por casa. ¿Adónde voy yo con una prenda así? Dime, ¿adónde voy?

~~~

Fue Sandra la que me dio la carta. La había sacado del buzón al volver de trabajar. Yo no hubiera podido recogerla porque hace una semana que no salgo a la calle. No me apetece, ya sé lo que voy a encontrar y nada contribuiría a que me sintiera mejor. Sandra está muy preocupada, le da la impresión de que quedarme en casa es casi el principio del fin. Para tranquilizarla, le digo que no es una decisión definitiva, sino solo pereza temporal. Mis explicaciones no consiguen que deje de estar inquieta. Bregar con su preocupación empieza a ser más conflictivo que hacerlo con mi estado de ánimo.

Le llamó la atención la caligrafía del sobre, tosca y titubeante, casi tanto como que yo recibiera una carta enviada por correo postal. Por eso me la dio en cuanto llegó. Era de Iván, y contenía un breve texto: «Aquí está mi regalo. Os espero a ti y a tu chica». Junto a este, dos entradas para un espectáculo en la «Sala Diamante. Sábado

12 a las 22. Prohibida la entrada a hombres solos». Sandra dice que el sitio le suena, pero no consigue recordarlo. Entramos en Google y lo que vemos me hace reír a carcajadas. La Sala Diamante es un local de la periferia especializado en estriptis masculino. «Diversión garantizada. Chicos varoniles y bellísimos. Precios especiales para grupos a partir de diez personas.» Sandra recuerda por fin, ríe también.

—Sí, es estriptis dedicado a mujeres que van casi siempre en grupo. Alguna compañera de trabajo me ha contado que no es algo que se pueda tomar muy en serio. Se celebran despedidas de soltera, cumpleaños, divorcios... Creí que era una moda pasajera, me sorprende que el local esté abierto aún. Por cierto, ¿quién es Iván?

Le recuerdo quién es Iván, le digo que me ha llamado varias veces para tomar juntos una cerveza.

—¿Y por qué te ha llamado?

—Supongo que se siente agradecido porque fui al entierro de su abuela. Es un tipo un poco especial. No sé por qué me envía estas entradas. A lo mejor trabaja en la sala como camarero.

—O quizá es uno de los que bailan —dice Sandra divertida.

No había pensado en esa posibilidad, pero no me parece probable. Para actuar en cualquier espectáculo hace falta tener condiciones: moverse al compás de la música, exhibir cierta sofisticación, ser apuesto; y a mí este chico me parece bastante patán, incapaz de resultar insinuante o atractivo. De cualquier modo, mis sospechas se han visto confirmadas: Iván no trabaja en un lugar convencional. Ni un taller ni un supermercado, sino en una sala de estriptis. Hombres varoniles. Imagino que su abuela nunca se enteró. El mundo es amplio y hay gente para todo; lo que sucede es que tú no la ves, te mueves solo entre los de tu tribu, tu estrato social.

—¿Vamos a ir al espectáculo?

Una pregunta tan lógica me coge por sorpresa. Ni por un momento me había planteado esa opción. ¿Asistir al estriptis de la Sala Diamante? Miro a Sandra con gesto de sensatez.

—¿Tú crees que debemos ir? ¿Qué pintamos nosotros en un sitio semejante? ¿No dices que todo son grupos de mujeres con ganas de juerga? Una pareja estará fuera de lugar, nos sentiremos desplazados.

—Siempre podemos observar. Será como un experimento sociológico.

Y de paso él saldrá a la calle, por fin. Lleva días negándose a hacerlo. Cuando ha abierto la carta he visto que se le animaban los ojos y le he oído reír. Su preciosa risa que ya casi había olvidado. El hermano de mi amiga María es psicólogo. Tengo que convencerlo para que vaya a su consulta. Estoy segura de que está sufriendo una depresión, aunque se niegue a reconocerlo. Otros se han quedado en el paro y no se lo toman tan a pecho, pero él es muy sensible: la falta de sus padres desde pequeño, su gusto por la soledad… ¡Ojalá pudiera ayudarlo!, pero no se me ocurre cómo. Vayamos, vayamos a ese local de estriptis a reírnos un rato. Yo también lo necesito, estoy consumiéndome en vida de verlo así.

—No imaginaba que estabas interesada en la sociología.

—A lo mejor lo que me apetece es ver a un montón de hombres desnudos contoneándose, con los músculos perfectos y el vientre plano. Creo que estás celoso en el fondo; pero deberíamos ir o tu amigo puede pensar que lo juzgas mal por trabajar en un sitio así.

Me dejé convencer sin poner demasiados inconvenientes porque sentía curiosidad.

Tal y como a Sandra le habían dicho, la sala está repleta de grupos de mujeres. En algunos hay uno o dos hombres aislados. Pocas parejas como nosotros. Un escenario relativamente pequeño y una gran pasarela discurriendo entre las mesas. Poca luz. Todo un tanto destartalado, feo, cutre. Cuelga del techo una gran bola de cristal brillante, tallada en minúsculas facetas. Cabe la posibilidad de que el local sea una antigua *boîte* de los sesenta reciclada de modo rudimentario. La edad del público es inusualmente variada: crías adolescentes, mujeres maduras, treintañeras. Un ruido notable en el ambiente. Nadie está charlando en voz baja en espera de que empiece la función. La actitud es bullanguera, de chiringuito, de Oktoberfest: carcajadas explosivas, gritos vulgares. Los camareros se mueven afanándose en servir la primera consumición, que va incluida en la entrada; el resto corre a cuenta del bebedor. Me fijo bien en los camareros para ver si alguno de ellos es Iván, pero Iván no sirve copas. Tampoco estaba cortando las entradas en la puerta, ni atendiendo a los clientes de la barra.

Sandra está distraída, curioseando. Debe de haber comenzado su experimento sociológico. Me parece muy guapa esta noche, con un vestido azul que no le conocía y los ojos pintados con esmero. Una voz por megafonía anuncia el comienzo del espectáculo. Se apagan las luces generales mientras focos intensos iluminan el escenario. Aparece un maestro de ceremonias ataviado como el jefe de pista de un circo: americana esmoquin de lentejuelas color fucsia y pantalón negro de raso brillante. Tiene bastantes años, y la voz ronca de un fumador.

—Señoras, señores también, aunque sobre todo señoras: bienvenidos al reino de la alegría y la libertad. Lo que van a ver aquí esta noche no es un espectáculo cualquiera, sino el mejor espectáculo de Europa de este género, en el que, después de una selección muy exigente, actúan los hombres más bellos de la ciudad. Pásenlo bien.

Frente a una presentación tan parca y sobria, los asistentes reaccionan de modo inusual: gritan, aúllan, rugen. Es evidente que no se toman en serio al maestro de ceremonias. Le conminan a que se marche, le dirigen frases groseras a berrido limpio: «¡Que se vea!, ¡lárgate!, ¡llevas demasiada ropa!, ¡queremos carne humana!». La sala se ha convertido en un griterío, en un pandemonio de carcajadas. Sandra me mira, hace gestos de incredulidad, se echa a reír. Yo estoy tan sorprendido que no sé cómo reaccionar. No he asistido a muchas sesiones de estriptis masculino ni femenino en mi vida, pero este inicio no me parece propio de una actuación, sino más bien una gamberrada en la que el público tiene el papel principal. El presentador, que no se ha inmutado, da a conocer el título del primer número. Creo haberle oído decir: «La escuela», pero la barahúnda es tan intensa que puede haber dicho cualquier otra cosa.

Sigue una total oscuridad que consigue acabar con los gritos. Se encienden las luces del escenario en el que, como por arte de magia, alguien ha preparado un aula con una pizarra y seis pupitres pintados de rojo. En cada uno de ellos hay sentado un joven. Todos van vestidos con ridículas batas colegiales y un gran lazo de seda atado al cuello. Los pantaloncitos cortos dejan ver sus piernas desnudas. En escena aparece un profesor con aspecto menos juvenil que los alumnos. Es alto, bien formado, musculoso y va vestido de negro. Se oye música a todo volumen: rítmica, pautada, sugerente. El profesor inicia la danza al compás. Su movimiento sinuoso empieza por la cabeza y se va extendiendo por el torso, los brazos, las caderas, los muslos, los pies. Da la sensación de un gusano que avanzara por el suelo: retrayéndose, extendiéndose. De repente, se para con brusquedad, va hacia el grupo de alumnos sentados y levanta a uno tomándolo por la mano. Lo coloca en el centro del espacio vacío y le pide con gestos que imite su baile. El alumno lo intenta torpemente. El profesor lo corrige, pero, impaciente ya, lo devuelve a su lugar y prueba con otro alumno que tampoco es hábil bailando. Idéntica maniobra se repite hasta tres veces, y en cada ocasión, el público se parte de risa ante los desmañados simulacros de danza erótica de los jóvenes. Cuando el cuarto fracasa también, el maestro sufre un arrebato de desesperación. La música se intensifica, la clase queda en penumbra y un foco recae sobre él. Entonces su baile se torna furioso, desbocado, procaz. Se mueve como si estuviera poseído por un ramalazo de sexualidad, como un animal macho que se dispusiera a acoplarse un instante después. Va quitándose las prendas de vestir una a una y las tira al suelo con rabia. Al final, solo un taparrabos escueto le vela los genitales. Se vuelve de espaldas a la sala y deja ver un culo pequeño, prieto, esculpido músculo a músculo. El fervor del público se desborda. Entonces, como activados por un resorte, los seis alumnos saltan de sus pupitres e imitan la actuación del profesor, esta vez impecablemente. Danzan al unísono, conectados al ritmo, perfectos. Se quitan los pantalones cortos, que vuelan por los aires. Poco después se arrancan de un solo golpe las batas escolares y los seis jóvenes se quedan con un taparrabos idéntico al de su profesor. Sus cuerpos son más delgados que el de aquel, menos definidos por la edad. Tienen complexiones parecidas, alturas similares. Los aplausos atruenan el local, pero ellos no los agradecen ni saludan, sino que se retiran corriendo del escenario a toda velocidad. Se encienden las luces generales, que nos deslumbran tras la semioscuridad. Hay trasiego de camareros, peticiones de bebida, algunos espectadores se levantan y visitan otras mesas. Sandra me mira con la boca abierta, como si estuviera bloqueada por el estupor, pero sonriente.

—¿Has visto eso? Es increíble, ¿verdad? El baile del profesor es impactante, perturbador. No puedo creer que estas cosas estén sucediendo en nuestra ciudad.

Pero pasan, Sandra, ya ves. La gente se busca la vida como puede. Aunque todo esto no tiene nada de sórdido, pienso, no veo los patrones clásicos del estriptis femenino, con los tipos mirando libidinosamente a las bailarinas mientras le arrean sorbitos al vaso de whisky.

Se inicia otra actuación, anunciada por rasgueos de guitarra a la mexicana. Luces concentradas en escena. Entra El Zorro, el mismísimo Zorro de la leyenda, vestido de negro riguroso, sombrero de ala ancha, capa hasta los pies, calzado con botas de espuela. El antifaz no consigue ocultar a mis ojos que se trata de Iván. Hubiera reconocido entre mil su boca plegada, sin sonrisa, marcada por un ligero rictus de desprecio. Me inclino hacia Sandra, le susurro al oído:

—Creo que es él.

Asiente, la curiosidad se redobla en su mirada.

El Zorro empieza un baile de claras notas folclóricas en el que hay zapateado, restallar de látigo y ademán de galopar en un caballo imaginario. El conjunto resulta bastante ridículo, tanto que hay risotadas entre los asistentes. Inesperadamente surge de entre los cortinajes un individuo disfrazado de guardia prerrevolucionario que intenta apresar a El Zorro. Ambos desenfundan sus espadas y ejecutan una coreografía vistosa a modo de esgrima. Golpe y contragolpe, van avanzando por la pasarela que se adentra entre el público. Al verlo en una distancia corta ya no me queda ninguna duda de que es Iván. Levantan polvo con los pies, que permanece flotando en la estela de luz. La lucha se encarniza, hasta que por fin, El Zorro-Iván empieza a quitarle pieza a pieza la ropa al pobre guardia con la punta de su espada. El público, como cada vez que se muestra un centímetro de piel, prorrumpe en alaridos estremecedores, para nada exentos de broma. Cuando todo el uniforme del perseguidor ha caído, estamos ante un cuerpo en taparrabos, algo fofo, con inicio de barriga prominente, pero piernas bien fuertes. Desnudo y humillado, se mira a sí mismo y echa a correr. Esta vez es El Zorro quien lo persigue, creando un griterío enloquecido a su alrededor, hasta que el huido desaparece tras las frondas. La música baja de volumen, abandona los tintes étnicos y se convierte en el típico acompañamiento insinuante del estriptis tradicional. Entonces El Zorro se contonea con gracia y deja caer la capa, la camisa de chorreras, el sombrero de ala ancha, el pantalón. Se queda en tanga negro y botas.

—Tu amigo está buenísimo —dice Sandra riendo.

Y es verdad, Iván tiene cuerpo de atleta, o mejor, está entre el atleta y el bailarín de clásica: brazos largos, trabajados en el gimnasio, vientre plano, gemelos abultados, culo perfecto. Se arranca a caminar por la pasarela, siempre con el antifaz. Las mujeres tienden las manos hacia él, gritan. Él se mueve con calma, impertérrito, se acerca a las enloquecidas chicas, hurta el cuerpo cuando alguna extiende la mano para tocarlo, les hace gestos provocativos, saca y hace revolotear la lengua como Mick Jagger. Viene hacia nosotros y cierra el puño, con el pulgar dirigido hacia arriba. «Nos vemos a la salida», oigo que me dice entre el jolgorio ensordecedor. Le sonrío, le aplaudo. Sigue su deambular triunfal por la tarima y una mujer de mediana edad le mete un billete de veinte euros en el taparrabos. Otras mujeres la imitan y, como por encantamiento, su sexo está de pronto hinchado de billetes de banco. Como si hubiera existido un ensayo previo, las chicas empiezan a berrear: «¡Que se lo quite todo!», y luego a corear: «Todo, todo, todo». El personaje enmascarado hace un ademán imperioso para que pare la música. Se oye un redoble de tambores. El Zorro se yergue, toma aire en el pecho y se arranca el antifaz de la cara. Veo ahora su cara completa, con la misma expresión que le conozco: orgullosa, distante. Todos estamos en suspenso esperando ver cómo desaparece también su taparrabos, pero eso no sucede. Iván se larga corriendo y vuelve la luz ambiental.

—¡Caray con tu amigo, es un auténtico profesional! —exclama Sandra encantada—. ¡Se ha ganado una pasta con ese paseíllo! ¿Y has visto cómo las chicas le metían el dinero hasta bien dentro? ¡Hace falta desfachatez!

Con los intervalos necesarios para que la gente pueda ordenar más consumiciones, se va sucediendo el resto de los números. No difieren mucho unos de otros, si bien a partir de un momento hay un solo bailarín en escena y la intensidad erótica de los bailes va aumentando. El desfile por la pasarela es un punto común. Los ataques de las espectadoras, animadas por el alcohol, menudean ahora. Intentan besar en la boca a los chicos, tocarles el culo. Les meten dinero en los calzoncillos, demorándose; lo cual hace que estallen en risas las amigas acompañantes. Los bailarines rechazan sistemáticamente todo atrevimiento, a veces con visible malhumor y brusquedad. Los únicos grupos que no participan de tanta audacia son los de jovencitas, casi colegialas. Se limitan a chillar cada vez más fuerte, con gritos agudos y extemporáneos. Una de ellas ha vomitado en el suelo. Llega un camarero con un cubo y un mocho. Tengo ganas de irme. Aquello ya está visto, ya no da más de sí, empieza a ser cargante. Sin embargo, sé que debo quedarme. No solo para charlar un rato con Iván, sino porque Sandra se lo está pasando en grande, y quiere conocerlo.

El presentador anuncia el número final, pero cuando acaba su parlamento no abandona el escenario. Se apaga la luz, vuelve a encenderse y ahí sigue él con su absurdo esmoquin de lentejuelas color fucsia. Música sexi. Se mueve al compás, provocando la sorpresa de los espectadores. Tiene casi cincuenta años, no es atractivo. Pienso que se dispone a ejecutar un número cómico, pero no es así. Su danza deviene reiterativa, bamboleante, hipnótica. Es como un viejo orangután que fuera a cubrir a la última hembra de su vida. Se quita la parte superior del traje, que incluye la camisa. Está moreno de rayos UVA.

La edad dota a su cuerpo de una cualidad dramática de la que carecían los jóvenes bailarines. La lentitud es su arma erótica principal. No tiene prisa, se demora, se recrea, serpentea, entra en pausado trance. El pantalón desaparece con un solo movimiento. Me recuerda a las estatuas clásicas de centuriones romanos: talle ancho, piernas hercúleas, corpachón. Está tan fundido con su papel que lo vive, apenas actúa. Su rostro va adoptando expresiones extremas: desafío, superioridad, desprecio, placer: «Aquí me tenéis, zorras. Yo puedo haceros gozar de verdad». Los espectadores que se han mofado, que han coreado consignas de pura burla, contienen ahora la respiración. Tiene a la sala en un puño, y lo sabe. Está moviéndose como en un coito despacioso, majestuoso, ritual. Suda, siente gusto, se encuentra en algún lugar privado, tórrido. No se desplaza, no se acerca a la gente, no comete el error de la proximidad. Miro a Sandra de reojo. Está absorta. Yo también lo estoy, aunque a veces siento la absurda necesidad de apartar los ojos, porque me resulta demasiado violento. Se extiende por todos lados el indescriptible olor del sexo.

En el instante final, cuando los compases se han vuelto más pautados, más machacones, indicando la inminencia de un desenlace, el presentador desvía la mano derecha hacia atrás y desabrocha el último resorte: su taparrabos se desploma. Queda a la vista un pene grande que, liberado, se descuelga sobre el muslo interior. Tiene los huevos oscuros, barnizados de una estridente purpurina azul, que les da un brillo extraño. Abre los brazos, en una entrega total. Pienso en el éxtasis de un crucificado, en un sacrificio que se acaba de consumar. Ha cerrado los ojos, los abre de improviso, camina hasta desaparecer. El público de la mofa y el escarnio aplaude ahora con devoción, como si hubiera presenciado el recital de un tenor famoso. Al encenderse las luces reina en el auditorio una clara incomodidad, como sucede en el cine tras la proyección de una película intimista. Los espectadores no se atreven a mirarse unos a otros, envueltos en una extraña sensación de pudor.

Afortunadamente, toca ahora la despedida de todo el elenco, y la salida a escena del conjunto de bailarines impide que el show acabe con un anticlímax tan poco tranquilizador. Los chicos van vestidos con pantalón y jersey negros, elegantes, mundanos, con aspecto normal. Aquí no ha pasado nada y esperamos verlos de nuevo en nuestro local. Son doce, incluido el presentador, que no sé de dónde ha sacado el tiempo para cambiarse.

La masa inicia la retirada entre comentarios apagados. La euforia continuada se ha convertido en cansancio. Solo unos cuantos clientes permanecen en las mesas.

—Sin comentarios —dice Sandra mirándome con ironía.

Música suave y las últimas órdenes: botellas de cava. Debe de ser una especie de tradición entre los habituales. No hemos pedido nada, pero un camarero nos trae una botella.

—De parte de Iván. Me ha dicho que llegará enseguida.

—¡Qué detalle! —exclama Sandra antes de brindar.

Minutos más tarde empiezan a salir algunos de los artistas y van a sentarse a las mesas de los que, obviamente, son sus amigos. Por fin aparece Iván. Trae la misma expresión de siempre. Me levanto, le presento a Sandra.

—Enhorabuena —le dice ella—. Has estado genial. Todos habéis estado muy bien. Me ha encantado.

—Muchas gracias.

Es un show de cojones, tía, ¡qué me vas a decir! No estrenamos en Nueva York porque el jefe no quiere. Peticiones ha tenido, ¿eh?, pero no le apetece complicarse la vida, que si no…, en Broadway, que estaríamos todos en pelota picada. Aunque mejor quedarse en casa, que en América hay mucha competencia y aquí somos nosotros los únicos. Los reyes del puto mambo, ya ves. La sala se llena cada viernes y cada sábado. Durante la semana es solo discoteca. La ciudad es lo que es y no daría para llenar todos los días. Sobre todo vienen grupos de tías, tías a mogollón. Si tuvieran que venir solas no lo harían, les daría corte; pero en grupo se desmandan que no veas. Son la hostia, las tías, te meten mano delante de todo el mundo como si fuera la cosa más natural. Si fuera al revés, un tío que mete mano a una bailarina, se liaría la de dios; entrarían en acción los seguratas, pero nosotros tenemos que aguantar, forma parte del show. ¡Y te dicen unas cosas que te quedas parado!; cosas bastas, arrabaleras: «Ven, que te hago una mamadita». Seguro que en sus casas no hablan así. Y da rabia, la verdad, porque todo lo hacen por el cachondeo y para ir de guais delante de las otras del grupo. Aunque en el fondo me importa un carajo, yo a lo mío y en paz; que el trabajo salga bien es lo primero. He estado ensayando un mes entero el nuevo show antes de estrenarlo. Lo cambiamos todo cada seis meses, para que la gente no se aburra. Así, si vuelven, no se encuentran con todo exactamente igual. Vienen grupos de maduritas, y también muchas despedidas de soltera. Nos dicen antes en qué mesa están y alguno de nosotros pasamos para felicitar a la novia. Entonces somos nosotros los que armamos un poco de coña: «Tócame el muslo, guapa, que cuando estés casada tu marido no te dejará». Chorradas, pero que les encantan. También hay grupos de tías que celebran un divorcio. Con esas hay que andar con cuidado porque están resentidas y pueden soltarte algo desagradable, o tocarte de mala fe. Y luego están las jodidas jovencitas, que son la peor chusma. Crías que no han salido del cascarón. Se cogen unas trompas de cojones porque no saben beber y además, siempre piden lo más barato de la carta: cerveza o vino. Unas trompas de cojones. Hoy sin ir más lejos, una ha vomitado en la sala. Pero algunas veces hemos tenido que llamar a urgencias por el coma etílico y tal. Si se dejaran mucha pasta, pues bien está, pero nunca te meten ni un billete en el gayumbo. Mariano, el jefe, dice que dan animación y se ve gente joven en el público, que también conviene.

—¿Te resulta rentable el trabajo? —le pregunto.

—¡Hombre, tío, qué te voy a decir!

Vaya pregunta que me hace el profesor. Si hubiera show todos los días la cosa estaría aseada y bien, pero solo con los fines de semana te vas sacando un jornal, aunque no da para comprarse un Porsche. Y los billetitos de los gayumbos los compartimos con el compañero de número. El que hace de guardia conmigo no se queda al final, así que yo le doy la mitad de lo que he sacado. Los que salen mejor parados son los que actúan solos. Son los más antiguos en la casa y los que saben más. Yo aún no he llegado a ese nivel. De todas maneras, con la crisis de los cojones, cada vez se recauda menos. Hace solo un par de años que estoy en este rollo, pero los más viejos dicen que hace cuatro o cinco les metían en el taparrabos un montón de billetes de cincuenta. Ahora ni hablar. Lo más normal son billetes de veinte, pero a veces me han colado de cinco nada más.

—Pero no me decís si os ha gustado.

—Ha sido una pasada —dice Sandra—. Sobre todo el presentador.

—Mariano es un *crack*.

Un *crack* y un bestia parda, el mejor. Es el dueño del negocio, el más listo, el que se lleva la pasta. No tengo nada contra él, que conste. El tío es un cerebro. Él solito lo monta todo: tiene las ideas para los números, contrata a los tíos que actuamos, lleva las cuentas y se ocupó de alquilar el local, de la decoración… Él corre los riesgos, ¡qué coño! Además se porta bien. Paga a tocateja y nada mal para lo que hay por ahí. De las propinas no quiere porcentaje, todo para nosotros.

—Su número es espléndido —comento.

—Sí que lo es.

Siempre deja a todo el mundo con la boca abierta porque durante el espectáculo parece el más desgraciado y nadie le hace ni puto caso, y al final…, al final se destapa, el cabrón, y cómo. Tiene vocación. Con lo que gana con el show y después con la discoteca toda la semana ya tendría para vivir más que bien, pero le gusta actuar. Se mueve que te deja de piedra. Pone a las tías a mil, en plan chulo, como diciendo: «¿Queréis que os folle, nenas, es eso lo que queréis? Pues yo os voy a follar a tope, a saco». Las tías se ponen cachondas, se nota. Es el mejor. Aprendió en Estados Unidos. Allí participaba en un montón de shows. Hacía de macho latino con más gracia que nadie, y eso que tenía la competencia de los mexicanos y los colombianos, pero triunfó. Hasta se casó con una americana. Luego se separaron y se vino a España otra vez. También se hizo más viejo, claro, que la edad no perdona. Ahora aún tiene buen cuerpo, pero si no fuera su propio show, seguramente se lo hubieran quitado de en medio. Es un tío listo que además te da buenos consejos. Siempre nos dice: «Pensad en el futuro, muchachos, que esto del estriptis es flor de un día, y a la que os descuidéis se os ha aflojado la tripa, os ha nacido una calva y se acabó. Os darán con la puerta en las narices. Yo lo haría también, que el negocio es el negocio y las tías quieren carne fresca, que para desgracias humanas ya tienen al marido en casa. Quien paga, manda; así que no creáis que esto es para toda la vida. Ni haciendo abdominales por un tubo os vais a salvar. Ahorrad, o buscaos otro curro antes de que sea demasiado tarde, o montad un chiringo propio o casaos con una rica». Así es Mariano, un puto *crack*.

—¿Pagar, qué vas a pagar, Javier? Aquí os invito yo. Métete la cartera en el bolsillo, a ver si me voy a cabrear. Ha sido un placer, tíos, de verdad.

Mientras regresamos a casa Sandra me mira, seria de pronto.

—No me puedo creer que tú seas amigo de ese tipo.

—¿Por qué?

—Es machista a rabiar.

—¡Venga, Sandra, no me jodas! Es machista, sí. Machista como un tío criado en la calle, como lo que es. ¿Qué esperabas, a Nureyev después de bailar *El lago de los cisnes*?

¡Por Dios, parece que no se entere! Madre enchironada por droga, padre muerto de sobredosis, criado en centros de acogida, o con la abuela, buscándose la vida como podía. ¡Machista!

—No ha robado, no ha matado…, ha encontrado la manera de ganarse un dinero en ese club. Tiene mérito. Dichoso él, yo no he encontrado aún la manera de mantenerme.

—No te estoy diciendo que sea mala persona. Solo me choca la manera en que habla de las mujeres. ¿Qué tiene que ver contigo un tipo así?

—Yo también soy un pringado, no te olvides, un pringado peor que él.

Sandra es un poco más joven que yo, pero parece que se haya quedado anclada en el pasado. No se da cuenta de cómo han cambiado las cosas, de que nunca volverán a ser igual. Piensa que se reimplantará el orden de siempre: trabajo, familia y un puesto en la sociedad. Su catecismo es invariable: no hay que ser machista, ni racista, ni clasista. Hay que practicar la solidaridad. A ella no le ha mordido la fiera de la crisis. Cobra un sueldo cada mes, vive tranquila, va a comer con sus padres los domingos…, piensa que mi situación de parado es temporal. No se entera, no advierte que la fiesta se ha acabado; o bien cierra los ojos para no ver la realidad, pero la realidad está ahí. Da lo mismo que tengas estudios o no. Ya no hay nada mejor o peor. El modelo está muerto y enterrado, pero no existe ningún otro en el que puedas ampararte. Buscarse la vida, esa es la opción. No hay caminos. No hay destinos. Campo abierto. Alguien nos engañó, algún pastor nos llevó hasta el borde del acantilado y luego desapareció. Si te precipitas por él es culpa tuya. No hay más.

—¡Ya está bien, Javier, es suficiente! No puedes ponerte como una furia por cualquier pequeño comentario que no te guste. Me he equivocado, mil perdones. Iván es encantador, un *gentleman*, un príncipe, un diplomático de carrera. ¿Está mejor así?

Veremos hasta cuándo puedo soportar ese humor de perros que se le ha instalado a perpetuidad. Cualquier cosa lo incomoda, cualquier gilipollez hace que se suba por las paredes. ¡Con lo equilibrado que era! Un hombre racional, pausado, prudente en sus opiniones. Jamás se permitía ser desagradable o faltón. Si le hacía algún reproche, me contestaba con explicaciones medidas. A veces hasta me fastidiaba tanta sensatez porque parecía que quería darte una lección. ¡Y ahora tengo que morderme la lengua cada dos por tres para no meternos en discusiones! Nunca hubiera creído que, bajo aquella apariencia, se ocultara un tipo cargado de neuras. Es verdad que siempre tuvo una tendencia a hacer grandes teorías de detalles absurdos, que le gustaba analizarlo todo hasta sacar a veces consecuencias impensables, pero nunca le di más importancia. Un tipo que ha estudiado Literatura ya sabes que es un poco iluminado, nunca será como alguien de Ciencias o de Tecnología, siempre ve la vida de un modo menos realista. Pero ahora su reacción no tiene sentido. Pierdes el trabajo y ¡ya está, todo a la mierda! Pues no, hombre, calma, no es el fin del mundo. ¿O la gente va a dejar de trabajar por los siglos de los siglos? ¿No se necesitarán profesores de Literatura nunca más? No hay manera, de su boca solo salen catastróficas predicciones: el cambio de los cambios, la vida tal y como la conocemos, se acabó. Inútilmente le digo que yo gano dinero, que podemos seguir viviendo igual, que nos apañaremos, que algún trabajo le saldrá.

Veremos hasta dónde puedo aguantar. La vida también es dura para mí. Es cierto que ahora te aprietan más en el trabajo. Yo también me curro la vida cada día. Para mí no todo son facilidades, ni seguridad, ni me desenrollan la alfombra roja por donde paso. A mí también me agobian un montón de cosas, pero procuro sobreponerme y tirar adelante, sin hacer un tratado de filosofía de cada contrariedad, ni echar la culpa a la nueva sociedad capitalista ni a las fuerzas del mal.

Aguantaré hasta que aguante, pero no pienso convertirme en su muñeca de pimpampum, recibiendo las hostias por todas partes y poniendo buena cara además. ¡La que me ha montado hoy por su nuevo amiguito del alma! Iván, ¡vaya tiparraco! ¿Qué hace saliendo con él, de qué hablan? ¿De dónde lo ha sacado, de un contenedor de basura? ¡Un machista sin gracia, un hortera! El típico chuloputas de barrio. No sé en qué se basa la mutua simpatía de esos dos, pero ahí está Javier, con la boca fruncida y cara de palo, como si le hubieran atacado en su dignidad.

~

El gerente me da la lata todo el tiempo. Observo que sus reproches viran cada vez más hacia lo personal. Son sutiles, apenas insinuaciones, pero el fondo es siempre el mismo: no es bueno para mí dejar de asistir a las reuniones semanales en el despacho, me animaría dar una vueltecita de vez en cuando por la fábrica… Cuando las cosas iban viento en popa no me pedía tanta dedicación. Al contrario, en ocasiones tenía la sensación de que mi presencia constante en el negocio lo molestaba, como si temiera una injerencia por mi parte en sus espacios de poder. Ahora no, ahora que el castillo se desmorona, todo son incitaciones al trabajo y llamamientos al deber. ¿Con qué cara piensa que voy a pasearme entre unos trabajadores de los que hemos tenido ya que echar a un buen montón? ¿Cree que van a recibirme agitando palmas como a Jesucristo en domingo de Ramos? Estoy segura de que, al verme, todos echarán pestes de mí: «Ahí va esa pija que no ha sabido levantar la empresa desde que su padre murió». No quiero que nadie me maldiga cara a cara. Ese dichoso gerente y hombre de confianza ¿no es capaz de comprender a quién tiene delante? Soy una mujer abandonada por su marido y eso es letal. Cuando alguien se entera, da un paso atrás. Una mujer abandonada es una enferma infecciosa. Pero el gerente sigue pensando que lo más importante para mí es la empresa. David nunca le cayó bien. Sin duda creía que era un aprovechado a quien mi padre había dado oportunidades de promoción por estar casado conmigo. ¿Y qué ha hecho ahora? Ahora que el barco tiene vías de agua salta de él y me deja sola al timón. No le faltan razones para obrar de esa manera. Por lo menos no siente compasión por mí. Detesto la compasión. Aunque al menos debería darme un tiempo para reaccionar, para aprender cómo se lleva ese nuevo traje de «mujer abandonada» que nunca imaginé que vestiría. El gerente se inquieta por su futuro, no por mí. Sabe que si la empresa se hunde, él también se hundirá. ¿Dónde encontrará otro puesto de trabajo similar? Cuando has sido la mano derecha de alguien quedas muy marcado después. Nadie quiere un miembro cercenado de otro cuerpo.

Me muestro tranquila ante sus invectivas. Me comporto con él como con los demás: ni preocupada, ni triste, ni desesperada. No lloro, no me ensimismo en mis pensamientos, no hago comentarios malvados sobre mi ex, no le cuento mis penas a nadie. De cara a la galería no recuerdo haber estado casada, y en cierto modo es verdad. Así evito en los otros unas señales de duelo que me incomodan. Pero, lo evidencie o no, soy una señora a quien el marido ha abandonado por otra mujer más joven. Lo único que pido es que me dejen en paz.

La gestión de mi tiempo libre no la llevo muy bien. Si me encontrara emocionalmente devastada, habría intentado buscar enseguida una solución: psicólogos, ejercicio físico, un viaje al extranjero…, pero no estoy tan mal. Me cuesta experimentar sensación de fracaso. Lo único malo es el vacío que veo frente a mí; eso me causa vértigo, poco más. Pero no quiero llenar mi tiempo libre de modo desordenado y sin pensar. Tengo amigas que, tras la separación, se embarcan en sesiones de yoga, buscan un preparador físico personal, se matriculan en alguna facultad, van a academias de bailes de salón, se apuntan a grupos de mujeres viajeras… y acaban desquiciadas, naturalmente. Hay otras que buscan enseguida un hombre de remplazo. Al principio, para demostrar a todo el mundo que son muy capaces de ligar, de volver a tener un tío en cuanto quieran. Pero luego viene la fase en la que eso ya no las satisface y buscan una pareja estable. Un terrible error. Empiezan los fracasos, las relaciones absurdas y los comentarios aparentemente festivos: «Ningún hombre acepta el compromiso», «El mercado de hombres está fatal». Cada vez que he oído esas frases he imaginado un cuadro estremecedor: frikis sentimentales que encuentras vía internet, tipos maravillosos que te presentan y resultan ser un horror, el primer novio que tuviste y perdiste de vista hace mil años, ahora un señor mayor y calvo a quien no sabes qué decirle. Si esas mujeres en busca de recambio tienen hijos, la cosa es mucho peor: rechazos, obligaciones, necesidad de mediar… ¿Cuál es la compensación que pretenden encontrar en todas esas situaciones humillantes? ¿Sexo? ¡Por Dios!, muchas de las que he conocido habían abandonado las relaciones con el marido desde tiempo inmemorial y parecían contentas. ¿Por qué de repente necesitan tan imperiosamente meterse en la cama con un señor? ¿Buscan amor, un amor maduro, una segunda oportunidad? Da igual, si se han separado; el amor les parece más imprescindible que comer o dormir. No puedo entenderlo, no es mi caso. Yo necesito un hombre tanto como una licencia de armas: no sabría qué hacer con ninguno de los dos. Con todo, sabiendo muy bien lo que no quiero hacer, la gestión de mi tiempo libre es deficiente.

Me llamó Genoveva para salir. Siempre acepto. Al menos no me cuenta batallas amorosas. Con ella lo paso moderadamente bien. Es tan superficial que resulta divertida. Me propuso ir al *vernissage* de un pintor que conoce. Nunca había ido a ningún *vernissage* ni me había encontrado con un pintor, ese tipo de cosas no estaba en mi agenda matrimonial ni de negocios. Fui, pero ojalá hubiera declinado la invitación. No digo que lo pasara mal, por lo menos metí las narices en un ambiente nuevo para mí. Sin embargo, esperaba algo con más glamur. No, hablaban todos a la vez y sirvieron el vino blanco demasiado caliente. Si aquello era un ambiente intelectual, se parecía demasiado a cualquier velada del club: risotadas, comentarios tontos y gente que se besa en las mejillas cada dos por tres. Había algunos tipos curiosos, con pintas desastradas o disfrazados de diseño exagerado y chillón, pero nada demasiado original. Lo peor era el propio artista. Había imaginado a alguien con cierta personalidad, pero me encontré con un hortera: gordo y sudoroso, sesentón y lamiendo el culo a todo el mundo. Decepcionante.

Hoy me ha vuelto a llamar Genoveva para comentar.

—Me decepcionó un poco, sobre todo el pintor. Había pensado en alguien más interesante.

Se moría de risa.

—¡Pero, mujer!; los pintores ya no son señores bohemios que se mueren de hambre. Estás un poco fuera de onda.

¡Pobrecita Irene! Ya lo digo yo, es como una monja de clausura, como una niña fantasiosa que no ha salido jamás del internado. Con tanto papá, tanto maridito, tanta empresa y tanto club, no se ha enterado de qué va la vida. Es como si la hubieran llevado en coche por una carretera y no hubiera mirado por la ventanilla. Ha llegado a destino sin saber cómo ni por dónde. Yo, en su caso, me habría pegado un tiro de puro aburrimiento. Pero yo me he buscado la vida, he sabido crear mis propias circunstancias y ganarme a pulso lo que he querido tener. A mí no me ha dado miedo la gente ni lo que piensen de mí. He tirado adelante y en paz.

—Pues Irene, guapa, ¿sabes qué te digo?, que en el fondo llevas razón. El pintor es horroroso, y lo que pinta aún más. Ya puede haber expuesto en Nueva York o en la China; ¿tú pondrías en tu salón el retrato de una vieja enferma y deforme? ¡Qué mal gusto! Pues ya ves, todos esos cuadros valen un pastón y la gente se muere por ellos.

Su salón…, lo primero que yo haría en su caso es vender la casa. Es el piso enorme que les regaló su papá cuando se casaron y ha vivido ahí con David un montón de años. ¿Para qué continuar en el mismo sitio? ¡Hija, por favor, muévete un poco, dale algo de marcha al *body*! Si me lo preguntara, se lo diría tal cual. Pero no pregunta nada, es cerrada como una caja fuerte y fría como un cubito de hielo. Por eso no quiere salir con los amigos de antes. ¡Ellos le darían consejitos, y se meterían en sus cosas! Yo no. A mí me da igual ocho que ochenta, cada cual que haga con su vida lo que le dé la gana. Pero yo, en su caso, vendería la casa y me compraría un apartamento chulo. Lo decoraría con lo más moderno y le pondría toda una serie de detalles golfos. ¡Con lo que a mí me gusta jugar a las casitas! El mes pasado cambié la decoración de mi dormitorio. ¡Disfruté como una enana!: coordinar las telas, repescar algún mueble de viejo, combinar los colores…, ¡me encanta! Pero yo sé sacarle jugo a las cosas, disfrutar con todo. Nunca me he quedado en un rincón a verlas venir hasta que ya no hay remedio.

—O sea, ya veo que no le vas a comprar ningún cuadro a ese tipo.

—No es el momento, Genoveva, aunque te aseguro que no todos eran tan feos. Vi algunos que tenían mucha fuerza.

—Sí, vale; pero también tiene fuerza un repartidor de butano y no te lo llevas a casa.

Genoveva está completamente loca, pero de vez en cuando me hace reír. Ella sí parece gestionar bien su tiempo libre, tan abundante. Supongo que se mueve de un lado a otro como una tarambana, siempre rodeada de gente, siempre en alguna fiesta o inauguración, siempre en el gimnasio, el instituto de belleza, el spa. Yo no sería capaz de aguantar ese trote, de escuchar todo el tiempo, de hablar, sonreír, escoger la ropa que tengo que ponerme... En estos momentos no me siento capaz de casi nada. Nada me interesa, ni siquiera el trabajo.

—¡Y pensar que se me había pasado por la cabeza presentarte a mi amigo el pintor para ver si te gustaba! Entiéndeme, no hablo de fines serios, solo por si te apetecía salir con él de vez en cuando, ir a alguna parte acompañada..., no sé, socializar, como dicen ahora.

—¿Tú tienes alguien fijo con quien salir?

—¿Yo? ¡Ni pensarlo, Irene, ni pensarlo! Yo estoy por encima de eso. Llevo ya muchos años viviendo sola y estoy de maravilla. Voy a mi bola, tengo mis soluciones, mis contactos..., pero tú eres más joven, acabas de separarte, quizá te vendría bien conocer a algún tipo agradable..., ¡qué sé yo! No me hagas caso; se me ocurrió presentarte al pintor y punto, pero ya veo que hubiera sido un buen patinazo.

—Olvídate de presentarme a hombres, Genoveva. De momento, estoy bien como estoy.

～❧～

Sandra llegó a casa nerviosa y eufórica. Yo estaba en el salón, leyendo revistas literarias atrasadas que sacaba de la biblioteca. Se plantó delante de mí como una exhalación.

—Javier, una compañera de trabajo me ha dicho algo que te puede interesar, un trabajo de profesor. Escúchame con atención.

Me escucha, pero preferiría que lo hiciera con menos cara de escepticismo, con un poco más de esperanza o emoción. Pero no, tiene ese rictus eterno de superioridad amargada que me hace sentir tan mal. ¿Es que no piensa luchar ni siquiera un poco? Debería comprender que es importante que lo hayan echado, pero que también lo es nuestra convivencia, que se está volviendo cada día más absurda.

—Están buscando un profesor de Literatura a tiempo completo en el colegio Crisol. La hermana de mi compañera de trabajo da clases ahí. Se acordó de que le había contado que tú estabas en paro y, antes de que empiecen a hacer entrevistas a los candidatos, ha concertado una para ti. ¿Qué te parece, a que a veces la gente es maravillosa?

—Sí, es verdad. Pero creo recordar que ese colegio pertenece al Opus Dei.

Antes de alzar el vuelo como una polilla alocada y aletear contra la bombilla caliente chamuscándote las alas, mi querida compañera, siempre atenta y pendiente de mí, deberías enterarte de las cosas un poco mejor.

—Bueno, ¿y qué si es del Opus? Has estado dando clases en un colegio de monjas muchos años. Es casi lo mismo, ¿no? Tú das tus clases en plan neutro y en paz.

—No es tan fácil.

¡Cuánto me gustaría que mi tierna polilla entendiera sin necesidad de tener que explicárselo todo! Como sabe cualquiera que se pare a pensar cinco minutos, no es lo mismo una orden religiosa de monjas dedicada a la enseñanza que el Opus Dei. El Opus es un semillero de fascistas, una organización oculta, una secta. Carezco de prejuicios ideológicos, eso es algo que murió antes de que yo naciera, pero es ridículo pensar que ese colegio vaya a aceptar a un tipo como yo. Querrán a alguien adicto a la causa, alguien fácil de manejar. Mi materia es la Literatura, no las Ciencias Naturales o el Latín. Y la literatura está llena de peligros. En cada verso de un poema, en cada capítulo de una novela, en cada acto de una comedia o tragedia hay un riesgo moral que, si trabajara para el Opus, debería neutralizar. Por eso se asegurarán de que el profesor que necesitan esté cortado por un determinado patrón, que no es el mío. ¿Tendré que explicarle a Sandra todas esas cosas, que son de cajón? ¿No es capaz de pensar por sí misma? ¿A qué viene tanta alegría, tanta agitación? La gente es maravillosa, pero simple.

—No irás a decirme que ni siquiera piensas ir a esa entrevista de trabajo porque el colegio sea del Opus.

Hay veces en las que pienso que tanta desgana y tanta depresión no son más que ínfulas de superioridad. Se cree demasiado inteligente para bregar en la lucha diaria. No desea rebajarse. Quiere que vengan a buscarlo, que se pongan de rodillas delante de él.

—¡Por supuesto que iré! Pero no quiero que te hagas ilusiones, no van a darme esa plaza de profesor.

—Se supone que las ilusiones debes hacértelas tú. ¡No puedes acudir a una entrevista de trabajo con moral de perdedor! Así no se consiguen las cosas, Javier.

Se larga a la cocina, sulfurada, ofendida conmigo. Últimamente Sandra se retira airada a cualquier habitación de la casa cuando discutimos. Mis peregrinaciones hacia donde está, con el ánimo de serenarla y reconducir la situación, empiezan a resultarme extenuantes. Me siento como un alpinista cargado con una pesada mochila que, tras ascender y ascender, nunca corona la cima deseada. Pero iré a buscarla, por supuesto, y una vez más, le diré lo que quiera oír.

—Sandra, por favor, no te enfades. Iré a esa entrevista, ya te lo he dicho, y procuraré que todo salga bien.

Me da un nombre y un número de teléfono para que confirme la cita y se va a trabajar más tranquila. El contacto se llama señor Contreras. Contreras, recontra, contra. ¡Empezamos bien!

Por la tarde me llama Iván.

—¡Hombre, tío! Desde el día de la función no he sabido nada más de ti. ¿Tan acojonado te dejó la cosa, tanta guarrada te pareció?

—¡Ni mucho menos! Lo pasamos muy bien.

—¡Ah, lo pasasteis muy bien!

Este tío no se entera de nada, ¡joder! «Lo pasamos muy bien» es lo que debía decir cuando trabajaba en las putas monjas esas, las ursulinas o lo que fueran. «Lo pasamos muy bien» se dice después de tirar las bolas de petanca, como los abuelitos en el parque. «Lo pasamos muy bien» es pura mierda. Los invito a ver el mejor espectáculo de tíos en pelotas de la ciudad y «lo pasan muy bien». Vamos mal. A lo mejor me he equivocado con Javier. Me había hecho una idea de él y ahora resulta que «lo pasa muy bien». Se dice: «El show fue bestial, cojonudo, la hostia en verso». O se pregunta cualquier cosa; por ejemplo, a mí me han preguntado muchas veces: «¿Esos tíos que se contonean no serán todos maricones?». Pero no, ellos «lo pasaron muy bien». A lo mejor es que la chorba de Javier se escandalizó, a lo mejor es una estrecha. Algo raro me pareció que tenía porque iba vestida sin colores, ni escote ni nada, y no llevaba rímel ni pintura en la cara. ¡Con lo que a mí me gustan las tías que van de tías! Con tacones que dejan los dedos al aire, con las uñas pintadas de fosforito. Con los pantalones bien ceñi-

84

dos al culo y que por arriba se les vea el ombligo. Con la camiseta escotada y tan prieta que se marquen los pezones. Y los pelos largos, que les caigan por la espalda. Esta chorbita de Javier debe de ser una mosca muerta. A lo mejor después de vernos bailando hizo como si a ella no le fueran los culos ni los músculos de tío y le dijo a Javier: «¡Qué horror, qué vulgaridad!». Y seguro que Javier se lo creyó. Al ser profesor, estas cosas de las tías espirituales que no se pintan deben de parecerle bien. Pues a ver si se enteran de que recibir una invitación mía es la hostia, que no lo hago nunca con nadie. Y, si lo que llevo entre manos sale bien y se lo propongo, entonces es como si le hubiera tocado el Gordo de Navidad con un número regalado. Pero esta entrada de «lo pasamos muy bien» es mal síntoma. Igual la proposición le parece una ofensa, me manda al carajo. Pues en ese caso, tanto peor, yo ya habré cumplido con mi obligación, que, mira por dónde, me la he puesto yo mismo sin necesidad. Aunque me jodería, porque este tío no sé por qué cojones me cae bien. Pero si se pone en plan de hacerme un desprecio, ¡adiós, muy buenas!, que a mí no me vacila ni dios.

—Sí, genial, lo pasamos genial.

—Yo te llamo porque tenía que hablar contigo. ¿Te va bien mañana por la mañana?

—No, Iván, mañana tengo un compromiso.

—Pues es que es bastante urgente lo que tengo que decirte, y por teléfono no puede ser.

—Te llamo en cuanto acabe y nos vemos.

No me apetece nada llamarlo, pero lo haré. A lo mejor es la última vez que salgo con él, porque Sandra lleva razón: tenemos muy poco que decirnos. Sin embargo, me parecería imperdonable que pensara que no quiero encontrarme con él porque su espectáculo me pareció mal. De ningún modo debe interpretar que lo juzgo moralmente, que rechazo su modo de ganarse la vida. Lo llamaré.

~~~

No creí que tuviera que pasar por estas cosas. ¿No se quejan los abogados de que tienen demasiados casos que atender? ¿Para qué entonces celebrar un acto de conciliación entre un hombre y una mujer que no tienen nada que añadir o dilucidar sobre su separación?

Hacía meses que no veía a David. No sentí nada especial al tenerlo delante, pero curiosamente se me habían borrado de la mente los rasgos de su cara. Fue un instante nada más, porque enseguida reconocí la fisonomía a la que mis ojos estaban acostumbrados. No había cambiado, quizá su actitud era ahora más resuelta, menos pensativa. Había perdido también el aire culpable que tenía tras su confesión: «Estoy enamorado de otra mujer». Debió de notar alivio después de soltarlo. Es incómodo guardar ese tipo de secretos. Yo era su problema. No resulta agradable ser el problema del otro sin saberlo. Pensar eso me causó más dolor que la traición, que la mentira, que el desamor.

Espero que se dé cuenta de hasta qué punto estoy tranquila. Lo único que siento son ganas de acabar con esta historia de la conciliación. Me arrepiento de cómo reaccioné cuando me dijo: «Estoy enamorado de otra». Hubiera debido mostrarme mucho más impasible. En puridad, tendría que haber sido yo quien hubiera puesto punto final a aquel matrimonio de ficción. Fue un problema de costumbre: ¿cuántos matrimonios de ficción veía yo en mi entorno? Muchos, y no parecían ser nada demasiado trágico. Las teorías dicen que en una larga unión amorosa se transita por fases diferentes: pasión, comprensión, amistad, ayuda, respeto. No pude comprobar si eso es cierto en el matrimonio de mis padres porque mi madre murió muy joven. Ahora tampoco podré comprobarlo en el mío propio; aunque una cosa ya sé: no existió para nosotros la primera fase. No hubo pasión. Cuando me casé con él, la impresión predominante en mi estado de ánimo era que estaba cimentando una alianza que iría en beneficio de la empresa, lo cual me parecía bien. Los sueños que tenemos las mujeres son ridículos. A todo le añadimos un componente sentimental.

Afortunadamente soy poco expansiva y no hice a nadie partícipe de mi quimera, tan poco romántica: «Unidos a mayor gloria del éxito empresarial». Si me hubiera mostrado más comunicativa, ahora sería objeto de un escarnio mayor. Solo espero que la Providencia me conceda el don del olvido rápido.

Allí estaba David, como si nada. Bronceado, porque con la traductora simultánea debe de hacer más vida al aire libre. Con el pelo muy corto, porque a la traductora simultánea debe de gustarle así. Vestido con ropa informal, que debe de comprarle ella. Seguro que está encantado de haberse librado de los severos trajes que se veía obligado a lucir como abogado de mi empresa.

Escuchamos con pretendida atención todo lo que lee el abogado, y que sigue punto por punto los acuerdos a los que habíamos llegado. No hay nada que enmendar, añadir o matizar. Firmamos el documento. Yo soy tan estúpida que rechazo el bolígrafo de oro que él me tiende porque recuerdo habérselo regalado por un cumpleaños. Saco mi propia pluma y estampo mi nombre. Punto final; a partir de ahora ya solo habrá recuerdo.

Al salir del despacho me invita a tomar un café. Está distendido pero no sonríe. Le digo que no, tengo prisa. Me alarga la mano pero no se la estrecho. Nuevo error. Por fortuna será el último que pueda cometer en esta historia.

Mientras conduzco de vuelta a casa estoy a punto de atropellar a un mendigo que aparece de improviso desde detrás de un contenedor de basura en el que debe de haber estado hurgando. «A punto de atropellar» es quizá excesivo, pero he tenido que frenar bruscamente, a un palmo de su cuerpo informe por la cantidad de ropa que lleva puesta. Levanta la cara y me lanza una mirada nebulosa, como si no me viera. Pero me ve, porque me llama «zorra» gritando. La gente que pasa se queda un instante observando la escena. Una oleada de sangre caliente me sube a la cara. Me sorprende comprobar que mi primer impulso es bajar del coche y liarme a patadas con aquel corpachón harapiento. No lo hago, por supuesto, en parte por la gente que mira. Lo esquivo y sigo mi camino. La ira se va disipando, pero sigo sorprendida por haber imaginado tal violencia. No es mi estilo. Mi estilo es la preocupación: ¿qué hubiera sucedido de haber atropellado a aquella escoria? Problemas y más problemas: ambulancias, denuncias, juicio, indemnizaciones. Pero hoy me habría limitado a darle de puntapiés hasta cansarme por haberme llamado zorra. Extraño. No soy sanguínea, no experimento nunca ataques de furia, no me alteran los provocadores ni me sacan con facilidad de mis casillas. Siempre he considerado la indiferencia como un arma potente. Supongo que estoy exasperada tras el acto de conciliación en el juzgado. Supongo que haber visto a David me ha puesto más nerviosa de lo que creía. Es preocupante, quizá mi manera de ser esté cambiando sin darme cuenta. Cambiar de carácter a estas alturas de mi vida y en mis circunstancias sería un inconveniente. He llegado hasta aquí siendo como soy y no me ha ido mal. Pero empiezan a acumularse indicios de tránsito hacia una nueva personalidad. Por ejemplo, el trabajo me interesa cada vez menos. Por ejemplo, busco evasión mental en mis salidas con Genoveva. Por ejemplo, me estoy volviendo colérica. Preocupante. No me importa cambiar de actividades o de estilo de vida; pero no soportaría cambiar mi modo de ser. Si eso sucede, detestaré a David durante el resto de mi vida. Puedo llegar a olvidar la humillación de que me haya abandonado por una chica joven. Olvidaré sin duda los años perdidos junto a él, pero seré incapaz de perdonarle que haya hecho de mí otra mujer.

∼∽

—Ahora hablando en serio, Javier. ¿Qué te pareció el espectáculo del otro día? La peña más carca piensa que el show es una mierda, una guarrada y en paz. Dicen que es cosa de maricones, cuando se ve clarísimo que, de eso, nada. Yo respeto mucho a los maricones. Tengo amigos en el mariconeo y son la hostia de graciosos y de buena gente. Pero si el show fuera para maricas, por mucho que me pagaran el oro y el moro, no saldría en él. No me gusta que me tomen por marica. Nuestro espectáculo es otra cosa, más alegre y más de cachondeo; aunque de cachondeo total tampoco. Las tías que vienen a vernos con el maromo, seguro que por la noche le dan una marcha que no veas. Y las que vienen sin pareja de alguna manera se consolarán, porque calientes las ponemos, que lo noto yo. Además, es un show artístico y todo ese rollo. No hace falta saber mucho para actuar, pero por lo menos tienes que llevar bien el ritmo de la música y tener condiciones físicas. Si pesas cien kilos y tienes michelines, el coco medio calvo y barrigón, mejor te dedicas a otra cosa. Tener la picha pequeña da igual, porque como no salimos en pelota por completo, si hace falta te ponen un postizo. Mariano y los que actúan solos hacia el final del show sí necesitan saber mucho más, y una polla decente, porque a ellos se les ve. Todos esos tienen vocación, ¿comprendes? Es como si hubieran nacido para hacer ese rollo, aunque cuando nacieron no había rollos así. Se lo curran un montón: gimnasio, buscar y proponerle al jefe músicas nuevas, mejorar las posturitas, sesiones de rayos UVA, ir a la pelu cada quince días... Pero, que yo sepa, ni uno solo es maricón. Para mí que es Mariano quien controla el tema. Y no porque los mariquitas le caigan mal, sino para que los bailes sean más auténticos y tengan más morbo de cara a las tías. A un nenaza siempre se le acaba notando que lo es: una sonrisita por aquí, una manita que se le escapa por allá..., se nota y no conviene, como puedes comprender. Mariano tiene las ideas muy claras con su negocio. No nos deja consumir drogas en el curro. Bueno, una rayita siempre puede inspirarte, pero si pesca a alguien trapicheando o pinchándose en el local, se va a la puta calle. No le da otra oportunidad, tío, él es así. Yo con eso estoy encantado, porque a mis viejos la droga los hizo unos desgraciados. ¿Me entiendes?

—Por supuesto que sí.

—Pues eso.

Me mira con una cara, el profe, que ya no sé qué pensar. Es como si se la sudara todo lo que le estoy diciendo.

—Yo no tengo vocación para esto, te lo digo con toda sinceridad. Yo hago de estríper por la pasta, que me viene muy bien. Aunque vocación, lo que se dice vocación, nunca la he tenido para nada. Cuando iba a la escuela todos los chavales querían ser futbolistas, o pilotos de avión, o Indiana Jones; pero yo no, tío, a mí ni de coña se me ocurría pensar qué quería hacer de mayor. Pero ya sabía muy bien lo que no quería. No quería trabajar como una puta mula para ganar cuatro cuartos. No quería ser electricista, ni mecánico, ni fontanero, ni entrar en una fábrica para hacer lo mismo todos los putos días de mi vida sacando una miseria a final de mes. ¡Lo tenía muy claro! Ya sé que lo que te voy a decir ahora te sonará a que quiero hacerte la pelota, pero te juro que es verdad: lo único que me gustó alguna vez era ser profesor. No sé, tío, pero eso de estar con los chavales y enseñarles cosas, y decirles lo que te dé la gana y que ellos te tengan que escuchar por cojones está muy bien. Sí, no te rías, que alguien te escuche es de puta madre. Para ti no tiene importancia porque estás acostumbrado, que aún estarías con los chavales si las putas monjas no te hubieran largado. Por cierto, ¿cómo lo llevas, estás buscando otro curro?

—No lo llevo nada bien, Iván. Puede presentarse alguna oportunidad, pero cada vez tengo menos esperanzas. Esto de estar en paro es más duro de lo que pensaba.

—Eso es fatal, tío, ¿qué me vas a decir? Es como si

todo el mundo te dijera en la cara que eres una puta mierda sin tener tú la culpa de nada. Es como si te dijeran que te aprovechas de los demás. Y si tienes al lado a una tía que sí tiene curro, que por cierto Sandra es muy simpática, entonces ya es la releche. Tendría que ser mejor, pero no, porque al final te entra el complejo de mantenido.

—Veo que sabes lo que se siente.

—Porque yo he estado sin curro, tío, y era horroroso. Vivía entonces con una chorba que hacía de cajera en un supermercado y lo pasaba de puta pena. ¡Hasta para tabaco tenía que pedirle guita! Luego fui haciendo chapuzas aquí y allá y algo me sacaba, pero poco. Hasta que me metí en el show, tío. Un amiguete me dijo que buscaban tíos y me lie la manta a la cabeza. Es un curro como otro, pensé, ¿por qué no? ¿Le hago daño a alguien, es ilegal? Es un curro como otro cualquiera, y me deja mucho tiempo libre, además. ¿No te lo parece a ti, Javier, no crees que es un curro como otro cualquiera?

—Por supuesto que sí.

—Pues mira, justamente te llamé y quería verte hoy sin falta por este rollo del que estamos hablando. A lo mejor te va a parecer una chorrada y hasta te vas a reír, pero yo te lo digo igual porque tenemos amistad y no me gusta que un amigo esté jodido. ¿Te acuerdas del número del maestro y los alumnos?, quiero decir en el show. Pues uno de los que hacen de alumno, que se llama Georges y es francés, se presentó el otro día diciendo que quiere largarse. No quiere irse porque haya tenido problemas con el dueño ni nada por el estilo, sino porque se ha muerto su madre y le ha dejado una casa de herencia y quiere probar a poner un hotel rural. El papel de alumno es el más facilito de todos, así que yo había pensado que a lo mejor podrías hacerlo tú.

Joder, lo sabía; sabía que iba a poner una cara de susto del copón; pero ha sido más de lo que creía. Se ha quedado como muerto, el cabrón. ¿No te jode? A ver si encima que le ofrezco un curro voy a tener que pedirle perdón.

—Yo te veo aptitudes, tío: eres alto, delgado, no tienes tripón…, que te cascas buena pinta, coño. Para ese número no hace falta entregarse en cuerpo y alma, podrías hacerlo bien. Solo meneas el esqueleto al mismo tiempo que los demás y ¡listo!

—¡Joder, Iván, me has dejado de una pieza! Nunca me hubiera podido imaginar que me propusieras algo así.

Vamos a ver cómo salgo de esta, porque estoy seguro de que habla en serio.

—De cualquier modo, por mucho que tú me veas con buena pinta, si me presentara delante del tal Mariano diciendo que quiero ese papel, me mandaría al infierno.

—No si yo se lo pido, que tenemos amistad.

—Pero me muevo fatal, nunca he tenido gracia para bailar ni siquiera agarrado.

—Eso no tiene importancia.

¿Que no tiene gracia para bailar?; ahora soy yo el que se queda flipado. Este tío es tonto del culo. ¿Se cree que tiene que actuar en un ballet o algo así? Bien a gusto le diría: «Oye, profe, no te has enterado de la película. El tema es que muevas la polla adelante y atrás, con eso vale. Olvídate de bailar, que no hace falta. Lo que hay que tener es los huevos de salir allí en medio y quedarse casi en bolas».

—Vamos a ver, Javier; no es que yo me haya empeñado en que te metas en el show para ser una figura y triunfar, ni que quiera hacerte de representante en el mundo mundial. Te hablo de un curro en el que pagan bien, que hay pocos. Y como solo es para los fines de semana no haría falta que dejaras lo que sea que estés cobrando del desempleo. Además, los compañeros del show son buena gente. A veces hay algún gilipollas, pero son los menos. Lo más normal es que haya muy buen rollo entre nosotros. Cuando se acaba la función vamos siempre unos cuantos a tomar unas birras y a cenar algo. Lo pasamos bien, comentamos las jugadas de la noche: que si una tía de las espectadoras estaba tope buena, que si otra hacía el imbécil…, no sé, lo que se llama buen rollo.

—No me interpretes mal, Iván. Lo primero que quiero decirte es que te agradezco en el alma que hayas pensado en mí para ocupar ese puesto. Seguro que el trabajo es cojonudo, y la pasta me vendría muy bien. Pero no me veo haciendo eso. Es como si…

Cuidado con lo que digo. Cuidado con las comparaciones y metáforas. ¿Cómo pensaba acabar la frase que he iniciado?: «… como si a ti te ofrecieran hacer de profesor». No puedo decir eso porque en el fondo supondría decirle: «… como si a ti te ofrecieran hacer de profesor siendo como eres un tío cutre, apaleado por la vida y que no sabe hacer la "o" con un canuto». Imposible. Tampoco puedo decirle que sus compañeros danzantes, esos del buen rollo, me ponen los pelos de punta solo con verlos y que me cambiaría de asiento en un autobús con tal de no tenerlos al lado.

—… como si a ti te propusieran hacer algo en lo que no habías pensado jamás. ¿Cómo reaccionarías, eh?

—¡Hombre, no sé! A no ser que me propusieran hacer de cura, creo que me lo pensaría un rato, quizá hasta uno o dos días.

—No, gracias, Iván, de verdad. Ser estríper es un trabajo muy digno, mucho más que otros, incluso, pero yo no me veo ahí. Simplemente no me veo. Me entiendes, ¿verdad?

—Pues claro.

Sí que lo entiendo. La verdad es que pensar que podría verlo alguna alumna de la que ha tenido en las monjas es un marrón. Ver a la nena a la que le has preguntado la lección mirándote el paquete, bien apretado en la malla… Lo entiendo, sí; pero yo ya he cumplido. ¿No estaba tan jodido por no tener curro? Pues yo voy y le ofrezco uno. Que no le vaya bien ya es otra cosa. Yo ya he cumplido. Ahora estamos en paz de lo bien que se portó con mi abuela y lo de ir a su entierro. En paz.

—No te enfadas conmigo, ¿eh, Iván?

—¡Qué va, tío! En el mundo cabemos los dos. Cada uno a su rollo y todos tan contentos. Felices como lombrices.

—Y seguiremos tomando una cervecita de vez en cuando.

—¡Eso está hecho, tío, faltaría más!

No lo llamaré más porque ya he cumplido; pero que conste que me cae bien, es un buen tío, el profesor.

—Así quedamos.

No lo llamaré, pero en el fondo le agradezco la ocurrencia de haber pensado en mí como estríper. Una anécdota divertida que nunca olvidaré. Es un buen tipo, el tal Iván.

Una visita inesperada. Por desgracia me encontraba en casa y tuve que recibirla. Se ha hecho mechas en el pelo y juraría que le han inyectado bótox en el entrecejo, quizá en las patas de gallo también. Está espantosa. Supongo que piensa que me encanta verla, que me siento feliz por su amabilidad al presentarse en mi casa sin avisar. Hace meses que no tengo contacto con nadie del grupo. Teresa no era una amiga íntima. Nunca he tenido amigos íntimos con los que intercambiar confidencias o charlar sobre la vida. Le pido que se siente, le ofrezco un café. Mi intención es dejarla que hable:

—No creí que te encontraría en casa, como es hora de despacho...

Está mintiendo. La realidad es que alguien le ha ido con el cuento de que cada vez voy menos por la fábrica, de que abandono progresivamente mis sagrados deberes de empresaria. Quiere cotillear, pasar el dato a los demás, corroborando o desmintiendo. Procuro ser paciente y miento a mi vez:

—Ya sabes que, con la crisis, las cosas están muy paradas. Mi presencia no es tan necesaria como antes en el trabajo.

Acepta mi explicación a regañadientes.

—Siempre pensé que era al revés: cuanto más difícil es la situación, más esfuerzos se requieren.

—Es una manera de verlo.

No pienso ponerme a discutir con ella sobre el funcionamiento de la empresa capitalista ni sobre cómo sobrellevar las crisis financieras. Le pregunto cortésmente por su marido, por sus hijas.

—Raúl está muy bien. Siempre liado, siempre con asuntos entre manos. Como hace tantos viajes al extranjero, casi no nos vemos el pelo. La chica mayor entró en Esade. ¿Te lo había contado? No creo, como a ti tampoco te vemos el pelo...

Risita tonta a la que yo correspondo con otra más tonta todavía. A estas alturas ya se ha dado cuenta de que no pienso abrir la boca espontáneamente. Si quiere enterarse de algo tendrá que forzar mis confidencias aportando las suyas propias. Quizá así obtenga mejores resultados.

—Pero dime, Irene, ¿tú estás bien?

—Estoy de maravilla, ya me ves.

—Yo te veo fenomenal, aunque la verdad es que nos tienes a todos un poco preocupados.

Esa es la clave exacta: «Nos tienes a todos un poco preocupados». Teresa aparece por mi casa como portavoz del grupo social. «Todos» son los amigos del club. Son la gente con la que debería seguir relacionándome, los miembros de mi tribu natural. «Preocupados» significa intrigados. Quieren saber los motivos por los que me comporto como me comporto. La palabra tiene otro matiz: están indignados por no recibir explicaciones sobre mi ausencia desde que me separé. Saco de mi interior unas condiciones de actriz que nunca antes he empleado y que ni siquiera sospechaba poseer. Agito la cabeza a derecha e izquierda hasta que los cabellos se mueven y suelto una carcajada de incomprensión.

—¿Preocupados? No entiendo por qué.

Se lanza en tromba a decir lo previsible: desde mi separación han ido sabiendo cada vez menos de mí. No he aceptado ninguna de sus invitaciones a comer o cenar. No he vuelto a aparecer por el club. Si alguien me ha llamado para quedar individualmente conmigo, siempre he puesto una excusa. Conclusión: piensan que no estoy bien, algo me ocurre. Conclusión de la conclusión: están preocupados por mí.

—Bueno, Teresa, ya sabes cómo son las separaciones. Se pasa mal. Han sido muchos años de matrimonio con David. Necesito tiempo para pensar, para reorganizar mi vida. Justamente el otro día firmé los papeles del divorcio.

Ha ido interrumpiendo mis frases con contrapartidas: «No todo puede ser pensar, quizá necesitas salir, distraerte». Pero cuando he llegado a la firma del divorcio, se ha sentido interesada de verdad, y pregunta compulsivamente:

—¿Qué tal fue? ¿Hablasteis? ¿Resultó violento? ¿Iba solo él? ¿Ibas sola tú?

Naturalmente no puede regresar y presentarse ante el grupo con el saco vacío de cotilleos. Su maniobra me hace pensar en los mercaderes del templo. Me acuerdo de cuando estudiaba en el colegio. El Antiguo Testamento era de una violencia descomunal, estaba lleno de fornicaciones, venganzas, pasiones y padres que estaban dispuestos a rebanarles el cuello a sus hijos en nombre de Dios. De hecho, a mí Dios me daba un miedo espantoso. Por la noche soñaba con Él y me despertaba llorando y llamando a papá. El pobre se presentaba en pijama, nunca consintió que la tata viniera en su lugar. Cuando le contaba que Dios se me aparecía en sueños y quería matarme, le quitaba importancia: «Eso son bobadas de monjas. Cualquier día iré a tu colegio y les diré que dejen de meterte tonterías en la cabeza. Duérmete, que mañana tengo que madrugar». Volvía a la cama, un poco molesto porque lo hubiera despertado, y yo me quedaba hecha un lío, sin saber si Dios tenía de verdad todo aquel poder destructor de la Biblia o era un simple delirio de la madre Rodríguez.

Sin embargo, el Nuevo Testamento me aterrorizaba mucho menos; si bien había algunas escenas que me sumían en la duda. Por ejemplo, Jesucristo echando del templo a los mercaderes. ¿Por qué tenía que portarse de un modo tan desconsiderado con gente que solo pretendía ganarse la vida? Pensaba que también mi padre era en cierto modo un comerciante, y no podía comprender la reacción de Jesús. Solo después de que David me abandonara, llegué a entenderla. Los mercaderes son la gente que quiere meterse donde nadie la llama, los que quieren saber, conjeturar, hundir el dedo en la llaga y oler la sangre. Y ahora la pobre Teresa, pobre en el fondo, me llevaba más allá. Ahora no solo comprendía el comportamiento airado del templo, sino que también lo compartía. Me vi a mí misma látigo en mano, volcando los tenderetes de las baratijas: falsa amistad, falsa comprensión, falso cariño. Con gusto le hubiera gritado: «¡Mi vida es un templo sagrado en el que nadie está autorizado a entrar!».

Naturalmente reprimí el deseo de azotar a Teresa con uno de los cojines del sofá. Hubiera sido una ridiculez, y sobre todo, no tenía ganas de explicarle por qué lo hacía: no hubiera llegado a comprenderme jamás.

—No creas, fue un puro trámite. No hubo ninguna tensión entre nosotros. Todos somos personas civilizadas, ¿no?

Advierto la frustración en cada milímetro de su asaeteada piel. Pienso que la inspección ha terminado, que por fin va a soltar la presa y a largarse. Me equivoco.

Como en los buenos espectáculos, ha dejado para el final el número bomba.

—Me alegro de que todo te vaya tan bien, Irene. En realidad también he venido para advertirte…, bueno, ya sabes cómo es la gente: hablan, hablan, y a lo mejor se meten donde no les importa. El caso es que la gente comenta que sales de juerga con Genoveva Bernat. Oye, un momento, que conste: yo contra Genoveva no tengo absolutamente nada. Cada uno que lleve su vida y haga lo que mejor le convenga. Pero Genoveva es como es y se cuentan cosas de ella. El caso es que tiene bastante mala fama. A mí eso ni me va ni me viene; pero no me gustaría que esa amistad pudiera perjudicarte. Ninguno de los amigos nos perdonaríamos no haberte dicho que ella hace cosas, no sé cómo expresarlo, un poco subidas de tono. Es mejor que lo sepas.

—Ya.

Nunca me había fijado en cómo habla Teresa. Resulta vulgar, como una dependienta de supermercado. ¿Hablo yo igual? Probablemente sí. No era consciente, pero viéndolo desde fuera… Cuanto más te alejas de un paisaje, con más perspectiva lo divisas. Todas las mujeres de mi grupo social hablamos así: una mezcla de palabras cultas y expresiones populares oídas en la calle. Parecemos más modernas de esa manera. Es demasiado tarde para cambiar mi vocabulario, pero haberme apartado de mi grupo social es ya un avance. En cualquier caso: ¿cómo reacciono ante su interés por mi reputación? Sería el momento ideal para mandarla al infierno y pedirle que no volviera más por aquí, ni ella ni nadie del clan. Pero no me apetece. Ya se me ha pasado el subidón de Cristo y los mercaderes (*subidón* es una de esas palabras que usan las dependientas de supermercado) y prefiero decirle cualquier cosa neutra para que se marche de una vez.

—¡Ay, gracias, Teresa, no sabes cómo os agradezco vuestro interés! Pero en realidad solo he salido un par de veces con Genoveva, que es tan divertida... De eso a que nos hayamos hecho tan íntimas como para que pueda perjudicarme... Podéis dormir tranquilos, sé muy bien cómo es Genoveva, tampoco soy una niña.

—Ya lo sé; pero has estado siempre tan protegida: tu padre, tu marido, nuestro círculo de amigos...

Me levanto con ímpetu. La estoy echando, pero lo hago de manera que parezca que debe seguirme a un lugar maravilloso. Me río, cloqueo, me enzarzo en una perorata surrealista sobre lo mucho que me alegro de que haya venido a verme, de que sus hijas sean tan brillantes, de que todos los del grupo estén bien. Remato con una serie de promesas inconcretas: te llamo pronto, cualquier día me paso por el club. He ido encaminándola hacia la salida y, al final, se va.

¿Es verdad lo que ha dicho, siempre he estado muy protegida? No lo sé. La vida que llevaba estaba bien, un poco aburrida ahora que lo pienso, pero bien. No quiero pensar. Voy a servirme un whisky y veré un capítulo de una de esas nuevas series americanas que dicen que son auténticas obras de arte.

～◦～

Esta mañana la actitud de Sandra me deprime especialmente. Me despierta antes de irse a trabajar. Trina como un pájaro, y se mueve a saltitos por la habitación, como un pájaro también. Insiste en que hoy desayunemos juntos; así que salgo de la cama y voy con ella a la cocina. Ha preparado café y pan tostado. Es el gran día. Emoción, emoción. A las once me espera el señor Contreras para la entrevista de trabajo. Viendo cómo se comporta Sandra se diría que me espera el presidente Obama para nombrarme secretario de Estado. Ella está nerviosa, pero intenta aparentar solo entusiasmo. Me parece una estrategia detestable. Con cada mirada me está diciendo: «El mundo es tuyo, muchacho, cómetelo. El trabajo será para ti porque eres el mejor. Imponle esa idea a Contreras, cógelo por la solapa y dile: "Este trabajo es para mí. Te vas a quedar acojonado cuando veas lo buen profesor que soy. Prestigiaré tu colegio de mierda solo con mi presencia. Te vas a enterar"». He leído ese tipo de cosas en algún manual de autoayuda, en algún artículo de suplemento dominical: «Cómo enfrentarse a la vida con seguridad», «Cómo obtener el éxito con paso firme». Basura sin reciclar. Hubiera preferido que Sandra me tratara como una mamá tradicional cuando su hijo va a pasar por un examen complicado: «Desayuna fuerte, cariño, que con el estómago lleno todo se hace mejor». Pero no, ha optado por la vía moderna. Desea con fervor que me den este trabajo porque lo habría obtenido gracias a su mediación, y eso le daría cierto poder sobre mí. Esa es una idea miserable que se me acaba de ocurrir. En realidad, desea tanto que me den este trabajo porque vivir conmigo en las circunstancias actuales debe de ser insoportable. He procurado que mi estado mental no repercutiera sobre ella, pero no lo he conseguido. Perder un trabajo no es algo tan grave objetivamente, pero yo no he sabido superar ese golpe de la vida. Peros y más peros.

Escucho con paciencia los mensajes de ánimo que me dirige antes de irse a trabajar corriendo, porque se le hace tarde.

Al quedarme solo en casa todo fue un poco mejor. Tomé una ducha larga y parsimoniosa. Me preparé otro café. Salí a la calle vestido como de costumbre, aunque es cierto que me peiné con esmero para no llegar a la entrevista con los pelos revueltos. Caminé en vez de coger el autobús, y cuando hube llegado frente al colegio, aún faltaba media hora para las once. Entré en un bar pequeño, adonde probablemente irían al salir de clase los alumnos de los cursos superiores. Pedí una cerveza para reforzar la seguridad en mí mismo. Quizá no hay que ser tan cáustico con los manuales de autoayuda, finalmente se basan en la racionalidad. Dan consejos muy obvios, pero van dirigidos a gente con un bajo nivel cultural, así se enteran de lo que hay que hacer. Mi nivel no es bajo; de modo que no necesito leerlos para sacar conclusiones. Eso no significa, sin embargo, que todo lo que aconsejen sea basura. Es cierto que no debes permitir que una mala situación te coma la moral. Hay que ser consciente de la propia valía, y yo soy un buen profesor. Puede que no haya ganado una oposición ni sacado sobresalientes en mis estudios, pero soy un buen profesor. Me interesa la asignatura. Me tomo en serio a los alumnos. En mis clases siempre ha existido un clima de respeto que los chicos aprecian. No soy rutinario. Reciclo mis conocimientos de vez en cuando, no solo leyendo libros, sino también desde el punto de vista pedagógico. He visto a muchos compañeros, completamente hartos de la enseñanza, a quienes les importa un bledo que los estudiantes aprendan o no. Yo no soy así. Soy vocacional. Da igual si el colegio es del Opus, este puesto será mío hoy. No puedo arriesgarme a que el desánimo que arrastro desde hace meses se cuele en la entrevista, dando una imagen de debilidad. Me quedé sin trabajo, sí, pero esa circunstancia solo es imputable a la crisis económica, nunca a mí.

Apuré la cerveza, tan amarga a aquellas horas de la mañana, y crucé la calle, dispuesto a triunfar.

El colegio tiene unas instalaciones magníficas. Al ver a jóvenes y a niños moviéndose por los pasillos experimento una euforia especial: este es el mundo al que pertenezco. Dentro de poco volveré a él, habrá varias listas de alumnos que estarán bajo mi cuidado intelectual. Figuraré en sus horarios semanales: lunes, miércoles y viernes, Literatura española.

El señor Contreras me hace esperar apenas un cuarto de hora. Aparece por una puerta y me invita a entrar en su despacho. Es el jefe de estudios, no el director, pero por sus manos pasan todos los asuntos importantes, como la contratación de nuevos profesores. Su mesa está impoluta. Mi currículo es el único papel que descansa sobre ella. Lo observa un segundo.

—¡Ah, sí, ya me acuerdo de usted! Y dígame, Javier, ¿qué puede usted ofrecer a los chicos de nuestra institución?

Le hablo de mi experiencia, de lo mucho que me gusta enseñar. Le explico lo que creo que aporta la literatura a la formación de un joven. Con modestia, enumero mis virtudes como profesor. Contreras lo escucha todo con seriedad e interés. Cuando he acabado con mi rollo, mira el currículo, me mira a mí y pregunta:

—¿Lo que dice aquí es cierto, solo daba usted clases de refuerzo?

—Sí. No era profesor titular.

De repente pone cara de que ha empezado a dolerle una muela.

—Claro, pero sin ser profesor titular no se tienen responsabilidades claras: no hay que calificar a los alumnos, juzgar su trabajo continuado en clase...

Me quedo bastante descolocado y no sé qué contestar. Enseguida descubro que no tengo malditas ganas de ponerme a discutir con este tipo. Me encojo de hombros.

—Como usted dice, eso figura en mi currículo.

—Bueno, no es un dato definitivo para un rechazo. Queremos hacer las cosas bien, hablar con cada candidato. Y dígame, Javier, ¿cómo anda usted de fe?

—¿Cómo? No sé a qué se refiere.

—¿Cree usted en Dios?

—Soy agnóstico —digo como un imbécil.

Cuando me oye, ya no le duelen las muelas, sino el corazón.

—¡Ay, no me diga eso! ¡Es tan triste! Si alguien es ateo..., se trata de una tragedia, por supuesto; pero es algo de lo que difícilmente se puede salir. Pero el agnosticismo, ese instalarse en la comodidad de no querer saber de Dios... ¡Me da una pena!, porque solo haciendo un pequeño esfuerzo podría uno encontrar la fe; pero hay que desearlo, por supuesto.

—Supongo que eso me incapacita por completo para ocupar la plaza que ofrecen.

—Ahora no estaba pensando en la plaza, Javier, sino en usted.

—Yo estoy bien, señor Contreras, no se preocupe por mí —digo educadamente.

Él, educadamente también, apunta varias frases en mi currículo.

—Muy bien, Javier. Le avisaremos con la decisión del claustro. Hay varios candidatos más. Le escribiremos a su dirección personal.

Se levanta, me sonríe, me acompaña hasta la puerta de su despacho, me estrecha la mano. Soy tan gilipollas que no le monto ningún número, ni lo envío a la mierda ni le digo nada que pudiera incomodarlo al menos un segundo. Pero es que, de pronto, tengo tantas ganas de irme como él de que yo me vaya.

Vuelvo al mismo bar. Me tomo otra cerveza que, esta vez, me sabe de maravilla. Pienso en cuando les explicaba a mis alumnas *Miau*, una novela de Pérez Galdós. El protagonista es un viejo funcionario cesante que se arrastra por las oficinas mendigando un nuevo empleo hasta que todos acaban hartos de él. Ese soy yo, pienso. Luego sale en mi defensa un pensamiento positivo: jamás hubiera podido dar clases en un colegio así. Es un nido de integristas, un lugar peligroso. Mejor no entrar para tener que largarme después, habiendo vivido experiencias desagradables. Al menos las monjas nunca me preguntaron si creía en Dios.

Sandra me llama por teléfono. Le digo que la entrevista ha sido un desastre y que estoy seguro de que no me aceptarán. No hace preguntas. Dice lacónicamente: «Nos vemos después».

En casa, por la noche, estoy temiendo que llegue; como si hubiera cometido alguna fechoría. Pienso en cómo debo contarle lo sucedido para que mi figura quede cargada de razón, liberada de toda sospecha. De pronto me pregunto qué demonio estoy haciendo, asustado y empequeñecido, temiendo la bronca del patrón. No, a la mínima reconvención que Sandra se permita hacerme, saltaré sobre ella y le diré que me ha hecho perder el tiempo, concebir falsas ilusiones. Me han recibido en esa entrevista de trabajo para quedar bien con su amiga, pero no tenían la menor intención de contratarme. Ninguna posibilidad.

Me asalta el recuerdo de mi padre, uno de los pocos que conservo de él. Habíamos ido a pescar cuando vi que, bajo el agua transparente, se acercaba un gran pez a toda velocidad. Le advertí gritando y mi padre empezó a lanzar el anzuelo a su paso, una y otra vez, pero el pez continuó, impasible, su ruta. «¡Vaya imbécil! —pensé de mal humor—. Siempre atrapando peces minúsculos y ahora que se le presentaba la ocasión…» Pero no es verdad, el pez simplemente pasaba por allí, y nunca existió la más mínima posibilidad de que picara. Fui injusto con mi padre, aunque no tanto, en el fondo era un imbécil para quien las ocasiones de éxito no se presentaban jamás. Prueba de ello es que, poco después de aquel día de pesca, estampó su coche en un accidente y se fue al otro mundo, llevándose a mi madre con él. Epitafio: aquí yace un imbécil, alguien casi tan imbécil como yo.

Esperando a Sandra en casa me doy cuenta de que me siento profundamente humillado. No tengo malditas ganas de verla, porque sé que no me hará ningún reproche, sino que se echará a llorar. No quiero oírla decir lo que sé que va a decir: «Lo siento mucho, querido, pero no te preocupes, ya surgirá otra oportunidad». Ella no sabe que, para mí, no existen las oportunidades. Me pongo una chaqueta y me largo a la calle. Busco un bar. Llevo el teléfono móvil en el bolsillo por si ella me llama. «Volveré tarde.» Pido un gin-tonic sentado a la barra. Empiezo a bebérmelo despacio. Me encuentro mejor. Cojo el teléfono en la mano y busco las llamadas almacenadas. Aquí está. Aprieto el botón.

—¿Iván?

—¡Coño, tío, no me lo puedo creer, si es el profesor! ¿Qué me cuentas, Javier?

—¿Qué hay del trabajo que me comentaste, aún estoy a tiempo?

—¿El trabajo en el show?

—Claro, ¿qué trabajo va a ser?

—¡Joder, tío, sí que estás a tiempo, sí! Me das una alegría, joder. Eres un tío con dos cojones. Ahora mismo se lo digo a Mariano. Te juro que no te arrepentirás, tío, ya me encargaré yo. Te llamo mañana.

Sigo bebiendo con gran sensación de paz. No hay nada que me preocupe. Mañana cuando me levante será el primer día de mi nueva vida.

~

No es la prueba de fuego, pero casi. Hay espejos en el camerino y me acerco al más próximo. Iván es como uno de esos perros obsesionados con el amo, no solo me sigue fielmente a todas partes sino que no se separa ni un centímetro de mí. Me aturde con su cháchara:

—¡Estás buenísimo, tío!, pero te han rebajado la categoría, antes eras profesor y en el show eres alumno.

Sí, no está nada mal el tío. Puede que no se lo crea pero la bata de colegial le sienta de puta madre. Este es el peor momento. Podrá parecer que el peor momento es cuando sales en el show y te echan a los leones, pero no, es ahora, yo sé lo que me digo, cuando te ves vestido y te das cuenta de la pinta ridícula que te cascas. Espero que este tío no se me acojone y se eche atrás, porque he dado la cara por él delante de Mariano, que no se casa con nadie, y se pescaría un cabreo del copón. Ahora hay que darle apoyo moral y psicológico, como a los deportistas antes de la competición. Yo para eso me las pinto solo. Habría podido ser psicólogo si me hubiera dado por ahí, si hubiera tenido estudios. Hay que desviarle la atención hacia los demás chicos, para que vea que no está solo, que no está haciendo el memo con la batita y las patas al aire.

—¿Las piernas tienen que estar completamente desnudas, Iván? Se me ven muy blancas. Hace tiempo que no tomo el sol. ¿No sería mejor ponerme unas mallas color carne o unas medias de mujer?

—No, tío, están bien así.

¡Joder con el profesor! Ahora le da por ser coqueto. Aunque, cojonudo, es una buena reacción. La reacción que a mí me da miedo es la de: «Estoy ridículo»; pero si lo que quiere es estar guapo, vamos bien.

—No, mira, tío, Javier. Aquí la cuestión no es estar más sexi que el Brad Pitt. Es casi justo al revés. Esto es como una broma, ¿comprendes?, un cachondeo. No estás aquí para que las titis se enamoren, sino para que se diviertan y, de paso, divertirte tú. Tómatelo así y verás que es un chollo, tío, un puto chollo. Te diviertes y después te pagan; pues es la hostia, ¿no?

A mi alrededor se mueven los estrípers. Son más o menos de mi edad, quizá un poco más jóvenes. Iván me los presenta a medida que aparecen por el enorme camerino comunitario: Domingo, Pablo, Fefo…, uno de ellos es oriental, ya me fijé cuando los vi actuar. Se llama Wong. Me estrechan la mano con cordialidad indiferente. No parece que sea muy raro tener un nuevo compañero. Naturalmente, esto no es como la plantilla de una fábrica. Ser estríper no es ninguna profesión, ni para optar al puesto hay que presentarse a oposiciones. Supongo que cambian mucho. Supongo que todos deben de tener otro tipo de ocupaciones: camareros en bares, porteros en clubes…, ¡qué sé yo! A lo mejor es gente a quien le va mal una temporada, como a mí.

El ambiente es parecido al de cualquier vestuario de gimnasio: hablan a voz en grito, se dan golpes en la espalda al pasar, se gastan bromas. Cuando me pongo el ridículo traje de colegial, el resto de «escolares» se acercan a mí para tomarme el pelo en plan simpático: «¡Seño, hay un chico nuevo!», «¡Vaya piernas de sobresaliente!», «Si te portas mal, me chivaré». Debe de ser una especie de rito para con los novatos, porque enseguida dejan de interesarse por mí y cada uno va a lo suyo: uno levanta pesas en un rincón, otro manda mensajes telefónicos… Solo Wong se queda un rato a mi lado. Me pregunta:

—¿Es la primera vez que actúas en un estriptis?

Iván se interpone y no me deja contestar:

—¡Joder con el chino! ¿Es que no lo ves? ¿Tiene pinta de haber bailado en Pigalle?

—No soy chino, soy coreano. Te lo he dicho mil veces.

—Bueno, vale, coreano, ¡qué más da!

No conviene que cualquiera se acerque a él porque me lo van a asustar. No tengo ni folla idea de qué imagen tiene el profe de nosotros. Seguro que nos encuentra de lo más inculto y vulgar. Ninguno de los que estamos aquí habla como habla él ni se mueve como él se mueve. Se ve al kilómetro que es un tío que ha estudiado y lee libros. Pero ya se adaptará, y si no se adapta es que es más gilipollas de lo que yo creía, y entonces que se las apañe.

—Mira, en esos estantes de ahí tenemos el maquillaje.

—¿También tengo que maquillarme?

—Pues claro, tío, si no, con los focos, parecerás un puto cadáver. La luz blanca se come los rasgos de la cara.

¡Vaya por Dios, ya salió lo que tenía que salir! Me ha hecho la pregunta mosqueado: «¿Maquillarme yo?». Le he dicho y repetido que este no es un espectáculo para maricones, y a la primera de cambio se me pone en plan machito. ¡Joder con el profesor! Me cae bien, pero me cansa. Creo que por eso no estudié para psicólogo, porque hace falta más paciencia de la que tengo yo.

—¡Coño, Javier, no me jodas! ¿Tú no sabes que para salir en la tele hay que maquillar a todo cristo? Da igual que seas ministro o seas el rey. Así que, como te digo, ahí tienes las cosas para pringarte.

—Bien.

Estoy impacientando al pobre Iván, estoy comportándome como un niño mimado. Me olvido de que me ha traído para ayudarme. Debo tener eso presente en todo momento: no hago una concesión estando aquí, he venido por mi propia voluntad. Y si tan insoportable me resultara toda esta historia, no tengo más que renunciar tras la primera actuación. Iván lo comprendería, solo tendría que decirle: «Lo he intentado, pero esto no va conmigo».

—Oye, Iván, y ¿esto del ensayo se hace cada semana o es solo porque yo me incorporo al espectáculo?

—Se ensaya cada jueves por la tarde, tío, como un

reloj. No quedes con nadie los jueves por la noche. Mariano es un perfeccionista, ya lo verás. Aquí se ensaya siempre, aunque llevemos cien funciones haciendo lo mismo. El jueves, ensayo. El fin de semana, show.

—¿El ensayo está incluido en los honorarios o lo pagan aparte?

—Incluido.

¡Joder con el señorito! Igual se cree que estamos en Hollywood. Doscientos euros por actuación. Eso hace un montante de cuatrocientos a la semana. Y trabajas los veinte minutos que estás en escena, nada más, solo con la obligación de quedarte hasta el final para el saludo de toda la *troupe*. Eso son mil seiscientos al mes. Casi libres de impuestos porque oficialmente estamos contratados por menos. No creo que le parezca poco. Ni de coña se sacaba eso dando clases. Muchos mocos tendría que limpiarles a los chavales para llegar a esa cifra.

—¿No te parece justo?

—Sí, hombre, claro que sí. Solo lo preguntaba por tener una idea.

—Y haces muy bien. El que trabaja tiene que saber lo que va a cobrar. Y esto es un curro, Javier, puede que no sea un curro como otro cualquiera, pero da de comer.

—Por supuesto.

Un curro. Hasta él reconoce que no es un trabajo normal. No es estar en la ventanilla de un banco ni arreglar la avería de un motor. No es, desde luego, analizar la poesía de san Juan de la Cruz, ni disertar sobre *Fortunata y Jacinta*. Pero es un curro, tío, un curro que da de comer.

Mariano, el dueño, entra en el destartalado camerino, que no es más que un almacén. Visto de cerca, tiene una pinta bastante siniestra. Ataviado con un polo de rayas y un pantalón negro pierde toda la fuerza de cuando está en escena, desnudo. Lleva mocasines y calcetines blancos, como un hortera. Es curioso porque todos los chicos, incluido Iván, van vestidos con cierto gusto, incluso bien: camisas, tejanos y deportivas de marca. A lo mejor Mariano quiere parecer un hortera, no alardear del dinero que gana con el invento del show. Cuando me entrevisté con él la primera vez ni siquiera me miró. Solo me preguntó si estaba casado, si disponía de coche y si me gustaba la música pop. Un tipo extraño. Hoy se acerca a mí y me dice amablemente que no me ponga nervioso, que solo es un ensayo, y que no actuaré en público hasta que me sienta preparado. Me observa las piernas.

—¿Vas al gimnasio?

—No —contesto.

—Pues deberías hacerlo. Tienes buenas piernas pero te hace falta un poco de tonificación. ¿Puedes pagarte uno?

—Sí —respondo de forma precipitada.

—Mejor, no me gusta pagar adelantos. Cualquiera de estos te lo puede decir.

—También las tengo un poco blancas. Últimamente no he tomado el sol.

—Como eres peludo, eso da igual.

—¡Es peludo como un oso! ¡Me muero por ti, osito de peluche! —interviene Iván bromeando, atiplando la voz.

Sigue sin separarse de mí. Mariano se desplaza de grupo en grupo, dando algunas instrucciones personales: «No te peines con brillantina», «Quítate el pendiente de la oreja». Su tono es desabrido, muy diferente al que ha empleado conmigo. Se comporta como un general revistando a sus tropas antes de la batalla. Nadie puede negarle profesionalidad. Como no va vestido con la americana de lentejuelas deduzco que él no participa en el ensayo. Cuando ha terminado de inspeccionarnos, da unas palmadas.

—¡En diez minutos empezamos el ensayo! ¡Todos al loro!

Iván, disfrazado de El Zorro, me mira con una sonrisa casi cariñosa.

—¡Ánimo, profesor, que esto está chupado! Procura sobre todo sentir la música y dejarte llevar. Imagínate que tienes delante a un montón de titis que quieren chupártela y que tú no te dejas. Ponlas calientes nada más.

Como formo parte del primer número enseguida me toca actuar. La sala está vacía, helada. Siento el frío en las piernas desnudas, se me cuela bajo la bata escolar y sube hasta el vientre, hasta el pecho. El minúsculo eslip que llevo es molesto, me aprieta. No hay focos que nos iluminen, bailaremos con la desvaída luz general. Todo tiene un aspecto desolado. Las mesas, sin manteles ni lamparita. Las sillas, apiladas en un rincón. A la pared le vendría bien una mano de pintura.

Miro de reojo a mis compañeros escolares. Todos esperamos la salida del profesor, la irrupción de la música. Los bailarines tienen una actitud serena, natural. Hacen estiramientos, ejercicios respiratorios. Es reconfortante que estén ahí. Me hacen sentirme menos estúpido vestido como un adefesio, en medio de esta sala vacía. Mariano está sentado en una silla cerca del escenario, distingo sus calcetines blancos refulgiendo con la luz artificial.

Empieza la música. Mi consigna es hacer lo mismo que hacen los demás. Tengo las nociones básicas porque ya he visto la actuación. Teóricamente es fácil, los movimientos no exigen sincronía, excepto al final, en que debemos acabar todos a la vez. Entra en escena el que hace de maestro. Me choca tenerlo tan cerca, ver sus músculos potentes expandirse y contraerse mientras baila. Huelo la colonia que usa. Se echa a un lado y nos va sacando uno a uno al centro del escenario. Todos hacen la comedia de no saber moverse bien. Cuando me toca el turno, bailo aparentando como puedo torpeza y timidez. Vuelvo a mi pupitre tras recibir una bronca gestual. Espero a que los demás representen su parte y, cuando no queda ninguno, se produce la eclosión de la clase en pleno. Bailo junto a los otros, los imito contoneándome, balanceando los genitales adelante y atrás. Me resulta difícil sentir la música porque estoy tan nervioso que no consigo oírla bien. Se hace el silencio abruptamente. Nos quedamos quietos, expectantes. Mariano se acerca al escenario, se dirige a mí:

—No recuerdo tu nombre. ¿Cómo te llamas?

—Javier.

—Te has quitado la bata demasiado despacio, con poca fuerza. Tienes que quitártela con rabia por la cabeza, y luego tirarla a un lado como si fuera un trapo, una mierda que no quieres ver más. ¿Comprendes? Lo demás está bien. Vamos a repetir.

Siento pánico al pensar que soy yo solo quien debe repetir, pero no, la formación en pleno se vuelve a poner la bata. Empezamos de nuevo y, esta vez, me arranco la bata, que lleva un falso cierre por detrás, de un golpe certero, con decisión. Luego la echo a un lado con un gesto violento. Llegamos al final y oigo la voz del jefe, átona y sin matices:

—Así está mejor, Javier. La semana próxima ya puedes incorporarte.

Algunos compañeros me palmean la espalda. «Enhorabuena», me dice Wong. Iván no puede decirme nada porque está a punto de ensayar su número, pero al pasar junto a mí me guiña un ojo.

Nos encontramos a la salida, vamos juntos a tomar una cerveza. Él está eufórico. Yo, sorprendentemente cansado. Me duele la espalda como si hubiera pasado la tarde descargando un camión.

—Felicidades, tío, has estado cojonudo.

—Tampoco hay que exagerar. Me he defendido como he podido, pero no creo que vayan a darme el premio al mejor estríper del año.

—¡Qué dices, chalado, lo has hecho muy bien!

Este tío se cree que hace falta ir a la universidad para mover el culo. Como si yo no hubiera visto novatos que ensayan y ensayan pero Mariano no los deja debutar hasta pasado casi un mes. Y los ensayos no se cobran, que esto no es un crucero de placer.

—¡Que no, tío, que no! Has estado perfecto. Lo que pasa es que eres una jodida bomba sexual y ni siquiera te habías enterado.

—Lo que pasa es que he venido recomendado por ti y el dueño ha hecho la vista gorda.

—¡Y una leche!

¿Mariano en plan bueno buenísimo? ¡Ni hablar! Este no lo conoce, pero el jefe puede ser borde que te cagas.

—No te negaré que, viniendo recomendado por mí, te has saltado las pruebas de entrada. Porque para actuar en el show hacen un *casting* del copón y viene la hostia de gente; con esto de la crisis, cada vez más. Pero a mí Mariano me tiene bien considerado, dice que le doy buen rollo al grupo porque soy bromista y tal. Además, me debe algunos favores.

—Me imaginaba algo así.

—Déjate de rollos, lo de hoy ha sido mérito tuyo. Hacer un primer ensayo y debutar a la semana siguiente es la primera vez que lo veo. Yo creo que es por la imagen que das, como ahora se dice. Tienes pinta de niño bueno que no sabe qué coño está haciendo en un sitio así. Y eso a las tías las pondrá a cien. Porque con las tías es así: o vas de duro, macho, que tienes más horas de vuelo que un piloto, que eso les gusta a morir, o te lo montas de nene inexperto para que ellas te lleven de la manita y te descubran las verdades de la vida. Las tías son raras de cojones, profe, ya lo debes de saber tú, se van de un extremo a otro como un balancín. Pero el caso es que tú eres un *crack*, tío, hasta los colegas me lo han dicho. Ya te los presentaré, hay algunos que son majos. Después del show vamos unos cuantos a picar algo por ahí. Los días del ensayo, no, que todo el mundo tiene muchas cosas que hacer. Pero hoy es un día especial, que has marcado un gol por la misma escuadra. ¿Nos arreamos otra birrita?

—No, gracias, Iván. Tengo que coger el autobús. Es tarde y Sandra se preocupará.

—Si es por el puto autobús, tenemos tiempo para una caña. Te llevo en mi coche. En un pispás estamos en tu casa.

Tomo la última cerveza con él. En el fondo me apetece. Queda mucha gente en el bar, hay música de ambien-

117

te, se está bien. Siento que todo lo que acaba de pasar va alejándose de mí. Un mal rato que ha terminado. Aunque la realidad es al revés: el mal rato da paso a algo que acaba de comenzar.

Entramos en un parking y nos paramos frente a un Golf negro. No entiendo nada de coches pero imagino que este es un modelo caro: lleno de cachivaches electrónicos en el salpicadero, con asientos de cuero... Iván me lo muestra con orgullo.

—¿A que mola mi carro? ¿Te gusta? Es una pasada. Lleva de todo, mira: GPS, sistema automático de aparcamiento, alta fidelidad... Lo compré no hace ni un año, a tocateja, nada de financiaciones ni rollos patateros. Por eso lo meto siempre en un parking, que hay mucho chorizo suelto por ahí.

Conduce a bastante velocidad, pero bien, sin imprudencias, con control absoluto de su coche. Ha puesto música bakalao a un volumen excesivo. Va canturreando. De pronto me pregunta:

—Yo no soy de meterme en la vida privada de la gente, pero solo por curiosidad: ¿qué ha dicho Sandra cuando le has contado que te vienes al show?

—No se lo he contado aún.

—¡Hostia, tío, pues muy mal! Dirá que no se lo has consultado y a lo mejor se cabrea.

—No tengo por qué consultárselo; es mi vida.

Iván se ríe. Su risa es metálica, sin fuste, casi estúpida. No me gusta su forma de reír.

—Di que sí, tío, mandando, controlando la jugada, como tiene que ser.

¡Joder con el profe!, mucho niño bueno y mucha hostia pero parece que tiene carácter. Claro que a lo mejor va de farol y lo que pasa es que no se ha atrevido a soltárselo a la chorba. Bueno, pues en ese caso ya se apañará. Eso no es asunto mío.

No sé si Genoveva es más simple de lo que yo pensaba o es que ya todo me aburre. Ir a comprar vestidos basura a una tienda con música a tope está bien. Tomar gin-tonics en el bar de moda también es entretenido. Pero siempre había creído que su vida era más interesante. Resulta que yo, que según ella he estado fuera del mundo, no estaba perdiéndome nada tan extraordinario. Me pregunto qué hace la gente para llenar su tiempo libre. ¿Qué harán David y su joven traductora? ¡Estar metidos en la cama todo el día, claro! ¿Estará él organizando su nuevo trabajo? Porque supongo que lo tendrá. Quizá ha decidido vivir del sueldo de su chica, que no debe de ser gran cosa. Quizá quiera llevar una vida austera. Cuando estaba casado conmigo llevábamos una vida austera, pero teníamos una buena casa y una vez al año hacíamos viajes a lugares exóticos. Debe de sentirse tan feliz al lado de esa chica que no necesitará suntuosidades. Si vive a costa de ella, no será la primera vez; aunque si debo ser justa, diré que siempre se ganó su salario. El trabajo era prioritario para los dos. De todas maneras no me ha llamado ni una sola vez para saber cómo va la empresa. Conoce bien las dificultades por las que estamos pasando, pero ni una simple llamada. No le interesaría el trabajo tanto como pretendía; o a lo mejor siente vergüenza de haberlo abandonado en estos momentos. En el fondo no me sorprende que estuviera harto. Yo también lo estoy. Harta de la crisis, de los impagados, de perseguir clientes, de la negación de créditos bancarios. El gerente sigue agobiándome, como si todo fuera a solucionarse porque yo pase más horas en el despacho. Es obvio que no quiere cargar solo con la responsabilidad de los fracasos. Lo cierto es que no sabe qué hacer, anda despistado, se desespera con facilidad, da palos de ciego. Hace falta un temple especial para sacar adelante una empresa. Papá lo tenía. Por muy grande que sea la crisis, él habría sabido capearla, enfrentarse a los inconvenientes, tomar las decisiones justas. Durante un tiempo creí haber heredado su consistencia, pero me engañaba. Estoy cansada. El porrazo que me ha dado David ha sido muy fuerte. Si papá hubiera estado vivo, no se habría atrevido a dejarme tirada. Claro que entonces yo habría seguido viviendo con un tipo que no vale nada. Mejor que me haya abandonado, ha sido un modo de que saliera a relucir la verdad. A veces me siento muy sola y tengo ganas de llorar, pero no es que eche de menos a mi marido, sino que echo de menos a papá. Por mi marido no he derramado ni una sola lágrima. Llevo eso muy a gala. Genoveva no tiene razón, no soy una niña cobarde que se ha pasado la vida preservada del mundo. Lo único que me ocurre es que estoy cansada, ya me animaré.

He quedado con Genoveva este sábado. Vamos a ir a una demostración privada de cosméticos. Ella dice que es muy divertido: maquillan a las modelos delante del público, se sirve un cóctel. Al final, hay venta de productos a un precio muy reducido. Lo hacen en un gran hotel. Veremos si de verdad es tan divertido. En principio no parece nada del otro mundo. Seguramente después de la demostración iremos a tomar una copa. En ese momento le preguntaré a Genoveva con todo descaro: «Y tú, Geno, para divertirte, ¿solo haces este tipo de cosas?».

—¿Qué tipo de cosas, guapa? No sé qué quieres decir.

—Bueno, los sitios adonde me llevas son fenomenales y siempre lo pasamos genial, pero... todo es un poco *light*.

Genoveva se ha quitado la copa de la boca, siempre la deja marcada de carmín, y me ha mirado con cara pícara.

—Así que te gustan las emociones fuertes, ¿eh?

—No me hagas caso. Estoy un poco depre últimamente. Todo me aburre, todo me parece mortecino, cansado. El otro día fui al cine sola y la película no me gustó. Pero no me hagas caso, la demostración de cosméticos ha sido muy divertida, con todas aquellas chicas tan guapas maquilladas a la última..., y el rímel que me he comprado, y las sombras de ojos... En el fondo no sé lo que quiero, haz como si no hubiera hablado, de verdad.

Pero hablé, y Genoveva tomó buena nota de mis palabras, y las interpretó a su manera.

⁓

Me mira con cara de cordero degollado. Sabe que pasa algo, aunque ni siquiera sospecha qué es. No es un mérito excesivo, todas las parejas más o menos avenidas que han pasado juntos un tiempo prolongado saben que algo sucede cuando algo sucede. Mi cara debe de traslucir perfectamente algunos de mis pensamientos. Si hubiera disimulado, ella no habría notado nada. Lo pensé, pensé en ocultárselo, pero viviendo en la misma casa es imposible. Luego me cabreó haberlo tenido in mente ni siquiera un segundo. ¿Quién es Sandra, mi mamá? ¿Tengo que procurar que no se entere de mi mal comportamiento? No hay nada negativo en que alguien esté en el mundo del espectáculo. Solo soy un hombre que soporta mal el desempleo y que acaba de encontrar un trabajo. Si ese trabajo resulta incómodo socialmente es por culpa de la moral católica y por el miedo al qué dirán; de modo que puedo estar bien tranquilo. A pesar de todas esas consideraciones absolutamente lógicas, sigo sin saber cómo plantearle la cuestión a Sandra. Al final me decido por ser sincero y directo:

—Siéntate, Sandra. Tenemos que hablar.

Se lo conté, y en el primer momento se quedó como noqueada. Quizá fui demasiado sintético, demasiado brutal. Al cabo de un segundo se echó a reír, aparentando escepticismo.

—Lo que quieres decir es que un bailarín del espectáculo de tu amigo está de baja y tú vas a ir a suplirlo un par de días. Es eso, ¿no?

La mente es rápida para adecuar la realidad a tus deseos. No me gusta su reacción, incluso me molesta.

—No, no es eso lo que he dicho ni lo que he querido decir. Queda un puesto libre en el espectáculo de Iván porque alguien se va definitivamente, y yo lo voy a ocupar. Si esto fuera un colegio, yo sería el profesor titular.

—Pero ¿por cuánto tiempo?

—Ni idea. Si me sale algo de lo mío, dejo ese espectáculo al día siguiente. Pero mientras tanto, tengo un trabajo, ¿sabes lo que quiero decir?: un trabajo. Lo entiendes, ¿verdad?

—No, no entiendo nada.

¿Cómo voy a entenderlo? ¿Qué es esto, *La metamorfo-*

sis de Kafka? Un día te levantas y en vez de tener al lado a tu pareja tienes un bicho. ¿Es este Javier el mismo Javier con el que he vivido durante los últimos años? ¿Qué le ha pasado, qué parte me he perdido de su precipitada evolución? Las monjas lo despidieron de su puesto de profesor, de acuerdo. Lleva meses en el paro, de acuerdo también; pero ¿cuántas personas hay actualmente en este país que están en su mismo caso? Gente con hijos que mantener, que quizá han agotado el subsidio de desempleo y pasan por serios problemas para pagar la hipoteca, incluso para comer. ¿Y qué hacen, lanzarse todos de cabeza a la primera chorrada que les proponen sin importarles de qué se trata? Nosotros no estamos en una situación desesperada, tenemos dinero para vivir bien. Yo cobro mi sueldo y Javier aún ingresa el subsidio en su totalidad. Podemos pagar sobradamente el alquiler, no tenemos responsabilidades familiares, nuestros caprichos no son caros: alguna película, algún concierto de rock, una pizza o un kebab de vez en cuando… Entonces, ¿a qué viene esta gilipollez del espectáculo?

—No necesitamos el dinero que puedan pagarte.

—No es una cuestión de dinero. Quiero tener un trabajo.

—¿Un trabajo?

Es lo más absurdo que he oído en mi vida. Eso no es un trabajo, ¿no se da cuenta? Con ese trabajo no va a sentirse integrado en la sociedad, si es eso lo que quiere.

—Javier, ese no es un trabajo normal, un trabajo en el que vayas a sentirte como el resto de la gente. Estarás fuera de tu ambiente, de la vida que viven las personas normales.

—¿Por qué no es un trabajo normal? ¿Tienes prejuicios?

—Seamos lógicos, como a ti te gusta ser. Si en vez del tal Iván se hubiera cruzado en tu vida un domador de leones y al cabo de un tiempo te hubiera propuesto trabajar con él en la pista, ¿le habrías dicho que sí?

—Eso no es lógico para nada. Ser domador exige un valor especial.

—¡Justamente!, y sin embargo…

—¡Cuidado, Sandra, cuidado con lo que vas a decir!

Que tenga cuidado porque la frase que acaba de iniciar no puede acabar bien de ninguna manera. Yo ya la he acabado mentalmente: «… sin embargo, para enseñar el culo en un garito cualquiera sirve, porque es lo más tirado».

—No, escúchame.

Lleva razón, cuidado, cuidado con lo que digo. No quiero hacerle daño. No quiero ofenderlo. No quiero perderlo, pero esto es tan absurdo que no puede estar sucediendo de verdad, no con Javier. Él es tranquilo, equilibrado, tiene los pies en el suelo. Nunca lo he visto hacer una tontería ni salirse de su lugar. Siempre hace lo correcto. ¿Qué le ha pasado? ¿Por qué se ha dejado influenciar por un tipo al que, en circunstancias normales, despreciaría? Iván, un marginal, un machista, un grosero, un lumpen. ¿Qué broma es esta?

—Escúchame, no me entiendas mal. Lo que quiero decir es que si necesitas una actividad que llene de sentido tu vida en estos momentos difíciles, podrías hacer tu tesis doctoral, matricularte en otra carrera, participar como voluntario social dando clase de español a hijos de inmigrantes, o visitando a viejos que viven solos… No sé, algo más acorde con tu manera de ser.

—Necesitaba un trabajo y tengo un trabajo. No quiero hablar más del asunto.

—Pues procura que yo no me entere demasiado de ese fantástico trabajo.

—Descuida, así lo haré.

—Perfecto.

Y ahora, ¿adónde me voy yo a llorar? No quiero llorar estando él en casa. ¡Ojalá salga ahora mismo!, porque lo único que necesito es llorar un buen rato a lágrima viva. Todo esto es como un mal sueño del que, seguro, despertaré, despertaremos los dos.

Bien, esto era en cierto modo previsible. No sabía qué derroteros tomaría nuestra conversación, pero ahora ya está claro: para Sandra, trabajar en ese club es algo abominable, algo asqueroso que se hace con y para gente vulgar que nada tiene que ver conmigo. Ni con ella tampoco, por supuesto. Por otra parte, el concepto que tiene Sandra de mí ha quedado bien explícito: yo soy alguien inútil de quien se espera que haga cosas inútiles. Por ejemplo, estudiar algo que de nada me servirá, o visitar a viejos solitarios o dar clases a niños que hablan mal. Caridad, solidaridad si nos ponemos en plan progresista. No me sorprende. Es curioso advertir cómo en los momentos de crisis las verdades afloran. El trabajo que yo tenía con las monjas era una mierda: profesor de refuerzo en la enseñanza privada, unas pocas horas además. Un puesto de miseria con un sueldo de miseria. Sandra siempre ha ganado más del doble que yo. La vida va pasando sin que nos hagamos preguntas a nosotros mismos. No conviene, a lo mejor no nos gustan las respuestas. La apariencia es suficiente: soy licenciado, tengo un trabajo, todo está bien. Por debajo, a muchos metros de profundidad, laten las verdades. Allí las hemos enterrado para poder seguir adelante. Fui un estudiante mediocre. No me presenté a ninguna oposición porque soy cobarde y temía que me suspendieran una y otra vez. No busqué un trabajo mejor porque soy perezoso y quería tener tiempo libre para leer, mi gran pasión. Me he dejado llevar por las corrientes que me arrastraban con más facilidad. Soy acomodaticio. Me conformo con poco y he intentado considerar eso como una virtud, cuando en realidad es un defecto. Nunca me he enfrentado a retos, ni idealistas ni materiales. Soy muy poca cosa. He vivido consecuentemente con mi manera de ser. Ahora no voy a cambiar. No voy a escribir mi propio libro de autoayuda con las acciones que podrían hacerme diferente: un hombre renovado y magnífico. No creo en los hombres que se hacen a sí mismos, eso no existe. Creo en la suerte al nacer. Si eres hijo de padres maravillosos, ricos, cultos y equilibrados, que se aman entre ellos, llevas un boleto ganador. Los míos no eran cultos ni ricos. No recuerdo si eran equilibrados o no. No sé si se amaban. Murieron muy pronto. Por eso puedo considerarme incluso afortunado siendo como soy; al menos no he salido esquizofrénico ni navajero.

Voy a debutar, como suele decir Iván, en un espectáculo de porno *light*. Voy a enseñar el culo a las señoras y a la sociedad. No creo que eso me deje marcado de por vida. El día del debut le dedicaré mi número al señor Contreras, que tan amablemente me recibió y cuyo rechazo profesional me hizo comprender que el arte escénico me reclamaba. «¡Va por usted, maestro!», diré. Después le daré con energía a la contorsión erótica y al remeneo de paquete. He comprendido por fin que este tipo de baile debería figurar en el proyecto educativo de todos los centros del país. Nunca se sabe lo que el destino les deparará a los jóvenes alumnos. La vida da muchas vueltas y hoy desgranamos doctamente la prosa de Jovellanos, mientras que mañana quizá nos veamos obligados a contonearnos frente a las masas de mujeres liberadas y dispuestas a una sana diversión. Todo sea por ofrecer un servicio a la sociedad. Lo importante es seguir vivo y poder decirse a uno mismo que todo va bien.

¡Menos mal que se ha ido! ¡Ahora puedo llorar en paz!

Hoy viernes es el gran día, el día D o como queramos llamarlo. Me despierto cuando Sandra ya se ha ido al trabajo. Después de la tensa conversación de la semana pasada, no parecen haber quedado secuelas en nuestra relación. Es como si hubiera decidido comportarse como si nada pasara. Y, en efecto, nada ha pasado aún. Veremos si sigue igual cuando yo tenga que acudir cada fin de semana a la sala. No lo había pensado, pero eso afectará a nuestra vida habitual. No podremos salir a cenar con amigos ni ir al cine, lo cual no es tan terrible; hay multitud de ocupaciones que comportan un horario engorroso: panaderos, hosteleros, conductores de transporte público... En cualquier caso, el resto de la semana lo tengo libre.

Me preparo el desayuno y lo tomo en la cocina, oyendo las noticias en la radio, aunque no las escucho. Me basta con el sonido de las palabras para sentirme acompañado. Tengo que quitarme de encima esta sensación de alarma inconcreta, de abatimiento general. Me repito que hoy es un viernes como cualquier otro. Voy a ir a comprar al supermercado. Después regresaré a casa y leeré los periódicos en el ordenador. Miraré mi correo electrónico por si hay algo que contestar. Navegaré un rato por internet. A mediodía, bajaré al bar de la esquina para comer. Por la tarde saldré a dar una buena caminata. Si a mi vuelta Sandra ya ha llegado, procuraré hablar con ella lo menos posible. Luego me iré a cumplir con mi nuevo trabajo por primera vez.

Seguí escrupulosamente mis planes. Una hora antes del espectáculo, me reuní con Iván en una cafetería. Habíamos quedado así, para ir juntos a la sala.

Se alegra mucho de verme, como si hiciera mucho tiempo que no nos encontráramos. Voy a pedir una cerveza, pero me dice que no, nada de alcohol antes de la actuación. Cambio la cerveza por un té, y él se toma una coca-cola cargada de hielo. Me sonríe.

—¿Ya estás preparado mentalmente para el debut?

Le respondo que no, que justo he estado intentando mantener la idea del debut alejada de mi cabeza.

—¿Y por qué?

Le contesto que si pienso en ello, me entran todos los males. Le confieso que estoy nervioso, raro, hasta con un poco de mal humor. Entonces se planta frente a mí y me mira con esos ojos de enajenado que tiene.

—Lo vas a hacer de cojones, tío, de cojones. Hoy acabas el show convertido en una figura internacional. Pero sobre todo: no te agobies. Lo que te pasa es normal. Tú nunca habías estado en este tipo de rollos, y como es el primer día se te pone un nudo en el estómago. Pues bueno, ni puto caso al nudo. Tú a lo tuyo. Tienes que pensar que esto es algo como de cachondeo, como si te lo hubieras montado tú con unos colegas para pasar un rato divertido. ¡Ánimo, profesor! Aunque yo te entiendo, ¿eh? ¡Anda, que si yo tuviera que hacer de profe delante de chavales!... ¡Estaría acojonado, joder! ¡Ni me lo imagino: yo allí hablando de que si la literatura tal, la literatura cual! ¡Me entra un acojono de la hostia! Y los chavales mirándote, todos callados como diciendo: «Venga, profe, échenos pienso mental, que tenemos el buche vacío».

Me hace reír, que es lo que pretende. De pronto, me da por preguntarle:

—¿Tú lees libros, Iván?

Se queda descolocado.

—¿Yo? Hombre, pues tengo poco tiempo, la verdad. Ya leeré cuando sea viejo. Pero espabílate, tío, a ver si al final vamos a llegar tarde. Tenemos que estar allí una hora antes del show.

Me ataca los nervios que siempre diga «el show». Salimos del bar.

El camerino está a tope. Ya ha llegado todo el mundo. Bromas, risas, berridos..., todo lo que, supongo, es habitual. Mariano se pasea entre los demás, ya vestido de presentador. Masca chicle, no habla, no me mira ni una sola vez. Me pongo la ropa ridícula. Wong, viendo mis malas trazas, se ofrece a esparcirme el maquillaje por la cara. Le dejo hacer. Alguien nos mira y se ríe. El maquillaje huele a perfume. Me siento molesto con esa pasta en la piel, como si estuviera embadurnado de barro. Hay una máquina de café en una esquina. Los chicos se sirven de vez en cuando, se mueven de un lado a otro con los vasos de papel en la mano. Iván, convertido en El Zorro, se me acerca.

—¿Cómo vas, tío?

Me encojo de hombros.

—Aquí estoy.

—Ya sabes, sobre todo nada de agobiarte. Se me olvidó decirte que, como los focos nos dan en la cara y son tan fuertes, tú a la gente no la ves. Así que tranqui, tú a tu rollo.

Un minuto antes de salir a escena, mis compañeros de número y yo hemos formado un grupo compacto. Se nos acerca Mariano. Viene directo hacia mí.

—¿Lo tienes todo claro?

Asiento. Él sale al escenario para presentar. ¿Por qué me pregunta justo ahora si lo tengo todo claro? Un poco tarde, ¿no? ¿Debo tomarlo como una advertencia de que si algo sale mal me echará? Me doy cuenta entonces de que Mariano me cae fatal, es un tipejo de los bajos fondos. De repente vuelvo a ser yo mismo, el de antes, el que siempre he sido. ¿Qué hago aquí, qué broma es esta? ¿Dónde he tenido la cabeza en los últimos tiempos? Todo esto es absurdo, risible. Pero no pasa nada; acabo la actuación y esta misma noche le digo al tal Mariano que no cuente más conmigo, que lo he pensado mejor. No volveré a aparecer por este lugar. Basta ya de tonterías, volvamos a la realidad. Y en cuanto a Iván, verá que he hecho lo posible por aprovechar la oportunidad que me brindaba, pero que todo esto no va conmigo. «Al menos lo he intentado, tío», le diré, y estoy seguro de que lo comprenderá.

Mariano ha acabado de perorar. Salimos con precipitación a la oscuridad del escenario. Mis compañeros adoptan súbitamente actitudes precisas y posturas hieráticas. ¡En marcha! Noto que el aire de la sala me roza las piernas. Las siento desnudas. Distingo un fragor apagado a mi alrededor formado por las respiraciones del público, los comentarios en voz baja, los ruidos de las copas, los roces de los manteles, de las ropas, los carraspeos. Estoy deslumbrado pero, aun así, fijo la vista en una de las mesas y veo que una chica me sonríe. No vuelvo a mirar más. Me centro en lo que debo hacer. Me dejo llevar por la música. Desabrocho la bata escolar y, cuando toca, me la arranco de un golpe, la tiro con fuerza lejos de mí. Ejecuto los movimientos sexis llevando los genitales adelante y atrás. Oigo gritos de la gente, algún fuerte silbido de admiración. Miro de reojo a mis compañeros para no descoordinarme. Tres potentes compases finales y… ¡se acabó! Corremos como conejos asustados hacia el interior. Fuera se oyen aplausos, vítores. Nos cruzamos con Mariano, que sale de nuevo a escena con paso atlético. Veo a Iván preparado para su actuación. Me guiña un ojo desde la distancia, pone un pulgar en alto en señal de felicitación.

Una vez dentro, miro mi sexo, algo extraño embutido en el incómodo taparrabos. No me había dado cuenta pero estoy sudando. Se me acerca Wong, me da un albornoz.

—Toma, te lo presto. Sin nada te vas a enfriar.

—¿Y tú?

—Tengo otro de reserva. ¿No te han dicho que trajeras un albornoz?

—No, nadie me ha dicho nada.

Me explica, en buen español pero con fuerte acento extranjero, que es mejor ducharse ahora. Algunos esperan hasta que haya acabado todo el espectáculo y se duchan tras el saludo general, por lo que suelen formarse colas.

—Las duchas son un poco horribles, pero el agua está caliente.

La expresión «un poco horribles» me parece divertida. Ducharme ahora me apetece mucho, pero no he traído ninguno de los enseres necesarios: gel de baño, un neceser... Iván ha olvidado advertirme de toda esa parte logística.

—No es un problema. Yo te presto todo, también una toalla. Soy un servicio público. —Wong sonríe.

Entramos juntos en las duchas. Hay otro de los colegiales duchándose. Levanta la mano para saludar con la cara cubierta de espuma. Es verdad que el sitio es un poco horrible: seis duchas sin compartimentar con suelo de cemento y paredes que nadie se ha molestado en repintar. Hace frío, pero el agua es abundante, y aquella me parece la ducha más reconfortante que he tomado jamás. Veo cómo cae por mi cuerpo un chorro de color terroso: el maquillaje. Me asalta una duda: para el saludo general ¿tendré que volver a untarme esa pasta en la cara? Y esa duda me lleva a otra: cuando saludemos ¿estará encendida la luz ambiental de modo que necesariamente veré a la gente?

Me paseo con el albornoz de Wong, muy tonificado tras el agua caliente. Le devuelvo su jabón, tomamos un café. Llega entonces Iván, que ya ha terminado.

—¿Y ese albornoz? —me pregunta.

—Wong ha tenido la amabilidad de prestármelo. También el gel de baño.

—Ya veo —dice desabridamente.

—Te olvidaste de decirme que tenía que traer cosas de aseo.

—Sí, un fallo, tío. Nadie es perfecto.

Wong se aleja hacia otro pequeño grupo que charla. Es obvio que él e Iván no se caen bien. Iván me pasa la mano por el hombro.

—¡Muy bien, tío, muy bien! ¡Lo has hecho de coña! ¿Qué tal la experiencia?

—He sobrevivido.

—No puede haber sido tan malo. Transmitías sexo. He estado fijándome y había un montón de tías pendientes de ti. Te lo juro, tío, se les salían los ojos de la cara.

—No me digas eso, que no vuelvo más.

Me da golpes en la espalda, se ríe. Alguien lo llama y se aleja. Pienso que he dicho «no vuelvo más» como anticipación inconsciente de lo que quiero decirle: que no voy a volver. Pero ahora no me apetece analizarlo.

Está llegando el final del espectáculo y me enfrento a otro momento espinoso: salir a saludar. El saludo me preocupa porque, si no hay focos sino iluminación general, yo veré al público y el público me verá a mí tal como soy, en actitud normal: sonriendo, bajando la cabeza para agradecer los aplausos, sin música ni artificios, sin la siniestra bata de colegial, vestido con pantalón y jersey negro, como los otros.

Pero no fue tan terrible. Cierto que, tal y como temía, la luz era general, pero lo que vi era gente normal, que sonreía y aplaudía de modo civilizado. Los bailarines habíamos dejado de ser ridícula carne pretendidamente sexi, y el público ya no representaba su papel de plebe sedienta de sexo. El circo romano cerraba sus puertas. Me fijé en algunas personas con detalle: chicas de aspecto agradable, mujeres que bostezaban, cansadas tras la larga función, un señor mayor acompañado de su joven pareja. Ellos me habían visto moviendo las carnes como una cabaretera barata, pero en aquel momento, no sé por qué, me daba igual.

Había que cambiarse de nuevo, dejar las prendas negras y ponernos nuestra ropa. Mariano nos buscaba uno a uno en el vestuario. ¡Estaba pagándonos en metálico! No podía creerlo; aquello me recordaba las novelas sobre el proletariado, la Revolución industrial: los mineros recibiendo su salario, los jornaleros haciendo cola para coger en mano la semanada. Al ponerse frente a mí Mariano me dijo:

—Lo has hecho muy bien.

Me metí el dinero que me tendía en el bolsillo, precipitadamente.

—¿No lo cuentas? —preguntó.

—¡No, por favor!

Asintió, complacido por mi estilo caballeroso. Iván pasó corriendo y me estiró del brazo.

—No te vayas. Voy a saludar a un conocido y enseguida salimos.

Lo obedecí. Me senté en una silla con aire perdido. Regresó apenas pasados cinco minutos.

—¡Andando! —dijo lleno de ímpetu, como si la noche comenzara justo entonces.

El formidable es un bar grande y destartalado con decoración chillona. Sirve copas y platos fríos, y aun siendo las dos de la madrugada, está lleno hasta los topes. Veo que hay una ciudad dentro de mi ciudad que desconocía por completo. Cuando entro con Iván hay cuatro chicos esperándonos. Los he visto a todos en el club, pero no he intercambiado con ellos ni una palabra. Se llaman Andrés, Sergio, Jonathan y Éric. Todos tienen el mismo aspecto que Iván: cabello rapado, ropa deportiva cara, músculos bien definidos bajo las camisetas. Son una especie de «poligoneros» venidos a más. Pedimos jamón, chorizo, queso, ensaladilla rusa y cerveza, litros de cerveza. Toda esta comanda aparece rápidamente en nuestra mesa sin mantel: un montón de bandejas repletas. Me parece dudoso que vayamos a terminar con ese festín, pero veo que los comensales se lanzan a degüello sobre el embutido. Comen como limas, y también como cerdos: mastican con la boca abierta, chupan el cuchillo... Iván saca el tema de mi actuación:

—¿A que Javier ha estado genial?

Se inicia un coro de frases laudatorias: «De puta madre», «Como un profesional», «Un *crack*». Enseguida se olvidan de mí y pasan a hacer comentarios sobre el show, todos dicen «el show».

—¡Hostia, tíos! ¿Habéis visto el grupo de cincuentonas que había a la derecha, justo debajo del escenario? Llevaban más hambre de tío que si vinieran de la guerra.

—Sí que las he visto, sí. Cuando ha actuado el jefe he pegado una mirada desde detrás de la cortina y las cabronas babeaban. Le habrían pegado un buen mordisco si hubieran podido.

—¡Joder! Esas, la última polla que han visto debió de ser la de un recién nacido en una foto.

Risotadas. Hablan tan alto que cualquiera puede oírlos. Estoy incómodo, la comida se me hace una bola difícil de tragar. Quiero irme, pero me limito a sonreír. El próximo día le diré a Iván que no voy a reunirme con ellos después del espectáculo. Le pondré alguna excusa: que me gusta acostarme pronto, que necesito pasear un rato antes de dormir.

—Pues había una parejita en primera fila que era la

releche. Él, un viejo con pinta de tener pasta. Ella, un bombón, superbuena que estaba. Al tío seguro que no se le levanta ya ni con una grúa.

—Por eso trae a la nena al show, para que por lo menos se le alegre la vista.

—¡Qué va, tío! La trae para que se motive y luego se la chupe bien chupada pensando en nosotros.

Lo de la motivación tiene un éxito descomunal. Las carcajadas suenan como truenos en una tormenta. Iván es quien más ríe. Me mira en plan cómplice, como diciendo: «Ya te dije que estos chicos eran la bomba». Sonrío como un imbécil, y tengo la mala fortuna de que Jonathan me pregunte de improviso:

—Y a ti, que eres nuevo ¿qué te ha parecido toda esta movida?

—¡Joder, me ha parecido la hostia y el copón!

Espero que la acumulación de tacos sea suficiente para dejarlos tranquilos sobre mis opiniones.

—Eso es, tío, el copón bendito. Viene al club Tarantino y hace una película que te cagas.

—Sí, pero le pondría sangre por un tubo.

—Me imagino la escena: una de las cincuentonas de hoy se le acerca a Mariano para darle un lametazo en la polla, pero él se revuelve y le da una patada en los piños.

—Sí, y entonces llega Éric con una ametralladora y venga a lanzar ráfagas a todas las tías.

—¡Les revienta la cabeza!

—¡Y las tetas! *¡Plof, plof!*, como balones explotando.

—Y entonces sale Wong tirando sables como en las películas de chinos.

Aquel improvisado *brainstorming* les hace desternillarse de risa. Es como una reunión en el patio de un colegio. Me siento superado por tanta estupidez, ofendido por tanta vulgaridad y he debido de dejar traslucir algo porque Iván me mira y reconviene a los chicos.

—Bueno, tíos, no os paséis porque el profesor va a pensar que somos unos tarados. No os he contado que Javier es profe. Se quedó sin curro porque las putas monjas lo echaron a la calle. Pero no os creáis que es profe de ordenadores ni de autoescuela; no, es profe de verdad, de literatura, de poemas y esas cosas.

Observo que Iván está orgulloso de mí frente a sus amigos. Estos me miran con cierta sorna. No parecen compartir la alta consideración que, Dios sabe por qué, Iván tiene sobre la enseñanza.

Una vez en casa, vi que Sandra dormía o fingía dormir. Me desnudé sin hacer ruido, y solo con la luz del pasillo encendida, para no despertarla. Me quité la camisa y cuando vaciaba los bolsillos del pantalón para quitármelo también, apareció en mi mano el dinero que Mariano me había dado. Lo miré con extrañeza. La primera idea que me pasó por la cabeza fue esconderlo, pero frené inmediatamente ese impulso y lo dejé sobre mi mesilla de noche.

⁓

No sé qué quiere esta nena. No estoy segura de si está pidiendo guerra o habla por hablar. Si dice que nada la divierte es porque aspira a entretenimientos más fuertes. Pero vete tú a saber qué es un plan fuerte para una chica como Irene; igual lo que desea es tirarse en parapente. De todas maneras, espero que no me tome por su señorita de compañía. Que salga con ella y le haga caso está bien, pero de eso a meterla en los entresijos más ocultos de mi vida hay una diferencia. A veces me he preguntado si sabe algo, aunque es imposible, siempre lo he llevado todo con gran discreción. Quizá tiene intuiciones, si bien me extrañaría, a una niña de papá como ella no se le ocurren según qué cosas. Así que no sé qué pensar. Lo más fácil sería quitármela de en medio, que busque otra para que le haga de institutriz de diversiones. No tengo ninguna obligación de salir con ella. ¿No soy para todos una especie de zorra, de mujer fatal? ¡Pues que me dejen en paz! Aunque me consta que Irene nunca dijo nada malo sobre mí, no es su estilo. Las otras del grupo sí se hincharon a ponerme verde. Ya vendrán a mí algún día, cuando sus maridos las dejen y se sientan solas. La vida es larga y ellas son jóvenes aún. Entonces se acercarán a Genoveva. A mí los comentarios siempre me dieron igual, pero hay cosas que hieren. Cuando todos me volvieron la cara yo no estaba tan pasada de todo como ahora lo estoy, y me dolió. Por eso me gustó tanto cuando Irene me llamó y buscó mi compañía. Ahora los demás verán que la más buenecita del grupo ha necesitado a Genoveva para salir del hoyo y la depresión. Pero esta buenecita está resultando muy cañera, y esa es la cuestión. Si la llevo a según qué sitios y se entera de según qué cosas, nadie me garantiza que vaya a mantener la boca cerrada. Eso me fastidiaría, porque no hay ninguna necesidad. Otro riesgo es que lo que le enseñe la escandalice y me monte un buen pollo; aunque eso sería lo de menos.

En fin, ya veré. Lo cierto es que me complico la vida una barbaridad, pero yo soy así. Mucha fama de ser guerrera y de ir a mi bola y luego soy capaz de hacer cualquier cosa por una amiga. Así soy yo. A ver si alguien que fuera egoísta e interesado haría lo que hago yo. ¿Cómo han ayudado las otras mujeres del grupo a Irene? De ninguna manera. Estoy segura de que la han llamado más de una vez para contarle cosas de su ex. ¡Como si eso ayudara en algo! Los ex son el pasado, y la vida no se acaba por un matrimonio fracasado. Hay que mirar hacia delante, y cuidarse a una misma, eso sí. Tener muy claro que lo más importante eres tú. Yo me cuido a tope. Si no me apetece hacer algo, no lo hago. Nadie me puede pedir explicaciones. Y de los cuidados del cuerpo, ni hablemos. Ahora mismo me voy al gimnasio. Hoy me toca spa, y después un masaje ayurvédico que siempre me deja como nueva. El rato que estoy metida en el agua me siento como en las nubes. ¡Hasta el olor es superrelajante! Ponen esencia de algas y aceites, así que sales del baño como una rosa. Es fenomenal. Otros días voy a clases de rumba. Hacemos el indio y nos divertimos, que de eso se trata. Yo aprecio las pequeñas cosas de la vida, que son las que te hacen feliz. Pero claro, si no estás dispuesta a disfrutar de los momentos, te pasa como a Irene: todo acaba aburriéndote. Y es que estas chicas más jóvenes no saben lo que quieren. E Irene menos aún. Hace meses que salimos juntas y no ha abierto la boca. No sé si se acuerda o no de su ex, si le guarda rencor, si sigue interesándole la empresa o ya está harta de ella. Es muy introvertida, muy especial. Por eso me da miedo hacerla cómplice en según qué asuntos.

¡Caray!, pensando y pensando se me ha ido el santo al cielo y voy a llegar tarde al spa. Al final, voy siempre corriendo a todas partes. Eso es justo lo que me gustaría cambiar de mi manera de ser, pero nada, ¡a correr! Y encima, ahora recuerdo que tengo el coche en el taller. Cogeré un taxi en la esquina. Menos mal que, con esto de la crisis, siempre encuentras un taxi libre.

~~~

Durante la semana no hay cambios en mi vida. Sigo con las rutinas habituales: voy a comprar al supermercado, doy una vuelta por el parque… Como tengo más dinero, nunca como solo en casa. Bajo al bar y tomo el menú. Curiosamente, lo que gano en la sala no entra en el circuito de gastos comunes con Sandra. Lo empleo de un modo un tanto veleidoso. Me he comprado un montón de libros, bastantes discos, una camisa tejana. Al principio pensé que guardaba el dinero para caprichos porque quería demostrarme a mí mismo las ventajas de contar con más ingresos. Luego, pensándolo mejor, veo que estoy considerando esas ganancias como algo maldito que no quiero aplicar a mi vida normal. Sí, un dinero contaminante, manchado con la mácula del pecado. Debo de haberme vuelto gilipollas, porque pensar en el pecado no deja de ser algo terriblemente reaccionario que nunca me hubiera permitido con anterioridad. Al parecer, llevo dos vidas paralelas a las que corresponden dos conciencias paralelas. Si es así, voy por mal camino. Iván, que a pesar de sus serias limitaciones culturales, es listo como un águila, tiene intuiciones certeras sobre lo que pasa en mi mente. Siempre está diciéndome: «Cambia el chip, tío, cambia el chip y deja de preocuparte por todo». Pero no es tan fácil.

Llevo un mes actuando en la sala. El tercer fin de semana fue el peor. Había perdido el nerviosismo de los primeros días y empecé a percatarme de todo con claridad. Me vi a mí mismo medio desnudo, moviendo el cuerpo rítmicamente e intentando ser sexi y gracioso a la vez. Me fijé en mis compañeros de actuación, con estúpidas sonrisas congeladas en sus caras. Observé a los espectadores, chillando, batiendo palmas, casi indiferentes a lo que ocurría en el escenario, solo atentos a desahogar sus inhibiciones. Todo aquello fue demasiado para mí, así que le pedí a Iván que tomáramos una copa los dos mano a mano y me lancé: no podía continuar, era humillante, era grotesco. Quería que me acompañara para presentarle a Mariano mi dimisión. Él sabría mejor que yo cómo planteárselo sin ofenderlo. No se inmutó. Me dijo que todo lo que me sucedía era lo normal, y me soltó una frase enigmática: «Las primeras veces todos sentimos cosas parecidas, pero tú te empeñas en hacerlo todo a pelo, y eso no puede ser». Luego me explicó el enigma con claridad: siempre me había negado a aceptar la rayita de coca que él y los otros estrípers tomaban antes de salir a escena. Y siguió:

—Tomarse una rayita no quiere decir que seas un drogata ni nada por el estilo. Nadie le tiene más asco a las drogas que yo, que mira lo que hicieron con mis viejos. Pero, tío, una rayita y punto ayuda un huevo. Te da inspiración y marcha, aunque eso es lo de menos, lo más importante es que hace que te importe una mierda lo que pasa a tu alrededor. Un chute, y es como si estuvieras en un planeta que no es el tuyo. ¿Te crees que yo no me veo como un pedazo de gilipollas moviendo el culo? Pero un simple tirito pone las cosas en su lugar.

Para colmo de facilidades, el propio Mariano te vendía la coca a un precio especial que conseguía gracias a sus buenos contactos. Le hice caso a Iván y probé. Me fue muy bien. Nunca antes había tomado coca porque es cara. No se estilaba en mi ambiente, que era más de porro; pero no hay punto de comparación. El colocón de porro te da como te da, según tu estado de ánimo en el momento. Yo los había experimentado risueños, llorosos, angustiados o pasotas. La cocaína es más científica, te estimula siempre, y hace que todo te importe una mierda, como bien dijo Iván.

A partir de las rayitas de coca previas al espectáculo, todo lo vi desde una perspectiva más tranquila, más realista en el fondo. El polvo blanco me liberaba de prejuicios que no creía tener y me dejaba adormecida la conciencia, aletargado el sentido crítico. Así podía ir tirando hasta donde fuera necesario. Sin embargo, las rayitas tenían también efectos indeseables: había jurado no volver a cenar con la panda de Iván a la salida del espectáculo, pero siempre lo hacía. Aquella reunión tumultuosa mitigaba la sensación incómoda que se instalaba en mi cuerpo después de la actuación. Charlar con compañeros que hacían idéntico trabajo, normalizaba la situación. Los rescoldos de la coca me permitían soportar los comentarios machistas, los chistes de mal gusto, las bromas brutales.

Hoy viernes Sandra no ha ido a la oficina. Le correspondía un día libre por una de esas cuestiones laborales que nunca he llegado a comprender. Hemos comido juntos en un italiano. Desde que comencé mi nuevo trabajo nos vemos menos, hablamos menos; y cuando lo hacemos, el club nunca sale a relucir. No es normal. Jamás me pregunta nada, ni siquiera un simple: «¿Qué tal hoy tu actuación?». Se ha convertido en un tema maldito. Si alguna vez intento contarle alguna pequeña anécdota sobre mi actividad, esquiva la conversación. Ha decidido ser la pareja del doctor Jekyll, y no darse por enterada de que también es la pareja de míster Hyde. Su maniobra resulta inútil, porque los silencios están llenos de lo que no se dice; aunque lo peor es que su actitud no me beneficia, al contrario, acrecienta en mí la sensación de marginalidad que intento evitar por todos los medios.

Aprovechando que el restaurante italiano era un terreno neutral, he querido poner fin a tanta simulación. Muy consciente de lo que hacía, he dicho:

—Esta noche incluimos una felicitación de cumpleaños en la actuación.

Rápida como una centella, ha pedido que le acercara el queso parmesano y se ha puesto a comentar lo buena que está la pasta. Yo, como si no la oyera, he seguido a lo mío:

—Es para una chica que viene a celebrar su treinta cumpleaños con las amigas. Ella no sabe nada de que vamos a felicitarla en escena. Se trata de una sorpresa que le han preparado las demás.

—Ya —musita como una princesa enferma, y mira para otra parte.

—Eso les cuesta un dinero a las chicas, no vayas a creer. El dueño de la sala ha decidido que...

Le relampaguean los ojos, y de modo implorante y a la vez cortante, dice:

—Javier, por favor...

Yo completo mi frase con determinación:

—... Ha decidido cobrar por ese tipo de cosas. De lo contrario, estaríamos siempre haciendo felicitaciones y dedicando actuaciones.

—Javier, si no te importa, preferiría que no me contaras nada de ese espectáculo.

Dejo de comer. La miro fijamente.

—Pero es que yo participo en ese espectáculo, ¿comprendes?, es mi trabajo.

—Tú eres profesor.

Retuerzo la servilleta entre las manos. Una sublimación, porque en este momento le retorcería el cuello. No recuerdo haber estado tan enfadado desde hace años. Tragándome la furia le medio escupo:

—Bájate ya de la nube, Sandra. No tengo trabajo como profesor.

—Tampoco lo buscas. ¿Cuántas veces has telefoneado a la oficina de empleo preguntando si hay algo para ti? ¿Cuándo fue la última vez que enviaste un currículo? ¿Has probado en las redes sociales?

—No sirve para nada. Hay un número limitado de colegios en esta ciudad.

—Muy bien; pues si no es como profesor, podrías seguir buscando cualquier otro empleo.

—Ya tengo un empleo.

—Pero, dime, Javier, ¿qué pintas tú en ese ambiente?

—Si me permitieras que alguna vez hablara de eso, quizá lo entenderías. Mira, no soy un estríper profesional ni voy a pasarme toda la vida desnudándome en escena. Pero, hoy por hoy, esa es mi ocupación temporal; así que no veo la razón por la que tengas que tratarme como a un apestado.

—No te trato como a un apestado, pero no me gusta hablar de ese tema.

—De acuerdo, Sandra, de acuerdo; negar la realidad siempre ha sido una de tus especialidades. Pero si tu sentido de la moral se queda más tranquilo sin hablar del tema…

—No es una cuestión de moralidad, es más complicado, es... Da lo mismo. Dejémoslo.

—Sí, dejémoslo. ¿Quieres algo de postre?

Con postre o sin él la comida ya se había jodido, aunque al menos quedó clara una cosa: Sandra odia lo que hago, no puede con ello, no lo soporta.

Me había puesto tan nervioso que me temblaban las manos al salir del restaurante. Pensé que me hubiera venido bien esnifar una raya.

Por la tarde estuvimos en casa leyendo. Había cierta tensión en el ambiente, pero nada alteró la normalidad. Cuando llegó la hora de irme al club, le di un beso en el pelo, le dije adiós.

Paré en el bar a tomar un té. El camarero, que ya me conoce, me preguntó:

—¿Te pongo algo para comer?

—No, gracias, no tengo tiempo. Dentro de un rato entro a trabajar.

¡Qué bien me sentí al decir aquello! Era verdad, al cabo de un rato esperaban mi presencia en el puesto de trabajo. Me esperaban a mí, con mi nombre y apellidos. Tenía un jefe, compañeros, amiguetes con los que, finalizado el espectáculo, saldría a cenar. Por primera vez en todo aquel tiempo, me fui hacia la sala contento y feliz.

⁓

¿Qué pinta él en ese ambiente? ¿No se da cuenta? ¿Es el mismo Javier que conocí? Si alguien me hubiera dicho que estaba pasando todo esto, me habría reído a carcajadas. Javier, lleno de madurez, equilibrado, sereno, tolerante, realista... ¿Qué tienen los tíos en el fondo de su cabeza? Creí que lo sabía, pero no. Lleva dos meses en la historia del estriptis y eso es un montón de tiempo. Pensé que no duraría ni una semana; de hecho, pensé que nunca se atrevería a hacer algo semejante. A veces, a los que se mueven en el mundo de la literatura, les gusta probar experiencias diferentes. Pero tengo la impresión de que se lo ha tomado en serio. ¿Para qué? No por dinero, no necesitamos para nada lo que gana. ¿Por tener a toda costa un trabajo? Pero ¿es eso un trabajo?

Hay días en los que, estando en el despacho, delante del ordenador, me asalta la idea de que nada de esto es cierto, de que solo lo he soñado. No comprendo las razones que ha tenido Javier para meterse en ese embolado. Supongo que gran parte de culpa la tiene el dichoso Iván, ese chorizo, ese hortera. Javier le hace caso, lo escucha. Se siente halagado. Iván siempre lo trata como si fuera alguien superior intelectualmente. El otro día lo llamó a casa y cogí yo el teléfono. «¿Está el profesor?», preguntó. ¡El profesor! Ahí reside el quid de la cuestión: mi chico debe de tener el ego destrozado, y que el otro lo ponga por las nubes y le llame «profesor» sin duda le sube la autoestima. Pero yo me enamoré de Javier porque no era el típico tío vanidoso. No le hacía falta estar continuamente oyendo: «¡Qué guapo eres!, ¡qué bueno en el trabajo!, ¡qué genial en la cama!». No, aparentemente se conformaba con todo, hacía las cosas porque le gustaban, no porque le dieran lustre social. Nunca le oí decir que deseara una plaza de profesor titular. Ser profesor de refuerzo era suficiente para él. Prefería vivir tranquilo a ser el número uno. Su única ambición consistía en tener tiempo libre para leer todos los libros que quisiera.

Me gustaba que fuera así, nunca he soportado a los tíos pagados de sí mismos. Mi hermana mayor vive con un tipo que gana mucho dinero. Es odioso, solo se preocupa de su trabajo, anda siempre angustiado, compitiendo con todo el mundo, enganchado perpetuamente al teléfono y al ordenador. Cuando llega a casa por la noche, mi hermana tiene que decirle que es maravilloso, el *number one*, lo más plus. De lo contrario, se deprime. Su aspiración es llegar a ser el gerente de su empresa. Un horror.

Todo el tiempo que he vivido con Javier he sido muy feliz. Llevábamos una vida tranquila. Durante la semana cada uno atendía a sus cosas, y el fin de semana comprábamos juntos en el mercado, tomábamos un vino al terminar, cenábamos con amigos, íbamos al cine…, ¡qué sé yo!, lo que hace la gente normal. Yo siempre había deseado una vida pacífica, sin broncas, sin tensiones. He visto cómo es la convivencia con un tío ambicioso y eso no va conmigo. He conocido a muchos tíos vanidosos como pavos, competitivos como caballos de carreras. Mi chico no era así. No lo era hasta que un buen día perdió su trabajo y le dio por hacerse bailarín de estriptis. ¡Me reiría si no estuviera tan amargada! ¡Es como un vodevil barato!

Los fines de semana ya no hacemos gran cosa. Él se va a las siete de la tarde y yo me quedo sola en casa, pensando por qué motivo un tipo como él baila desnudo en un antro casposo y desagradable. «¡Ya tengo un empleo!», ¡vaya empleo! Si lo considera un trabajo digno y normal, ¿por qué no me ha dicho nunca que vaya a verlo cuando actúa? Me dan ganas de presentarme un día en el espectáculo sin avisar, sentarme a una mesa discreta y grabarlo con el móvil. Cuando volviera a casa le enseñaría el resultado, para que se viera a sí mismo convertido en un payaso ridículo. Si no lo hago es porque no quiero ir sola y me da vergüenza pedirle a una amiga que me acompañe. No le he contado a nadie que trabaja en un club. Él ha dejado de ver a los amigos porque sin duda siente la misma vergüenza que yo. Todo el mundo piensa que nos hemos enfadado por alguna razón oculta. Es terrible avergonzarse del hombre con quien vives; aunque lo más decepcionante ha sido darme cuenta de que Javier es como los demás, de que necesita que un mostrenco como Iván le llame «profesor» para sentirse alguien.

Me ha contado que llega más tarde por las noches porque, tras la actuación, va con un grupo de «compañeros» a cenar. ¡Habrá que oír sus conversaciones! ¡Habrá que ver la pinta que tienen sus «compañeros»! Cuando se mete en la cama apesta a alcohol.

Todo esto es demasiado duro para mí. Aún podría olvidarme de la historia si abandonara inmediatamente ese club; pero no me atrevo a pedírselo, él se comporta como si bailar en pelotas fuera lo mismo que ser contable de una empresa, una sagrada obligación laboral. No puedo entenderlo, ¡éramos tan felices! Me propuse vivir aparentando que nada sucedía, pero la solución no funciona. Tengo clavado ese club en la mente. Veremos, no deseo perder la última esperanza; quizá el problema se resuelva de la misma manera impensada en que se planteó. Un día me levantaré por la mañana y Javier me dirá: «Aquí estoy, Sandra, se acabaron las bromas, vuelvo a ser yo».

La terraza del hotel Imperio. Había estado antes en este hotel de superlujo, pero nunca en la terraza. Es muy bonita, muy actual. Me encanta la decoración minimalista. Ahora que vivo sola debería cambiar la decoración de mi casa: renovar los muebles, la pintura de las paredes, incluso tirar algún tabique. Con David todo era muy tradicional; aunque él nunca escogió nada. Los muebles nos los regaló papá. Fuimos juntos a encargarlos. Él a todo me decía que sí, el pobre no tenía ni idea de decoración, ni tiempo para ponerse a pensar en esas cosas. A pesar de eso, entre los dos nos las apañamos bastante bien. Compramos las tendencias que se llevaban, las que salían en las revistas especializadas…, a papá lo volví medio loco. Al principio llamé a un decorador, pero no paraba de hacerme preguntas personales: «¿Qué proyecto de vida tenéis?». No sabía qué contestarle, me sentía muy incómoda; nunca he sido de contarle mis proyectos a nadie. De modo que recurrí a papá. Tampoco me importaba demasiado cómo sería nuestra casa. Quizá si mi madre hubiera estado viva…, quizá entonces ese tipo de cosas me habría hecho más ilusión. Pero viviendo con papá había aprendido a dejarme de sofisticaciones. Papá decía que la sofisticación es una pérdida de tiempo propia de mujeres. Claro que yo soy una mujer, pero a veces papá me decía que yo era «su chico», como así ha sido en cierto modo.

La terraza del hotel Imperio. A veces pienso que Genoveva se ha tomado como una obligación eso de sacarme por ahí. Me fastidia, es como si yo fuera una niña tonta o una mujer abandonada, que eso sí que lo soy. Da lo mismo, me dejo querer. Hoy me trae con mucho misterio a esta terraza, que no sé qué tiene de especial. El plan es tan simple como charlar un rato bebiendo un gin-tonic. Ella se ha vestido guapísima, toda de rojo y negro. Hasta los zapatos los lleva combinados en los dos colores. Nos sentamos a una mesa, debajo de un calefactor de gas muy moderno, nada que ver con esas horteradas que se ven en invierno en los bares de la calle. He dejado de pensar que este plan es aburrido porque sé que tomaré un par de copas, y que, al final de la primera, ya me sentiré más animada y con ganas de reír.

—¿Cómo se te ha ocurrido que vengamos aquí? —le pregunto a Genoveva.

—Mira, cosas mías.

Cosas mías y tuyas también, nena, o eso espero. Si esta nena no me sigue el juego esta vez, voy a tener que poner mucha distancia entre las dos. Las niñas mimadas siempre se aburren, siempre piden más; pero cuando las ponen delante de un plato fuerte, arrugan el morro y dicen que no quieren comer. Veremos cómo reacciona. Si no le parece bien, no tenemos más que hablar. Yo no soy su niñera ni su mamá.

—¿Sabes qué estaba pensando, Genoveva? Que a lo mejor debería renovar la decoración de mi casa. Pero luego me entra una pereza…

Genoveva no me escucha, está distraída o no tiene ganas de hablar. De repente levanta la mano y le hace señas a alguien, sonriendo. Me vuelvo solo un instante para ver quién es. Distingo a dos hombres que vienen hacia nosotras. ¿Los ha encontrado por casualidad o había quedado con ellos sin avisarme? Si se trata de otro intento de buscarme pareja, soy capaz de matarla. Se acercan. Controlo el impulso de levantarme y marcharme.

—¡Hola!, ¿qué tal chicos, cómo estáis? Os voy a presentar: esta es mi amiga Irene, y ellos son Rodolfo y Uriel.

—Mucho gusto —me oigo decir.

¿Rodolfo y Uriel? ¿De dónde ha sacado a estos tipos con semejantes nombres? Súbitamente me entran ganas de reír. Rodolfo es negro, completamente negro, de hecho es un negro. Son jóvenes los dos, altos, delgados, van bien vestidos. Uriel es moreno, tiene rasgos sudamericanos, quizá sea mexicano.

Genoveva ha tomado, como siempre, las riendas de la situación. Les dice que se sienten, les pide una copa. Se inicia una conversación sorprendentemente neutra: lo precioso que es el atardecer, la decoración de la terraza, las marcas de la ginebra que cada uno ha escogido para su combinado. Enseguida deduzco que Genoveva ha quedado con ellos. Son dos guapos prototípicos, dos guaperas. Rodolfo lleva una camisa rosa que, por contraste, intensifica el hermoso color de su piel. A Uriel se le marcan los abultados músculos por debajo del traje. Tienen bonitas voces, graciosa pronunciación, dicen naderías.

Al cabo de un rato, el alcohol nos ha animado bastante. Vamos a cenar tapas a un bar del barrio antiguo, uno de esos sitios que un buen día se ponen de moda. Como está muy lleno, tenemos que hacer cola para que nos asignen una mesa. Bebemos vino tinto. Ya está claro que Genoveva y Rodolfo se conocen muy bien, intercambian miraditas, entrechocan los hombros con complicidad. Uriel se pone a coquetear discretamente conmigo. Cuanto más bebemos, más tonterías decimos. Parecemos niños en una escuela: bromitas, sobreentendidos… Por fortuna, de vez en cuando se desliza algún dato sobre los dos chicos. Me entero por fin de que Rodolfo es cubano y Uriel, salvadoreño. ¿En qué se supone que debe desembocar esta situación, iremos a bailar a un garito hispano? No me importa demasiado, con tanta cháchara insulsa estoy empezando a aburrirme.

Cuando llegan los postres, Genoveva y Rodolfo empiezan a hacerse arrumacos en plan adolescente: una caricia en la nariz, un cariñoso estirón de pelo…, por fin se besan en los labios. La gente que hay en el local se queda mirándolos. Llama la atención que ella sea blanca y él negro, la clara diferencia de edad, pero sobre todo, choca la actitud absurda de ambos. En condiciones normales, yo sentiría vergüenza ajena, pero la mezcla del gintonic y el vino hace que todo me importe un pito. En algún momento me da por pensar que quizá mi ex y su chica actual, la traductora simultánea, también se arrullen en público como dos tórtolos, y que deben de resultar tan ridículos como Genoveva y Rodolfo.

Al final, paga la cuenta Genoveva, igual que ha pagado las consumiciones en la terraza del hotel. Los chicos no protestan ni hacen el menor intento de invitar ellos o de dividir los gastos. Tengo un sueño horroroso, y me quedo de una pieza cuando se cumple mi intuición y anuncian muy felices que ahora nos vamos a bailar. Me niego en redondo, les digo que estoy cansada, que me largo a la cama. Uriel bromea dando unos pasitos de baile en plena calle. «Anímate ya, chica, que la vida es muy corta.» Se mueve con gracia y le sonrío. Por un momento pienso que Genoveva va a insistir para que vaya con ellos; pero anda tan pasada de vueltas que ya no se ocupa de mí. Perfecto, empiezo a despedirme y Uriel me interrumpe diciendo que me acompaña a casa. Me opongo, pero él sigue ofreciéndose en plan anticuado: «Yo soy un caballero y, después de una velada, llevo a la señora hasta su hogar». De acuerdo, me dejo acompañar. Le doy al taxista la dirección del despacho. En el trayecto, Uriel no me quita la vista de encima, lo cual es violento. Al llegar, me bajo a toda prisa del taxi, pero veo que él baja también. Pago al conductor. Le doy la mano como despedida definitiva y él me la retiene, mirándome con ojos de cordero degollado. Me suelto con cierta brusquedad y le doy las buenas noches. Entro en el portal. No enciendo la luz. Me quedo en la oscuridad, cerciorándome de que se marcha. Tras un par de minutos bajo al parking y cojo mi coche. Vuelvo a casa.

A la mañana siguiente llamo a Genoveva. Me contesta soñolienta:

—Aún no me había levantado de la cama, bonita.

—Perdona, pero como son casi las once...

—Es que ayer seguimos la fiesta hasta las cuatro. ¿Qué te parecieron los chicos?, geniales, ¿no?

—¿Quiénes son? ¿Cómo los has conocido?

Oigo su risa, que enseguida la hace toser, porque es fumadora.

—¡Ay, por favor, Irene! No puedo creer que seas tan inocente. ¡Son chicos de alterne, mona, ni más ni menos!

Empiezo a pensar que se hace la tonta, como si conmigo quisiera disimular. No puede ser que nadie le haya contado que existen chicos de alterne, que no lo haya oído por ahí. Aunque se ha quedado tan atrás que es posible, esta nena no se entera de nada. ¿Quiénes creía que eran los sudacas, compañeros de facultad? ¡Por favor! No me extraña que el marido la dejara, hasta a mí está consumiéndome la paciencia. ¿No se dio cuenta ayer de qué iba el rollo? ¿Qué hicieron ella y Uriel cuando se fueron? A lo mejor la muy pánfila le contó su vida, incluidas las historias de la empresa, su papá y la del abandono conyugal. Estoy casi abochornada, la verdad.

—¿Te refieres a gigolós?

—Eso es antiguo, Irene, muy antiguo. Son chicos de compañía, no sé cómo expresarlo mejor.

¡Gigolós! Pero ¿en qué mundo vive? Françoise Sagan, Sylvie Vartan, coches descapotables y la Costa Azul. Debe de haberlo visto en alguna película.

—¿Prostitutos?

A Genoveva le entra un ataque de risa demasiado largo para ser auténtico. Al final, su risa suena como el cloqueo de una gallina histérica. Espero con paciencia a que acabe de reírse.

—Mira, bonita, si quieres quedamos para tomar el aperitivo y te lo cuento; pero ya los viste, son chicos monísimos, educados, que te acompañan a donde tú quieras y siempre te hacen quedar bien. Y claro, si quieres que te acompañen a la cama…, tampoco hay ningún inconveniente. Es un círculo muy discreto. Conoces a uno, y de ahí a otro… No se trata de una red de prostitutos ni nada por el estilo.

—Pero les pagas.

—Ese es el trato, mi amor. Tú les pagas los gastos de la juerga y una cantidad aparte. Pero nada de *cash*, ¿eh?, todo se hace de manera elegante. Uno o dos días después de haber salido con ellos, les ingresas sus honorarios en una cuenta. Nada de cutreces, ¿comprendes? Aquí todo tiene un cierto nivel.

—Ya.

—Veo que lo has entendido.

La pobre Irene suena como si se hubiera quedado

frustada. ¿Qué se creía, que me había ligado a esos chicos en el autobús? ¡Dos jóvenes que están buenísimos, y muy educados, además! ¡Como si los hombres guapos crecieran en los árboles! Yo soy mayor, de acuerdo, pero ella ya no es tampoco un plato de gusto: una divorciada de mediana edad, más fría que un témpano, más sosa que la comida de hospital. ¿Y físicamente? Bueno, no está mal, pero no ganaría un concurso de belleza ni la seguiría un desconocido por la calle. Pero es rica, ¿no? Es la dueña de una empresa. Pues eso es lo que tienes que ofrecer, nena, por ahí van los tiros. El mundo es un mercado en todo, no en unas cosas sí y en otras no. Irene es una mujer de negocios, pues debería saber que todo tiene su precio, su intercambio, su tasación.

—Entonces ya me dirás cuánto te debo de anoche, Genoveva.

—Esta vez te he invitado yo. La próxima, si te apetece que haya una próxima, ya compartiremos gastos. ¿Qué te pareció Uriel?

—Muy simpático.

—Es mono, ¿verdad?, ¡con esos musculazos! Rodolfo es un amor. Ya hemos salido varias veces juntos y siempre ha estado impecable en todo. Y cuando digo en todo, tú ya me entiendes.

La oigo reírse de nuevo. Me da un poco de asco su risa. Ya se ha destapado conmigo. Esta es Genoveva sin tapujos. Tenía que ser así; tomar copas en bares o ir de compras a almacenes baratos no te da la mala fama que ella tiene. Ahora entiendo muchas cosas, ahora sí.

Chicos de alterne. Debe de haber muchas mujeres que los usan, que se hacen acompañar por ellos a fiestas, a viajes... Saben quedar bien, y nadie pregunta de dónde salen. Sin embargo, pienso que esas mujeres ya no aspiran a tener un futuro, viven la vida día a día y en paz. ¿Y yo?, ¿aspiro yo a tener un futuro? Se me cruzan muchas ideas y no quiero ponerme a pensar. No aspiro a tener un nuevo amor, ni a divertirme ni a nada. No tengo futuro. Me alegro de haber conocido a un chico de alterne. No me siento culpable. Es una tontería pensar que si papá me viera daría saltos de espanto en su tumba. Papá no está en la tumba ni en ninguna parte. Papá no está. No quiero pensar. Me duele la cabeza. No quiero pensar.

∽

¡Hostia, tío, la que me ha montado! ¡Y todo por algo que él mismo se ha buscado, joder! Pero ¿de dónde sale este tío, no ha tenido nunca amigos? Un día que se lo pregunté me dijo: «Sí, de la época de la universidad, también compañeros de trabajo…, pero he dejado de verlos». Ya me imagino por qué dejó de verlos: porque tiene vergüenza de trabajar como estríper. Pues bueno, ya se apañará; si tan chungo le parece, que se vuelva al paro y en paz, que se quede en casa leyendo libracos o haciendo sudokus, que a mí eso me da igual. ¡Ni que fuera hijo del marqués de Mierdaflores! ¡Menos humos, que al fin y al cabo ha nacido en el mismo barrio que yo! Y entre esos amigos que tenía, ¿no había ninguno que fuera maricón? ¿No se ha enterado de que, según qué cosas ves, tienes que ponerte en guardia? ¡Tampoco es tan difícil! ¡Tanto que ha estudiado y tanto como lee ¿y no sabe lo básico de la psicología humana?!

Llega ayer y me dice:

—¡Ha sido terrible, Iván!

156

—¿Qué pasa, tío? —le pregunto yo.

—Wong ha intentado meterme mano, me ha declarado su amor. Creí que me moría, ¡ha sido tan violento! Deberías haberme dicho que era homosexual, haberme avisado; pero nada, ni una palabra, me has dejado solo en la boca del lobo.

Me meto bajo el chorro y, al cabo de un instante, viene Wong y me pide jabón. Estamos solos en las duchas y también en el vestuario. Durante la actuación, me había parecido ver entre el público a una chica que conozco, así que me había quedado el último para asegurarme de que no habría nadie esperándome a la salida. Wong debía de estar vigilándome y allí se presentó. Le paso el gel y enseguida vuelve para devolvérmelo. Yo tengo los ojos cerrados, la cara llena de espuma. De repente, noto una caricia en los genitales, muy suave, muy superficial. Doy un paso atrás en el pequeño espacio que me dejan las paredes y me paso las manos por la cara, intentando ver algo. Y allí está Wong, desnudo y empalmado. No sé qué hacer, cómo reaccionar. Entonces va y me dice: «No te asustes, Javier. Los dos nos gustamos, ¿no?». Me sale un *¡No!* como si hubiera visto al diablo, como si Wong hubiera llevado un cuchillo y estuviera poniéndomelo en el cuello. Pero eso no lo hace parar, va lanzado: «Yo te quiero, Javier. Eres muy diferente de los otros. Tienes mucha sensibilidad. No eres un bruto como los demás. Te quiero». «¡No, Wong, de verdad, te equivocas, a mí no me gustan los hombres!» Él sigue diciendo una serie de frases inconexas y vuelve a ponerme la mano en el sexo. Entonces me pongo nervioso y lo empujo, no muy fuerte, solo para apartarlo. Lo que ocurre es que el suelo está mojado y resbala. Cae rodilla en tierra y se queda un buen rato mirando para abajo, sin decir nada, ni yo tampoco, el agua de la ducha sin dejar de correr.

Cuando se levantó estaba llorando, y llorando se fue. El corazón me palpitaba y sentía un horrible malestar. Toda esa escena grotesca habría podido evitarse si el jodido Iván me hubiera dicho un par de palabras, ¿o es que no sabían todos que Wong era gay?

—¡A mí no intentes cargarme la culpa de tus meteduras de pata, Javier! ¡¿Me has oído?!

Así es la vida, coño, así es la vida. Hazle un favor a alguien, anda, házselo. Anímalo en sus momentos jodidos, invítalo a cervezas. Para colmo, búscale un curro. Da la cara por él, convence a Mariano de que es un tipo cojonudo que ha nacido para mover el culo en un escenario. Y si tiene hambre, sácate una teta y dale de mamar; porque eso ha sido lo único que no he hecho por Javier. Cuando me puso verde por no haberle avisado sobre Wong, me pesqué un rebote de cojones. ¿Es que él no lo veía venir? ¡Pero si estaba claro!: miraditas por aquí, sonrisitas por allá..., ¿cómo podía yo saber que el profesor era tan gilipollas? Mucho estudiar y mucho leer, pero parece que no sepa nada de la vida. ¿Es que no salen maricones en los libros? ¿Dónde se ha metido todos estos años, en una puta biblioteca? ¡Y encima se pone como las cabras y me echa la culpa a mí!

—Yo no soy tu padre, Javier, ni tu madre tampoco. ¿No te dabas cuenta de que el chino te buscaba? ¡Pues debes de estar ciego, tío, de verdad!

—¡Me dijiste que en el club no había ese tipo de problemas!

—¡Te dije que aquello no era una cueva de maricones, pero alguno siempre se cuela! Yo no puedo andar detrás de ti como si fuera tu guardaespaldas.

La verdad es que la escenita debió de ser la hostia. El chino se pasó diez pueblos: se le mete en la ducha y mano a la polla, ¡hala, por si no había quedado bastante claro! Si se entera el jefe lo pone de patas en la calle; tiene avisado a todo el mundo de que no quiere problemas en su espectáculo: ni peleas, ni mosqueos, ni celos, y mucho menos mariconeo, claro. Pero Wong no ha sido el primero ni será el último. Este es un trabajo de tíos que se cuidan el físico y tienen que estar medio buenos, de manera que es inevitable que se cuele un suave alguna que otra vez. Todos los que actúan se pavonean mucho de matar a las tías con la mirada, pero luego algunos le pegan a la carne y al pescado. Debió de pasar un mal trago, el pobre Javier. Una cosa son las insinuaciones, las miraditas, los roces, pero una metida de mano en toda regla es otro cantar. Estoy por ir a contárselo a Mariano. No me va nada el rollo de chivato, pero la gente se pasa tanto que no le vendría mal un escarmiento. Además, como Javier es tan lila, le dará corte volver a encontrarse con Wong. Pues bueno, que se joda, no voy a hacerle de niñero toda la vida. A lo mejor cuando treinta tíos se le hayan metido en la ducha intentando tocarle la polla, se entera por fin de qué va la película. En fin, hay que tener paciencia con el profe.

—Bueno, tío, que siento mucho lo que ha pasado, pero tampoco me parece bien que me eches las culpas a mí. Son cosas de la vida, sin más.

—Ya, ya lo sé.

Cosas de la vida, sin más. Una frase filosófica, una máxima tan profunda que podría fundarse una escuela de pensamiento sobre ella. Son cosas de la vida…, propias de las personas sin ninguna educación, sin ningún sentido de la moral. Aunque, cuidado, debo de estar volviéndome loco. ¿Desde cuándo la moral me parece importante?, ¿no he creído siempre que se trataba de un concepto creado para coartar la libertad? Estoy empezando a considerarme superior a esos desgraciados que bailan desnudos conmigo, sin darme cuenta de que yo soy otro desgraciado exactamente igual. No, basta, un poco de serenidad y de autocrítica. ¿Con qué derecho le he chillado a Iván, pidiéndole explicaciones? ¡Pero si yo nunca me enfado con nadie! O estoy volviéndome loco o soy un imbécil. No sé qué me pasa. Acabaré mal.

—Siento haberte chillado, Iván; he tenido un mal momento. Estaba nervioso y me he dejado llevar por el mal humor. Tú no tienes ninguna culpa de lo que ha pasado. Soy un imbécil, un auténtico retrasado mental.

No tengo excusa. Habían transcurrido veinticuatro horas desde que sucedió la desagradable escena con Wong; tiempo suficiente para que se me hubiera pasado el cabreo. Pero no, he esperado a encontrarme con Iván para lanzarle toda esa sarta de reproches estúpidos. Como no puedo desahogarme con Sandra, los humores venenosos han ido inflamándose en mi interior. No es justo, no.

—Lo siento mucho, perdóname.

—¡Tampoco es para tanto, tío! Nos olvidamos de este mal rollo y en paz.

¡Joder!, un poco más y se me arrodilla delante. No hace falta arrearse con el látigo en la espalda como en las procesiones de Semana Santa. Lo de Wong habría podido tener incluso su gracia, pero lo hemos convertido en un jodido culebrón. «La culpa es tuya. No, tuya. ¡Oh, ah! Me ha tocado la polla. ¡Horror, horror!» ¡Coño con el profesor! Si hubiera tenido que aguantar tantas cabronadas como yo…, hasta de mis padres aguanté cabronadas. No sé qué hubiera hecho de haberle caído en suerte una vida como la mía: tirarse por la ventana o algo así. Claro que a lo mejor es bueno haber llevado una vida de perro: aprendes a apañarte y consigues cambiar el puto destino que te esperaba. Aprendes a convertir la mierda en oro. ¿Qué me falta ahora a mí?: manejo pasta, tengo un buen coche, un piso cojonudo… Tías tampoco me faltan, echo todos los polvos que me vienen en gana. Igual es eso justamente lo que le falla a Javier, el folleteo, y por eso anda de tan mala leche. No sé qué tal debe de irle con su tronca. A mí esa tía me parece una nena sin pizca de clase, que solo debe de querer tenerlo apalancado para ella sola. ¡A lo mejor hasta quiere tener hijos y tal! Aunque nadie me asegura que el profe no quiera lo mismo: fundar una familia y todas esas coñas que se hacían en tiempo de nuestros abuelos.

—Oye, tío, lo que tenemos que hacer es dejarnos de gilipolleces e ir a tomarnos unas birras. ¿Qué te parece, profe?

—Yo invito.

—¡Anda, coño! ¡Y yo me dejo invitar! En el fondo tenemos que celebrar que hayas ligado con Wong.

—¡Qué cabrón!

—Ni cabrón ni nada. A mí hace años que nadie se me mete en la ducha. Y declararme su amor…, eso no me ha pasado nunca. Es que eres la hostia, Javierito, les gustas más a los chinos que el arroz. ¡Pues anda que si todos los millones de chinos que hay se ponen de acuerdo para meterte mano a la polla!... ¡Te la destrozan, tío, te la destrozan!

—¿Quieres dejar de decir burradas, cabronazo?

—Así me gusta, tío, que te rías un poco. No se puede estar siempre encabronado y tan triste como para ponerse a llorar. ¡Ya es todo bastante jodido como para que nosotros lo hagamos más chungo!

~~~

A nuestros amigos les sorprende que Javier no salga con nosotros. Como me preguntan con cierta insistencia, he acabado por contarles un cuento chino: que trabaja dando clases particulares los fines de semana. Mentir es justo lo que me negaba a hacer. Las mentiras demuestran en el fondo que no soportas la realidad. Lo he intentado, he intentado decirles a todos que trabaja en un club de estriptis. Incluso imaginé el modo en que lo plantearía. La broma y el cachondeo me parecían bien, le quitaban envergadura al tema. «Mira si está loco Javier que no se le ha ocurrido nada mejor que...» Pero no he sido capaz. De modo que he mentido; lo cual es absurdo y peligroso porque, si un día algún amigo se lo encuentra por la calle, se descubrirá el pastel. Estoy segura de que en ese caso él no mentiría. Dudo de que esté orgulloso de su trabajo, pero no lo veo inventándose excusas. Lo suyo es el silencio: desaparece de escena y en paz, sin contar con que en el mundo sigo yo. A veces pienso que podría incluso ocurrir que alguien conocido lo viera actuando en el club. Sería ridículo después de haber soltado yo lo de las clases particulares. Quizá debería cambiar de amistades, porque en el fondo ¿qué hago saliendo sola cada fin de semana en un grupo donde todo son parejas?

Con mis padres también se produce la misma situación. Íbamos de vez en cuando a comer a su casa, pero ahora Javier se niega a acompañarme. Mis padres son gente amable que nunca se han metido en nuestra vida. Ni siquiera llaman a menudo por teléfono, para no molestar. Pero ya han empezado a preguntarme: «¿Por qué no viene Javier?». Es normal; yo también preguntaría en su lugar. Acabaré endosándoles el invento de las clases particulares.

La pregunta es: ¿por qué motivo Javier no quiere ver a nadie? Muy fácil de responder: porque está avergonzado y no quiere dar la cara. Si su trabajo fuera tan normal como él pretende, no se habría quitado de en medio de este modo tan radical.

El caso es que todo esto repercute en mí muy negativamente; cada día que pasa me siento más deprimida. No tengo ilusión por nada, y en el trabajo sufro despistes que están empezando a inquietarme. El otro día me dio por pensar que debería acudir a un psicólogo, y hasta estuve buscando el teléfono de una amiga para que me recomendara alguno. Luego me cabreé conmigo misma. Si él es quien tiene problemas, ¿por qué debería ir yo a un psicólogo? Las tías somos increíbles, siempre dispuestas a asumir la culpa de todo. Yo no tengo ningún desequilibrio, solo me afecta que el hombre con quien vivo haya empezado a hacer cosas raras, nada más. La base de todo el conflicto está en él; un tipo normal no se pone a bailar desnudo en un teatrillo.

Creo que debemos tener una conversación seria él y yo. Soy demasiado joven como para vivir en semejante mal rollo. He visto a muchas amigas sufrir por sus chicos. Lo pasan fatal, siempre preguntándose si las aman o no. Son capaces de aguantar lo que sea por estar con ellos, por no perderlos: desprecios, infidelidades, putadas de todo tipo. Yo no soy de ese tipo de mujeres; tengo la cabeza en su sitio y los pies en el suelo. No pienso pasarme la vida con el corazón en un puño y dejando que me traten como un trapo. Quiero vivir en paz, quiero compartir las penas y las alegrías, tener una convivencia agradable…, lo normal, tampoco estoy pidiendo virguerías. Espero que después de haber hablado seriamente, Javier se dé cuenta de que está en riesgo de perderme. Supongo que reflexionará, nunca antes había hecho ninguna locura. Ahora es como si alguien le hubiera robado la voluntad, como si hubieran alterado su carácter. Se ha metido en una pesadilla absurda, pero en algún momento despertará. ¡La maldita crisis! ¡Nos va a llevar a todos a la ruina moral! ¡Vaya país, vaya mundo! De buena gana me iría con Javier a vivir al pueblo más pequeño y remoto de España, a cultivar verduras ecológicas o algo así. Una vida sencilla: trabajar en el campo, hornearte tu propio pan, charlar con algún vecino en la calle… Pero no es tan fácil, para hacer cualquier cosa hace falta mucho dinero al principio, y tíos que cultivan verduras ecológicas ya hay un montón. Además, ¿qué sé yo de verduras? Nada en absoluto. Soy de ciudad y el curro que sé hacer está en la ciudad. ¿Voy a poner toda mi vida patas arriba porque a este tío le haya dado por ir a mover el culo a una especie de puticlub? Ni pensarlo, hombre, ni hablar.

Ni yo misma me lo creo, pero lo he hecho. Hoy he llamado a Genoveva para decirle que me apetece volver a salir con Rodolfo y Uriel. Ha reaccionado intentando embromarme un poco: «Así que te gustó ese rollito, ¿eh?». Pero yo la he cortado en seco. No voy a consentir que me trate como a una niña pija a quien le va la marcha, ni como a una imbécil a quien se le puede tomar el pelo con picardía. Ella sale con chicos de alterne y yo también. No hay lugar a más comentarios.

Esta vez la cita es en un bar de cócteles que se llama Fuego. A petición mía nos hemos encontrado una hora antes Genoveva y yo. No me apetecía empezar con los chicos desde el principio. Genoveva aún no ha comprendido cuál es mi punto de vista sobre esta cuestión y vuelve a intentar ser graciosa a mi costa:

—Así que mi idea de presentarte a un par de chicos cañón no te pareció tan estrafalaria después de todo.

—Genoveva, todo está bien como está, pero preferiría que el tema de esos chicos no salga más en nuestra conversación. Me siento incómoda.

No replica ni parece sorprendida. Se limita a enarcar una ceja y musitar: «Muy bien, hija, muy bien. Como tú quieras». Espero que haya comprendido. No voy a hablar en serio ni en broma sobre algo que aún no sé por qué hago. ¿Qué me lleva a salir de nuevo con esos tipos? La novedad, supongo, también la curiosidad. Tengo claro que no salgo con ellos para sentirme acompañada ni para que la gente me vea del brazo de un chico guapo. En la velada anterior sentí algo inesperado: comodidad. Cuando estás con un hombre, sea cual sea la relación que establezcas con él, siempre debes tener presente que es un hombre, tratarlo de un modo ligeramente especial, esforzarte. Con estos chicos yo me encontraba relajada, me daba igual quiénes eran y por qué estaban allí. Hacer partícipe a Genoveva de estas sutilezas es misión imposible. Pero de cualquier modo, quiero que comprenda que no está descubriéndome la pólvora, y que a partir de ahora puedo seguir viviendo perfectamente bien aunque no haga explotar ni un simple petardo.

—Muy bien, hija, muy bien. Como tú quieras.

Mira por dónde me sale esta niña: «Lo hago pero no lo digo». No es nada fácil esta Irene. Se cree una princesa. Para mí que no está muy sana psicológicamente. Pero vale, si es lo que desea su señoría, no hablaremos del tema. Aunque me gustaría decirle que eso no cambia nada. Está claro que a la princesa le gusta lo mismo que nos gusta a todas. ¿O es que hay mujeres que son santas y otras putas? No creo, eso es lo que se pensaba en épocas gloriosas. Lo que ocurre es que, para hacer según qué cosas, hay que tener las ideas claras y un poco de clase. Irene será empresaria y la hostia en verso, pero no parece andar fuerte ni en claridad mental ni en *savoir faire*.

Apenas nos da tiempo de acabar la copa que hemos pedido cuando llegan los muchachos, como Genoveva los llama. Vienen elegantísimos: pantalones chinos impecables, camisas color pastel planchadas a conciencia, mocasines relucientes. Es verdad que, sabiendo lo que ahora sé sobre ellos, es decir, que les pagamos por su tiempo, los veo de otro modo. Siento más expectación, se me plantean un montón de preguntas: ¿qué pensarán de nosotras, que somos ricas caprichosas que se permiten echar una cana al aire? ¿Serán jueces más severos moralmente y nos considerarán dos zorras rematadas? ¿Nos encontrarán atractivas? Quizá cuando están «de servicio» ni siquiera se fijan en si una mujer es guapa o fea. No sé, toda la situación se me antoja muy rara, poco normal. Debería mirarlos con la misma naturalidad con la que miro a mi asistenta, a los trabajadores de la fábrica; al fin y al cabo, están contratados también. Me gustaría saber detalles de las vidas de los muchachos, pero tengo la sensación de que si hiciera alguna pregunta recibiría un montón de mentiras como respuesta.

Tomamos un aperitivo. Genoveva se achispa enseguida, supongo que debe de estar medio alcoholizada después de tantos años de mala vida nocturna. Empieza a hacerle arrumacos a Rodolfo, que le sigue la corriente. Un fuerte sentimiento de vergüenza ajena me recorre el cuerpo como un escalofrío. Estoy a punto de levantarme y marcharme a casa. ¿Qué hago yo aquí?; aunque pensándolo bien, ¿qué haría en casa? Me quedo donde estoy, si bien pongo cara seria para que estos dos tipos comprendan que no soy igual que Genoveva.

Uriel empieza a lanzarme miraditas significativas, cada vez con mayor descaro. No está comedido y prudente como cuando lo conocí. Normal, si he aceptado verlos de nuevo es porque he aceptado el juego. Aquí no hay posibilidad de equívocos. Nosotras pagamos, ellos cobran, todos lo sabemos todo.

Cenamos en un restaurante vasco. Los muchachos piden pescado y verdura mientras nos informan de que no quieren engordar. Yo pido un chuletón para que sea obvio que no me importa engordar. Nos bebemos dos botellas de vino, una copa de orujo como postre. Si siempre beben tanto, deben de tener el hígado a punto de estallar. Yo soy la más parca con el vino. No necesito que el alcohol me insufle ánimos, en cuanto me dé la gana puedo levantarme y decir adiós. Ya pagaré al día siguiente lo que tenga que pagar.

Al salir del restaurante había pensado que tomaríamos la última copa en algún local, pero Genoveva y Rodolfo dicen, muertos de risa, que tienen mucha prisa y se van. No le veo la gracia a la broma, sí la vulgaridad. Uriel me propone que entremos en un bar para tomar la última. Acepto, lo cual es un grave error porque cuando nos sentamos, me doy cuenta de que no tengo absolutamente nada que decirle. Ante mi silencio, habla él, empieza a parlotear como un locutor de radio que enhebra frases sin que quede claro el sentido general. Bebo deprisa porque no lo aguanto, esa verborrea me está poniendo histérica. ¿Qué dice? Le presto atención un momento y está hablando de tenis. ¡Odio el tenis! Jugar al tenis es la única cosa que papá me obligó a hacer aun sabiendo que lo detestaba. Cada sábado íbamos juntos al club, pero él jugaba un partido con alguno de sus amigos mientras que yo tenía que seguir los cursos en los que estaba matriculada. Toda la mañana la pasábamos cada uno por su lado, y eso no me gustaba. ¡Pobre papá!, ¿qué podía hacer conmigo un día festivo entero? Pero yo le manifestaba a las claras mi rechazo por el club y en cuanto fui un poco mayor dejé de acompañarlo. Siempre me he arrepentido después.

El tipo que tengo sentado frente a mí, de repente no recuerdo quién es, está comentando el último partido de Nadal. Vuelvo en mí y le suelto:

—¿Por qué no nos vamos ya?

—¿A tu casa o a un hotel?

Me deja helada, pero en buena lógica esa es la pregunta pertinente. Sin reflexionar ni un instante le respondo:

—A un hotel, por supuesto. Pero no hemos reservado habitación.

—De eso me encargo yo. ¿El Palace te parece bien?

—Sí, estupendo.

Lo he dicho con absoluta determinación porque no soporto el papel de primeriza. Uriel se aleja y habla por el móvil.

—¿Algún problema? —le pregunto con seguridad, intentando que quede claro que las riendas las llevo yo.

—No, todo ok.

Tomamos un taxi y vamos al Palace. Se ha dado cuenta de que me molestaba su charla continua. Se queda callado. Lo observo con disimulo con el rabillo del ojo. Va tan tranquilo mirando por la ventanilla. No parece emocionado ni nervioso. Dirige la vista a la gente que pasa por la calle, sin demostrar curiosidad ninguna. Intento pensar sobre qué tipo de ideas le rondan por la cabeza. ¿Sabe él que es la primera vez que hago esto? Imagino que sí, que hay algo en mi actitud que me delata.

Entramos en el hotel y antes de llegar a recepción me dice: «Espera aquí si quieres, ya tomo yo la habitación». Es escandalosamente obvio que es un chico de alterne y yo su clienta, claro está. Nuestra diferencia de edad no es notable, pero no llevamos equipaje y vestimos con estilos diferentes, lo cual no suele suceder entre parejas. Por suerte, ha salido de él la iniciativa, porque a mí me hubiera horrorizado enfrentarme al conserje. Tengo dudas sobre si coge él la habitación porque siempre se hace así o porque me ha considerado una pardilla.

Incómoda, doy vueltas por el vestíbulo y me quedo mirando con detenimiento un cuadro horrible, como si me interesara una barbaridad. De reojo, veo cómo le dan la habitación sin pedirle el carnet de identidad, sin hacerle firmar ningún papel. Sí, debe de ser un huésped habitual. Viene hacia mí sonriendo y me toma del codo, llevándome hacia el ascensor. Observo que el recepcionista no nos ha mirado ni una sola vez.

Subimos al sexto piso. Él dirige, yo voy detrás. Conoce perfectamente la ubicación de la habitación que nos han asignado. ¿Cuántas veces le han dado la misma, con cuántas mujeres ha venido con anterioridad? Ese pensamiento no me resulta deprimente, solo siento un poco de asco. Sin embargo, mi sensación más llamativa sigue siendo la curiosidad. Me gustaría pedirle que me contara con pelos y señales cómo se comportan las que vienen con él: ¿se hacen las enamoradas o son duras y exigentes como clientas?, ¿les da por convertirse en protagonistas de una película porno?

Al cerrar la puerta me mira con una sonrisa que no sé interpretar: ¿tranquilizadora, pícara? Inspecciona de soslayo el termostato de la calefacción. Me quito el abrigo y lo tiro sobre un sillón. Pongo una cara neutra, que no transmite nada.

—¿Una copita? —ofrece.

Me encojo de hombros. Va hasta el minibar y saca dos botellines de whisky. Vierte el contenido en dos vasos. Me da uno y el suyo lo deja sin probar en la mesilla de noche. Se desembaraza de la americana y se afloja la corbata. Advierto que a partir de ese momento empieza a desarrollar una liturgia muy bien ensayada. Se acerca y me pone la mano en las cervicales, empieza a masajear. Noto como si me hubiera pinchado con una aguja, doy un brusco paso atrás.

—Mejor no me toques, por favor.

Hace como si de pronto se sintiera compungido, pone morritos y me habla como a una niña:

—Vamos, preciosa, relájate. Eres la más bonita, la más linda.

—Estoy relajada. Solo quiero que te desnudes.

—Que me desnude ¿y…?

—Y nada, quiero mirar.

Cree que vuelve a dominar la situación y sonríe de nuevo. Se quita la ropa pieza a pieza. Cuando solo lleva puestos los calzoncillos bromea tarareando la típica musiquilla de estriptis. Por fin caen los calzoncillos, negros, al suelo. Veo su sexo en erección. Es enorme, o eso me parece. Bajo el pene tiene una bolsa muy oscura, grande, llena de pelo denso. Estoy fascinada, hipnotizada, entontecida. Se me ocurre la idea absurda de que nunca antes había visto a un hombre desnudo. Me viene a la mente, con fuerza, un recuerdo infantil. Un día me colé en el lavabo cuando mi padre hacía pipí. Me acerqué sigilosamente por detrás, quería ver qué tenía entre las manos. Miré y vi simplemente un trocito de carne del que manaba un chorro de orina. Él me tapó los ojos y me hizo salir. Cuando nos vimos más tarde no me riñó, sino que actuó como si nada hubiera pasado. Sí he visto hombres desnudos. A mi marido, tantos años, lo veía, pero no lo miraba. Sin embargo, nunca se me hubiera pasado por la cabeza que me gustara hasta tal punto ver el cuerpo de un hombre desnudo. Me quedaría horas mirando a Uriel: su piel uniforme, la línea de los hombros, los músculos marcados de las piernas, el ombligo oculto, el vello.

De repente, interrumpe mi placer y viene sonriendo hacia mí. Tiene andares chulescos, de vaquero de película antigua. Me ve tan absorta en su cuerpo que se ha sentido seguro, magnífico. Despierto del ensueño en el momento en que me pone una mano encima, haciéndome una caricia en la barbilla. «Chata», dice. Su mano me produce un asco infinito, un rechazo físico cercano a la náusea. Lo de «chata» casi me hace reír, pero estoy indignada: ¿de dónde ha salido este hortera, esta escoria, esta mierda de las mierdas que se atreve a rozarme siquiera?

—No me toques, por favor.

—¿Y eso? —pregunta sorprendido, sin intención de ser agresivo.

—Te he dicho que solo quería verte desnudo.

—Y no te gusta lo que has visto.

—No, al contrario, tienes un cuerpo precioso, pero acabo de divorciarme y no me apetece aún.

—¿Estás segura? Pero si vamos a hacerlo todo muy suave, ya verás. Te desnudas, nos tumbamos los dos a charlar, a beber el whiskito. Las cosas irán despacito, sin prisas.

Otra caricia en la cara mientras me cuenta su plan inmediato. No quiero ofenderlo, así que aguanto el nuevo ramalazo de aversión que siento hacia él. Por la misma razón, por no ofenderlo, no me atrevo a mencionar el dinero asegurándole que le pagaré lo mismo si se marcha ahora mismo.

—Otro día quizá, hoy no. Hoy no estoy inspirada, eso es todo.

—Muy bien, como tú quieras. Entonces, ¿me visto y me voy?

—Será lo mejor. Yo me quedo, puede que duerma aquí.

Se pone la ropa bastante deprisa. Está enfadado aunque quiera disimularlo. Intento sonreír para que no se sienta violento. ¡Cuántas contemplaciones con este tipo! Me gustaría saber si los hombres tienen tantas con las putas que contratan.

—Bueno, pues que te vaya bien, guapita. *Ciao*. No pagues abajo que ya está todo listo, ¿ok?

Sale casi sin dirigirme una mirada. Al quedarme sola suspiro, me descalzo, me tomo el whisky. He pasado un mal rato, pero ha valido la pena por varias razones. La primera es que compruebo que me he atrevido a hacerlo. La segunda, porque he visto su cuerpo fuerte, joven, bellísimo. Otra vez habrá que advertírselo al chico desde el principio: nada de sexo, solo mirar.

Me tumbo sobre la cama, me relajo, el whisky sabe rico.

Dos días después me llama Genoveva. Me informa de que me ha pasado un *e-mail* indicándome los gastos que me corresponden por la noche con los muchachos. En el mismo *e-mail* hay un número de cuenta donde debo ingresar la cantidad.

—Ahí está todo comprendido, ¿sabes, amor?: aperitivo, cena, hotel, honorarios... Si quieres te lo puedo especificar.

—No hace falta, Genoveva, por Dios.

—¿Tuviste algún problema con Uriel, cariño?

—No, ¿por qué?

—Parece que se quedó un poco preocupado por ti.

—¿Por mí? Pues no tiene motivo.

—¡Ah, vale!; sería una impresión que le dio. ¿Qué te parece si salimos a picar algo esta noche?

Tengo la mosca tras la oreja y quiero saber qué pasó. Igual esta tonta de Irene le pegó un corte al chico. La creo capaz, a estas tipas tan mojigatas y tan hijas de papá si se les tuerce un detalle igual lo tiran todo por la borda. Igual en el último momento se arrepintió. Rodolfo no sabe lo que pasó exactamente, pero sí sabe que las cosas no fueron bien. Igual la boba esta se puso a pensar en el último momento: «¿Yo, con un chico de alterne? ¡Ay, qué horror si me viera mi papá!».

—Sí, salir un rato esta noche me apetece. Acabaré en el despacho sobre las ocho. ¿Te viene bien?

Genoveva se muere por saber, y yo puedo contarle lo que me dé la gana, echar mano de la imaginación o limitarme a la verdad. El problema es que mi verdad suena extraña. ¿Cómo puedo confesarle que era incapaz de soportar que ese chico me tocara? Y mucho peor: ¿de qué manera le explico que solo deseaba que se quitara la ropa y que verlo desnudo me proporcionó un enorme placer? Pensará que soy una pervertida, incluso yo misma pienso que quizá lo sea.

Nos vemos en una cafetería llena de grupos de señoras de edad que hablan todas a la vez, ¿de hijos, de nietos, de achaques de salud? Me divierte pensar que nuestro tema de conversación será bien diferente. Genoveva no pierde ni un segundo y dispara de inmediato sobre mí:

—Mira, Irene, sé que algo te pasó con Uriel. Te ruego que me lo cuentes porque me siento terriblemente responsable. ¿Hizo alguna acción incorrecta? ¿Se comportó mal?

—No, en absoluto. Es un chico muy majo. Lo único que ocurrió fue que…, en fin, que a mí solo me apetecía verlo sin ropa. Quiero decir verlo y nada más. Supongo que se sintió frustrado.

Genoveva se echa a reír como una loca. Tiene una risa que siempre suena a falsa. Eso me choca, yo nunca me esfuerzo por reír. Me río poco en realidad, hay pocas cosas que me hagan gracia.

—Pues oye, preciosa, si era eso lo que te apetecía, hiciste muy bien.

—¿Se ofendió Uriel?

—No, pero me llamó Rodolfo para decirme que el chico estaba sorprendido porque estuviste muy fría con él. Ya sabes cómo son los tíos, mona, siempre hay que decirles que están arriba en el *top ten* varonil y que antes de conocerlos a ellos no sabías lo que era hacer el amor.

—Pero estos tíos son de pago.

—No tiene nada que ver, cada juego tiene sus reglas.

—Pues esas reglas no van conmigo, Genoveva. Les pagas hasta el agua que beben cuando están contigo, ¿por qué hay que regalarles encima los oídos?

—¡Uy, niña, qué dura eres! Esto no es una empresa en la que tienes trabajadores asalariados. A estos chicos les pagas para que representen una comedia; pero para que la comedia sea creíble tú también tienes que hacer tu papel.

—No lo entiendo, Genoveva. Me vas a perdonar pero no entiendo nada.

—Ya veo, ya.

¿Y cómo lo vas a entender, Irenita? Esta chica debe de ser frígida. Me apuesto lo que sea a que nunca ha echado un polvo *comme il faut*. La cosa es de libro, de manual de psicología: una niña amarradita a los pantalones de papá y que con el marido se limita a cumplir. Hasta que el marido dijo basta y salió por piernas. Antes se habría largado si no hubiera sido por el dinero de papá. Esta chica es un desastre, en fin. He tenido con ella más paciencia que el santo Job, pero a partir de ahora que se busque ella misma las diversiones. Es demasiado complicada para mí.

—¿Y esto de los muchachos funciona como una agencia?

—¿Para qué quieres saberlo?

—Por simple curiosidad.

—No es tan sencillo como una agencia con su número de teléfono y su página web. Tú tienes un contacto, te metes un poco en ese rollo, hay un boca-oreja, te dejas ver por ciertos lugares... Rodolfo y yo nos conocimos en la terraza del hotel al que te llevé. Él se acercó a mí y...

—¿Llevabas un distintivo en la blusa o algo así?

—¡Ay, hija, Irene, por Dios! ¡Eres más cuadriculada que una libreta! El quid de estas cosas está en la actitud que muestres, en el·talante, en la manera de mirar.

—Todo esto es demasiado complicado para mí.

—Son matices, Irene, matices.

Ni lo entiende ni lo entenderá. Estas cuarentonas de ahora son un horror. Las de mi generación sabemos lo que nos conviene y las chicas más jovencitas pisan fuerte, pero las cuarentonas... Casi me alegro de ser mayor. La experiencia de la vida te da seguridad.

—No tengo talento para los matices, Genoveva, ¡qué le vamos a hacer!

～～

Las cosas no van demasiado mal en el club. Me las apaño. Muevo el cuerpo con menos vergüenza cada vez. Iván dice que a las espectadoras les gusto porque, a pesar de mis progresos, se nota que no soy un profesional. ¡Vaya idea absurda! ¿Es que existen los estrípers diplomados,

176

colegiados, tienen acaso un sindicato o un convenio laboral? Supongo que se refiere a que no formo parte del mundo de la noche, a que no me busco la vida en los fondillos de la ciudad. Aun así, dudo de que eso se pueda advertir a simple vista, o quizá sí. Solo hay que ver las pintas que tienen algunos de mis compañeros: músculos trabajados, ropa ceñida, cortes de pelo radicales, tatuajes, pendientes en la oreja o la nariz... Pertenecen a una tribu concreta, y eso se nota. Espero que, dedicándote al estriptis, no se imprima en tu rostro ningún rictus especial, como sucede a veces con los viejos homosexuales tras una vida de excesos. No soportaría ser un remedo de Dorian Gray. Debo de estar volviéndome gilipollas, o facha, que es mucho peor. ¿Qué hago dividiendo a la gente en buenos y malos, en vulgares y distinguidos, en desaliñados y elegantes? Siempre hubiera considerado estos pensamientos como pura basura ideológica; pero cuando lo hacía estaba fuera de la zona de riesgo, en la que ahora ocupo un clarísimo lugar.

A Iván no le cuento nada de estos extravíos. Me pondría a parir, o simplemente no me entendería. Él me ha dado el mejor consejo que puede darse en estas circunstancias: «Esto es temporal, vive día a día, en el presente, nada se hace para toda la vida». Es el consejo universal, el que repiten psiquiatras, pedagogos, brujos, pitonisas, filósofos y sabios en general. Pero ¿cómo se hace eso?, ¿cómo no pensar que tu identidad es dura como el diamante y se ha creado para permanecer? En fin, comidas de coco, pajas mentales, como dice Iván. En cualquier caso mi vida día a día tiene un punto flaco evidente: Sandra.

Mi chica está alterada, salta por cualquier cosa, me mira con desprecio, incluso con odio a veces. Me lanza indirectas, se ha vuelto sarcástica conmigo, algo que nunca hubiera podido imaginar, porque siempre había sido clara y de trato fácil. Con todo ello consigue que me sienta culpable, como si mi trabajo fuera un vicio en el que me regodeo, algo que hiciera por puro placer. He llegado a preguntarme si lleva razón, si he abandonado con alegría mi carrera de profesor porque siempre he sentido cierta inclinación hacia la pornografía. ¡Acabará volviéndome loco! No tiene la menor empatía hacia mí. Ya no hace ningún esfuerzo por comprender mis sentimientos. Yo hubiera juzgado como natural otro tipo de reacción: celos por mostrarme desnudo ante otras mujeres, quejas por no pasar conmigo las noches de los viernes y sábados... Lo que no soporto es su censura moral, su miedo al qué dirán. Las ideas progresistas han volado. Lleva los prejuicios atados al cuello, como la pesada piedra de un suicida frente a un río.

Hoy hemos quedado en casa para comer. Ha pedido la tarde libre en el trabajo porque quiere que tengamos una conversación. Me imagino cuál será el tema. Se acerca la Navidad e insistirá en que vaya a casa de sus padres para cenar en Nochebuena. Esas fiestas siempre me han parecido inaguantables, y su familia también. El padre toda la vida ha estado preguntándome qué tal me va el trabajo con un tonillo de conmiseración. Para él, ser profesor es una especie de fracaso. Se ocupa de la logística en el almacén de una empresa grande. Gana pasta. La madre es cortadora en un taller industrial de ropa. Gana pasta también. Ambos han conservado sus empleos a pesar de la crisis. Creo que ahora sus sueldos son más bajos, pero en las épocas de bonanza han vivido a todo tren: piso en propiedad, coches, un apartamento en zona de playa... Como todo el mundo en este país, no valoran la cultura, solo el dinero. Si cuando era profesor comer en su casa los domingos ya hacía que me sintiera mal, ¿qué será ahora que me he convertido en mueveculos de garito? Claro que Sandra no les ha dicho la verdad, encima tomándome como cómplice: «Mejor nos callamos, Javier. ¿Para qué disgustarlos?». Pues bien, si no pueden saber lo que hago, es mejor que ni me vean siquiera. Ya vendrán tiempos mejores en los que volveremos a ser una familia ejemplar.

Sandra llega a las dos y media. He comprado comida china ya preparada. Pongo la mesa. Nos sentamos. Nos servimos rollitos de primavera y arroz. Comentarios tontos y generales. Está, como siempre, nerviosa, y veo llegar la andanada sin remisión. No me he equivocado ni un pelo: la cena de Navidad.

—No, Sandra, este año no voy a ir. Ya sabes que estoy en un momento complicado. Prefiero quedarme en casa. Lo mejor será que les pongas una excusa.

—¿Otra excusa? Llevas meses sin aparecer por casa de mis padres. Ya no sé qué excusa inventarme.

—Pues entonces diles la verdad.

—La verdad, muy fácil, ¿no? ¿Por qué no coges el teléfono y se la dices tú?

—Porque no son mis padres, son los tuyos.

—Claro, como tú no tienes padres no has tenido que complicarte la vida. A lo mejor si tus padres estuvieran vivos no habrías aceptado trabajar en ese club para no tener que contárselo.

—¿Qué es exactamente lo que estás reprochándome, el hecho de no tener padres?

Nos deslizamos por la ladera del absurdo total. Es el tipo de discusión que más detesto porque es inútil y, por tanto, peligrosa. El tema principal ha dejado de importar y solo se busca herir, disparar, causar dolor.

—Te estoy reprochando que nuestra vida iba bien y que ahora es una mierda.

—Yo no abandoné mi trabajo de profesor. Te recuerdo que me echaron.

—Claro, y como te morías de hambre y estabas tirado en la calle, tuviste que meterte a bailarín.

—Quería un trabajo y tengo un trabajo. Cuando las cosas vayan mejor podré regresar a lo mío.

—¡Lo tuyo! ¿Te has preguntado alguna vez por qué perdiste el trabajo? Bien, pues yo te lo diré: porque era una basura de trabajo, lo que nadie quería, sustituto del sustituto del sustituto. ¡Nada! ¿Te planteaste en algún momento hacer oposiciones para tener una plaza propia, buscaste un trabajo en el que tuvieras tu propia responsabilidad? Ni pensarlo: un puesto fácil, mis libritos, mi dinerito aunque sea poco, un montón de tiempo libre… ¡y a vivir! Ese planteamiento tiene un nombre, Javier: falta de ambición.

—Nunca te importó que no fuera un hombre ambicioso.

—¡Es cierto que no me importó! Te acepté como eras y por eso no comprendo que ahora te hayan entrado las angustias por ser un parado, el horror de que te mantenga una mujer. ¿Ahora te has vuelto ambicioso y tu ambición es bailar en un club?

—O sea que hubieras preferido que me quedara en casa agotando el mísero sueldo del desempleo.

—Hubiera preferido que buscaras un trabajo de verdad, aunque fuera de barrendero, que te comportaras como un tío con lo que hay que tener.

—Cuidado, Sandra; lo que dices hace daño.

Se calla. Me mira fijamente. Sus bonitos ojos oscuros se convierten en dos rendijas llenas de rabia. La cara se le va tiñendo de rojo. Da un golpe en la mesa que hace saltar el arroz y los fideos chinos, el agua en los vasos. Pega un berrido enorme, profundo, desgarrado como el de una parturienta.

—¡Estoy harta, harta! ¡No puedo más! ¡No puedo soportar que sigas comportándote como un puto santo! ¡No eres un santo, Javier, entérate! Eres un maldito negador: niegas los problemas, niegas la realidad, te montas tu propia película sobre la vida, pero la vida no es así, Javier.

Se tapa la cara con ambas manos y se echa a llorar. Su codo derecho está muy cerca del cuenco de salsa agridulce. Temo que manche el mantel. En este momento no sé cuáles son mis sentimientos. Por un lado me da mucha pena su desconsuelo; por el otro, no me importa. Arrastro una mano por la mesa y le toco el codo. Al tiempo, aparto un poco el cuenco de la salsa. Le digo conciliador:

—No llores, Sandra. Pongamos un poco de cordura en todo esto.

Emerge de la barrera de sus manos repentinamente serena. Se seca los ojos con la servilleta. Se levanta y va hasta la nevera. Saca una lata de cerveza. Me pregunta si quiero yo también. Acepto. Abrimos las latas. Bebemos directamente de ellas. Empieza a hablar en tono calmado:

—Hemos llegado a un punto en el que no hay vuelta atrás, Javier. Será mejor que cada uno tiremos por nuestro lado. Aunque volvieras a encontrar un trabajo como profesor, ya nada sería igual. He estado pensándolo detenidamente, no creas que es producto de un enfado. Te nemos las manos libres, no hay hijos ni hipotecas que nos compliquen la vida. Han sido unos buenos años para los dos, dejémoslo así.

—¿Tan imposible te parece que sigamos juntos?

—Algo se ha roto. No digo que haya sido culpa tuya, quizá yo necesite otro tipo de hombre o quizá lo que quiero en el fondo es estar sola.

¡Cuánto me cuesta decírselo! En este mismo momento me echaría en sus brazos para que me acunara, me confortara, me besara, como tantas veces ha hecho. «Bueno, mujer, no te preocupes. Los problemas a veces parecen muy grandes, pero el tiempo te demuestra que nunca lo son.» Con esa simple frase, Javier me libraba siempre de la angustia que generan las pequeñas contrariedades de la vida; pero ahora el problema es él. No quiero acabar como una de esas mujeres eternamente amargadas por su relación sentimental. No quiero habituarme a cosas que rechazo de base. No quiero llorar. Javier no ocupa toda mi vida, hay espacio libre para muchas cosas. Empezaré otra vez.

—Si ahora aguantamos el tirón, quizá dentro de un tiempo encuentre un trabajo.

—No me lo pongas más difícil, Javier, te lo ruego.

En realidad está poniéndomelo más fácil con su actitud. Su cara tranquila, su gesto tierno, de hombre que quiere poner paz con buena voluntad, empiezan a resultarme patéticos. Es como un perro faldero: «No me dejes, por favor». Pero ¿qué hace un perro faldero bailando desnudo en un club? No, él es consciente de lo que hace, ha cambiado su vida y en la nueva no hay sitio para mí.

—Este fin de semana lo pasaré en casa de mis padres.

Te dejo libre el apartamento. Llévate todas tus cosas, por favor. No dejes nada para recogerlo otro día, que eso acaba siendo un mal rollo. Si no tienes bastante tiempo, me avisas y vendré más tarde.

—De acuerdo, Sandra, lo haré.

Muy simplemente: adiós. Ese es el espíritu práctico femenino que siempre me ha sorprendido en las rupturas sentimentales de mis amigos. Me iré, quizá sea lo mejor. Si existe alguna posibilidad de reconciliación, se verá con el tiempo; ahora es inútil forzarla.

Tres días para recoger mis cosas. Tres días para ponerle punto final a un amor. No es mucho, pero ¿para qué más?; los cadáveres se pudren. No pienso suplicarle ni echarme a sus pies; los últimos tiempos también han sido malos para mí. No pienso organizar un sainete ni tampoco una tragedia griega. Me iré sin acompañamiento musical. Cada objeto que recoja de su casa estará cargado de recuerdos comunes, y me dolerá. Pero la vida es así, cada cambio se vive como una pérdida y toda pérdida duele. Tampoco en este lugar hay tantas cosas que me pertenezcan solo a mí: mi ropa y los libros. ¡Los libros! ¿Cómo demonio me los llevaré, dónde los meteré? Ese es el espíritu práctico masculino que siempre me ha sorprendido en las rupturas sentimentales de mis amigos, y que nunca pensé poseer.

~~~

—Tú no te preocupes, tío. Ya nos apañaremos.

¡A la puta calle! No me lo puedo creer; este tío ha pisado mierda pero al revés. La suerte le viene de culo, aunque yo este final ya me lo imaginaba, con esa chorba estaba cantado. De todas maneras me parece muy fuerte, joder, de un día para otro: «Coge tus cosas y te largas». Seis años dice que llevaban juntos. Amorcito, amorcito, pero a la hora de la verdad: «Tiene usted cuarenta y ocho horas para abandonar el hogar conyugal, así que se vaya pirando». Peor que un desahucio, tío, porque con el puto juez que lo ordena no has vivido seis años compartiendo mesa, mantel y catre. A mi vuelta no quiero que quede de ti ni el recuerdo, y limpia el polvo al salir. ¡Hay que joderse!, y si tienes que dormir en un cajero por las noches, el problema es tuyo, chaval.

Cada vez estoy más orgulloso de mí mismo. Las tías, a distancia. Las tías, para lo que sirven, pero de amores y pareja y formar una familia y el copón..., eso para el que se lo trague. Yo veo este asunto tan claro como si llevara rayos X en los ojos, pero Javier aún está en la higuera. No critica a su novia, no ha dicho ni una mala palabra en su contra. Al contrario, la disculpa delante de mí: «Bueno, hombre, Iván, en el fondo es normal que haya tomado esa decisión. Habíamos acabado por llevar vidas muy separadas. Ella quiere otra cosa, una estabilidad emocional que quizá yo ya no puedo darle...». ¡Nos ha jodido, Javier, pues claro que quiere otra cosa!: un tío con un buen curro que ingrese pasta a fin de mes y que los fines de semana la acompañe a comprar al súper. ¡Hostia, es de cajón! Pero él no se altera: «Pobrecita, necesita estabilidad emocional». ¡Y una mierda! Si por lo menos se cabreara un poco y le dedicara cuatro burradas, como cagarse en la puta madre que la parió, se le quedaría el cuerpo más descansado. Anda que si con todas las putadas que a mí me han hecho en esta vida me hubiera tragado la quina como él hace, ya habría explotado como el globo de un chiquillo. Yo no soy así, yo suelto por la boca toda la mierda que tenga que soltar, rompo cuatro vasos y ¡a otra cosa! Claro que luego de las putadas me acuerdo, ¿eh? Si alguien me la juega se me clava en el coco y ahí se queda. No quiero decir que vaya a seguirlo con la recortada esperando la ocasión, pero si me lo vuelvo a topar y tengo la manera de putearlo, lo puteo. Hoy por ti y mañana por mí. Ni perdono ni olvido. ¡Carajo con el profesor, vaya racha! Primero lo largan del curro de mala manera y ahora la titi lo pone en la calle también. ¿Y qué habría hecho este tío de no haberme encontrado a mí? Porque cabrearse no se cabrea, pero agobiarse…, se le cae el mundo encima a la mínima.

—No sé cómo voy a hacerlo, Iván. ¿Tú sabes toda la cantidad de cosas que se acumula en seis años?

—Pero ¿qué quieres llevarte, el colchón?

—Solo mi ropa y mis libros.

—Eso está chupado, tío. Tengo un amiguete que trabaja de encargado en un súper, le diré que nos pase unas cajas de cartón, lo metemos todo dentro y ¡listo!

—No es tan fácil; además, eso de alojarme en tu casa me parece mucha jeta. Ya te he dado bastante la tabarra con mis problemas.

—¡Hostia, tío, no seas tan plasta! Tengo sitio libre, joder.

—Buscaré enseguida un apartamento de alquiler y me iré.

—Sin prisas, profe, sin prisas.

Se agobia, ya digo. Es demasiado buen tío, y así le va como le va. Si tuviera mala leche las cosas cambiarían, sería él quien repartiera el juego, mandaría en su vida. Pero claro, si en vez de aceptar tan fresco la invitación de que se quede en mi casa de momento, se pone a preocuparse por si me molesta o no, así no hay manera de estar ni siquiera un poco contento. Ya debería saber que yo invito solo a la gente que me cae simpática, que es poca. Si me cayera mal no abriría la boca, que a mí tres cojones me importa ese rollo de ponerles buena cara a los demás. Bueno, pues vale, este fin de semana lo ayudo a mudarse, a ver si también se pone a sufrir por mí.

Voy a su casa el sábado por la mañana. Es la primera vez que entro. No está mal, un pisito corriente y vulgar. Me dice que la ropa ya la tiene recogida en dos maletas. Yo he pasado por el súper de mi amiguete, que me ha preparado las cajas la mar de bien, solo hay que armarlas de nuevo y cerrarlas con cinta adhesiva, que me he acordado de comprar. Aunque no entiendo para qué quiere cargar con todos los libros. Si ya los ha leído podría dejarlos aquí, o venderlos a un trapero. Aunque a mí me da igual, total, si le hace ilusión tenerlos...

Me lleva a la cocina y me prepara un café. Nos lo tomamos tan ricamente sentados a una mesita. Se le nota que anda tristón, que es lo normal; a todos los tíos que les deja la chorba les pasa igual. Yo hago como que no me entero para que no me cuente rollos que no van a servir para nada. Le meto prisa para que se olvide de las penas:

—Anda, tío, enséñame el material que tenemos que llevarnos.

—Tengo todos los libros en la habitación del fondo.

¡Hostia puta con los libros, pero si es como la biblioteca que había en la escuela! Un montón de hileras por las paredes que parece que no se acaban nunca. ¡Coño, ahora comprendo por qué le daba tanto agobio pensar en los libros!

—Oye, tío, ¿y son todos tuyos?

—¡Hombre, Iván!, son los que he ido acumulando durante toda mi vida, y tampoco son tantos.

—¡Joder! ¿Y te los has tragado todos?

—Casi todos.

—Te felicito, tío; pero si ya los has leído, ¿no sería más práctico tirarlos?

—No seas burro, Iván, los libros no se tiran, se guardan.

—¿Y por qué no se los regalas a alguien?

—Son míos, los quiero, es como si formaran parte de mí.

Tiene que haber algún misterio que no entiendo con esta coña de los libros, pero ¡arreando!, si tan importante es cargar con los putos libros, no seré yo quien le quite el capricho. Claro que en mi casa, todos desparramados no pueden estar, y yo no tengo estanterías. Los dejaremos dentro de las cajas hasta que encuentre apartamento. Supongo que no le molestará que los meta en mi trastero, donde guardo la bici; claro que si forman parte de él igual quiere tenerlos cerca y mirarlos por las noches. A mí me parece que al profe le comieron mucho el coco en la universidad. Con lo que valen los alquileres tendrá que cogerse un piso grande para que le quepa tanto tocho.

Tuve que ir a por más cajas, claro. Libros, libros, libros, con lo que pesan los condenados. ¡Seis horas cargando libros, embalándolos, bajándolos al coche! Nunca se me hubiera pasado por la cabeza que alguien pudiera leer tanto. Yo, que ni siquiera me leía los que eran obligatorios en la escuela porque me parecían un coñazo, la verdad.

Al final de la mañana estábamos baldados, y con las manos llenas de polvo, hechos una mierda; pero los jodidos libros habían desaparecido de los estantes. Solo quedaban los que dijo Javier que eran de Sandra. Misión cumplida.

—Vámonos a comer, Iván; nos lo hemos ganado.

—Comer hasta lo perdonaría, tío, pero una buena birraca sí me hace falta.

Fuimos a un bar que él conocía y bebimos, y nos papeamos un par de bocatas de jamón del bueno que no cabían en el plato. Nos supieron a gloria después de la paliza que nos habíamos pegado. Luego va el profe y se me pone en plan sentimental: que si te agradezco un montón lo que haces por mí, que no sé qué sería de mis huesos si tú no me ayudaras... Pasé la mano por el aire de arriba abajo, como si lo borrara. «No te enrolles, tío —le dije—. Somos colegas, ¿no? Pues por los buenos colegas uno hace lo que sea.»

—Ya sé que somos colegas, pero mientras viva aquí me gustaría contribuir a los gastos de la casa. Ya sabes, una parte del alquiler, la luz, el agua...

El tío es legal, pero eso de compartir los gastos es un poco peligroso. Yo quiero ayudarlo, pero no quiero que se me apalanque aquí para toda la vida, y si paga los gastos que le corresponden, parece que tiene derecho a quedarse el tiempo que quiera, y eso no. Mi plan de vida es estar solo. Nunca se me ha ocurrido que estaría bien con alguien. Si no vivo con una tía, mucho menos con un colega. No soy mal tío, pero que me quiten la libertad me pone de los nervios. Yo entro y salgo de casa cuando me da la gana. Cuando no quiero ver a nadie me encargo mis pizzitas o mi comida china o mi kebab y me lo zampo delante de la tele, tan contento, tan a gusto que estoy. Soy así y no me apetece nada cambiar.

—Mira, profe, por lo de los gastos no te agobies. Solo es un tiempo lo que vas a estar aquí y no merece la pena que eches mano a la cartera. La pasta te hará falta enterita si quieres encontrar un piso que esté medio bien.

Por fin fuimos a mi casa y le enseñé su habitación, que está guay. Tiene armario empotrado y hasta cortinas modernas que me compré ya hechas en El Corte Inglés. Además, tengo un aseo para invitados. Le gustó mucho, claro. Dejó sus cosas encima de la cama y fuimos al salón a tomar una birra.

El profe estaba tímido. Miró todos los CD y los DVD que tengo, un montón. Le enseñé mi colección de películas de Jackie Chan. Le dije que no soy uno de esos pirados por las artes marciales, pero que las pelis de este cachondo me gustan, el tío me hace reír y disfruto con los saltos que da y las hostias que arrea. De repente, el profe me pregunta si leo libros, y le contesto que no tengo tiempo: entre el gimnasio, la tele, el ordenador, el curro y las salidas…, el horario se llena. Me dice que me regalará un libro y le contesto que bien, ¡qué le voy a decir!, igual se me ofende si le digo que, como no tengo costumbre, leer me pone nervioso. También dice que, por lo menos, le deje comprar algo de comida y de birras para rellenar la nevera. Le contesto que vale, si así se va a sentir más tranquilo…, aunque casi nunca como en casa. Cocinar es un palo. Algún huevo frito sí me hago, con beicon y patatas de bolsa. Al principio de vivir aquí me cogí a la Puri, una amiga de mi madre, para que viniera un día a la semana para hacer la limpieza. Entonces ese día ella me preparaba platos calientes, sopas y cosas así. Pero luego se puso pesada con que tenía que cuidarme, comer sano y todos esos rollos y me dejaba un montón de comida en la nevera. Y entonces ¿qué pasaba? Pues que la sopa se me ponía agria y la tenía que tirar. ¿Yo qué sé si voy a comer en casa o no? No tengo que fichar como si fuera un oficinista, y durante el día van saliendo cosas y no voy a dejar de hacer lo que tenga que hacer para venir a comerme la puta sopa. Le dije que se olvidara de cocinar. Además, no me gustaba que la Puri se tomara tantas confianzas. Ya he tenido que meterle un par de cortes, y sobre todo el corte principal: que no me hable de mi madre. Va a verla al psiquiátrico de la cárcel y luego me viene con el parte: que si no es mala mujer, que si ha tenido mala suerte en la vida, que si la pobre se ha adelgazado… Punto pelota. No quiero saber nada. Yo a mi madre no le toco los ovarios ni voy al trullo a echarle nada en cara, ¿no? Pues que me dejen en paz.

Ya le diré a la Puri que tengo a un amigo en casa para que le planche la ropa a él también, aunque me parece que Javier nunca lleva camisas, solo camisetas. El pobre es un pringado; voy a tener que enseñarle unas cuantas cosas de la vida. Me gustaría saber cuánto cobra del paro. Seguro que una mierda. Por eso ha debido de largarlo la Sandrita de los cojones. Las tías dicen que los pringados como Javier son muy tiernos, pero luego se cansan de aguantarlos. Me jugaría los huevos a que la tía se ha encontrado con uno que tiene pasta. No me creo yo que sea tan estrecha como para no poder soportar que el novio trabaje en un club. ¡Venga, nena! Como si al dinero le preguntaras de dónde viene cuando ya lo tienes en el bolsillo. Habría que investigar. Si fuera yo, le ponía un detective para seguirla. No tardaría ni dos días en traernos las fotos de la chorba con otro chavalote que va a buscarla al curro. En coche, claro.

Para completar la bienvenida le he enseñado mi perfil de Facebook con mi foto en plan tío bueno y mi cuenta de Twitter. Ha alucinado porque tengo bastantes seguidores. Le he dicho que eso está chupado, si dices muchas burradas tienes seguidores seguro. Aunque esto de las redes es un comecocos que en el fondo me la suda. Tengo colegas que andan muy colgados con el tema, pero yo no. Las cosas de verdad pasan en la calle, y no en el ordenador. Pero a la gente nunca le pasa nada porque están acojonados, esa es la verdad.

A las siete o así hemos abierto unas latas de berberechos y de atún para picar algo antes de ir al curro. No se puede trabajar sin comer. Yo creo que Javier estaba más animado cuando hemos salido de casa. Al llegar al club se ha portado como si se encontrara en su salsa. Antes nunca parecía a gusto, siempre ponía cara de que el ambiente le estaba jodiendo. Hoy no, hoy ha saludado a todos los colegas, ha gastado cuatro bromas, ha ensayado un poco los movimientos de la actuación, todo muy normal. Yo creo que la novia le comía el coco y le metía mal rollo. Seguramente, que lo haya largado ha sido lo mejor para él.

~~·~~

Aquí estoy, con un techo sobre la cabeza gracias a la caridad ajena, a la solidaridad entre hombres, como se quiera llamar. Y mi benefactor es un tipo con quien no me une el más mínimo vínculo familiar, social ni cultural. Un tipo que no ha leído un libro en su vida. Ha demostrado ser mi amigo, eso sí, y lo más sangrante es que no sé cómo agradecérselo. He pensado en regalarle un libro que pueda gustarle, que lo sumerja en uno de los grandes placeres que se le brindan al ser humano, pero sinceramente, no sé cuál escoger. Descartados los clásicos, cuyo lenguaje no es fácil, y que deben de sonarle a obligatoriedad escolar. Me gustaría saber qué clase de estudiante era, aunque me lo imagino: creaba problemas, estaba catalogado como proveniente de una familia desestructurada y actuaba como tal. Sería sin duda un absentista reincidente, no creo que su abuela pudiera convencerlo de asistir a clase con regularidad. Tampoco creo que, para aquella pobre mujer que conocí, el hecho de que su nieto estuviera escolarizado tuviera una importancia capital. Bastante tenía con aguantarlo, con darle de comer. Descartados los clásicos, he pensado también en contemporáneos con garra: Palahniuk, Cheever, Carver..., pero no sé si le interesarán. Quizá debería descender un peldaño mis pretensiones y comprarle una novela de Stephen King, o por el contrario, subir de golpe todos los peldaños posibles y ponerle en las manos *Crimen y castigo* en una traducción actualizada. A veces estas cosas funcionan y la pura esencia narrativa seduce hasta a las piedras.

Curioso, ¿verdad? Los problemas se acumulan en mi vida y lo que hago es ponerme a pensar en la educación literaria de mi anfitrión. Si me juzgo a mí mismo con magnanimidad lo que deseo es tan solo corresponder. Él me da trabajo, techo y apoyo, mientras que yo intento traspasarle lo único valioso que tengo: el placer de la lectura. Si me juzgo severamente, acercándolo a los libros solo pretendo estar junto a alguien más digno de mí. Iván es primario, machista, inculto, marginal; pero ¿y si se produce el milagro de que la literatura influya en él? Quiero ser su Pigmalión, mucho peor que eso, estoy comportándome como uno de esos miembros de una pareja desigual que quiere cambiar al enamorado a su imagen y semejanza. Patético. Debo de estar volviéndome gilipollas. ¿Quién me he creído que soy? Iván es muy superior a mí. Yo soy un paria, un desclasado, un inútil. Alguien a quien echan del trabajo y a quien su mujer le da tres días para desaparecer. Él ha sabido buscarse la vida, espabilarse, convertir las duras condiciones de su pasado en una realidad cómoda y sin traumas. Sale a la calle, compite, da la cara. ¿Y yo? Yo muevo los tristes huesos en un espectáculo de estriptis porque él me ha buscado la colocación.

¿Qué habría sido de mi vida si no hubiera asistido al entierro de la abuela de Iván? Seguiría en paro. Conservaría a Sandra. Aunque ¿para qué? He visto con toda claridad que nuestra relación era un montaje cuyas reglas de funcionamiento las dictaban los demás. Es siempre así, cuando estás fuera de un dispositivo ves perfectamente cómo funcionan los engranajes, la maquinaria entera. Todas las piezas deben estar en su lugar. Nuestro caso era simple: una pareja joven, ambos con trabajo. Buena colaboración en las tareas domésticas. Cierta solidaridad: hoy por ti, mañana por mí. Amigos comunes. Aficiones comunes. Salidas consensuadas: al cine, a cenar. Fines de semana tranquilos. Sexo seguro y garantizado. Todo en su lugar. Cambia una sola pieza de ese artefacto, por ejemplo escribe «estríper» donde pone «profesor», y la cosa se ha jodido. El tipo que cambia de ocupación es el mismo, soy yo, pero la cadena ha dejado de ser armoniosa, rechina, ya no sirve. Hay que reparar o cambiar. Sandra ha optado por cambiar. Supongo que buscará una pieza de recambio en la que ponga «abogado», o «funcionario», o «jardinero», da igual, cualquier cosa que complete el mecanismo para que eche a andar otra vez con la misma precisión que antes.

Basta, basta; no quiero jugar a ese juego. No quiero ser intercambiable. Tengo mi identidad. Soy el que soy haga lo que haga. A partir de ahora hasta voy a estar orgulloso de trabajar en el club. Voy a quitarme la ropa con convencimiento, con profesionalidad, y el que no quiera mirar no está obligado.

～⌁

«La empresa no va bien, la empresa no va bien.» ¡Ya lo sé! No es necesario que el gerente me machaque continuamente con esa cantinela. Sin duda, él tiene más datos que yo, quizá hasta el último de los trabajadores tenga más datos que yo. Pero estoy harta, ahora requieren mi presencia para todo, el gerente se pasa el día informándome de los contratiempos, de las dificultades. Quiere guardarse las espaldas. Intenta que no lo acuse de falta de celo.

—A lo mejor deberíamos vender —le suelto destempladamente.

—Demasiado tarde. En las circunstancias actuales, si nos compraran perderíamos una barbaridad de dinero. Cuando aún vivía tu padre y las cosas empezaron a ponerse feas, le aconsejé que vendiera. Una empresa familiar con semejante tamaño lo tiene negro para competir con las multinacionales. Naturalmente él se negó siquiera a escucharme.

—Yo tampoco te hubiera escuchado.

—Ni me escuchas ahora, Irene. Quizá si te implicaras más en el negocio...

Basta, gran hombre; no me cuentes historias. Andas loco por pasarme la responsabilidad del desastre que se avecina, pero no pienso caer en la trampa. Yo no te culpo de nada, no me culpes tú a mí. Está asustado, no comprendo cómo papá pudo confiar hasta tal punto en él. Se encontraba muy seguro bajo la protección de papá, y teóricamente hubiera dado la vida por él. Todos la hubiéramos dado, aunque al final tengo la sensación de que hasta yo le he fallado. Yo y, por supuesto, ese gusano de David. Debería pensar que ha sido una suerte que papá no viera esta deriva, que no haya contemplado mi abandono, pero no es así. A medida que pasa el tiempo voy llenándome de rabia. La gente sigue mirándome con cara de compasión: «Pobrecita, el marido la ha dejado por otra más joven». ¡Si supieran lo poco que eso me importa! Me he librado de un peso muerto. Lo que de verdad no soporto es la traición de David hacia papá. Cuando David se fue me quedé anestesiada, pero ahora la anestesia ha desaparecido y da paso al dolor. Supongo que debería ponerme en plan beligerante y luchar por la empresa, reflotarla, hacer que volviera la bonanza, dejar a propios y extraños con la boca abierta de admiración. Pero estoy cansada. Últimamente duermo mal. Me despierto a las cuatro de la mañana, me levanto, bebo agua, voy al lavabo, vuelvo a la cama y ya no puedo conciliar el sueño.

¡Qué mal lo he hecho todo! En los primeros tiempos

del abandono, atontada, incapaz de reaccionar. Más tarde, ofendida. Después me entretuve con Genoveva. Y ahora, cuando casi debería haberme olvidado del maldito David, la indignación me impide dormir. Quizá vaya a un psiquiatra, aunque no quiero contarle mi vida, no me gusta hablar.

—Despide a más gente. Haz lo que tengas que hacer para que la empresa se sostenga un tiempo más.

—No sé si es razonable, Irene.

—Me da igual.

—Si eso es lo que quieres…, tú mandas.

Leo sus pensamientos: «Niña consentida. Niña boba. Parecía que iba a comerse el mundo, pero en cuanto ha faltado su papá ha dejado que todo vaya de mal en peor». Va a salir del despacho pero lo retengo:

—¿Qué sugieres que deberíamos hacer?

—Suspensión de pagos.

—Lo haremos, pero ahora no. Espera un tiempo.

No quiero certificar mi fracaso tan pronto. No después de mi separación. Ya se hará. Siempre hay tiempo para destruir. Quizá con echar a unos cuantos trabajadores sea suficiente. No quiero que la gente se ría de mí.

Por fin voy al psiquiatra. Me lo recomienda Genoveva, como todo. Dice que a ella le funciona bien. Le receta pastillas para dormir y otras para las épocas en las que necesita controlar su ansiedad. Le contesto que yo lo quiero para lo mismo. Lo pone por las nubes: agradable, competente y discreto. Tiene la consulta en la zona noble de la ciudad. Es un cincuentón de buen ver, el típico psiquiatra para señoras pijas como nosotras. No sonríe, yo tampoco. Pone cara de circunstancias, yo también. Me pregunta si estoy deprimida. Le contesto que no. Si siento angustia. No. Si estoy nerviosa. No. Le digo que me despierto por las noches y me cuesta volver a dormirme. Me pregunta si he tenido alguna experiencia traumática en los últimos tiempos. Le contesto que hace más de un año mi padre murió, que mi empresa va mal. Me pregunta si estoy casada. Ya no. ¿Separada? Hace unos meses. Me dice si quiero que hablemos de eso. Le contesto que no.

—Una mala época —sentencia.

—Exacto —le digo yo.

Me receta un ansiolítico y un inductor del sueño. Me explica que el inductor no es tan adictivo como las típicas pastillas para dormir. Me cita para dentro de quince días. Veremos. Su recepcionista me cobra un pastón.

～◦～

Me quedo solo a menudo en el apartamento de Iván. Él anda por ahí, en la calle, nunca me dice adónde va. Recorro todas las habitaciones, cotilleando sin pudor. No abro cajones ni armarios, por supuesto. Me limito a la decoración, y todo lo que veo me sorprende. Iván mezcla objetos modernos, que no están mal, con otros del gusto más *kitsch*. Tiene una bonita lámpara de diseño junto al ordenador y a su lado, varias figuritas imitación Lladró simplemente pavorosas: una pastorcilla infantil con cordero al hombro, una dama con sombrilla llena de lazos. No lo entiendo. ¿Cómo cabe en la mente de un tipo duro como él esa iconografía hortera y meliflua? ¿Son regalos? ¿Los exhibe porque tienen para él algún valor sentimental, o de verdad le parecen estéticos?

En la pared hay colgados varios cuadros que también

me desconciertan. Reproducciones de arte abstracto cuyo color principal hace juego con las cortinas. Tiene litografías de coches, de películas de karate, abominables, a los que ha colocado marcos dorados, muy barrocos. El contraste produce un efecto extraño. Me asombra pensar que Iván ha llevado esos carteles a enmarcar con la clara intención de embellecerlos. Parece obvio que en este hombre tosco anida una voluntad de orden y belleza.

Me paro y recapacito: hombre tosco, voluntad de orden y belleza. Estoy empezando a utilizar en mis pensamientos el vocabulario de una mala novela, una de esas que se autoeditan los desgraciados que se creen geniales: un vocabulario rimbombante, vacío. Supongo que estoy aterrorizado de que los peligros que me acechan en esta nueva situación caigan a plomo sobre mí: la vulgaridad, el mal gusto, la barriada y el lumpen. Mi terror demuestra que no estoy por encima de nada, de nadie. Creía que tenía superados muchos prejuicios, pero no. Siento pánico. En dos patadas todos mis referentes se han ido a la mierda. Primero: mi trabajo, que aunque precario, me proporcionaba un estatus. Perdido. Segundo: los amigos, que leían libros de Murakami y veían películas de los Cohen en versión original. Perdidos. Por último, he perdido a mi pareja, que me enclavaba sin fisuras en una vida normal. Como consecuencia de esa última y básica pérdida, he perdido también mi casa, mis libros expuestos a la vista, mi rincón.

Todo lo he perdido a conciencia. Acepté el trabajo de estríper porque no soportaba sentirme inútil. Me aparté de mis amigos porque ser estríper me avergonzaba. Sandra me ha abandonado porque no soporta ser la pareja de un estríper. Todo acto tiene consecuencias, y esas consecuencias generan nuevas consecuencias. Si optas por no actuar da lo mismo, las omisiones también generan consecuencias. Y así hasta que te mueres. El primer error que comete el ser humano es no suicidarse en cuanto alcanza un mínimo uso de razón.

Iván nunca apaga el ordenador; por eso me he permitido echarle alguna ojeada a sus chats sin sentirme culpable. Escribe las mismas chorradas que escribe todo el mundo, pone iconos a porrillo, cuelga fotos suyas con la ropa que acaba de comprarse, recomendaciones de discos o películas…, todo con bastantes faltas de ortografía, con una simplicidad conceptual increíble. «Me gusta, no me gusta», esa es la filosofía imperante en sus conversaciones vía internet.

En la soledad del apartamento, con la personalidad de Iván siempre presente en cada detalle, he empezado a preguntarme cosas sobre él. Lleva una vida misteriosa. Nos vemos de buena mañana. Se toma un café frente al ordenador mientras escribe bobadas, como he podido comprobar, y luego desaparece. «Hasta luego, tronco», me dice, y nunca comenta adónde va ni cuáles son sus planes. Regresa por la noche, tan tarde que suelo estar ya en la cama. Lleva ropa de marca, esnifa cuanto quiere, paga este alquiler, tiene coche y lo alimenta de gasolina, sale por ahí a tomar copas, supongo. La pregunta es muy simple: ¿De dónde saca tanta pasta? El club no da para tanto, lo sé muy bien, ¿y entonces?

En una ocasión me pidió que pasara la noche fuera. «Es que traigo a una tía», explicó. Insinué que podía quedarme bien encerrado en mi habitación sin salir para nada; pero la idea no le gustó. «Mira, profesor, no suelo traer tías a casa, pero alguna que otra vez esto volverá a pasar, y es mejor que no estés aquí.» Salí escapado; aquella era su casa y no podía olvidarme de eso. Metí el libro, el cepillo de dientes y el pijama en una bolsa de deporte y cogí una habitación en un hotel barato. Según sus indicaciones, a las doce del día siguiente ya podía volver. No me ha echado nunca más, pero fue como un aviso, y a partir de ese día empecé a buscar un piso de alquiler.

Encontrar un alquiler asumible no es fácil con el dinero que gano. Los precios de la ciudad son astronómicos; nunca lo hubiera pensado. Leo asiduamente los anuncios del periódico y un día vi algo que podía permitirme: un estudio en un barrio periférico. Que estuviera en el quinto infierno no me importaba demasiado existiendo metro y autobús en las inmediaciones. Vivir en un estudio tampoco me pareció una dificultad insalvable. No necesito demasiado espacio, y un solo ambiente puede resultar incluso acogedor si le echas un poco de ingenio. Pero cuando lo vi se me cayó el alma a los pies. Era cutre, oscuro, mal ventilado, medio ruinoso. Tenía un pequeño lavabo que daba asco y la cocina consistía en un hornillo puesto en un rincón. No debían de ser mejores las viviendas que describen Victor Hugo o Émile Zola. Me indignó que alguien pudiera pedir dinero por semejante agujero.

Le conté el episodio a Iván, no quería que pensara que no pongo interés en buscarme un lugar para mí, que pretendo estar siempre en su piso aprovechándome de su generosidad.

—No te agobies, tío, no te agobies. Ya encontrarás algo. De momento, aquí estás. A mí no me molestas.

El pobre profe se agobia, y yo lo entiendo muy bien, debe de ser una coña estar en casa de otro. Pero no creo que con la puta crisis vayan a bajar los precios de los alquileres. Los que tienen un piso, aunque sea una mierda y un corral donde no meterías ni gallinas, piensan que les pueden sacar la pasta a los desgraciados a los que el banco les ha quitado su casa por no pagar la hipoteca y que en algún sitio se tienen que meter. El mundo es así de jodido, un pozo de pura mierda donde un buen día te echan de cabeza y a ver cómo te lo montas para salir.

—Seguiré intentándolo. He dejado mis datos en un par de agencias inmobiliarias. Me han dicho que en cuanto tengan algo de las características de lo que busco me avisarán enseguida.

—Pues entonces todo es cuestión de esperar.

Pero espera sentado, Javierito, porque los de las inmobiliarias lo que quieren es ganar pasta con un porcentaje de la transacción. Y si vas tú y les cuentas que quieres un armario con derecho a cocina que sea baratito, lo que hacen es mandarte a cagar. No te lo dirán a la cara, a la cara todo son buenas palabras, pero en cuanto pones un pie fuera de las oficinas, tiran tus datos a la papelera y en paz.

—¿Has pensado en un piso compartido? A veces veo cosas en internet.

—Puedo mirarlo, sí.

Puedo, pero nunca lo haré. Ya no tengo edad para eso. Me resultaría imposible vivir junto a alguien que no conozco, compartir la cocina y el baño. Mejor ni pensarlo, solo encontraría colgados como yo o algún estudiante universitario lleno de proyectos, desorden y ruidos. Preferiría vivir en una pensión modesta, como uno de aquellos personajes de las novelas de Galdós. Lo malo es que con mis escasos recursos no puedo escoger, y acabaré teniendo que renunciar a mis momentos de lectura solitaria, a mi privacidad.

—Pero de momento no te agobies, tío. Las cosas están fatal y la peña anda muy arrastrada, de manera que peor ya no puede ir. Tiene que mejorar por cojones, si no...

El pobre profe no se aclara, y me da la impresión de que nunca se va a aclarar. No tiene ni media bofetada en este mundo cruel. Al final, tendré que echarle una mano otra vez, proponerle alguna cosa. Después, todo dependerá de él.

~~~

Me decido a ir sola a la terraza del hotel al que Genoveva me llevó. Sé que es una zona de contactos, pero tomar una copa tranquilamente no me compromete a nada. Me siento a una mesa y le pido un gin-tonic al camarero. He traído en la mano la revista *Vogue* para hojearla si no sé qué hacer. Observo discretamente las mesas: una pareja madura que charla en un rincón, un tipo con pinta de turista que debe de estar alojado en el hotel. Al cabo de media hora, cuando ya empieza a anochecer, llega más gente. Aparento estar jugando con el móvil, pero de vez en cuando levanto la vista para echar una mirada general. En una de esas ráfagas descubro a un nuevo cliente que está solo: treinta y tantos, elegante. Viste una americana color crema, pantalón oscuro, mocasines bien lustrados. No tengo experiencia, pero juraría que puede tratarse de uno de ellos. No me atrevo a mirarlo con detenimiento, así que hago una maniobra un poco forzada echándome el pelo hacia atrás y lo distingo mejor: es guapo, está bronceado, tiene los ojos clavados en mí. Empiezo a estar asustada, así que pido otro gin-tonic para darme ánimos. Cuando llega el camarero compruebo y sí, sigue mirándome fijamente. Le sostengo la mirada un segundo. Más tarde ya son dos segundos, quizá tres. El alcohol empieza a deshacer mis tensiones, me relajo. Empiezo a disfrutar de la situación. Le sonrío, y eso es definitivo, se levanta y viene hacia mí.

En el tiempo cortísimo que tarda en llegar mi mente funciona a toda máquina. Pienso: debo de estar volviéndome loca, ¿qué demonio hago aquí?, ¿qué ventolera me ha dado?, ¿y si es un gilipollas?, ¿y si cree que soy una ninfómana?, ¿y si me toma por una prostituta que está ofreciéndole sus servicios? ¡Sería divertido, un auténtico vuelco a la situación! Me estoy metiendo en un lío, soy una estúpida, quiero gritar.

—Buenas noches, ¿puedo sentarme con usted?

Tiene los dientes grandes. Quiero llorar.

—Vale.

¿Vale? Parezco una niña de colegio, una boba, una subnormal. No se le dice «vale» a un hombre en estas circunstancias. Mejor algo como: «Este es un país libre, siéntese». Decido no hablar, que hable él; finalmente es él quien ha venido hasta aquí.

—La ciudad se ve preciosa desde aquí, ¿no le parece?

—Muy bonita. ¿Vive usted aquí? —pregunto.

—¡He nacido aquí! ¿Le había parecido alguien de fuera?

—Como estamos en un hotel...

—En un hotel se está por muchas razones. Y usted, ¿también vive aquí?

—Sí, vivo aquí.

Empieza a hablar como un descosido sobre las maravillas artísticas de esta ciudad, las iglesias románicas y góticas, el legado árabe... Eso me convence de que es un chico de alterne. Es la misma cháchara incesante de Rodolfo y Uriel, esta vez con un tono cultural, probablemente para demostrarme que no es un patán. Le voy pegando sorbos largos al gin-tonic para no decaer. Los dientes grandes, que me habían parecido desagradables al principio, pienso ahora que le dan un aspecto pícaro que me gusta. Del gótico, no sé cómo, ha pasado a las tiendas de diseño. También sabe de eso. Estos tipos, suponiendo que sea uno de ellos, son agotadores con su manía de hablar. Si no es uno de ellos, es un simple pelmazo. De repente, se da cuenta de que he dejado de escucharlo.

—Perdona —dice—, me estoy enrollando demasiado, pero es que me encanta esta ciudad.

—No pasa nada, solo estoy un poco cansada. Me marcho ya.

Se queda donde está a pesar de mi gesto de llamar al camarero. Espera a que pague y cuando estoy cerrando mi bolso dice:

—Pues si tan cansada estás, lo mejor sería que cogieras una habitación en el hotel.

Está expectante. Yo lo miro directamente a los ojos, pero sin ninguna expresión reconocible. Aguanta el tirón. Es uno de ellos. Resulta inverosímil, solo hay que venir aquí, sentarse, y ya está. La ciudad debe de estar llena de sitios parecidos, para quien los conoce y sabe qué va a buscar.

—¿Tú vendrías a descansar conmigo? —Me adueño de la situación. Pierdo la vergüenza. Empiezo a disfrutar llevando las riendas.

—Siempre viene bien un poco de descanso. —Se ríe con la risa más forzada y boba que he oído jamás.

—En ese caso, vamos a descansar.

Cojo yo misma la habitación. Él me espera frente a los ascensores, discreto. El recepcionista se da cuenta de lo que está ocurriendo; no me pregunta si llevo equipaje ni cuántas noches me quedaré.

Subimos en silencio; muy cerca el uno del otro, pero sin mirarnos. Cuando estoy introduciendo la tarjeta en la ranura de la puerta se acerca e intenta besarme tras la oreja. Aparto la cabeza con brusquedad, pero no reacciona a mi rechazo, sigue sonriendo como un imbécil. De todos modos, mi gesto, raro dadas las circunstancias, lo pone en guardia y dice:

—Descansar conmigo cuesta dinero. Sabes eso, ¿no?

—¿Cuánto dinero? —pregunto sin acabar de creer que he sido yo quien ha hablado.

—Trescientos.

—No hay problema.

La habitación es amplia. Me quito la chaqueta y voy a sentarme en la cama, exactamente como hice la vez anterior. Se me aproxima con lentitud. Ahora su sonrisa es como la de un enajenado, o un borracho. Cuando alarga la mano hacia los botones de mi blusa lo paro en seco.

—No me toques. Solo quiero que te desnudes tú.

—¿Y tú?

—Yo me quedo como estoy.

Levanta la cara como un perro en alerta, solo le falta elevar las orejas.

—Pero… si no te veo desnuda, no estaré motivado.

—Da igual, solo quiero mirarte.

—Pero si no me motivo…

—Oye, no vayamos a hacer un problema de esto. Te estoy diciendo lo que quiero que hagas, pero si no te interesa puedes irte, no pasa nada.

Noto que el corazón me salta en el pecho. Siento un vago temor pero, al mismo tiempo, un enorme placer al hablarle así, con impertinencia, en tono de mando.

—Vale, chica, no te enfades. Si es eso lo que quieres...

Se desnuda poco a poco. Se siente tan ridículo que empieza a parodiar una cancioncilla típica de estriptis. Bajo la ropa emergen sus músculos abultados: piernas, gemelos, hombros. Tiene el vientre plano y los bíceps fuertes. Está bronceado por todas partes, sin señales de ningún bañador. Es peludo, pero tiene el torso claramente depilado. El pene, grande y muy blanco, le cuelga un buen trecho entre los muslos. Me gusta mirarlo, pero no siento la más mínima excitación sexual. Si se estuviera quieto y callado sería mejor, pero el muy estúpido pregunta:

—¿Te gusta lo que ves?

—No está mal —respondo en tono seco.

Se acaricia el pecho, las caderas. Se vuelve de espaldas, insinuante. Tiene un culo redondo y pequeño, muy plano, sin prominencias excesivas, precioso. Sigue diciendo tonterías durante todo el tiempo: «Esto por aquí, aquello por allá, media vuelta...». Le pido que se quede en silencio, más bien se lo ordeno. Se le pone la cara colorada de pura rabia. Creo que, si pudiera, me pegaría un bofetón, pero se contiene y, por fin, se calla. Su gesto se vuelve serio, concentrado, despectivo. Se mueve y se contorsiona como si oyera alguna música interior. Es una danza muda, impresionante. Tras un tiempo, empieza a acariciarse el sexo. Se pone en erección. Se masturba.

Primero, despacio. Luego, cada vez con más brío. Eyacula abruptamente en su propia mano, entre jadeos. Con los ojos cerrados, me pide:

—¿Puedes alcanzarme un pañuelo?

No me muevo, sigo observándolo. Abre los ojos, me lanza una mirada de odio. Algo encogido sobre sí mismo, entra en el baño. Sale al cabo de un buen rato. Se ha duchado. Tiene de nuevo puesta en la boca su sonrisa sin sentido.

—¿Has disfrutado? —pregunta.

Ni le contesto.

—¿Puedes tumbarte en el sofá?

Se tumba y cierra los ojos. Ahora puedo analizar su cuerpo centímetro a centímetro. No me gusta. Demasiado bronceado, demasiado musculoso, demasiado cuidado, demasiado artificial. Tiene sueño, da una cabezada hacia un lado.

—Puedes marcharte ya.

—Me estaba durmiendo, te lo juro.

Mientras se viste, busco el dinero en mi bolso. Trescientos euros. Se los doy.

—¿Y la copa que he tomado en el bar?

Le alargo veinte euros más. Los coge, casi me los arrebata.

—¿Te dejo el teléfono para otro día?

—No habrá ningún día más.

Pone cara de sorna mezclada con mala uva. Adopta un aire de gran dignidad para decir:

—¿Pues sabes qué te digo? ¡Que me alegro! No me gustan los rollos raros. Además, tengo todas las tías que me da la gana.

Me vuelvo de espaldas. Sale dando un portazo. ¡Qué

tipo maleducado, un auténtico horror! Chulo, estúpido, vanidoso… Es evidente que no resulta tan fácil encontrar chicos agradables. Me pregunto cómo lo hace Genoveva; sin duda tiene más experiencia. Sin embargo, estoy contenta; feliz de haberme atrevido a reclutarlo yo sola, de haberle hablado con la dureza con que lo he hecho. Me siento orgullosa de mí misma, como cuando a veces paseaba del brazo de papá.

～

He ido a comprar unos libros, a dar una vuelta. Al volver a casa, me encuentro con la sorpresa de que Iván ya ha llegado. Está comiéndose una pizza sentado en el sofá, frente al televisor. Me saluda levantando una mano para que yo se la palmee en el aire. Me invita por señas a compartir su plato. Le digo que ya he cenado, y cuando voy a hablar de nuevo, me pide silencio llevándose un dedo a los labios. Entonces me fijo en que está viendo un programa, absorto en él. Voy a la cocina, cojo una lata de cerveza de la nevera y regreso al salón. Me siento a su lado, quiero saber qué está viendo con tanto interés. Parece un *reality show*. La pantalla está llena con el primer plano de una chica joven, muy pintada. La vulgaridad de su aspecto se intensifica cuando empieza a hablar. Se expresa concatenando frases hechas, construcciones sintácticas defectuosas, expresiones chabacanas. Es lumpen cien por cien. Escucho con atención lo que dice. Se está quejando de sus amigas Carla y Andrea, que habiendo podido decirle algo, optaron por callar. Su queja va derivando hacia un lamento que la lleva casi hasta las lágrimas. Tras unos minutos más, acabo por comprender la cuestión. Se está dirimiendo la infidelidad de un chico a su pareja. Están los dos presentes, y arbitra sus diferencias una presentadora muy maquillada, muy repeinada, vestida como un putón. Más que buscar una reconciliación, parece que lo que busca el putón es que ambos chicos se enfrenten en directo, diciéndose cosas subidas de tono. El infiel es un individuo joven de aspecto chulesco que intenta defenderse. Para hacerlo desgrana tópicos impensables: «Estaba borracho, y una persona que ha bebido no es responsable de sus actos», «Hay tentaciones que un hombre no puede resistir», «Cuando es solo sexo pasajero, el amor verdadero con la pareja no peligra». Un auténtico filósofo, ese tipejo. Estoy empezando a sentir ganas de vomitar, que se incrementan al ver que están enfocando de nuevo a la chica en primer plano, de manera que se vean bien los lagrimones que le corren por la cara. «¿Hay alguna posibilidad de que perdones a tu chico?», le pregunta la zorra de la presentadora. La chica solloza abiertamente. «Chata, te prometo que no se repetirá más», suelta el maldito gilipollas. En ese momento estoy a punto de enzarzarme en un aluvión de improperios y comentarios crítico-destructivos sobre toda esa basura; pero al mirar a Iván, descubro que está emocionado y con los ojos húmedos. ¿Qué demonio le pasa? ¿Le parece todo tan repugnante como a mí y llora de asco o se le ha aflojado una tuerca en el cerebro? Opto por una exclamación que pueda interpretar como quiera.

—¡Hostia!

Se sorbe los mocos. No está avergonzado de mostrar sus sentimientos. Se restriega los ojos con la servilleta manchada con tomate de la pizza. Habla sin perder de vista la pantalla:

—Sí, tío, es la berza. Este chico es un pedazo de cabrón porque a su chorbi le ha hecho mucho daño con el salto que le ha dado. Mírala a la pobre lo destrozada que está. Pero claro, luego te pones en el lugar de él y también lo comprendes. Si vas medio bolinga y una tía se te pone a tiro y te provoca..., a ver quién es el guapo que se resiste. Por eso yo no tengo tía fija. ¿Para qué? Si un día se me presenta un polvete chulo, ¿para qué hacer daño a alguien o irle con mentiras?

Siento un ramalazo de indignación que no soy capaz de sobrellevar. Me exalto.

—Un momento, Iván. El tema central de esta historia no me interesa lo más mínimo. Lo verdaderamente brutal, lo acojonante, lo que me pone histérico es que esos dos desgraciados se presten a ir a la tele a soltar sus lagrimitas y sus miserias. Más que eso, lo que no puedo soportar es que la televisión, cualquier televisión, haga un programa con toda esa basura, y que lo emitan y que alguien lo vea.

Nunca lo había visto tan sorprendido, tan perplejo. Olvida la tele. Tarda en reaccionar unos segundos y al final se reafirma diciendo:

—Yo lo veo.

—Nada de eso. Tú lo ves porque estabas zampándote una pizza, has encendido la tele y te has enganchado.

—Que no, tío, que no. Veo ese programa siempre que puedo. Sé a qué hora lo dan y, si estoy en casa, siempre lo pongo.

—Pues no lo entiendo. ¿Qué le encuentras a esa basura?, dime, ¿qué mérito tiene?

Creo que sus pelos, muy cortos, se han erizado como los de un gato.

—¿Cómo que qué le encuentro, tío? Es la vida, son las cosas que le pasan a la gente. ¿O es que a ti no te pasa lo mismo que a todo el mundo? ¿Cómo es eso, tú eres especial?

—A esos tipos les pagan por ir ahí a contar en público sus vergüenzas.

—Bueno, ¿y qué, si les pagan? ¡Por lo menos se sacan algo! De acuerdo que van a la tele a contar sus cosas personales, pero si lo hicieran solo por dinero no llorarían a lágrima viva, que al kilómetro se ve que lloran de verdad. Tampoco se acusarían a ellos mismos poniéndose en mal lugar.

—¿Tú irías a ese programa a contar tu vida por dinero?

—¡Coño con el puto dinero! ¿Y tú y yo qué hacemos por el puto dinero? ¿Tú no estabas delante de una pizarra leyéndoles poesías a las nenas de papá? Y ahora mueves el culo en pelota picada, igual que yo, que aún hago cosas peores. Así que no me vengas con la mandanga de lo que yo contaría o dejaría de contar. Me voy a dormir. Hoy me has tocado los cojones, profe, te lo digo de verdad.

¡Joder con el profesor! Yo es que hay cosas que no entiendo, tío. Mucho leer libros y mucha hostia pero no tiene sensibilidad ni para entender a dos chicos que están jodidos y van a un programa a ver si pueden arreglar su relación. ¿Y qué, si la gente lo vemos? ¿Y qué, si se ganan una pasta contándolo? ¿Quién se cree que es, el príncipe de las galletas con su coronita encima del coco? ¿Está en su palacio, donde no llega la chusma? Pero si no tiene ni una habitación de alquiler desde que su chorba lo ha largado a la puta calle. ¿Y qué hace? Nada, chupar de mi bote hasta que a mí se me hinchen. Bien hubiera podido ir él al programa ese a luchar por su Sandra, para ver si le ablandaba el corazón. Pero no, ¿cómo se va a rebajar el señorito a ir por ahí contando sus penas? Él es un intelectual, un profesor, está por encima de todos. Con lo tranquilo que estaba yo con mi pizza y mi tele, y ha conseguido ponerme de mala hostia. A ver si se busca un gallinero para irse a vivir o al final acabaremos de mala manera.

Se ha enfadado conmigo. Es evidente que me he pasado, pero es que me revienta que un tío duro como él caiga en las trampas que... Me he pasado y punto. Es como es y no va crecerle una conciencia crítica de un día para otro. No quería ofenderlo, pero lo he ofendido. Sin embargo, todo lo que le he dicho me parecía tan obvio..., aunque para él no lo es. Voy a pedirle disculpas; aunque cada vez tengo más claro que debo encontrar cuanto antes un sitito donde vivir, y si es un cuchitril infecto, me aguantaré. No puedo seguir aquí, vivir con alguien tan distinto es como dormir sobre un polvorín.

Llamo a la puerta de su habitación. Pega un berrido desde dentro:

—Y ahora, ¿qué pasa?

—Iván, quiero pedirte disculpas. Lo siento, te lo digo muy en serio. Yo quería criticar a la tele, pero ha habido un malentendido y...

—¡Corta, tío, que estoy muerto de sueño!

—Pero dime que no te has enfadado.

—No.

—¿«No» es que no te has enfadado o que no quieres decírmelo?

—¿Será posible? ¡Estás como una puta cabra, profesor! ¡Vete a dormir de una vez!

Se ha reído. Menos mal. Me sentía culpable.

⁓

A mí lo de las Navidades me da por el saco que no veas. Paz y amor. ¡Anda y que os follen a todos! Pero es lo que hay: los anuncios de turrón machacando y las lucecitas en las calles. Todo el mundo te dice: «¡Feliz Navidad!», aunque no te conozca de nada y la única relación sea que te ha vendido un puto paquete de tabaco. ¡Me pone de una mala hostia! Lo único que me mola es el sorteo de lotería del día 22. Nunca me toca, pero cada año me hago con un par de décimos, por si acaso. ¡Me iba a comprar un cochazo de cagarse! Y una mansión con sirvientes de todos los países: un chino de cocinero, una ecuatoriana de camarera y un tío del Este como vigilante y matón. Sabría cómo gastarme la pasta, y no como esos gilipuertas que salen en televisión porque les ha tocado una miseria y dan saltos de contento. El tarugo que presenta el reportaje les pregunta: «¿En qué empleará usted el premio?», y ellos, como locos: «En tapar agujeros». ¡La leche, los agujeros del cerebro les tendrían que tapar! Yo, si me tocara una cantidad grande, regalaría una parte para obras solidarias, comedores para pobres y esas cosas. Pero ni grande ni pequeña, nunca me toca nada. Eso de la suerte no está hecho para mí. Todo lo que tengo me lo he tenido que currar a base de bien, porque si por la suerte fuera, una mierda pinchada en un palo, eso es lo que tendría. La suerte siempre me ha enseñado el culo, nunca la he tenido de cara.

Para empezar, los papis que me trajeron al mundo. El papi, un pedazo de cabrón que, por lo menos, ya se ha muerto. Y ella, no quiero ni pensar, ahora viene el numerito de cada año. El día de Navidad la dejan salir del psiquiátrico ese de la cárcel o como se llame. Se supone que tiene que comer con la familia, y la familia soy yo. ¡Tócate los cojones con la familia! Otros años siempre la he llevado a un restaurante; pero lo malo es que me monta números: se emborracha, llora, le pega la paliza al camarero. Me da vergüenza estar con ella, los demás siempre nos miran. Este año, aprovechando que tengo en casa al profesor, podríamos hacer la comida en la intimidad del hogar, como suele decirse. Así me libro del restaurante. Claro que para Javier es un marrón serio, pero bueno, así se paga un poco la estancia, ¿o no? Tampoco es que me haga mucha gracia que el profe vea a mi vieja, pero es la manera de que no piense que soy un hijo de puta porque no voy nunca a verla a la cárcel. Tendrá mejor concepto de mí. Además, viéndola se dará cuenta de cómo van las cosas en el mundo, porque vale que a él todo le ha salido mal de un tiempo a esta parte, pero a mí ya me fue mal en el momento de nacer. Con unos padres como los míos, si no me hubiera espabilado me esperaba el desastre. Pero me di cuenta a tiempo, y me dije: «Coño, Iván, o cambias de casilla o en este juego vas a perder». Y me cambié. Vida nueva, como si hubiera vuelto a nacer. ¡Y bien que me va, no tengo queja! Lo único chungo que hago es esta puta comida de Navidad; pero le voy a pedir a Javier que me ayude y, como es buen tío, aceptará. Cada año voy trampeando la visita de mi madre, pero cada vez me cuesta más aguantarla, porque cada vez está peor. Antes aún me impresionaba ver cómo se iba quedando hecha una mierda, pero ahora ya no me impresiona ni la virgen que se me apareciera. Ya no.

Para la comida no me buscaré problemas. Me bajaré a la casa de platos preparados y les encargaré canelones y una carne que esté bien. Me gastaré la pasta también en cava del bueno. Mi vieja se pondrá como una cuba, porque como además toma medicinas para el coco, todo le hace un efecto bestial. Con un poco de suerte se duerme enseguida, la tumbamos en el sofá y podemos comer en paz. La asistenta social siempre me dice cuando voy a recogerla que no le sirva alcohol, pero nunca le hago ni puto caso. Para que me ponga la cabeza como un bombo pidiéndomelo, se lo doy de entrada y todos contentos. ¡Qué más da que beba o que no beba a estas alturas de la película! ¡Que se anime, joder! Por lo menos una vez al año que se olvide de la mierda de vida que ha llevado y que lleva, de las putadas que le han hecho y que ella ha hecho a los demás. «La droga es muy mala», decía mi abuela para disculpar a su hijo muerto. Pues vale, que no la hubieran tomado, ahora ya es tarde para lamentarse.

～～～

—No, no tengo ningún plan esta Navidad. Cuenta conmigo para la comida.

Acepté sin pensármelo dos veces; estando alojado en su casa, ¿qué otra cosa podía hacer? Tampoco hubiera llegado a pensar jamás que iba a enfrentarme a una experiencia tan aterradora, tan trágica.

Cuando me levanté por la mañana el día de Navidad, Iván ya danzaba por la casa. Me sorprendió ver *Crimen y castigo* abierto sobre el sofá. Siempre dudé de que empezara siquiera a leerlo. Oí ruidos en la cocina. Iván preparaba café.

—¿Te apuntas? —me preguntó.

Desayunábamos en silencio cuando de pronto dijo:

—¡Qué mal rollo lo de la prestamista y el Raskólnikov!

—He visto que estás leyendo el libro.

—Empecé anoche y no podía dejarlo. ¡Sí, tío, la historia me cazó! El tipo ese, tan raro, tan retorcido…, y las calles donde están y las escaleras y las casas…, todo oscuro, con un frío de cojones, cutre, sucio, pobre… ¡Debía de ser la hostia vivir en Rusia en aquellos tiempos! Aquí también hay gente que vive sin un céntimo, en la mugre, pero por lo menos hace sol. Sobre todo, el Raskólnikov es la hostia. Mira que a mí la violencia no me da nada de impresión, que he visto *La matanza de Texas* veinte veces y otras pelis aún peores; pero los hachazos a la vieja… ¡Joder, tío, es muy fuerte! Después de leer eso no podía dormir.

—Llevas razón, el personaje de Raskólnikov es una maravilla, un hombre atormentado, tortuoso, en permanente duda moral. Y la escena del asesinato es espeluznante, brutal.

—Eso me pareció.

¿Espeluznante? Mejor no hablar, mejor no decirle al profe que si no podía dormir es porque pensaba que yo soy como el Raskólnikov ese de los huevos, igualito que él. Porque a mí la prestamista, hija de puta y vieja, me estaba revolviendo el estómago que te cagas, y cuando el tío le pega los hachazos, por una parte me estaba dando yuyu, pero por otra pensaba que muy bien, que adelante, arréale otro hachazo por si está viva aún. Me quedé descansado cuando se la cargó. ¡Al carajo, una cucaracha menos en el planeta! A la gente se le ponen los pelos de punta cuando se trata de matar; pero son unos blandos, ¡joder!, porque hay gente que se merece la muerte, desaparecer de la bola del mundo. Hay un montón de peña que no vale nada, que solo sirven para hacer daño. ¡Vaya día para haberme puesto a leer ese libro, hoy que viene mi madre! Porque si mi madre cascara no pasaría nada de nada. Ha hecho daño a mucha gente, la primera a mi abuela. Pero eso es el pasado, de acuerdo; por lo menos se pegó sus buenos colocones y sus buenos polvos con mi padre y con otros; pero ¿ahora?, ¿qué vida lleva ahora que valga la pena? Encerrada y todo el día con medicinas que la dejan medio grogui. Lo único que hace es dar trabajo a los que la cuidan. Si se muriera, tanto mejor para todos, para mí también. Yo no le daría un hachazo porque es muy fuerte, pero quitarla de en medio sin sangre que salpicara, ¿por qué no? ¡Menos mal que el profesor no puede oír lo que pienso porque si no!…

—¿Y tú por qué me has regalado justamente ese libro?

—Porque es un clásico. La gente cree que los clásicos son aburridos, pero ya ves que no es así.

—¡Pues vaya con los clásicos!

—Y porque llevas un nombre ruso: Iván, Iván el Terrible.

—Ya veo.

No hagas gracias conmigo, profesor, porque si pudieras mirarme el coco por dentro te quedarías acojonado. Soy El Terrible, sí.

Para contribuir a la fiesta navideña, había pasado por el bazar chino que hay en el barrio. Compré guirnaldas de colores, papá noeles para colgar y un arbolito de Navidad pequeño que pudiera dejarse sobre una mesa. Sandra siempre lo ponía en un mueble del recibidor. Quizá fuera una idea estrafalaria, pero me pareció que a Iván podía agradarle.

Antes del mediodía y mientras Iván iba a recoger la comida preparada que había encargado, me entretuve decorando el salón para intentar darle un aire navideño. Coloqué las guirnaldas alrededor de las ventanas, colgué las figuritas de Papá Noel en el árbol de plástico y puse la mesa lo mejor que pude, incluyendo una vela roja en el centro. Me dio la impresión de que había quedado bien, de que transmitía un ambiente agradable; aunque temía la reacción de Iván, siempre imprevisible.

Cuando llegó, cargado con varios paquetes que despedían un olor apetitoso, se quedó boquiabierto ante mis artes decorativas.

—¡Coño, tío, si parece una tienda de lujo!

—¿No te gusta? Puedo quitarlo en un minuto.

—¿Qué dices? ¡Me encanta! Con todas estas mierdas que has colocado pareceremos una jodida familia de verdad.

Noté en su aliento que había estado bebiendo y en el ritmo acelerado de sus palabras, que estaba nervioso, cabreado. Abrió una lata de cerveza y la acabó de un solo trago; luego fue a la cocina, donde empezó a moverse sin rumbo fijo, con un desasosiego que se expandía a su alrededor. Murmuraba frases incomprensibles en voz muy baja, con furia, con mal humor. Tiraba los objetos bruscamente a un lado. Empecé a comprender entonces hasta qué punto la visita de su madre le resultaba turbadora, quizá insoportable.

A las doce y media salió a buscarla, casi sin decirme

adiós. Regresó al cabo de una hora. Me la presentó con una ironía hosca que ya no abandonaría en ningún momento de la tarde:

—Esta es mi mami, Elisa para los amigos. Y este es Javier, mami, un chico muy formal que es profesor. ¿Has oído bien?: profesor; para que veas con quién me relaciono. Está viviendo aquí en mi casa para darme cultura y vigilar que me porte bien.

Sufrí un impacto profundo. Aquella mujer era un ser devastado. Una simple mirada resultaba suficiente para advertir su condición marginal, su aura de locura. Alta, delgada, con la piel muy pálida, casi translúcida, se asomaba al mundo por dos enormes ojos, azules y vacíos. Al sonreír desvaídamente mostró una boca en la que faltaban varios dientes. Me estremecí, transmitía todo el horror de la desgracia. Creo que no fui lo bastante rápido para disimular mi primera reacción. Volví los ojos hacia Iván y comprobé que me miraba con intensidad. No me quedó ninguna duda de que se había percatado de mi gesto de espanto.

—¿Qué te parece mamá?, guapa, ¿eh?

Azorado, sin saber qué papel adoptar, le di la mano a la mujer y susurré: «Encantado», mientras ella seguía sonriendo sin ninguna expresión.

—Bueno, pues una vez hechas las presentaciones oficiales, vamos a tomar un aperitivo para ponernos a tono. ¿Qué te apetece beber, mami?

¡Vaya sorpresa que se ha llevado! ¡Menuda cara se le ha puesto al cabrón del profe! ¿Pues qué se creía, que estaba de coña cuando le hablaba de mi vieja? A mí un jurado popular, de esos que organizan con gente de la calle normal y corriente, enseguida me condenaría por mal hijo, pero si el jurado viera a mi mami, ya sería otro cantar. ¿Cómo se te ha quedado el cuerpo, Javierín? A veces el profesor me parece un simple pijo más que un colega. Está claro que los libros te dan cultura pero no te enseñan nada de la vida, que es lo único de lo que hay que saber.

—¿Una cervecita, mami? Helada, como a ti te gusta. ¿Te dan cerveza en el sitio ese en donde vives? ¿No?, ¡qué tacaños, los tíos! Pues mira, hoy aquí no va a faltarte de nada. ¡Hasta adornos de Navidad tenemos! ¿Los has visto? Aquí el profe se los ha currado él solito.

Elisa echó una vaga ojeada a la habitación y, por primera vez, pude oír su voz.

—Muy bonito. En la residencia también han puesto cosas de Navidad, y un belén con figuritas.

Entonaba las frases como una niña, pero tenía una voz grave, cascada, de fumadora. Iván le quitó solícitamente la chaqueta a cuadros que llevaba y le puso en la mano una lata de cerveza.

—Vamos a sentarnos un ratito para que estés cómoda y feliz.

Se sentó en el sofá e, inquieta, se volvió hacia su hijo.

—¿Tienes un cigarrillo?

—¡Y cómo no voy a tener cigarrillos el día que viene mi mamita querida! Mira, he comprado Lucky, tus preferidos.

Abrió ella misma el paquete y vi cómo le temblaban las manos.

—Gracias, hijo. Siempre me tratas muy bien.

Le di fuego. Las primeras caladas las dio muy seguidas, anhelantes. Nos quedamos los tres sentados con nuestras latas de cerveza, sin hablar. Para romper el incómodo silencio pregunté en tono cortés:

—¿No les permiten fumar en la residencia?

Tardó bastante en contestar, como si le costara entender el sentido de las palabras.

—Solo dos cigarrillos al día —dijo por fin—. Uno después de comer y otro después de la cena. Tenemos que salir al patio si queremos fumar, dentro está todo lleno de carteles que ponen: «Espacio sin humo».

—¡Pues claro, mamá! En la residencia cuidan de tu salud, no quieren que te pase nada malo, ni que te metas porquerías en el cuerpo.

—Sí —susurró. Adoptaba una apariencia implorante, quizá temerosa cuando hablaba con Iván.

—¿Y medicinas, aún tomas tantas medicinas?

—No sé cuántas tomo; todas las que me dan.

Iván soltó una batería de restallantes carcajadas falsas, histéricas. Le palmeó la espalda a su madre.

—¡Eso ha estado gracioso, mamá! ¡Eres total! Nada de ponerte a contar píldoras, a ti te las plantan delante y tú ¡para adentro!, sin rechistar.

Ella sonreía con una mueca espantada. Iván se levantó de un salto.

—¡Y ahora a comer!, que no se nos quemen los canelones.

Desapareció en la cocina. Miré a Elisa, sin saber qué decir; aunque no era necesario decir mucho, parecía serena, desinteresada de todo. Volvió Iván, histriónico, crispado.

—¡Ohhhh! —exclamó casi gritando—. Fijaos qué cosa tan cojonuda. Canelones de carne pura: ternera, cerdo…, nada de mezcla con salchichas de Frankfurt, ni patas de pollo, ni orejas de gato. ¿A que huele bien? ¡Comida auténtica de Navidad!

Sirvió los canelones, destrozándolos, mientras yo descorchaba una botella de vino tinto. No paraba de hablar. Un parloteo sin pies ni cabeza, que temí fuera a durar todo el tiempo.

—¡Nada como la familia en Navidad! Yo siempre lo digo, la familia es lo mejor, la hostia consagrada y el copón bendito.

—¿Usted no pasa la Navidad con su familia? —me preguntó ella titubeante.

—Solo tengo una hermana, y nos vemos muy poco, una vez al año, o dos, pero nunca en estas fechas. En Navidad ella siempre tiene muchos compromisos.

—¿No viven sus padres?

—No, murieron hace mucho tiempo en un accidente de coche. Yo era pequeño aún.

Iván saltó como un felino sobre la conversación:

—¿No es horrible, mamá? Imagínate que a mí me hubiera pasado lo mismo: papá y tú muertos en un accidente de coche y yo huérfano. ¡No habría podido soportarlo! ¡Un espanto espantoso! Con lo bien que he estado yo toda la vida con mis papás. Papá ya se murió, pero siempre me quedas tú, mamuchi. ¡Y lo de puta madre que estamos ahora!

Ella sonrió con desmayo, encendió un cigarrillo y dejó de comer. Le eché una mirada aviesa a Iván y él, encantado al comprobar mi censura, empezó a divertirse.

—¡Hostia, mami!, estoy contento de verte, lo digo en serio. Tú y yo somos como el profe y su hermana: no nos vemos mucho porque tú tienes muchos compromisos, pero cuando nos vemos… ¡una alegría que te cagas!

Me levanté, con los nervios considerablemente alterados.

—Voy a por agua —susurré.

Detrás de mí entró en la cocina Iván. Había recogido los platos, en el de su madre se veía la comida prácticamente intacta.

—¿No la machacas demasiado? —le dije en voz baja.

Me miró con cara de burla, pero enseguida se puso serio y sus ojos me dirigieron una andanada de odio puro.

—Cada uno trata a su madre como le da la gana.

Di media vuelta airado y regresé al salón. ¿Para eso me había invitado Iván, para que fuera testigo de su grosera *performance*?

A partir de ese momento la comida se me hizo más insufrible aún. Por fortuna, Iván encendió el televisor y eso mitigó la tensión en el ambiente. El silencio pesaba menos. Nuestra invitada había empezado a desentenderse de cualquier cosa que la rodeara, incluidos nosotros. Apenas probó la carne. Solo bebía y, de vez en cuando, fumaba un cigarrillo, apurándolo con ansia. Iván le retiró el plato en cuanto nosotros terminamos. No hizo comentario alguno sobre su falta de apetito. Al menos, ya no le dirigía ironías punzantes.

Comimos el tradicional turrón como postre y abrimos una botella de cava. Hablábamos lo imprescindible para el funcionamiento de la mesa: «Pásame tu copa», «¿Te sirvo un poco más?».

—El café lo tomaremos sentados en el sofá —anunció Iván con sequedad.

Ayudó a su madre, que ya necesitaba una mano, a levantarse de la silla y llegar hasta el sofá. Fue a preparar el café y lo sirvió junto a un vasito de whisky, que yo rechacé. Veíamos, aparentemente interesados, un reportaje de cómo se vive la Navidad en diferentes países del mundo: las playas de Brasil, la nieve sueca…, gente sonriendo dondequiera que fuera. De repente, veo cómo Elisa da una cabezada definitiva y duerme en paz. Veo el cielo abierto, porque ya no hay motivo para seguir con aquella tortura. Me pongo en pie.

—Voy a descansar un rato —digo, y me marcho a mi habitación.

Me quedo dormido enseguida porque es verdad que estoy cansado a causa de la tensión, la comida, la bebida y el día de cielo encapotado.

Iván viene a despertarme, me zarandea. Estoy sobresaltado, miro el reloj. Son casi las ocho.

—Voy a llevar de vuelta a la vieja. Enseguida estoy aquí. Si puede ser no te marches, espérame en casa.

—Me despido de ella —digo haciendo ademán de levantarme.

—No hace falta. Está tan zombi que no sabrá ni quién eres.

Tras un momento, oigo cerrarse la puerta de la calle. Me lavo la cara con agua fría. Detesto las siestas, hacen que al despertar me sienta desorientado y de mal humor. Voy a prepararme un té a la cocina, que está patas arriba: platos con restos churretosos, envases por el suelo… Cargo el lavaplatos, limpio, ordeno, barro… Luego me siento a tomar el té, que me apetece de verdad. Quizá la limpieza que acabo de terminar sea el último acto de agradecimiento hacia Iván por haberme alojado en su casa; porque es obvio que cuando regrese de la calle, me pedirá que me vaya a un hotel. Por eso me ha pedido que lo espere. No creo que pueda perdonarme que le haya echado en cara cómo estaba tratando a su madre. Lo he visto enfadado conmigo, mucho. Con otro amigo cualquiera, mi reconvención no hubiera tenido importancia; pero Iván y yo somos amigos contra natura. Da igual, en cualquier caso, me iré a una pensión esta noche mismo hasta que encuentre algo. A mi edad ya no se comparte piso con nadie, trae siempre problemas, mucho más si son personas tan opuestas como Iván y yo.

Nueve y media de la noche. Oigo la llave en la cerradura. Ya está aquí. Abre la puerta de la cocina y sonríe, tira la cazadora sobre una silla.

—¡Operación navideña concluida! ¡Hasta el año que viene! ¡Coño, has recogido la cocina! ¡Qué guay, tío! Lo que menos me apetecía en el mundo era ponerme ahora a fregotear. ¿Nos preparamos un gin-tonic?

Estoy perplejo: Iván ya no pone cara de ofendido, habla en tono cordial. No parece enfadado en absoluto. Le pregunto:

—¿No te han reñido en la residencia?

—¿Por qué iban a reñirme?

—Me pareció que tu madre había bebido bastante, y si dices que no le permiten probar el alcohol…

—A esos tíos se la suda lo que le pase a mi madre. Se la he devuelto tranquila y con ganas de meterse en la cama. ¿Qué más pueden pedir?

Llevamos los gin-tonics al salón. Nos sentamos. Iván arranca enseguida a hablar.

—Te has quedado acojonado al ver a mi madre, ¿verdad?

—Iván, no sigas, por favor. Siento mucho haberme metido en tu vida. No tengo ningún derecho a hacer ningún comentario. Ha sido culpa mía, y también de esta situación. Mañana mismo me voy a una pensión y desde allí buscaré un sitio para vivir. Debería haberlo hecho ya. Has sido muy generoso conmigo y te agradezco un montón…

Me callo porque veo que tiene la cabeza baja y no está escuchándome. Oigo su voz, inusualmente tranquila, monocorde.

—Mi madre era una mujer muy guapa, aunque no te lo creas. Mira ahora cómo está, hecha una mierda. A mí también me da pena verla, no pienses que soy un puto monstruo. Pero yo tengo una mente, ¿sabes, tío?, una mente que funciona muy bien. En la mente lo llevo todo apuntado, y no se borra ni de coña. Mi madre no quería tenerme. Yo nací porque mi padre se empeñó, que a él le parecía que un hombre de verdad no puede pasar por el mundo sin tener hijos, mira tú qué parida. Pero a mi madre siempre la puse de los nervios, solo con mirarme ya se ponía enferma. Me aparcó en casa de mi abuela a la primera de cambio. Allí me dejaba, y ella se largaba con mi padre o con otros tíos si convenía. Cuando la pobre abuela protestaba y le soltaba sermones, pues venía y me llevaba con ella una temporada. Y aquello sí que era la hostia de malo: gritos, broncas, hambre… Se iba a los bares a privar y yo me quedaba dormido en algún sillón. Hasta que se hartaba de arrastrarme por todos lados y ¡otra vez con la abuela! Mi padre era diferente, tampoco me hacía ni puto caso y aquello de que tener hijos te hace muy hombre se le olvidó enseguida. Pero por lo menos no me gritaba, ni me miraba con aquella cara, como diciendo: «Si pudiera, te mataría». A veces hasta me decía cosas bonitas, como que era muy listo y me haría rico de mayor. Ella no, ella siempre me estaba berreando: «¡Apártate, siempre estás en medio!», y a la que me descuidaba… ¡un bofetón! Cualquier gato sarnoso de la calle le hacía más gracia que yo. Una vez la pescaron los servicios sociales porque me dejó tirado en un bar. Dijo que se había olvidado de que iba con ella. Estuve a punto de que me llevaran a un hogar de acogida, pero al final volví a casa de mi abuela. Mi abuela era la que siempre daba la cara por mí, aunque yo a veces me cabreaba con ella porque me decía que mi madre era una zorra. También me cabreaba con mi madre porque era verdad que era una zorra. No sé muy bien con quién me cabreaba, pero el caso es que siempre tenía encima un cabreo de mil pares de cojones.

Ya no podía seguir escuchando aquellas historias truculentas por más tiempo, quería decirle: «Déjalo, Iván, no necesito saber nada, no me cuentes nada más». Pero él estaba como en trance, iba embalado y no parecía que fuera a parar. ¿Por qué deseaba justificarse ante mí? Afortunadamente hizo una pausa para encender un cigarrillo y entonces le solté:

—Iván, me voy mañana.

—¿Adónde?

—A una pensión. Desde allí busco un sitio para vivir.

—¡Ni de coña te vas a una puta pensión! Busca lo que te dé la gana pero desde mi casa.

Así que el profe se mete en mis asuntos y encima es él quien se mosquea y quien quiere marcharse. No entiendo a estos intelectuales que tienen la piel tan fina. Se pone a defender a mi madre como un león. Total, porque le he dado un poco de caña en plan *light*. Y ahora dice que se larga. Pues muy bien, tío, que te follen.

—Ya has hecho suficientes cosas por mí, Iván. Tengo que buscar un sitio donde pueda vivir solo, es lo normal.

—Oye, profe, que mi vieja no vuelve hasta las Navidades que viene. Si es por eso no tienes que preocuparte, que ya no va a tocarnos más las pelotas.

—¡¿Cómo puedes pensar eso?! A mí tu madre no me ha molestado en absoluto. Además, esta es tu casa y yo...

¿Qué puedo decirle? Me siento muy mal, me siento culpable, estúpido; pero nuestro mundo es tan distinto que no me veo capaz de hacerme entender.

—Ya te irás cuando tengas que irte, pero con mal rollo, no. Ya te he dicho que no soy un monstruo. Muchos tíos en mi lugar no hubieran vuelto a mirarle a la cara a su madre, ¿comprendes?, ni en Navidad ni en Semana Santa ni en la puta vida, que yo sé de qué estoy hablando.

—¡Por supuesto que no eres un monstruo! Dejemos el tema, Iván, todo esto es absurdo.

—Vale, pero no soy un monstruo, soy un tipo bastante legal.

Por primera vez desde que nos conocemos veo lágrimas en sus ojos. No sé qué hacer. Quiero irme. Quiero volatilizarme. No soporto esta situación ni un momento más.

—Oye, Iván, ¿tú crees que en un día como hoy habrá algún bar abierto todavía? Se me ocurre que podríamos dar una vuelta y tomar una copa.

—¡Anda, tío, pues claro que hay bares abiertos! Y lo de salir me parece perfecto, que ya está bien de malos rollos, mejor que nos dé el aire. ¡Cómo me jode esto de la jodida Navidad!

El día 24 de diciembre por la mañana papá ya no iba a trabajar. Nos quedábamos solos en casa porque hasta la chacha volvía a su pueblo por Navidad. El 25 comíamos con los tíos y los primos, pero la Nochebuena la pasábamos los dos solos. ¡Me encantaba! Por la mañana visitábamos una exposición de pesebres y, a la vuelta, entrábamos en la mejor pastelería de la ciudad y comprábamos turrones para todas las fiestas: de Jijona, de Alicante, de yema quemada y de chocolate. Cada año papá me dejaba escoger uno nuevo de los que no eran tradicionales: mazapán con frutas, praliné de nueces... A mediodía comíamos en un restaurante bueno y por la tarde, ya en casa bien tranquilos, montábamos el árbol de Navidad. Lo recuerdo como algo muy emocionante. Papá bajaba al trastero y recuperaba las cajas de cartón donde guardábamos todos los adornos, que eran de cristal finísimo, no de plástico como ahora, y tenían muchas formas y colores: casitas nórdicas, peces, violines... Papá los había comprado en un viaje a Alemania. Al colgarlos siempre se rompía alguno, y a mí me entraban ganas de llorar porque no volvería a verlo, pero nunca lloraba. Mi tía, la hermana de mi padre, me había dicho tiempo atrás que no debía llorar bajo ninguna circunstancia. Si lloraba mi padre se apenaría, y él ya tenía bastante tristeza con haber perdido a su esposa y bastantes problemas teniendo que vivir solo conmigo. Así que no volví a llorar jamás, ni siquiera cuando estaba sola en mi habitación. Para la cena de Nochebuena poníamos la mesa con toda elegancia. Entonces calentábamos la sopa y el pavo que Asunción había dejado preparados y nos sentábamos como dos reyes, el uno frente al otro.

Es curioso, pero de las Navidades en las que ya estaba David con nosotros me acuerdo con menos detalle. Cenábamos en casa de papá, por supuesto, pero ya nada era tan mágico como antes. Nos intercambiábamos regalos, charlábamos en la sobremesa pero, siendo muy parecido, todo era diferente.

Esta es la primera Navidad que paso sola. No he aceptado la invitación de mis tíos para celebrarla en su casa. No me apetece que se apiaden de mí mirándome con cara de pena, ni que finjan estar muy contentos de verme. No les he dado demasiadas explicaciones para justificar mi negativa. Simplemente, no.

También Genoveva me ha brindado la posibilidad de ir a su casa. Hace una cena navideña de «versos sueltos». Es decir, reúne a todos sus amigos que no tienen plan; pero yo ya he conocido a esos «versos» y no van conmigo, me hartan sus risitas y sus comentarios tontos.

Después de rechazar todas las opciones, lo cierto es que no sabía cómo organizarme. Por fin decidí prepararme una buena cena en casa, para mí sola. Por la tarde compré en el mercado todas las cosas que me apetecían: brotes tiernos para ensalada, lonchas finas de salmón cortadas delante de mí, quesos... Veía a la gente acarreando en sus cestas kilos y kilos de comida para llenar las panzas del montón de familia reunida en torno a la mesa. No me daban ninguna envidia, la verdad, solo me parecían muy vulgares. Luego me fui a El Corte Inglés y escogí un arbolito de Navidad en miniatura, de los que se colocan encima de la mesa, una monada.

Por la noche, saqué el mejor mantel blanco que tenía y encendí una vela roja muy decorativa que me habían regalado los del despacho. Todo me quedó genial y empecé a cenar, pero como me aburría, encendí la tele, y en eso me equivoqué. Estuve viendo un reportaje de cómo pasan las fiestas en diversos países del mundo y de repente, dieron unas imágenes de Suecia en las que se veía cómo una niña rubia y su padre salían muy abrigados de casa e iban solos los dos a comprar dulces a una confitería. Como papá y yo. Se me saltaron las lágrimas y luego, por culpa del nudo en la garganta, no pude comerme el postre. Una mala pata que dieran algo así, porque me cogió de improviso y me deprimió un montón. Nunca podré olvidar las Navidades con papá. Sin embargo, de David no me acordé esa noche ni una sola vez, y mucho menos lloré por él. El psiquiatra me lo preguntaba el otro día, hablando de mi estado en general: «¿Ya no se siente enfadada con David?». Le contesté que no, que al principio estaba resentida y cabreada, pero que después lo he olvidado todo, borrado, como si nunca hubiera existido para mí. Nunca pienso en él ni en su traductora simultánea. «A veces la mente se empeña en negar la realidad, y lo hace con esmero; pero no es bueno para recuperarse de ningún trauma, porque si no vemos el problema, ¿cómo vamos a llevar a cabo los cambios necesarios en nuestra manera de proceder?», me soltó. Es idiota, este psiquiatra, sigue pensando que mi problema es el abandono conyugal y no hay quien lo saque de ahí. Además, ¿qué hay de malo en encontrar una manera de evitar los sufrimientos? Estoy pensando en dejar de acudir a su consulta. Total, tampoco le cuento toda la verdad…, nunca le he dicho nada de los hombres desnudos. No creo que sea necesario, aunque seguro que a él le gustaría saberlo, aunque solo fuera para cotillear. Seguiré con él un tiempo más, sobre todo porque las pastillas que me receta me han ido bien, especialmente las de dormir.

En cualquier caso, fue una equivocación intentar celebrar la Navidad con toda la parafernalia habitual estando yo sola. ¿Qué me importa a mí la Navidad? Cuando estábamos los tres eran días de ajetreo: comprar regalos, pensar en qué consistiría la comida…, pero ahora no tiene sentido. ¿Soy católica, los demás son católicos? ¿De verdad la gente piensa que el día 25 de diciembre nació Jesucristo y eso los pone tan contentos? Pues no, y como no quiero cometer ningún error más, la noche de Fin de Año no voy a hacer nada extraordinario. No veo por qué hay que entrar en un estado de histeria colectiva porque se acabe un año y empiece el siguiente. Vestirse de tiros largos y soplar matasuegras es de lo más cutre. En las Nocheviejas con el grupo de amigos, a la una de la madrugada ya tenía ganas de largarme del club y meterme en la cama, pero la cosa duraba hasta las cuatro o incluso más. Aguantaba porque a David le gustaban esos rollos, pero ¿ahora? Ahora sería ridículo intentar montarme algo por mi cuenta. A lo mejor lo que hago es pedir por teléfono una cena preparada que no esté mal, comérmela, tomarme una pastilla y ¡a dormir! Cuando amanezca será Año Nuevo igualmente, haga yo lo que haga.

Hablaré con Genoveva para decirle que tampoco iré a su fiesta de Nochevieja. Buscaré una buena excusa para que no se ofenda. Si la explicación que le doy es simplemente que tengo ganas de estar sola, empezará a darme la lata: «No quiero que te comas el coco», «Te vendrán malos rollos a la cabeza». No, hay que mentir con descaro: que me voy con una prima a esquiar, que me apunto a un *trekking*…, algo sobre lo que no pueda indagar con facilidad. ¡La pobre es tan pesada! Pero en estos momentos no quiero que haya entre nosotras el más mínimo desencuentro o alejamiento: voy a pedirle que me lleve con ella la próxima vez que salga con chicos de alterne. Yo sola no lo haré nunca más.

⁓

¡Vaya putada tener que actuar en Nochevieja! ¡Y ya van años que lo hacemos! Desde que hay crisis, Mariano no quiere perderse ni un día; todo el dinero que entre... pues en el saco está. Lo malo es que el muy cabrón nos paga un extra solo si hay buena entrada. Si no, cobramos lo de siempre ¡y a correr!; le da igual que sea fin de año o fin de siglo. Menos mal que a la salida nos pegamos una buena juerga los que quedamos. ¡Los que quedamos!, porque la mayoría de los tíos se van: que si tienen novia, que si tienen rollos, que si lo celebran con la familia... Yo soy de los que siempre se quedan, porque además esa noche no te sale nada de lo otro. Vamos todos los años a un bar que se llama El Paraca. No hacen cena con cotillón como en los restaurantes buenos, pero sirven unos bocatas cojonudos, y cava del mejor. Después hay barra libre de cubatas: los que puedas beberte te dan. ¡Y no clavan en el precio! ¡Y la música es una pasada! El profe me ha dicho que se apunta a esa movida de El Paraca. ¡A ver si no, con lo colgado que está! Por cierto, me ha pedido que, antes de ir al show, lo acompañe a ver un apartamento que se ha buscado. Si lo quiere, tiene que dar ya la paga y señal, y antes de eso le gustaría saber mi opinión.

Allá que hemos ido. Para empezar, el apartamento está en el culo del mundo, en un barrio asqueroso lleno de moros y de sudacas, hasta negros hay. De entrada, mal rollo, pero no dije ni mu. Luego, viendo el edificio, el mal rollo ya se me disparó. Era una casa de esas cutres con terrazas pequeñas llenas de bragas tendidas y de bicicletas colgadas de la pared porque no caben dentro. Una mierda, no hay que decir mucho más. La calle, otra mierda, medio sin asfaltar, con charcos y manadas de críos jugando al balón. Pero bueno, si se ha empeñado en largarse a vivir a un basurero, allá él. Tampoco dije nada, no era cuestión de estar convenciéndolo: «Anda, hombre, vente a mi casa, que ya ves que esto no es para ti». ¡Ni que me hubiera vuelto maricón y estuviera loco por tenerlo en mi habitación de invitados! Pues nada, tío, si lo que te apetece es vivir en la mugre, ya te apañarás, que a mí tres cojones me importa.

El profe había quedado con una tía de la agencia inmobiliaria, que tenía la llave. Una pava de unos cuarenta años borde que te cagas. Nada más llegar, con unas mechas de tigre que le habían pintado en alguna peluquería de tercera y un traje de chaqueta tan ajustado que no le dejaba ni respirar, nos pega una mirada como diciendo: «Estoy aquí por obligación, pero no suelo tratar con unos pringados como vosotros». ¡Joder, si la tía debía de haberse hinchado a enseñar pisos a moros o a cualquiera! ¡Como si su agencia estuviera especializada en vips y solo de vez en cuando alquilara pisos cutres por caridad!

El piso era un primero, interior para mayor cachondeo. La tía iba dándole la vara al profesor, que ya se conocían de cuando le enseñó aquello la primera vez. A mí no me dirigía la mirada ni la palabra, como si no existiera. Se ve que, igual que los perros, ya se había olido que me caía como el culo.

Aunque había poco trecho, subimos en un ascensor que tenía los típicos grafitis chorras: «Paco, te quiero» y la fecha, que nadie se había molestado en borrar o pintar en siglos, porque era de cuando Franco estaba vivo. Y la tía dándole al rollo profesional: «Es un sitio muy bien comunicado. Aunque sea un entresuelo, entra mucha luz. Es espacioso porque lo han arreglado tipo *loft* tirando casi todos los tabiques. La cocina americana es muy completa. El dormitorio tiene armario empotrado. El precio es muy competitivo». Pues vale, pensaba yo, es tan bueno que cualquier día se muda aquí la puta reina de Inglaterra con el sombrero puesto. El profe, tan educado como siempre, escuchando y aguantando la paliza. Al abrir la puerta del ascensor, comprendí que no habíamos usado la escalera para no verla: más grafitis, más desconchones. Entonces… ¡tatachán!, pudimos contemplar el apartamento en toda su belleza. ¡Dios, era el agujero más mierdoso que había visto en mi puta vida! Un nido de rata que no se habían molestado ni en pintar. Pequeño que daba agobio. En la cocina americana a ver quién era el jodido americano que se metía a cocinar allí: cuatro armarios de formica que se caían a pedazos y un fogón lleno de churretes. «Pasemos al aseo», dice la tipa. ¡El aseo! El aseo era de puro asco y como hasta a ella le dio vergüenza ver cómo estaba, va y dice: «Con una manita de pintura y un poco de limpieza quedará ideal». Una manita es lo que yo le hubiera puesto encima a aquella zorra, y no precisamente para hacerle una caricia.

Al final de la visita la titi se queda tan contenta y por primera vez me pega una mirada de arriba abajo. «¿Y cuánto piden por esta mansión?», le pregunto a mi colega pasando de ella. «Seiscientos euros», me contesta él. Enseguida la tía, sin darme tiempo a hablar, va y suelta: «Por ese precio es un chollo». Ya sé que hubiera tenido que callarme y hablar primero con el profesor, pero me entró un cabreo tan fuerte que no me dio tiempo ni de pensar, así que le dije: «Pues mira, nena, hablando en fino te aseguro que a mí esto no me parece un chollo sino un puto excremento. No sé si me entiendes». La tía se queda de piedra, y Javier me sopla por lo bajo: «Iván, por favor». Pero yo seguí: «Y quien pide seiscientos euros por un excremento es un mangante y basta». La tía se rebota, la cara roja como un tomate de ensalada, y me escupe: «Tenemos pisos mejores, caballero, pero desde luego no a ese precio». «Pues mi amigo aquí no se queda aunque se lo regales envuelto, ¿vale? Y le dices a tu jefe que se puede meter el apartamento por el culo. Pero se lo dices, ¿me oyes?, que sepa lo que opinan los clientes de sus chollos.» El profe intentó poner paz con gestos y con sus «por favor, por favor». Y entonces va la zorra y mirándolo a él le suelta: «Oye, yo estoy trabajando y no puedo perder el tiempo, así que si tu novio quería un palacio no hacía falta hacerme venir». ¡Tu novio!, ¡joder, ahí sí que me dio un rebote que se me iba la olla! «Escúchame bien, mala puta —le dije—. De novio, nada. A lo mejor no has entendido que este es mi amigo, pero para que se te vaya abriendo la sesera te voy a dar una hostia que te la voy a partir.» El profe se me lanza encima para que me quede quieto y venga a darle con el «por favor, por favor». La tía da un paso atrás y saca el móvil: «Largaos de aquí inmediatamente o llamo a la Policía». El profe, todavía más acojonado que ella, me coge del brazo y me obliga a bajar la escalera. Hacían bien en acojonarse los dos, porque desde luego yo estaba dispuesto a partirle la cara a aquella gilipollas, que a mí nadie me llama maricón.

Ahí andábamos por la calle los dos, sin hablar. Javier, cabreado. Y yo, más. Al cabo de un buen cuarto de hora de no haber abierto la boca me dice:

—Estás loco, Iván, completamente loco.

—Loco estás tú por haber pensado en meterte en una mierda de piso como ese.

—¡Mis ingresos no me dan para más, métetelo en la cabeza!

Puede que no le entre jamás en esa cabeza dura y agresiva. Me apetecería preguntarle cómo hace él para llevar el tren de vida que lleva: un piso estupendo, ropa, coche, salidas... A cualquier otro amigo se lo hubiera preguntado sin dudar, pero con él tengo miedo, es capaz de soltarme un mamporro sin más, o quizá prefiero no saberlo. Aún estoy asombrado por el número que acaba de montar con la chica de la inmobiliaria, no consigo reponerme del susto, del malestar. Probablemente estoy permitiendo que interfiera en mi vida de manera casi peligrosa. ¡Yo qué sé quién es de verdad Iván!

—Tengo que vivir en mi propia casa, Iván. ¿Eso lo entiendes?

—Pues claro que lo entiendo, colega, está chupado.

—Si lo entiendes, también entenderás que los alquileres son caros y que yo no puedo permitirme vivir como vives tú.

—Mira, profe, el que no entiende nada eres tú, y en el fondo es culpa mía. Hubiera tenido que contarte cosas que te interesa saber. Pero ahora no es el momento. Ahora no estoy inspirado por culpa de la bronca con la tía esa. Esta noche cuando acabemos la actuación, tendremos una conversación de hombre a hombre.

—No me andes con misterios, por favor.

Me aterroriza oírle decir eso. Estoy seguro de que esa conversación supondrá un montón de problemas más. De un tiempo a esta parte mi vida se complica y se complica. Yo solo me he metido en un berenjenal del que cada vez es más difícil salir.

—Sin misterios, tío. Todo claro y cantado. Luego hablamos.

En el fondo lleva razón el profe. No puede entender nada porque le faltan datos. Se hace la picha un lío. Habría tenido que hablar ya hace tiempo con él. Con cualquier otro amiguete lo habría hecho y me habría quedado tan pancho, pero con él... No sé por dónde se me puede descolgar ni cómo se lo va a tomar. Igual me monta un pollo de la hostia, o me echa un sermón en plan cura, pero tengo que intentarlo. No se puede consentir que se meta en una pocilga como la que nos ha enseñado la tía esa. La hubiera matado. Estoy seguro de que Javier se dará cuenta de que está en una situación jodida y atenderá a razones. Si tuviera el coco como Dios manda también se daría cuenta de que no puede irse a vivir a cualquier sitio, de donde saldrá escaldado al cabo de cuatro días. ¿Qué se cree, que en uno de esos barrios se vive tan ricamente? ¡Pero es tan pasmado, el tío! Si yo tuviera su forma de ser ya me habría muerto diez veces. Menos mal que me tiene a mí para espabilarlo, que para eso están los amigos. Y eso que me da en la nariz que podría irle muy bien, hasta mejor que a mí y todo. El tío tiene un punto de buen chaval atontolinado que a las tías les mola. Hasta el jefe está encantado porque ve que le aplauden mucho en el show. Cualquier día le da un número solo para él. Solo le faltaría ser un poco más descarado, pisar más fuerte en plan «aquí estoy yo» y eso no sé yo si... En fin, tampoco soy su madre, ya veremos.

El caso es que, por la tarde, nos fuimos para El Diamante los dos juntos. El profe no estaba muy animado, pero yo sí. En el fondo, las broncas me ponen en forma, y la de la puta aquella no estuvo mal. Además, estábamos en la última noche del año y el año que acaba siempre es peor que el que viene después, o por lo menos eso nos creemos. Me metí una rayita para el rollo de la inspiración y cuando le tocó actuar al profe estuve muy atento para ver cómo lo hacía. Ya me voy dando cuenta del sistema que tiene: sale a la pista como si le diera corte estar allí, se quita la ropa de mala gana, mueve el *body* lo mínimo, y todo sin sonreír. No sonríe ni una sola vez. Así, a las tías, que son como son, les entran ganas de pedir más y más, les entra también curiosidad por saber quién es aquel tío que se menea como si todo le importara una mierda, les entra pena ver lo cortado que está. En fin, que entre la curiosidad, las ganas de tirárselo y el instinto maternal, el tío triunfa un montón. Luego actúo yo y las pongo a mil. Yo también tengo mi sistema. Yo es como si les dijera: «¿Qué, titis, qué coño miráis? Os gustaría meterme mano, ¿no?, pues lo lleváis claro porque yo estoy muy por encima de vosotras. Id a follar con el marido barrigón o con el novio ese al que no se le levanta. Conmigo, a distancia». Yo sí muevo las pelotas a tope, a mí no me da corte, yo sé dónde estoy: en lo más alto del podio, medalla de oro, en el *top ten*.

Cuando acaba el show, justito antes de las doce, reparten a toda castaña las bolsitas de uvas y el cava, que hoy va incluido en el precio de la entrada. El local está a tope. Perfecto, el jefe tendrá que pagarnos un extra. Todos los artistas nos colocamos en el escenario, donde han puesto un tablón con un mantel de papel como si fuera una mesa larga. Suenan las campanadas por megafonía y nos vamos tomando las uvas. Vamos completamente vestidos, claro. Al final, gritos, saltos, feliz año nuevo y las mismas capulladas de siempre. En cuanto podemos, salimos tarifando por la puerta de atrás para que la gente no se enrolle. Nos hemos apuntado cinco a la juerga de El Paraca.

Al entrar en el bar ya había un montón de peña que se habían comido las uvas allí y el ambiente estaba al rojo vivo: voces, música, cava, mojitos, cubatas..., la de dios. Nosotros teníamos una mesa reservada, como señores. Nos dieron una bandeja de empanadillas de muchas clases que estaban de puta madre. Luego, un bocadillo de salmón que llevaba dentro de todo: huevo duro, tomate, gambas, mayonesa, pepinillos..., mucho mejor que el pavo y todas esas mariconadas que se come la gente por Nochevieja. Y copas de cava a manta, todas las que quisieras, brut nature del mejor. Unas tías que iban solas se querían enrollar con nosotros, pero no estábamos para coñas, así que estuvimos tomándoles el pelo a conciencia, en plan desmadre. El profesor no participaba del festejo. No le gusta eso de vacilarles a las tías; se pone serio, el cabrón. Pero yo, a mi bola, que tampoco era cuestión de que me amargara la noche. El dueño del garito, que ya me conoce, nos dijo si queríamos hacer un poco de estriptis improvisado, para dar marcha al personal. A lo mejor hubiera estado bien, pero dijimos que no; íbamos cansados y además no hay que olvidarse de que nosotros, por enseñar el culo, cobramos una pasta, de modo que gratis, nada. ¡Y menos mal que no lo hicimos!, porque me vuelvo para Javier y veo que se había puesto blanco. Solo de pensar en despelotarse allí ya le había entrado un agobio del copón. La verdad es que no sé si está preparado para lo que voy a decirle; un poco verde lo veo.

Nos piramos a las seis de la mañana. Íbamos puestos hasta las cachas. Yo me había metido de todo: tripis, coca sin cola…, así que bien hubiera podido aguantar un rato más, pero las seis de la mañana ya era buena hora para irse a la piltra. Cogí del brazo al profe, que iba colocado solo de alcohol, y pusimos rumbo al hogar.

En cuanto cerré la puerta le ofrecí a Javier que tomáramos la última, pero no podía con su alma, y fue a prepararse un caldero de café. Mientras se lo tomaba y yo le arreaba al último whiskata, le entré directo:

—Oye, profesor, ¿tú de dónde crees que saco el dinero para vivir tan bien?

Se quedó acojonado, el tío. Puso cara de póquer.

—No tengo ni idea, Iván; pero eso es cosa tuya.

—Hombre, tío, ya sé que es cosa mía. Pero, digo yo, que si nunca me has preguntado de dónde saco la pasta, será porque a lo mejor has estado pensando cosas raras.

—No te entiendo.

—Pues a lo mejor has pensado que me dedico al trapicheo, a ser camello o algo por el estilo.

—No se me había ocurrido.

Noto que lo dice con la boca pequeña porque, como es tan buen tío, miente muy mal.

—Yo, de drogas nada, tío, justo las que me meto para pasar un buen rato, y son todas *light*. Ya te dije una vez que con lo que les han hecho las drogas a mis viejos, no pienso entrar en ese rollo jamás.

—Lo comprendo muy bien.

«Lo comprendo muy bien», dice el tío. Está empezando a acojonarse porque no tiene ni folla idea de por dónde le voy a salir. Esto se está poniendo hasta divertido. ¿Y si le digo que soy asesino a sueldo? ¡Hostia!, solo por ver cómo le cambiaba el careto sería capaz.

—Mira, Javier, el caso es que he estado pensando a tope sobre tu situación económica y creo que podrías salir de todos los apuros si hicieras lo mismo que hago yo.

—¿Y qué haces tú?

—Hago de chico de alterne para tías con pasta. Ni más ni menos, esa es la verdad.

Si deja la boca así de abierta más tiempo se le va a descoyuntar.

—¿Gigoló? —me pregunta medio muerto.

Me río con ganas.

—¡No, tío, no! Eso es antiguo, ya no se lleva. Lo de gigoló pasó a la historia. Ahora las cosas no van así. Ahora hay mogollón de tías, cada vez más, que no son viejas. Son tías ejecutivas, con trabajos importantes de la hostia, o divorciadas que están solas y no quieren meterse en más líos de amores, o titis que de complicarse la vida nada, pero que les va la marcha. Todo en ese plan. Entonces buscan acompañantes que estén bien. A veces es solo para ir con ellas a fiestas y saraos, porque les gusta que las vean con un tío que mole. Otras veces es para echar unas risas y luego follar, y también las hay de follar sin risas y punto final. ¿Lo entiendes?

—¿Me estás hablando de prostitución?

—¡Joder, tío, prostitución! El puterío es para las putas, que son mujeres. Esto es muy diferente. El caso es que te ganas una pasta gansa y todo es discreto, agradable, lo que se dice «con clase». Mira cómo vivo yo: piso cojonudo, coche, ropa de marca…, ¡un chollo! Yo creo que tú tienes futuro en el asunto: eres bien educado, tienes cantidad de cultura y está claro que a las tías les vas. Lo veo cuando sales en el show, todas se ponen calientes como monas. Es por el estilo que le echas, así como si aquello no fuera contigo y les estuvieras haciendo a todas un puto favor. Eso a las titis les pone mucho.

—¿Estás diciéndome que me meta yo en esa historia?

—¡Pues sí, coño, contigo estoy hablando!, ¿o es que estás hecho de una pasta mejor que la mía?

Cuidado, tío, Javierito, ni se te ocurra pasarte un pelo conmigo como si tú fueras superior y yo un prostituto arrastrado que come coños para que le den cuatro perras. Cuidado porque puedes empezar el feliz año nuevo en la puta calle con la maleta, que yo tengo mucha paciencia pero hay cosas que no aguanto.

—¡No, Iván, por Dios, no me malinterpretes! Solo es que estoy…, no sé cómo expresarlo…, ¡sorprendido! Es algo que no esperaba, compréndelo.

—Claro que no te lo esperabas, pero ya podías pensar que no sacaba toda la guita de mover el culo en el club. Tú ya sabes lo que pagan. Si yo sigo en el club es porque es un centro de contactos cojonudo. Mariano hace muchas veces de intermediario, te informa…

—¿Es una organización?

—No, no es una agencia, que también las hay, pero a mí no me gustan. Son contactos, son rollos, boca a boca…, aparte de las tías que vienen directas después de la función.

—¡Carajo!

Bueno, si le hubiera dicho que era un asesino a sueldo no se habría quedado tan de piedra. Y menos aún si le hubiera soltado que era camello, eso le habría parecido más normal.

—Nadie se lleva comisión, no vayas a pensar. Lo que cobras, directamente a tu bolsillo. Y desde luego a cuenta de las tías van las cenas, las copas, el hotel... La mayor parte de las veces vas a follar a un hotel. Esas titis quieren discreción sobre todo, como ya te puedes imaginar. A ti seguro que te cogerían mucho de acompañante para fiestas y cenas con gente, porque eres educado y sabes tratar. Y no te digo nada cuando se corriera la voz de que eres profe y lees libros, y tienes un huevo de cultura. Si las chorbis se enteran de eso, de que puedes llevar conversaciones y hablar de cosas finas, entonces ya sería la hostia. Yo creo, tío, que si te metes en ese tema haces un carrerón seguro. Ganarías una pastizara. Me dejarías atrás en cuatro días. No pienses que te quiero comer el tarro, pero la verdad es que enseguida te podrías alquilar un piso bueno en un barrio guay, y no una mierda en casa dios. Y más cosas, claro, pero lo principal, el piso, que ya ves cómo está el asunto de la vivienda. Piénsatelo, Javier, no hagas el gilipollas comiéndote el coco de lo que está bien y lo que está mal; y menos aún qué pensará la gente de ti. ¿Sabes lo que pasa con eso? Que la gente larga mucho, se llena la boca diciendo lo que una persona debe hacer o no debe hacer, pero luego eres tú el que se chupa lo que hay. Y a lo mejor decides hacer lo maravilloso y lo cojonudo pero después lo pasas de puta pena, y quien vive la vida eres tú, Javier, nadie la vive por ti.

—Ya.

Suelto todo este rollo y el tío baja la cabeza, mira al suelo y lo único que se le ocurre decir es «Ya». ¡Pues vale!

¿Y «ya» qué quiere decir, que me ahorre explicaciones porque la cosa no va con él? Yo creo que no acaba de digerirlo, es demasiado para su estómago. Tiene pelotas, el tema. Si yo fuera el Raskólnikov ese y le hubiera dicho que quería pegarle un hachazo a la vieja, me habría contestado que cojonudo, hasta se habría apuntado a darle él mismo unas cuantas hostias con el hacha. Pero de eso a lo otro..., ¡pecado, pecado!: prostitución, gigoló..., ¡pero si esas palabras ya no las dicen ni los curas! Bueno, tío, yo ya te he echado el cable, ahora es cuestión tuya si lo coges o no lo coges. Ya te apañarás.

—Lo pensaré, Iván, lo pensaré.

~~⁀~~

Lo primero que pensé fue en llamar a Sandra para contárselo. Un impulso inmediato completamente irracional. Pero estaba tan sorprendido que necesitaba contárselo a alguien. ¡Iván, un prostituto! Me eché a reír. En ninguna de las conjeturas que había hecho hasta el momento sobre sus ocupaciones suplementarias figuraba esa posibilidad. Y sin embargo, estaba relacionada con nuestras actividades en el club, con el mundo marginal que frecuentábamos. Era tan obvio que resultaba infantil. Probablemente todos mis compañeros de El Diamante estaban metidos en lo mismo: chicos de alterne. ¡Quién lo hubiera imaginado en un hombre tan varonil, tan macho de manual como Iván! Al servicio de las damas. Increíble. Según la versión de mi amigo, chicos de alterne al más alto nivel. Pero ¿qué significaba para Iván «el más alto nivel»? Imposible saberlo con certeza. En cualquier caso, frecuentaba a mujeres con el dinero y los arrestos suficientes para contratarlo. Tras la risa, me tamborilearon en la mente las preguntas que no me había atrevido a plantearle: ¿repetía encuentros con la misma?, ¿fingía detalles amorosos durante las citas?, ¿le daba al sexo duro?, ¿participaba en tríos, en orgías?, ¿cuánto cobraba: eran precios estipulados, cifras aleatorias, dependía de lo que hiciera con las mujeres, del tiempo que permanecía con ellas? Estaba muerto de curiosidad por aquel tema tan escabroso, pero ni se me había pasado por la cabeza preguntarle nada en el momento de la confesión. Habría podido interpretarse como una petición de detalles antes de aceptar su oferta. ¿Cómo había llegado Iván a pensar que yo podía convertirme en prostituto? Él sabe que, a pesar del tiempo que llevo actuando en el club, aún me incomoda en extremo bailar desnudo. ¿Y me ofrece dar una importante vuelta de tuerca más? Es un tipo tan raro que a lo mejor le parece más ignominioso mostrarse en público que acudir a una cita privada. ¿Es así, en realidad? No lo creo. Actuar en el espectáculo tiene un componente teatral, algo así como si representaras un papel en una comedia musical o un vodevil. Pero para el hecho de irse a la cama con una mujer desconocida y cobrar por ello después no existe coartada alguna. La palabra *coartada* me hizo dar un pequeño respingo después de haberla pensado. ¿Qué pretendía, engañarme a mí mismo? Seamos serios, me dije, bailar desnudo era una mierda absoluta, nada de vodeviles ni teatro alternativo. Estaba dedicándome a hacer de bufón, y no precisamente de bufón shakespeariano o payaso infantil. No, lo que hacía era enseñar mi cuerpo en un espectáculo zafio y vulgar que nada tenía de artístico. ¿Y qué me había llevado hasta allí? No tanto la necesidad de ganar dinero como la acuciante llamada interna de dejar de ser un parado. Quería salir de casa para trabajar junto a otros, pertenecer a un grupo activo, abandonar toda sospecha de estar convirtiéndome en un parásito social. Si ahora aceptara la nueva proposición de Iván, todos aquellos motivos comprensibles, incluso loables, desaparecerían y solo uno continuaría vivo: ganar dinero. Invención de la pólvora: ¿quién practica la prostitución si no es por dinero? Siempre ha sido así, desde el principio de los tiempos. ¿Y no es acaso un motivo aceptable? A fin de cuentas, toda esa historia que me había montado de formar parte de la sociedad vía estriptis no dejaba de ser una gilipollez, algo que hubiera podido evitar si tan importante para mí era conservar la dignidad. No, la dignidad ya la daba por perdida, y el dinero me hacía ahora falta de verdad, perentoriamente. Con dinero podría alquilar un apartamento en condiciones, más pequeño y sencillo que el de Iván, yo no necesito tanto, pero sí un lugar donde tendría mi propio espacio para leer, para estar solo, para encontrar una cierta paz. Es evidente que Iván me echará a la calle en cualquier momento. Desde su punto de vista, contándome lo que me ha contado, me ha brindado la opción de ingresar unas cantidades que me permitirían instalarme con comodidad. ¿Qué razones puedo esgrimir ahora para seguir en su casa? Si le digo que me siento incapaz de irme con una mujer cobrando, volverá sobre su primera reacción: «¿Es que estás hecho de mejor pasta que yo?». Y quizá esa pregunta tenga menos de visceralidad que de razonamiento; porque, en efecto: ¿estoy hecho de mejor pasta que él? Si fuera verdad que esas mujeres te contratan solo para servirles de acompañante…, pero no me lo creo, después del acompañamiento habrá algo más. Nadie paga por dejarse acompañar a una fiesta. Si bien las mujeres son especiales en eso. Recuerdo que a Sandra le aterraba ir sola a los sitios. ¿Qué opinaría Sandra si se enterara de que me dedico a ser un chico de alterne? Diría que se veía venir, que el camino que había emprendido conducía sin remedio a un comportamiento semejante, a un estado progresivo de degeneración. Pero estoy pensando en cosas en las que había jurado no pensar, porque Sandra ha desaparecido de mi vida y no volverá. La pasta de la que estoy hecho es una pasta muy común, en ningún caso mejor que la del resto.

～◡⌐

Estoy alucinando por un tubo. Ayer volvimos a salir con Irene porque ella me lo pidió. Salir con chicos, quiero decir. Otros distintos de Rodolfo y Uriel. De vez en cuando hay que variar. Rodolfo y yo hemos estado viéndonos durante demasiado tiempo, y al final eso siempre produce mal rollo. No sé, pero estos muchachos siempre tienen tendencia a tomarse confianzas. Rodolfo se puso un poco pesado las últimas veces. Empezó a darme la lata: «Vamos a otro restaurante, que este no me gusta», «No te vistas de rojo porque no te sienta bien», «No bebas tanto que luego te duermes»… En fin, un latazo. Deberían darse cuenta de que están a tu servicio y punto pelota. Los principios siempre funcionan muy bien, pero luego se van poniendo cargantes; como si meterse en la cama contigo les diera ciertos derechos. ¿No se dan cuenta de cómo es la situación? Pues no, acaban por creerse todo el teatro: llamadas, cenas, te acompañan aquí y allá, que si les llamas «cariño», que si un día les regalas una corbata o unas gafas de sol…, ¡y al final se lo creen, oye! ¿Será posible? Pero bueno, chico, dan ganas de decirles: ¿tú te has fijado en quién paga las cuentas de los sitios adonde vamos?, ¿y a ti?, ¿te acuerdas de que a ti también te pago para que estés conmigo? ¡Verlo para creerlo! Aunque me temo que es cosa de todos los hombres en general. También los maridos se olvidan de cómo empezaron las cosas y van metiéndose en tus asuntos cada vez más. Exigen, protestan, preguntan, dan el supercoñazo y enseñan su peor cara. ¡Un poco de calma, por favor! Es horroroso. Como si el matrimonio no fuera una especie de contrato que has firmado y cada uno no tuviera que respetar su parte. ¡Tranquis, tíos!, tú eres tú y yo soy yo. Pero no va así la cosa, los hombres se toman muy en serio lo de la cama, como si eso borrara todo lo demás. ¡Y si es el marido aún tendría un pase!, pero un chaval al que estás comprando como en un bazar…, ¡aire, chico, déjame respirar!, que si el rojo me sienta mal ya me vestiré de azul, pero cuando a mí me dé la gana, ¿eh?

A Rodolfo lo largué en medio de una gran avenida llena de coches, aprovechando el semáforo en rojo. Ni siquiera aparqué ni me subí a una acera. Le dije: «¡Baja inmediatamente!». Y bajó, aunque antes perdió el culo por sacar su bolsa del maletero del BMW. Veníamos de pasar un fin de semana en casa de unos amigos. Dieciséis personas en total. Uno de esos fines de semana en una finca donde cada cual hace durante el día lo que le da la gana y el grupo solo se reúne para cenar. Al principio se portó bien, normal, como se esperaba, pero luego la fue cagando cantidad de veces. ¿Pues no se empeñaba en meter baza en todas las conversaciones, incluso llevando él la voz cantante? ¡Por favor! ¡Se hinchó de decir tonterías! Se puso a hablar de los santeros de su país, de los conjuros para espantar los males y de no sé cuántas bobadas más que ni siquiera se entendían. La gente lo escuchaba por educación, pero llegó un momento en que se puso pesadito y todos empezaron como a tomarle el pelo y a mirarme de reojo. Pero el tío ni se enteraba, supongo que también sería por culpa del alcohol. Lo llamé aparte a la cocina en un momento de follón general y le dije que se quedara calladito porque me estaba poniendo en ridículo. ¡Jo, casi nada! Va el muy imbécil y me suelta que él no es ningún muñeco de cuerda y que tiene libertad para decir lo que le pase por las narices. ¡Bueno, para mondarse!, ¡no es un muñeco! Me callé, claro, porque lo último que quería era montar un escándalo, pero ya había tomado una decisión. Al atardecer del domingo, cuando ya regresábamos, le digo: «Rodolfo, en cuanto entremos en la ciudad, te vas a bajar del coche y no volveremos a vernos». Como es orgulloso, estos sudamericanos son todos muy orgullosos y muy machistas, me contesta: «Vale. Pero si me bajo será verdad que no volveremos a vernos. Así que tú verás». ¡Por favor, no podía dar crédito!, ¡de verdad había llegado a creerse que estaba colgada de él! Yo es que ya no sé de qué va la gente. No se enteran, no ven lo que tienen delante, ni el lugar que les corresponde. ¿No te estoy pagando, tío?, pues entonces déjate de si eres un muñeco, y muchos menos de amenazas de culebrón: «Me perderás para siempre». En fin, cosas de la vida moderna. Al final, mucha dignidad herida, pero tuve que pegarle un grito para que bajara del coche, porque se hacía el longuis.

Pero voy a intentar centrarme un poco. El otro día:

Irene al teléfono, que quiere salir otra vez con chicos. Ya no se puede negar que el rollo le gustó, por más que vaya de santa. Por mí, ningún inconveniente, le contesto, pero entonces va y me suelta, que yo es que alucino: «Adviértele a quien vaya a venir que no quiero contacto corporal, solo verlo desnudo. Que no haya malos entendidos después». ¡Brutal, oye, increíble! Aunque yo ya lo sabía, porque una tiene sus informaciones. Tras la última noche en que nos vimos con Rodolfo y Uriel, a la mañana siguiente me llamó Rodolfo muy preocupado: «Oye, ¿qué pasa con tu amiga, te ha dicho algo?». Me quedé superparada. «No me ha dicho nada. ¿Qué ha pasado?» «Es que el pobre Uriel está mosqueado porque tu amiga no quiso nada con él. Le hizo ponerse desnudo y basta. Entonces Uriel está inquieto por saber si es que no le gustó, o es que hizo algo mal sin darse cuenta.» ¡Horror de los horrores!, pensé. Le contesté que no tenía ni idea y que tampoco pensaba preguntárselo a Irene, porque esas son cosas íntimas que no puedes ir preguntando por las buenas. Pero me quedé con el dato, claro, y no sabía cómo darle una explicación. Al principio me dije que, ya que era la primera vez, a la santurrona le había dado corte y solo con verlo desnudo tuvo bastante, sin querer pasar a mayores. Aunque claro, después de su llamada y lo del «contacto corporal», veo que la cosa va de otro rollo. La cuestión es: ¿qué rollo? A lo mejor es que, en el fondo, tiene un punto de lesbiana. ¿Es solo cuestión de lo reprimida que ha estado toda la vida con su papá? Hasta he pensado en razones psicológicas: se ha quedado tan tocada con el abandono del marido que el resentimiento quiere hacérselo pagar a otros tíos, y los humilla. Porque por muy chico de alterne que sea, un tío es un tío, y eso de que los hagan desnudarse y luego los desprecien, debe de sentarles fatal.

En fin, que la tal Irene es superrara. Igual es virgen aún. Como estaba enamorada de su papá, igual nunca quiso saber nada de cama con el marido. Tantas hipótesis y a lo mejor es que tiene esa perversión: ver hombres desnudos, porque perversiones hay muchas, y algunas de lo más enrevesado. La gente está pero que muy perjudicada; con lo fácil que es vivir en plan normal. Yo a veces pienso que soy demasiado normal, porque si hubiera querido, ocasiones no me han faltado para complicarme la vida. Y ya ves, a lo único que aspiro es a vivir bien, tranquila, a llegar a vieja y todas esas cosas, como todo el mundo.

Vale, pues voy a mover contactos para que me manden un par de muchachos, que por mí no va a quedar.

﹏

Mucho mejor esta vez. Está claro que para este tipo de planes necesito a Genoveva. Además, desde que me he quitado la careta con ella, todo funciona con más naturalidad. Se acabaron las salidas estúpidas para ir de compras o tomar aperitivos. Ahora ya sabe para qué la quiero. Yo a ella también le convengo como acompañante; no la juzgo y soy más joven que ella, por lo que la patética impresión de señora mayor en busca de ligue queda más difuminada. No era tan difícil sincerarme con ella. Total, decirle que no quiero chicos para hacer el amor sino solo para verlos desnudos no es algo de lo que deba avergonzarme. Peor sería al revés. Además, se lo dije de una manera muy distante, sin ningún atisbo de confidencia. No quiero que exista entre nosotras ninguna complicidad. Creo que se ha dado cuenta de eso y que tendrá el buen gusto de respetarlo.

Esta vez, desde que nos encontramos, ya la noté más discreta. No me anunció a bombo y platillo que los chicos eran «una monada». Se limitó a comentar que uno, «el suyo», era modelo publicitario. No se trataba de alguien con fama internacional, no salía en las revistas. Es un chico que hace anuncios cuando lo llaman, un *freelancer*, y que en ocasiones ha desfilado para algún diseñador conocido, de manera puntual. El mío, solo con oír aquello de «el tuyo» ya se me ponían los pelos de punta, era un tipo más joven que había acabado la carrera de Arquitectura pero estaba en paro. Para ganar dinero servía copas en una discoteca y se sacaba un sobresueldo saliendo con mujeres como nosotras. Al menos esa fue la versión que me dio Genoveva; en la realidad, vaya usted a saber; ¿quién podía saber a ciencia cierta quiénes eran y de dónde venían aquellos tipos? ¿Un arquitecto en paro? Quizá... El que sí era modelo con toda seguridad era Roberto, que así se llamaba el acompañante de Genoveva. Se notaba enseguida porque caminaba genial, derecho como una regla, y llevaba un fular anudado en el cuello con muchísima gracia. Comentaba cosas de sus trabajos eventuales en el mundo de la moda que sonaban a verdad. No se daba importancia y era hasta divertido. Contó una anécdota de un anuncio infantil que rodó para la tele y nos hizo reír a todos: cómo los niños con los que grababa haciendo de papá moderno eran un latazo y hasta hubo uno que le derramó un tarro de papilla en el pantalón.

El arquitecto en paro tenía mucha menos personalidad. No dudo de que estuviera en paro, pero sí de que fuera arquitecto realmente. Hablé un poco del tema con él y solo parecía conocer a Gaudí. ¡Hubiera podido prepararse un poco si su ficción era ser arquitecto! Era un chiquito de barrio que decía palabras mal, uno de esos para quienes la educación es decir siempre «gracias» y «por favor». En fin, ¿qué se puede pedir? Por lo menos era mono y Roberto y él no se conocían con anterioridad. Perfecto, aquel dúo que formaban Rodolfo y Uriel parecía el de una pareja cómica de la televisión, sin gracia ninguna. Este era risueño, se reía un montón. No hacía falta más. Dicen que reírse mejora la salud.

Me doy cuenta de lo poco que me he reído en la vida. Papá no era un hombre con sentido del humor. Siempre se le veía serio, aunque no taciturno; algo normal después de la tragedia que había sufrido perdiendo a su esposa. También estaba la cuestión de su trabajo; un empresario de su envergadura y su responsabilidad no puede ir por ahí contando chistes ni soltando carcajadas a la primera de cambio. Mi caso es bien distinto; a mí todo me va mal: me abandona el marido, mi empresa se hunde…, ¿qué puedo hacer sino reír? No me siento con ánimo de luchar por nada, sobre todo porque no tengo ni idea de cuál es el enemigo. Si papá estuviera vivo todo sería distinto; él sí sabría contra quién cargar y elaboraría estrategias para vencer. Pero yo no valgo tanto, ni tengo recursos para salir del agujero en el que parece que he caído. Afortunadamente, mi padre me enseñó a no llorar. El otro día se me ocurrió comentarle eso al psiquiatra y dijo que llorar es a veces una buena válvula de escape y un sistema para saber con certeza cuáles de nuestros sentimientos nos provocan dolor. El mundo al revés: vas al psiquiatra para que te aconseje cómo animarte y lo que el tipo hace es recomendarte que te eches a llorar. Supongo que este psiquiatra se dedica solo a las señoras pijas como yo y por eso da recomendaciones tan absurdas.

En cualquier caso, con el falso arquitecto en paro todo se dio bien. Fuimos a un hotel por la noche y, como ya estaba avisado de cuáles eran mis deseos, no hubo momentos violentos. Se desnudó y se dedicó a hacer posturitas y tensar los músculos. Le pedí que se estuviera quieto y me obedeció.

Genoveva me ha dicho que iremos cambiando de parejas. Veremos.

～

Tenía que pasar y pasó. Menos mal que me ha hecho caso. Al final, todo el mundo hace caso a la pasta. Con pasta por delante se acaban las vergüenzas y las dignidades y las hostias. Se veía en la puta calle, el profe. Me viene el otro día y me dice: «Iván, sobre lo que me dijiste el otro día, pues que me gustaría probar». Yo le contesto: «Pues cojonudo, tío, porque estando con el agua al cuello, es lo mejor que puedes hacer». Luego se lio la cosa porque va y se enrolla con que era solo una prueba, con que ya veríamos…, todo para soltarme: «Ya que es una prueba, méteme en alguna sesión *ligth*». ¿Sesión *light*? De verdad que no entendía lo que quería decir con eso hasta que fue explicándose y ya lo entendí. Lo que quería era hacer de acompañante de alguna tía para llevarla al cine, a alguna cena o fiesta en general y punto pelota.

—Bueno, tío, profe, la cosa no funciona exactamente

así. Tú acompañas a una tía, sí, vale, pero después no se sabe lo que puede pasar y hay que estar a todas, ¿comprendes?, a lo que a la tía le pida el cuerpo.

—Pero tú me dijiste…

—¡Déjate de hostias de lo que te dije!

¿De verdad se había creído que por papearse una cena con una chorba ya le iban a llenar la cartera de billetes? ¡Hombre, no! Vale que este rollo va de ganarse un dinero fácil, pero aunque seas el mismísimo Brad Pitt hay que fichar, tío, que la pasta no crece en los árboles. A ver si se cree que es llegar allí y soltar un aviso para empezar: «Puedes invitarme a una cena cojonuda en un restaurante de veinte tenedores, pero después me retiro a dormir solito, que me espera mi mamá». ¡Hombre, tío!… Debería haberlo mandado al carajo ya hace tiempo, pero es que no me sale, porque luego me da pena y me pongo a pensar que si lo dejo a su aire le van a dar una manta de hostias a poco que se descuide. ¿Cómo ha podido ir por el mundo y llegar casi a los cuarenta siendo tan gilipollas? De verdad que no me lo puedo creer. Si yo hubiera sido así no quedaría de mí ni el esqueleto. ¡Mucho debía de cuidarlo su abuela, y su novia también! Supongo que, como se pasaba la vida entre libros, no le hizo falta ir dando coces por el mundo para salir adelante. Pero da igual, por mucha cultura que tengas y por mucho que te cuiden, llega un momento en que te das cuenta de que la vida no puedes vivirla detrás de un cristal. Aunque tú no quieras salir del nido, te empujan, y ahí te quedas en medio de la calle con una mano delante y la otra detrás.

Una semana más tarde de esa bronca que tuvimos y que se quedó en tablas y sin concretar, se presentó una oportunidad cojonuda: una despedida de soltera a domicilio. Hacía tiempo que no tenía ninguna porque, con la crisis, ese tipo de trabajos ha bajado un montón, que la gente ya no está para tantas alegrías. Pero bueno, de vez en cuando los hay: tías que tienen un buen curro y que invitan a una fiesta en su casa a todas las de la oficina. Al final, eso les sale más barato que cerrar un local o alquilar una sala con cáterin; y si, de postre, contratas a unos buenos estrípers, pues la peña se va más contenta que si la hubieras invitado al local más pijo de la ciudad.

Se lo dije. Le dije: «Tío, es una fiesta privada de lo más *light*. Es como si estuviéramos actuando en el club, pero con las titis sentadas más cerca, todo en plan muy familiar». Lo primero que se le ocurre preguntar es: «¿Y tendré que hablar con ellas?». De verdad que a este tío hay que darle de comer aparte. Lo preguntó como si hablar con las titis fuera horrible, el colmo de lo malo, la pura descojonación. Pero vamos a ver, chaval, si te presentas en una fiesta de las de cachondeo máximo, no puedes bailar tu numerito y luego quedarte en un rincón leyendo un libro. Pues no, tendrás que participar un poco, saludar, decir todas las cosas que se suelen decir en esas circunstancias: «¿Qué tal, chicas? ¿Cuál es la que se casa? ¿Estás segura?, ¿te has pensado bien la decisión?». En fin, no sé, hay que vender un poco el género, no basta con llegar y dejarse querer, habrá que ganarse lo que nos pagan, ¿no? Otra cosa es que me diga que no quiere que le vacilen en plan plasta. Vale, eso se puede negociar: hablo con la tía que nos contrata y le comento que mi compañero es tímido y no quiere que le hagan bromitas subidas de tono. No me hace ni puta gracia tener que decirle eso a la tía pero vale, se puede intentar. Lo que no puedo hacer ni borracho es soltarle: «Oye, a mi compañero tus amigas que no le dirijan la palabra, porque él no piensa hablar». En fin, como no tenía ganas de mandarlo a la mierda le contesté: «Bueno, ya sabes, Javier, no hará falta que hables mucho, si acaso frases cortas». Creo que se vio tan chorras él mismo que se echó a reír.

Se lo pensó dos días para decir si aceptaba o no. Dos días de paciencia que yo tuve que tener para no proponérselo a otro y cerrar de una vez el trato. Al final, me viene con cara de mártir y me suelta como si lo fueran a fusilar: «Vale, Iván, que sí, que te acompañaré a esa fiesta». ¡Joder, macho, te acompañaré hasta la tumba, hasta que la muerte nos separe, como dice el cura cuando te casa! ¡Qué barbaridad! Seguro que se pasó dos días comiéndose el coco: «Voy, no voy, lo hago, no lo hago, sí, no, no sabe no contesta». ¡Paciencia, Iván, paciencia!

—Sí, Iván, sí. No hace falta repetirlo; te acompañaré.

Es injusto pensar que para él resulta muy fácil. Supongo que también tuvo su primera vez. ¿Lo pasó mal? ¡Quién sabe! Cuando me reencontré con Iván, enseguida tuve la sensación de que la vida lo había tratado peor que a mí. Me pareció un ser desgraciado: privado de los placeres de la cultura, con la triste historia paterna pendiendo sobre su cabeza, lleno de prejuicios contra las mujeres, viviendo a salto de mata… Hoy he cambiado de opinión. Iván es fuerte, está preparado para enfrentarse a cualquier revés, sabe preservarse de lo malo, no se arredra ante las dificultades, está seguro de sí mismo y no se crea problemas morales que le impidan decidir lo que le conviene. Su mundo ha resultado ser más real que el mío. Mi ideal era una vida tranquila, un amor comprensivo y sereno, un alud de libros que me aportarían felicidad. Sin embargo, todo eso ha desembocado en un sueño de ficción que se ha venido abajo con los primeros vientos en contra. La vida es como Iván la percibió desde muy temprana edad: insegura, difícil, atribulada, inmediata, cruel, veloz. ¿Quién puede permitirse vivir una existencia plácida dedicado a enseñar, a leer, a pensar, a convivir en paz? Supongo que no soy el único que ha debido renunciar a esas quimeras. Estamos en una jungla salvaje en la que hay que moverse sin tregua para no ser devorado. El tiempo que pasé pensando que era feliz tampoco guardaba demasiada relación con la verdad. Me engañaba a mí mismo. Mis alumnas, a las que creía enseñar las maravillas de la literatura, probablemente ni siquiera me escuchaban. No estaban interesadas en Shakespeare o en Calderón, sino que contaban los minutos que faltaban hasta el final de la clase, locas por salir hacia la libertad. Ellas querían actuar, relacionarse, entrar en una red social, enfrentarse a las miles de cosas que las aguardaban en el exterior. ¿Y el amor?, ¿es posible el amor tal y como yo lo concibo? ¿Qué loco considera aún que la calma y la repetición puedan ser los vínculos perfectos de una pareja? Sandra me ha abandonado por razones extremas, pero ahora comprendo que, de haber seguido como estábamos, me habría abandonado exactamente igual.

Mis valores están obsoletos. He vivido como un caracol, y la concha que generé ya no me protege. Pese a todo, ¿era necesario soportar la intemperie de un modo tan brutal? ¡Ser un prostituto! ¡Cobrar por acostarse con una mujer! Iván lo hace, de acuerdo, le gusta la buena vida, derrochar…, pero ¿yo? Yo solo necesito cuatro libros y un jergón. ¿Es eso cierto? Imagino que no, que no me conformo con cualquier cosa, que no se me ha pasado jamás por la cabeza acabar en un albergue para indigentes. No sirvo para gran cosa, y necesito dinero para vivir: esa es la única y descarnada verdad.

Debo conservar la cordura, no caer en la desesperación. Estoy solo. Mi único amigo es Iván. Desnudarse en una fiesta privada no es mucho peor que hacerlo cada fin de semana en el club. A lo mejor, solo con eso, consigo llegar a fin de mes y no es necesario llegar a más.

—Sí, Iván, sí. Iré contigo, no se lo propongas a otro. Iré yo.

Y allí estábamos, más chulos que un ocho y dispuestos a triunfar. Quedé con el profe para recogerlo en casa a las once de la noche. Le dije que, hasta esa hora, tenía cosas que hacer, aunque no era verdad; pero no me apetecía estarme toda la tarde con él y chuparme todas sus neuras.

Lo primero que hice fue darle unos consejos en plan profesional: que no se desmadrara con la bebida, que no se le ocurriera arrearse un tripi, que controlara todo el rato la situación. ¡Menos mal que no pasé toda la tarde con él, porque estaba insoportable! Si llegamos a tener una conversación larga de sobremesa me habría martirizado: «¡Yo, un prostituto, qué horror, qué inmoralidad!». Yo al profe empiezo a conocerlo como si lo hubiera parido, y sé que los tiros habrían ido por ahí. De cualquier manera, mientras íbamos a la fiesta, me dio un coñazo salvaje:

—¡Ostras, Iván, creo que no voy a ser capaz! Mejor lo dejamos, es una idea absurda. Además, me duele la cabeza. Me encuentro fatal.

Yo, ni puto caso; a lo mío, que era conducir. Hacía como si no lo oyera, con dos cojones. Hasta puse una música heavy a toda leche; pero no sirvió de nada, él seguía con que no se veía con fuerzas y con que le dolía la perola. ¡Qué peñazo de tío, joder! Porque somos amigos, que si no, allí mismo le habría abierto la puerta del coche y le habría hecho pirarse. ¿De verdad hacer esto le cuesta tanto? Una cosa es ser tímido, pero montar tanto cristo porque cuatro tías te vean en pelotas... ¡Ya lo ha hecho muchas veces, joder! En fin, paciencia, me dije a mí mismo.

Cuando ya estábamos dentro de la urbanización, al profe le entró un canguelo de la hostia y empezó a pedirme por favor que lo dejara bajarse. Ahí me planté, ya basta de chuminadas. Paré el coche delante de una casa muy grande con jardín donde había un perro que se puso a ladrar a tope.

—Oye, Javier, haz el favor de tranquilizarte de una puta vez. Yo he dado la cara, y nos han contratado a los dos; de manera que tú no me haces quedar mal porque a mí no me da la gana. No me vas a joder el trabajo, ¿comprendes?

Me vio tan cabreado que se relajó de golpe, el muy cabrón, o a lo mejor fue que el puto perro lo dejó noqueado con tanto follón. Le pasé una rayita de farlopa y se la trincó sin rechistar. Yo me casqué otra, y porque el material vale tan caro, si no, de buena gana habría ido hasta la verja del jardín y le habría soplado un poco de nieve al hijoputa del perro en los mismos morros, a ver si se quedaba flipando y dejaba de tocar los cojones, el gilipollas.

Bien, ya más serenos y con las cosas más claras, me puse a buscar la casa de la fiesta. Seguí despacio las indicaciones del GPS y enseguida llegamos. Era una casa guay, nada de un pareado o una cabañita de fin de semana. Paramos al lado de la tapia. Faltaba un cuarto de hora para las doce de la noche, había que esperar un poco. Siempre lo hago así, me gusta llegar a la hora exacta, ni antes ni después. De esa manera te da tiempo de cotillear un poco y te haces una idea. Por ejemplo, había un montón de coches aparcados allí mismo y todos eran de gama alta: BMW, Mercedes, Alfa Romeo, Audi… Estaba claro que en la fiesta había categoría y poderío. Bien, con un poco de suerte podríamos sacarnos algunos billetes extra, que nunca vienen mal para los gastos de desplazamiento.

Según mi experiencia, si la casa adonde vas es de medio pelo, suelen tomarte por el pito del sereno y las tías se pasan cantidad: enseguida te dan besitos y te meten mano a la polla sin venir a cuento. Luego, a la hora de cobrar, siempre les cuesta aflojar la mosca, se ponen a regatear…, una cutrez. Si la fiesta es de máximo copete los problemas son distintos: al principio te miran como si fueras una mierda pinchada en un palo, y cuando empieza el desmadre, siempre tienes la sensación de que estás en la nómina de los criados. Eso no es agradable, y acaba tocándote la moral. Lo mejor son las fiestas de clase media, donde las tías acaban preguntándote si tienes hermanos o si te gusta el fútbol, lo normal.

Esa noche, nada más parar el motor, ya se oía el cachondeo que había dentro: música a todo trapo, gritos, jarana…, mejor así, nos harían menos caso al entrar. Yo iba un poco cagado, porque si el recibimiento era muy efusivo, el gilí del profesor era capaz de echarse a correr. Nos abrió la puerta una tía de treinta y muchos, que ahora en las despedidas de soltera siempre es igual porque la gente se casa mayor. Estaba bastante buena y llevaba un vestido negro muy corto y pegado al cuerpo.

—¿Sois los *boys*? —preguntó como una tonta.

—No, somos la Guardia Civil —contesté haciéndome el gracioso.

Se volvió hacia la sala y gritó:

—¡Chicas, es la Guardia Civil!

Iba bastante colocada, pero habría jurado que era solo de alcohol, porque no tenía las pupilas dilatadas. Nos hizo pasar. Le pegué un empujón a mi colega, que ya empezaba a quedarse rezagado. Dentro había unas veinte tías, todas poco más o menos de la misma edad, todas con el vaso de cubata en la mano, todas vestidas para matar. Como suele pasar, algunas empezaron a pegar berridos y decir chorradas:

—¡Ay, por fin hombres, hombres de verdad!

Otras se pusieron un poco violentas, como pensando que aquello era una gilipollez que en el fondo iba a cortarles el rollo y a joder el ambiente. Yo, como siempre hago, estaba tranquilo y sonriente pero sin decir nada, solo viéndolas venir.

—¿Queréis tomar una copa?

Nos apuntamos a los dos primeros gin-tonics, que después hubo más. Al estar como ellas, con el vaso en la mano, parece que los ánimos se relajaron bastante. La novia, que era quien nos había abierto la puerta, nos preguntó, muy amable, si teníamos hambre. Le contesté que no, que si acaso pillaríamos algo después de la actuación.

—¿Es que vais con prisa?

—Para nada.

—Pensé que a lo mejor teníais otra actuación después.

—Ni hablar. Os dedicamos la noche.

—¡Qué bien! Tenía miedo de que todo fuera muy frío y mecánico.

—Somos profesionales, y nos gusta hacer las cosas bien.

Dije lo de profesionales para que no hubiera equivocaciones. Nosotros estamos currando, así que no vamos a hacernos amiguetes para toda la vida. Y bueno, fui dando vueltas por el salón, charlando y privando gin-tonics. Todo estaba ya hecho una mierda, con platos de comida sucios o medio vacíos tirados en cualquier parte. Como ya me había imaginado, empezaron a hacerme preguntas: «¿Tienes novia?». A eso siempre contesto afirmativo, que así las mantengo a distancia. «¿Qué opina tu novia de que te dediques a esto?» «Nada, ser bailarín es algo normal.» Salió la típica graciosilla:

—¡Bailarín! ¿Has bailado en algún teatro de la Ópera?

Todas se mueren de risa. Yo, tan fresco, le digo:

—Aún no, pero mi representante dice que está al caer un contrato.

—¡Ah!, pero ¿tienes representante?

—Pues claro; es el que me aconseja que es mejor bailar en una fiesta de chicas guapas que en la Ópera de Rusia.

No sé si en Rusia hay alguna Ópera, pero daba igual, tenía que neutralizar a la graciosilla para que no fuera subiéndose a la parra. Además, todas se partían de risa gracias a lo que había dicho.

Con todos estos vaciles se me había olvidado mirar a ver qué hacía el profesor. Lo busco con los ojos y... ¡hostia!, el tío está rodeado de un montón de titis que lo miran cayéndoseles la baba, como si fueran a correrse de gusto solo por estar con él. ¿Será posible? ¿Qué demonio les estará diciendo? Es capaz de sacar el tema del Raskólnikov. Voy para allá y le suelto: «Colega, es la hora de actuar». Las titis se desparraman por la sala y oigo que una le dice a la novia: «¡Ay, es encantador!». ¡Y eso que no quería venir, el cabrón! Tiene imán para las tías, siempre lo supe.

La dueña de la casa nos lleva a una habitación para que nos cambiemos. Le pregunto al profe que cómo se encuentra y me contesta que bien, pero que aún no sabe de qué manera le va a sentar «la prueba de fuego».

—Pero ¿tú estás chalado, Javier? Haz lo mismo que haces en el club y ya está. ¿No ves que estas tías van de alcohol hasta el culo? Ni se enterarán de si vas desnudo o vestido con uniforme de bombero, tío, ya lo verás.

—No sé, no sé…

Mueve la cabeza como si no estuviera convencido. Sé que va a hacerlo, pero le gusta tocarme un poco los cojones, ponerse en plan interesante.

Nos ponemos unos pantalones negros ajustados con cierres a todo lo largo de la pernera que se quitan de un golpe. Son especiales para estriptis. Yo ya los tenía, pero para Javier ha habido que encargarle unos a la modista. Valen una pasta. Como el tío decida que no le va este rollo de las fiestas a domicilio, será un puto desperdicio.

En la parte de arriba llevamos una camiseta blanca ajustada de lo más normal. A mí este equipo me queda bien, me marca los músculos de las piernas, los hombros, los pectorales. Le echo una mirada a él y la verdad es que tiene una pinta muy rara. Como es tan larguirucho y tan flaco parece un crío de escuela en la clase de gimnasia, solo le faltan los calcetines de deporte, menos mal que vamos descalzos. Pero bueno, visto lo visto, las tías seguro que se lo comerán vivo. Me apuesto algo.

Cuando volvemos al lío, han despejado los muebles de un lado del salón y han apagado las luces para que quede más íntimo. Las titis nos ven y se ponen de los nervios, a chillar. Puro cachondeo. Le doy el CD de la música a la novia. Lo pone y nos preparamos, pero no suena nada. No se aclara con su propio aparato; es burra, ya me lo ha parecido nada más entrar. El tipo que se va a casar con ella no sabe la perla que se lleva. Las invitadas están tiradas por las alfombras, por los sofás. Pegan aullidos, protestan porque no empieza el show. Suena la música y nos coge a contrapelo, pero por fin podemos actuar. Hemos ensayado un poco durante la semana; como no bailamos el mismo número en el club, hemos tenido que coordinarnos. Nos movemos al compás, todo va bien. Me daba la impresión de que el profe iba a estar muy cortado, pero no, le mete caña, se menea a tope. Bien. Las gracias y los gritos de las nenas han parado. No se oye ni una mosca, no respiran. Nos quitamos la camiseta: aplausos, suspiros exagerados…, pero es el último cachondeo que arman aquellas zorras, porque cuando nos quitamos el pantalón, en el aire hay una tensión de cojones. Bailamos en taparrabos y yo me crezco. Estoy viendo la reacción de las tías, cómo se les salen los ojos de las órbitas, cómo los apartan cuando las miro, con miedo de que adivine lo que piensan. Al final, ¡ras!, taparrabos a tomar viento, la polla al aire. ¿No es esto lo que queríais, putas, no es esto? ¡Pues, hala, aquí lo tenéis! No vais a volver a ver pollas como estas en vuestra vida. Nunca, nenas, jamás.

Acaba la música. Aplauden todas, pero aplauden de corazón. Se nota que aprecian el esfuerzo que hemos hecho. No sé qué tal le ha funcionado al profe porque al final he ido a lo mío, aunque supongo que bien. Nos piden un bis. Vale, por el precio que hemos contratado están previstos hasta tres; a partir de ahí nos plantamos, que no somos una puta ONG.

Pongo yo mismo la segunda música que hemos preparado. Volvemos a vestirnos, que de cara al público queda ridículo, pero es lo que hay. Ha empezado a circular polvo blanco por el salón. Pido una parte para los artistas. Nos invitan a una esnifada sin problemas. Las tías están colocadas que da gusto verlas. Adentro música y volvemos a darle al *body*. La cosa va de puta madre porque ya estamos chutados y hemos entrado en calor. Ahora sí me fijo de reojo en lo que hace Javier. Parece que ya se le ha pasado del todo el apuro y va muy suelto, aunque sin matarse, muy en su estilo.

En el último bis, de repente, se mete en escena una de las titis. Va acercándose con meneos en plan sexi, al ritmo de la música. Las otras se ríen y la jalean. La muy imbécil se pone a bailar entre Javier y yo y se va despelotando. Es la más fea, claro: gorda como una vaca, con michelines que se le mueven para un lado y para otro. ¡Es espantosa, tío, joder! Cuando se queda en bragas y sostén parece que a las coleguis ya no les hace tanta gracia. Se callan, paran de jalear, pero ella sigue. Va hasta las cachas de farlopa, casi babea. Se quita el sostén y entonces sí que parece una vaca de esas de los establos que les enchufan unos tubos en las tetas para ordeñarlas. Da asco, pero de las amiguitas nadie se atreve a pararle los pies. De pronto, la tía se vuelve hacia mí y, haciéndose la graciosa, se pone como si fuera a hacerme una mamada.

Ya no pude más, coño, le di un empujón y la tiré para atrás. Cayó como una cucaracha, con las patas para arriba. ¡Vaya espectáculo, joder! Me puse como una puta moto y monté un pollo del copón. Corriendo, me voy para la dueña de la casa y le grito: «Oye, esto no estaba en el programa. A ver si controlas a tus amistades». Pues la tía aún se me enfrentó diciéndome que era un bestia y que cómo se me había ocurrido tocar a una de las invitadas, que me iba a denunciar, que… ¡un montón de amenazas! A todo esto, Javier me estiraba del brazo intentando calmarme, los dos en pelotas. ¡Joder, un puto desastre! Todas las tías nos miraban con mala cara y la gorda lloraba en el suelo. Total, que le digo a la novia: «Dame la pasta, que nos piramos antes de que le suelte una hostia a alguien». Se acojonó y fue enseguida a por el dinero. Lo conté delante de sus morros y estaba todo. Nos vestimos, recogí lo nuestro que estaba por ahí tirado e iba oyendo cómo el profe le decía: «Lo siento, lo siento mucho. Le ha dado un pronto, pero él no es así». La tía parece que no estaba cabreada con él sino solo conmigo, porque le dijo: «También ha sido culpa mía. Tendría que haber cortado antes este mal rollo». No sé cómo se las apañó el puto profe, pero ellos quedaron tan amigos. En fin…

A la vuelta, en el coche, yo estaba que bufaba. Por la boca me salía lo peor contra aquellas tías y todas las tías en general. Paré y le pasé el volante a Javier, de tan nervioso como me había puesto. Él empezó a conducir e iba callado, pero al cabo de un rato me dijo:

—Cálmate, Iván, por favor. No merece la pena que te lleves este disgusto.

Vale. Me callé. Los dos callados. Y de repente va y suelta:

—Es verdad que todo ha resultado tan fácil como me dijiste. Total, una batalla sangrienta sin importancia. Afortunadamente no ha habido muertos, aunque el próximo día mejor nos ponemos un casco.

El tío se arriesgó al decir eso. Se arriesgó, ¿eh? Porque cuando yo estoy de malas lo mejor es dejarlo correr y cerrar el pico. Pero no, coño, tuvo gracia, no me esperaba una cosa así, fue gracioso. Me quedé serio y le dije:

—Por los muertos no te preocupes. En vez de casco, la próxima vez llevaré una pipa y a la primera que se desmande la dejo seca.

—Para dejar seca a la de hoy hubieras necesitado un cañón.

¡Hostia con el profe, estaba en vena, el cabrón! Me pegué un hartón de reír y él también, que no parábamos y parecíamos un par de gilipuertas con tanto jijí y jajá. ¡Y eso que yo me esperaba que se iba a poner histérico por que hubiera empujado a una tía y tal! Pero no, gracias a sus salidas me cambió el humor. Es una de las cosas buenas que tiene la amistad.

Cuando llegamos a casa nos arreamos un par de birracas y, tan contentos, a la piltra. Pero antes le di la parte de euros que le correspondía. Al cogerlos, así en plan *cash*, le brillaban los ojirris como si no se lo creyera del todo. Pues vale, misión cumplida.

∼◡∽

Fue espantoso, ¡para qué negarlo! Por fortuna iba tan colocado que, cuando empezó el follón, no me di cuenta cabal de lo que estaba sucediendo. Creo que desperté por completo en el momento en que Iván empujó a la chica y esta cayó al suelo. Fue terrible, de una violencia espantosa. Lo demás hasta tuvo gracia, una auténtica situación surrealista: Iván y yo desnudos en medio de un montón de mujeres; algunas, estupefactas y escandalizadas, otras tan borrachas que eran incapaces de entender nada. Iván, más El Terrible que nunca, encarándose con la propietaria de la casa, dispuesto a reivindicar su papel de hombre ofendido.

Supongo que la situación tenía muchas posibilidades de acabar como acabó; el cóctel de elementos resultaba a priori excesivo: cocaína, alcohol, ánimos dispuestos a saltarse cualquier regla y chicas probablemente no habituadas a hacer aquel tipo de cosas. A pesar de todo, si mi compañero no hubiera tenido aquella reacción tan visceral, el fin de fiesta no se habría convertido en un circo. Aunque bien puede afirmarse que aquella chica atentó contra nuestra dignidad en lo que puede llamarse sin rodeos una completa agresión. ¡Abalanzarse de aquel modo sobre Iván!… Yo mismo hubiera dado un gran salto hacia atrás. Era tan poco atractiva: rechoncha, con los ojos en blanco por todo lo que había tomado, aquellos movimientos sinuosos y repugnantes, las tetas balanceándose… Claro que dar un salto hacia atrás no es lo mismo que repelerla de un empujón como si fuera una alimaña asquerosa. Un psiquiatra tendría mucho que investigar sobre la relación de Iván con las mujeres, aunque imagino que se trata de un caso muy simple, un puro ejemplo de manual.

En fin, después de esta experiencia, está claro lo que soy: un chico de alterne más. Cuando Iván me puso en la mano el dinero que me correspondía, me quedé de una pieza. Era mucho, pero sobre todo era fácil. Nada de lo que había salido mal podía atribuirse al alterne en sí mismo. Fueron infinitas mis angustias previas a la fiesta: las dudas morales, el sentimiento de humillación, el miedo al ridículo. Luego el altercado con aquella chica debe considerarse como algo puramente accidental. El hecho de acudir a aquella casa y bailar desnudo había resultado más sencillo de lo que nunca hubiera llegado a pensar. En realidad, estuve charlando con aquellas mujeres como un invitado más.

Conté el dinero varias veces. Sí, ahora las cuentas sí me salían: si actuaba en dos o tres fiestas cada mes, más lo que ganaba el fin de semana en el club, tendría suficiente para alquilar un apartamento decente y vivir a mi aire. Me decidí y hablé con Iván:

—Dos o tres fiestas de ese tipo, Iván, no necesito más.

—Bueno, tío, Javier; eso está muy bien. Veo que te has dejado las neuras aparcadas y los miedos enterrados. Lo que pasa es que despedidas de soltera, cumpleaños, fiestecitas de ese tipo en general no se encuentran todos los días. Hay crisis, tampoco estamos en Nueva York ni yo tengo la exclusiva de todos los desmadres de la ciudad.

Vale, tío, esto es la hostia. ¡Mira cómo se ha espabilado el profesor! Pues claro, ¿no te jode?, a mí también me gustaría marcarme tres fiestecitas al mes y meterme la guita en el bolsillo. Sería cojonudo, pero las cosas no van así. Si fuera tan fácil hasta los putos banqueros se apuntarían; pero hay que currarse lo que sale. ¡Anda que no hay que aguantar a titis pesadas, feas como demonios, amargadas de la vida! ¡Y hay que follar con ellas!, que no todo es apagar las velitas del pastel.

—Bueno, también puedo acompañar a alguna señora a cenar por ahí.

—Sí, o al zoo. Pero alguna vez te tocará meterte con alguna en el catre.

—¡Hombre, Iván!, eso es lo último, y si se puede evitar...

—Vale, tío, lo tendré en cuenta. No vale la pena hablar más.

Y lo tuvo en cuenta. Tres días después de aquella conversación Iván me dio aviso de lo que denominó «un contacto cojonudo». Estaba eufórico.

—Rusas, tío, rusas. Turistas rusas más forradas que los gayumbos de mi abuelo. Tías que vienen solas a España para hacer negocios o ver la ciudad y por la noche piden guerra. Pagan un fortunón. ¿Te imaginas?: vodka por un tubo, champán y caviar. ¡Y seguro que están buenas, porque las rusas siempre están buenas! Voy a terminar el libro del Raskólnikov y así me enrollo en plan culto. ¿Qué te parece este curro, eh?

—Hombre, no sé qué pensar. No es lo que habíamos hablado.

—Mira, vamos a probar. Por una vez no pasa nada. Es para el jueves. Son dos amigas que quieren dos tíos para ir a cenar y lo que luego se tercie. El plan mola, te lo digo yo.

Dije que sí. Estoy embarcado en un viaje sin retorno. ¿Degeneración, oprobio, envilecimiento? Todas esas palabras suenan antiguas, huelen a armarios viejos. Cerraré los ojos.

Eran dos mujeres de unos treinta y tantos. La más guapa tenía los ojos de un azul cegador, el pelo muy rubio, los pómulos a la eslava: altos y prominentes. La otra era grande, alta, robusta, de pechos inmensos. «Es un caballón», me sopló Iván al oído. Hablaban algo de inglés, más o menos como yo. Para mi sorpresa, Iván también se las apañaba como podía en esa lengua. No debía de ser aquella su primera experiencia turística.

Mi estado de ánimo se mantenía átono, insensibilizado a fuerza de no pensar en las palabras del armario viejo. La timidez se me había adormecido gracias a una raya de coca. Todo iba bien. Pensé que Iván se quedaría con la bella y a mí me tocaría «el caballón», pero aquello no era una cita a ciegas entre adolescentes, sino una transacción comercial; de modo que eran las clientas quienes escogían, y la bella enseguida dio muestras de haberme escogido a mí. Iván ni se inmutó; al contrario, cualquiera hubiera dicho que el caballón le parecía de pronto fascinante, que las valquirias siempre habían sido su sueño erótico.

Fuimos a cenar a un bar de tapas. Iván dijo que las cenas con tapas propician la conversación y que, además, lo que más les gusta de España a los extranjeros son las tapas. Enseguida me di cuenta de que las rusas eran difíciles de tratar. No sonreían, no se esforzaban en mostrarse agradables, solo hablaban su lengua, en ningún momento intentaron un acercamiento o algo parecido a la complicidad. Hablaban entre ellas en un ruso cortante plagado de enes que sonaban a eñes. A veces reían a carcajadas. Apenas nos miraban. Tuve la sensación de que algo funcionaba mal, quizá se habían arrepentido de su decisión y ya no les apetecía pasar la velada en compañía masculina. Se lo dije a Iván, que se limitaba a comer y beber tranquilamente.

—No, tío, de arrepentirse, nada.

—¿Y si nos vamos, Iván?

—¿Pirarnos? ¡Pero tú estás chalado, tío! Que no, que todo está saliendo de puta madre. Es que las rusas son raras, van a su bola, se divierten a su manera.

¡Pirarnos en medio del cachondeo! Este tío está loco, me da más miedo que un nublado. Como pegue una espantada... lo mato. A saber qué ideas se hace en el coco. ¿Qué pensaba, que las rusas nos iban a dar besitos y a regalarnos muñecas de esas que se meten unas dentro de otras? Desde el primer momento ya me di cuenta de que estas van sobradas y no están para hostias. Pero ¿qué coño nos importa? La película se llama *Coge el dinero y corre*, el resto da igual. A ver si se le mete en la puta chola al profe que esto es curro y nada más.

Después de cenar fuimos a tomar una copa. Pidieron vodka. Ahí empezó a romperse un poco el hielo. Nos enseñaron cómo se bebe el vodka en Rusia. El caballón se puso de pie, se tragó el contenido del vaso, se puso de puntillas y después dejó caer los talones al suelo dando un golpe.

—¡Hostia, tío! —dijo Iván—. Así el alcohol baja más rápido. ¡Estos rusos son la leche!

Imitó enseguida la maniobra, con estilo un tanto paródico, y por primera vez las chicas se rieron con nosotros. Hubo más risas, más brindis, más golpes de talón militar sobre el suelo. Vaciamos una botella de vodka y, cuando llevábamos mediada la segunda, me di cuenta de que estaba borracho. Iván dijo por fin:

—Estas tías son esponjas, profe, maman como burras; pero yo creo que ya vale. Si seguimos, a mí no se me va a levantar ni con grúa. Es hora de irse.

Se volvió hacia ellas y empezó a repetir en voz alta:

—¡Hotel, hotel!

Hubiera deseado que no gritara tanto porque en el bar había más gente. Las chicas se miraron mutuamente, se dijeron algo, rieron y se pusieron en pie. La caballón pagó la cuenta y salimos a la noche húmeda. Nos dirigimos a su hotel caminando; ellas iban delante, nosotros detrás. No parecía que la bebida les hubiera afectado en exceso. Yo fui despejándome gracias al aire fresco.

Antes de entrar en el hotel de lujo donde se alojaban, Iván tomó del brazo a su presunta pareja y le habló discretamente al oído, me pregunté en qué lengua. Del modo que fuera, ella lo entendió, llevó la mano al bolso y sacó un fajo de billetes que debía de llevar preparados porque no los contó. Iván sí lo hizo, con una celeridad que me dejó pasmado. Sonrió, asintió. La cantidad debía de ser la correcta. Me pregunté qué hubiera hecho de no estar él presente. Todo se había llevado a cabo lejos de mis ojos: el contacto, la estipulación de un precio, la elección de locales donde cenar y beber, el acuerdo de pagarnos con anticipación. Iván se había ocupado de lo más feo, de lo más sórdido; pero yo, aparentemente sin enterarme de nada, había estado de acuerdo en lo principal. Y sin embargo, seguía pensando en él como si fuera mi corruptor, como si por su culpa estuviera perdiendo la dignidad. En plena fase sentimental de mi borrachera, sentí ganas de llorar. Iván me ayudaba, me beneficiaba, me acogía en su casa, ponía a mi alcance los medios de subsistencia que conocía. ¿Qué hubiera sido de mí sin aquel buscavidas hortera y explosivo? ¿Dónde estaría, durmiendo en un banco del parque? ¿Por qué me apreciaba tanto Iván? Recordé unos versos de Lope: «¿Qué tengo yo que mi amistad procuras, qué interés se te sigue, Jesús mío, que a mi puerta, cargado de rocío, pasas las noches del invierno oscuras?». Decididamente, aún estaba como una cuba.

Llegó el momento fatal. Mi rusa, que era guapísima, cerró tras ella la puerta de la habitación y me miró con ojos vacunos. ¿Qué se suponía que debía hacer yo? No soy ningún imbécil, sé lo que procede hacer cuando has ligado con una chica; pero aquello era otra cosa, se trataba de un encuentro profesional. Quizá había que cumplir con unos prolegómenos obligados que yo desconocía o existían detalles que debía evitar a toda costa. Naturalmente no le había preguntado a Iván sobre la existencia de un protocolo, era demasiado vergonzoso. Me habría arriesgado, además, a ser objeto de sus bromas despiadadas. No, tenía que encontrar yo mismo la manera de desenvolverme. Con un poco de suerte, si la chica estaba habituada a aquel tipo de contactos, tomaría ella la iniciativa y yo me dejaría llevar. De no ser así, la estrategia corría de mi cuenta, y no había previsto ninguna. ¿Cómo actuar, como si realmente nos hubiéramos conocido y atraído por casualidad, o lo que se esperaba de mí era que me comportara como un macho dominante y avasallador?

Debió de verme tan quieto y tan absorto que chasqueó los dedos frente a mi nariz. Luego hizo el gesto de ducharse, agitando las manos sobre su cabeza e imitando el ruido del agua al fluir. Asentí y fui a sentarme a la cama para esperarla; pero no lo había entendido, quien debía ducharse era yo. Me sentí profundamente humillado: ¿pensaba que yo era sucio, temía el contagio de alguna enfermedad? Me cogió del brazo y me empujó enérgicamente hacia el baño. Estuve a punto de ponerme la chaqueta y abandonar la habitación, pero me contuve. Había llegado hasta aquella situación superando muchos prejuicios y ahora no era el momento de abandonar. Además, habiéndonos pagado por adelantado, podría organizarse algún altercado entre las rusas e Iván, y lo último que deseaba era perjudicar a mi compañero.

Salí del lavabo con el albornoz del hotel puesto. La rusa estaba tumbada en la cama, desnuda. Hojeaba una guía de la ciudad que vi sobre la mesilla al entrar. Me miró e hizo ademanes para que me quedara sin ropa. La obedecí. Ella sonrió y me abrió los brazos, susurrando. Era preciosa, preciosa como una figura femenina en un cuadro. Su carne blanca, turgente, el cuerpo esbelto, los labios… Sentí un deseo loco, ¡hacía tanto que no estaba con una mujer! Cogí el preservativo que llevaba preparado, me acerqué, empecé a besarle los muslos, pero ella tiró de mí con impaciencia. No quería juegos amorosos, solo follar. Ella misma me introdujo la polla y empezó a jadear. Logré retenerme durante un buen rato. En aquel momento la amaba con pasión.

Creo que lo hice todo bien. Cuando se quedó dormida, me marché.

❧

¡Joder con el profe! ¡Sabía que lo conseguiría! Solo tres meses en el rollo de la noche y ya ha podido alquilarse un apartamento. No es tan de puta madre como el mío, pero está muy bien: cocina con electrodomésticos, un saloncito de treinta metros, cuarto de aseo con ducha de columna… ¡y en un barrio decente, joder!, no en aquellos arrabales llenos de moros y de negros donde quería meterse cuando no tenía ni un clavo.

Se fue de mi casa, claro. Lo ayudé con la minimudanza y con el cargamento de libros. ¡Por fin podría tenerlos todos en estanterías y mirarlos cada día como si fueran el tesoro del pirata! Enseguida le encargó los estantes a un carpintero. Eso debía de ser lo más importante para él, colocar sus raskólnikovs donde tocaba. ¡Hay que joderse!, aunque yo no tengo nada en contra, cada loco con su tema.

De los folleteos en acto de servicio no le he preguntado nada. Los primeros días hice alguna intentona y parece que no se lo tomó muy a bien. Así que «silencio, se rueda», y en paz. Tampoco es que tenga mucha curiosidad por saber cómo se lo monta con las titis; aunque un poco, sí. Igual se pone a darles conferencias o a escribirles poesías para ponerlas cachondas. Haga lo que haga, el caso es que parece que le funciona. Hay quien ya me pregunta por él, algunos contactos quieren que vaya él o nadie. Pues vale, cojonudo. Parece que además se le han quitado los problemas de conciencia, aunque alguno que otro aún debe de tener, porque el otro día estábamos mano a mano tomando una birra y le dije:

—Bueno, tío, las cosas te marchan de cojones. Si sigues en este plan, pronto podrás pensar en el coche y comprarte ropa de marca.

—Mira, Iván —me contestó—, ya tengo lo que necesitaba: dinero para vivir y una casa para mí solo. No pienso en ganar más dinero. Si ahora me dijeran que ganando lo mismo o incluso menos, volvería a dar mis clases, no me lo pensaría dos veces. Dejaría todo esto y sería otra vez profesor. Me entiendes, ¿verdad?

—Sí, ya te entiendo.

Pero no lo entendí ni lo entiendo todavía. Siendo

profe no se sacaba la pasta que se saca ahora ni de coña. Vivía gracias al sueldo de la novia, y en un pisito de mierda. Por no hablar del currelo propiamente dicho, ¿cuántas horas tendría que echar con los chavales dando clase para sacarse lo que se saca ahora con los fines de semana en el club y un par de saliditas en días laborables? Pero es que, encima, yo no veo que busque trabajo de profesor. Lo que pasa es que queda muy bien decir que esto lo haces por necesidad, pero no, lo haces porque se vive bien, y a todo el mundo le gusta vivir bien. Claro que se hace por necesidad; pues claro, desde pequeñito no te entra la vocación de dedicarte al alterne; pero una vez que has probado la buena vida ya no te vuelves atrás. Y quien diga lo contrario es que quiere ir de santo, y más santo que yo no hay ninguno: san Iván mismamente que soy.

Sea como sea, el profe ha triunfado. ¡Qué callado se lo tenía, el muy cabrón! Debe de ser un trueno en el catre. Seguro que se lo monta en plan educado, y eso les gusta a las troncas: «¿Me da usted su permiso para follarla, señorita?». ¡Hay que joderse! A lo mejor a todas les dice que son las mujeres más maravillosas que ha conocido en su puta vida y les habla de amor. Por cierto, que en eso del amor tengo que darle el consejo de que la palabra no la diga jamás. Si está en un momento inspirado, que diga: «Me gustas mucho», pero de amor, nada. Con las chorbas nunca se sabe, leen novelas de amor y ven pelis, así que se lo toman muy en serio y pueden meterte en un follón. A mí me pasó con una tía que tenía más pasta que un torero. Yo nunca le dije nada de amores, pero la tía se colgó de mí. Me contrataba todas las semanas. Empezó a contarme rollos de que era viuda, no tenía hijos y se encontraba muy sola. Un día va y me pregunta

279

cuánto tenía que pagarme para tener mis servicios en exclusiva y que no me viera con ninguna titi más. Eché balones fuera y poco a poco me fui echando para atrás. De vez en cuando le decía que no podíamos vernos. Me escaqueaba como podía porque no quería que armara un jaleo, que luego se corre la voz y me podía espantar clientas. Ella no tenía mi número de móvil, que no se lo doy a nadie, pero la muy jodida había venido varias veces a mi apartamento para echar el polvo allí, que en eso la cagué bien, y me esperaba por la noche en la calle hasta que llegaba. Un día tuve que soltarle que si volvía a hacer eso llamaría a la Policía. Paró un tiempo, pero luego siguió. Una noche me invitó a cenar en un hotel y, en medio de la mesa, me saca un montón de papeles. ¡Era la lista de sus propiedades! Una casa en Mallorca, un piso en el centro, dinero en el banco y la pensión que le quedó cuando cascó el marido. Después va y me suelta que no puede vivir sin mí, que me vaya a su casa, que todo lo suyo sería mío si le decía que sí, que seríamos felices como dos palomas. ¡Hostia, qué puro! Me levanté y me largué sin decirle ni adiós, a ver si se enteraba de qué iba la película. A la noche siguiente me la veo esperándome en la puerta de casa, y eso que eran las tres de la mañana. Me fui para ella y le solté en la misma cara: «Mira, tía, no me gustas, no me vas, y el dinero te lo puedes meter por donde ya sabes, que a lo mejor te da gustito». «¡Pero yo te quiero!», me contestó la cabrona como si no entendiera el español. Y entonces sí, entonces le largué una bofetada que la tiró para un lado. Se quedó de una pieza, la muy puta, como si no se la hubiera merecido. Se puso a llorar como una histérica y se largó corriendo. No volví a verla más, pero bien que me costó quitármela de encima. Alguno diría que soy idiota, porque la tía estaba forrada, pero yo voy solo por la vida, y eso no va a cambiar. Además, al final estas viejas se ponen exigentes. Al principio todo es color de rosa, pero luego empiezan a querer controlar: ¿adónde vas?, ¿a quién llamas?, ¿para qué quieres el dinero? A un colega mío le pasó y acabó hasta las pelotas de la vieja. En fin, cosas de la vida, pero tengo que contárselas al profe para que no lo metan en ningún fregado.

Lo único malo de esto es que Javier no quiere ir solo a los sitios, siempre pide que vayamos juntos los dos. Así pierde oportunidades de trabajo, porque no siempre se necesitan dos tíos a la vez; pero bueno, entre fiestas, despedidas y turistas vamos tirando. A mí ya me parece bien que me acompañen cuando piden a dos. Más que eso, me viene de puta madre porque ir con él me da categoría. Es tranquilo, tiene cultura y educación. Cuando llegamos a los sitios parecemos más los invitados principales que dos tíos contratados para despelotarse o para follar. Pero digo yo que algún día tendrá que decidirse a ir por libre. Será cuando le pique el bolsillo, ya verás; porque eso de que no necesita más dinero que se lo cuente a otro, porque yo no me lo trago. Una vez que te metes en el rollo, cuanto más ganes, mejor. Con el tiempo ya irá pensando en tener coche, en ponerse muebles mejores, en vestirse más guapo. Y en vacaciones bien querrá largarse a la playa, que en la ciudad no queda nadie con el calor. Por no hablar de la farlopa, que yo ya no se la financio. La verdad es que he hecho mucho por él, pero no me arrepiento. Es un tío agradecido, legal, y tiene muchos detalles que te quedas acojonado. El otro día va y me hace un regalo. Me compró un bonsái. ¡Hay que joderse, un bonsái! Como si yo fuera de plantas y de andar cuidando cosas. Allí lo tengo en el ventanuco de la cocina, más jodido que menos, que no le hago ni puto caso. Pero me hizo gracia, joder, que me regale un bonsái quiere decir que me tiene bien considerado, que no piensa que soy una mala bestia que solo se pone contento si le compras unas botas de fútbol.

De todas maneras lo importante es que ya está encarrilado, y cualquier día se atreverá a volar solo. Ya no se pasa la vida con la llorada de que no tiene trabajo y de que nadie lo necesita en la sociedad. Además se ha quitado de encima a aquella pedorra de su novia, que solo quería controlarlo. Le ha cambiado la vida, ya no es un pringado. Está claro que acabará pasándome por la izquierda, porque a las tías les gusta un montón.

—¡Ay, oye, te va a encantar! He salido un par de veces con él y es genial. Muy gracioso, desinhibido a tope. ¡Y con una pinta buenísima, de hombre de verdad! Bueno, habla como habla, no te vayas a creer que es un *gentleman*, pero tiene unas ocurrencias que no te las esperas y que a mí me hacen muchísima gracia. Me apetece más eso que el típico niñato guaperas que se las da de ilustrado y te cuenta la milonga de que es licenciado en Harvard. Con este te lo pasas bien…, aparte de que es muy bueno en lo que tiene que serlo. Al final, hija, lo que una necesita es un poco de diversión, que alguien te cargue las pilas, que te quite problemas, que te haga reír. El otro día en el *Vogue* venía publicada una encuesta sobre qué valoramos las mujeres actuales en los hombres. De esas encuestas llevo leídas un montón en los años que tengo, y las cosas que siempre salían como más valoradas eran: «Que me dé seguridad, que sea detallista, que sea cariñoso». Pero hoy en día la cosa ha cambiado y la característica que ganaba por goleada en el *Vogue* era: «Que tenga sentido del humor y me haga reír». Y es que las mujeres hemos cambiado un montón. Ahora, la seguridad te la da el dinero que tienes en el banco. Los detalles, te los compras tú, y el cariño…, pues a ratos, que con demasiado cariño acabas agobiada y con ganas de largarte sola al fin del mundo. Pero que te hagan reír ya es otra cuestión. En este mundo en que vivimos tan deprimente y tan fúnebre: que si el cambio climático, que si las especies en extinción, que si los niños pobres del África, que si la crisis…, ¡por favor, ya está bien! Como si una pudiera solucionar algo de eso. Yo ya hago lo que puedo: no gasto más agua de la que toca, apago todas las luces antes de irme a dormir, estoy apuntada a una ONG…, ¡pues ya vale, que me dejen disfrutar un poco de la vida, que bien corta es! Tú entiendes lo que quiero decir, ¿verdad, Irene?

—Pues claro que te entiendo, Genoveva, claro que sí.

La entiendo, pero no entiendo qué pito toco yo en todo eso ni hacia dónde se dirige mi amiguita intentando venderme una moto que no sé cuál es; porque que ella haya encontrado a un chico fantástico que la hace reír, no significa que tenga otro de las mismas características preparado para mí. Y debo decir que las últimas salidas que hemos hecho han resultado un tanto frustrantes. Supongo que ella escoge a un tipo que le convenga y luego pide un acompañante para mí sin poner muchas condiciones… Como solo se trata de desnudarse, cualquiera puede valer. Pero las últimas veces el acompañante ha sido un tostón. Chicos con buen cuerpo, eso sí, pero con pinta de garrulos, pura carne de gimnasio. Además, como saben que solo se pide de ellos un poco de exhibición, se pasan la mayor parte del tiempo poniendo posturitas que van de lo cómico a lo patético. En fin, he acabado por creer que si me matriculara en clases de pintura y mirara a los modelos desnudos, quizá me iría mejor. Lo único que me faltaría es la sensación de poder que ahora experimento cuando les digo: «Siéntate, abre las piernas, no sonrías, vístete y vete porque ya tengo bastante por hoy».

—Bueno, pues toda esta historia del chico que te estoy contando, te la cuento porque tengo un plan.

—¿Una salida como las de siempre?

—¡Ay, hija, Irene, por Dios! Lo preguntas de una manera como si en vez de hablarte de una salida te hablara de un entierro.

—No lo tomes a mal; solo quería saber si hay novedades en el plan.

—¡Pues sí, mira, sí las hay! Este chico del que te hablo trabaja en un club de estriptis masculino.

—¿Eso existe?

—Sí, y en esta ciudad. No te imagines un club como los de señoras, esto es más *light*. Van chicas para despedidas de soltera, grupos de amigas para celebrar divorcios. Todo va un poco de cachondeo. Es un poco para chicas horteras, ya sabes, secretarias, dependientas y todo eso; pero si lo tomamos a broma podemos pasarlo genial. El plan es ir el sábado y cenar después con los chicos.

—¿Con qué chicos?

—El chico divertido del que te hablaba se llama Iván y tiene un amigo, van siempre juntos.

—Oye, Genoveva, creo que si ni siquiera conoces al amigo será mejor…

—¿Puedes esperar un momento? ¡Ay, chica, hoy estás imposible! Parece que el amigo es la repera también: guapo, educado, profesor de Literatura en paro que hace este trabajo eventualmente.

—¿Ah, sí?

Sí, por supuesto, profesor de Literatura, amante de la pintura y va a la ópera todos los domingos. Ya me conozco esa canción.

—Sí, y esta vez parece que es verdad.

—¿Y cómo sabes que es verdad?

—Por la forma en que me lo ha dicho Iván.

—Ya.

—¡Deja ese tono, Irene, por favor! De todas maneras no pierdes nada echándole una ojeada. Trabaja en el mismo club que Iván. El sábado vamos a ver el espectáculo. Luego tomamos una copa con los chicos y, según lo que veas, tú decides si sigues o no. Eso no te compromete en absoluto. Ya le diré a Iván que, por tu parte, todo queda condicional. ¿Vale?

—Bueno, está bien.

—Volveré a llamarte para decirte hora y lugar.

¡Qué barbaridad!, esta niña está empezando a tocarme las narices. ¡Encima que cargo con ella y que le he enseñado todo lo que le he enseñado! Cada día la encuentro más amargada y más borde. Total, ya hace bastante tiempo que el marido la dejó, ya podría haberse repuesto. Además, hace lo que le da la gana y nadie le pide explicaciones. Dinero, tiene; pues ¿qué más pide, casarse de nuevo? Cuando le insinué que le presentaría hombres potables se puso como una hiena y me dijo que no tenía el más mínimo interés en asuntos amorosos. No la entiendo, la verdad. Para mí que sigue siendo una niña mimada y acabará mal. En la vida hay que tener claras dos o tres cosas, no más, y a ella no la veo por la labor de escoger qué es lo más importante. En fin, espero que por lo menos no me estropee la noche del sábado. A mí sí me hace ilusión ir a un sitio de horteras, conocer cosas nuevas..., pero es que yo estoy hecha de otra pasta, cualquier cosa me ilusiona, me busco estímulos, ¡caray!, es lo menos que puedes hacer si no quieres pegarte un tiro.

~~⁓~~

Esta noche espero que mueva el rabo como dios manda porque tenemos visita. Vienen a ver el show dos chatis con las que después tenemos jaleo. No son turistas ni hay fiestecitas chorras. Son nacionales con pasta, las dos. Y yo diría que si la cosa sale bien, repetirán por lo menos durante una temporada. Espero que este tío se ponga las pilas porque quieren a dos. Son de la *jet* a tope, así que un profe bien educado les molará.

—Mira si serán pijas que la mía se llama Genoveva. ¡Hostia, Genoveva! A mí me suena como a princesa, como a alguien importante, joder. Tiene una pila de años, pero como se cuida y debe de llevar bótox a carretadas, aún está pasable. Lo importante es que la tía es cachonda, tiene ganas de divertirse y sentido del humor, que el otro día nos hinchamos a reír. Está claro que lleva más horas de vuelo que el halcón peregrino, ese que siempre están dando la vara con que está en peligro de extinción. Pero es una tía clara con la que no habrá malos rollos ni malos entendidos.

—¿Y yo qué pinto ahí, Iván?

—Espera un momento, tío, que no me dejas terminar.

Ya ha puesto mala cara, joder, empezamos bien. Pues me gustaría que se enterara de que esta vez lo necesito yo a él, y que de vez en cuando hay que hacer algo por los amigos. Yo aquí venga a buscarle rollos que le convengan, partiéndome la chola para que el señorito no pase vergüenza, y ahora es capaz de decirme que me las apañe yo solito. Y total, como si a estas tías de clase alta les importara una mierda quién eres tú. Pasan el rato, echan el polvete y adiós. Después desapareces de su cabeza y no se vuelven a acordar de ti ni un segundo. Yo, además, es que no entiendo ese rollo de que no las quiere españolas. Dice que le da mal rollo hablar con ellas y que se siente un prostituto de verdad. ¡Joder con el rollo del prostituto!, como si eso quisiera decir algo.

—El caso es que esta tal Genoveva, que a lo mejor ni se llama así, tiene una amiguita que es tímida y se la quiere llevar de marcha; pero tienen que ir las dos juntas con dos tíos, porque si no, no hay trato. Ya ves tú cómo está el panorama del pijerío.

—Pero tú ya sabes que ese terreno no quiero pisarlo, Iván, extranjeras y fiestas, vale, pero...

—¡Para el carro!, que todo lo que te he contado de Genoveva no sirve para la otra. Para empezar, la otra es mucho más joven. Hace poco que se ha separado del marido. Es una nena con mucha pasta y poca experiencia de la vida; así que horas de vuelo, ni una. Es, como si dijéramos, virgen en este rollo.

—¿Y eso qué cambia? Me lo pones incluso peor.

—¡Cojones, Javier, ya no me interrumpas más veces!

Lo que te quiero contar es que esa palomita no quiere nabo.

—¿Qué quieres decir?

—Quiero decir lo que he dicho, que lo suyo no es follar. Solo quiere ver al tío desnudo, mirarlo un ratito y ya está. Pero paga igual, ¿eh? Y te aseguro que pagará bien.

—No lo entiendo.

—Pues no es tan complicado, tío, parece mentira que seas profesor. No le va el folleteo. Sus razones tendrá: estará pasando por una depresión de caballo, o le quedó un trauma de cuando era pequeñita y por eso se ha separado del marido, que sí quería follar como Dios manda, o tiene una enfermedad en los bajos…, ¡yo qué coño sé! El caso es que pasa del tema.

Y ahora este tío ¿para qué huevos quiere saber por qué no folla esa condenada? ¡Pues no le gusta el nabo y en paz! Que se tumbe allí un rato con las pelotas al aire hasta que la tía se harte de mirar y santas pascuas. Luego coge la pasta, se larga ¡y al carajo! No sé qué diferencia puede haber en saber por qué no folla. Claro que cabría la posibilidad de que fuera un pedazo de pervertida en vez de una palomita tímida, pero eso a este capullo no se lo voy a decir, porque le da un ataque y se cae muerto al suelo. Pero si fuera una pervertida que luego se lo monta con un borrego que tiene en el jardín pensando en tus pelotas, ¿a ti qué más te da?

—Es que no acabo de entenderlo, de verdad.

—Vale, pues se lo pongo condicional a Genoveva y por lo menos cenamos con ellas. Le echas una ojeada y luego decides. Si no lo ves claro, le pones una excusa y te largas.

—Eso es una putada, Iván; será más prudente que pase del tema.

—¿Más prudente? ¿Y es prudente dejarme a mí con el culo al aire, hacerme perder una pasta buenísima? ¡Pues muchas gracias, tío, de verdad! Creía que eras mi amigo, pero ya veo que a ti lo único que te importa son tus neuras y a mí que me bomben, ¿no?

—No te pongas así, por favor. Ya quedamos al principio en que con mujeres españolas no iría.

—¡Vaya, hombre, pues qué alegría! ¿Y tú quién eres, el papa?, ¿lo que tú dices una vez ya no se puede cambiar en la vida? ¡Manda cojones, Javier, que me vayas a joder un negocio importante porque no te da la gana ponerte un rato en bolas delante de una tía! Pero lo que tú digas, ¿eh?, lo que tú digas. Me voy, que tengo prisa. Adiós.

Me fui cagando leches para casa sin darle tiempo a soltar ni una palabra más. Al cabo de media hora ya me estaba llamando por teléfono. Que sí, que lo haría, que contara con él, que lo haría. Le di las gracias. Era lo que esperaba.

～

Al principio, cuando me ponía la ridícula batita de escolar para la actuación, procuraba no verme de refilón en ninguna superficie que pudiera reflejarme. Ahora ya no me importa, aunque siga prefiriendo no toparme de cara con un espejo. Por eso el plan de hoy me resulta fastidioso, porque la batita es ridícula me vea con ella o no, y sé que las mujeres con las que hemos quedado han estado contemplándome con ella puesta mientras bailaba. Por mucha ironía o sentido del humor que pretenda echarle, me resulta humillante. Pero ¿cómo podía negarme? Iván se puso hecho una furia, y supongo que llevaba razón: no puedo seguir andándome con tantos miramientos. Además, necesito el dinero. Tengo que continuar pagando la vida que he montado y que es ahora mi vida. Aún a veces me despierto a medianoche sobresaltado, pensando que todo lo que me ha ocurrido es solo un sueño. Pero no, esta es mi vida ahora; algún día llegaré a olvidar que tuve otra en la que hacía las cosas que hace la gente normal. Me angustio, y solo se me pasa la zozobra levantándome y yendo al salón. Repaso las estanterías de los libros con la mirada, el ordenador en un rincón, el sillón orejero, con un puf delante que me mantiene las piernas horizontales mientras leo. Suelo ir a la cocina después, me preparo un poco de leche tibia. La nevera ronronea con suavidad. Es agradable. Es mi casa. Para mantenerla, no robo ni mato, no exploto a nadie. Todo está bien. Vuelvo a la cama y me duermo.

Hoy hay ambiente festivo en la zona de camerinos. Sucede a veces, sin ninguna razón que lo justifique. Los chicos se gastan bromas y se dan golpes en la espalda, amagan falsas peleas, se persiguen corriendo. Hasta el dueño parece estar de buenas, porque eleva los ojos al cielo como para demostrar la paciencia que tiene consintiendo tanto desmán. Cuando empieza el espectáculo y me toca el turno, bailo como siempre. Me sé cada movimiento de memoria y procuro ejecutarlos siempre igual. El otro día oí decir al dueño que quería cambiar un poco el show. Veremos qué personaje shakespeariano me tocará interpretar. No tengo preferencias, pero si los cambios me permitieran llevar un disfraz menos grotesco, estaría bien.

La sala está llena de público. No hay ninguna mesa libre. Completado mi número, espero pacientemente a que acaben los demás. Mariano, el dueño, pone como siempre el colofón. Ha debido de chutarse hoy coca a espuertas, porque se está empleando a fondo al bailar: movimientos compulsivos, gestos de macho dominador. Ha estado más arrabalero y chulesco que otras veces. Lo ha dado todo por su público, como él dice. He conseguido no pensar ni un instante en que, entre ese público feroz y chillón, hay una blanca paloma que me espera. Me ha ayudado la raya que he esnifado. Me ha sentado tan bien que hasta sé de qué manera tengo que actuar cuando esté frente a frente con esa mujer. Llegaré a la habitación del hotel y me desnudaré como quien se desnuda para ponerse el pijama e irse a la cama después de una jornada laboral. Nada de afectaciones. Si esa chica espera que haga posturitas o luzca cuerpo en plan supermán habrá perdido el tiempo. Lo malo es si me da órdenes que yo debo cumplir: ábrete esto, sujétate aquello, túmbate así. Le diré que eso no figuraba en el contrato, me negaré. Quiere ver a un hombre desnudo y eso es estrictamente lo que tendrá. No niego que siento curiosidad por conocer a una tipa con semejantes preferencias sexuales.

～

Nunca se me hubiera pasado por la imaginación que existiera un local como este: grande, destartalado, con un punto *kitsch* en la decoración. Me extraña que no se haya puesto de moda entre la gente guapa. Debo reconocer que Genoveva llevaba razón, el plan parece divertido.

Entre el público hay pocos hombres, aunque los hay; pero la mayoría son mujeres que van de los veinte a los cincuenta, más o menos. Algunas tienen la pinta exacta de las chicas que trabajan en la fábrica. Todas van superarregladas: maquillaje a kilos, ojos pintarrajeados, mechas de colores en el pelo, un horror. ¡Y cómo visten!: minifaldas, camisetas con brillos, pantalones ajustados, escotes de vértigo. Calzan taconazos de aguja, claro, y cuando caminan parece que vayan a caerse en cualquier momento. Mirándolas, podría escribirse un manual de antiestilo.

En la mesa de al lado tenemos a un grupo de cincuentonas bastante ruidosas. El camarero nos informa enseguida de que festejan el divorcio de una de ellas. Muy *cool*. ¡Vaya moral, venirse aquí para demostrar públicamente que un divorcio no es nada y que te sientes más libre y más contenta que nunca! Me gustaría saber la verdad.

Íbamos a pedir un gin-tonic, pero el camarero nos dice que solo hay una marca de ginebra; así que Genoveva pide una botella de Moët Chandon para evitar sustos.

De repente, se apagan las luces y empieza el espectáculo. El *showman* que presenta las actuaciones es espantoso, viejo, cutre a morir. El primer número pasa en una escuela. Parece humorístico. Genoveva me sopla que entre esos chicos está el que dentro de un rato voy a conocer, pero no sabe quién es exactamente. Los observo a todos, tienen pintas normales y corrientes. Al final se quedan desnudos, solo con un taparrabos que les cubre el sexo. Están ridículos, pero tienen cuerpos bonitos. Si les taparan la cara con capuchones sería casi perfecto, porque las sonrisas que ponen me parecen patéticas. No los distingo demasiado bien, pero son una panda de paletos, sin más. Cuando acaban, la gente les aplaude a rabiar y las tipas del divorcio chillan como locas.

En el segundo número sale el tal Iván haciendo de El Zorro en plan gracioso. Si todo es de humor y pitorreo vamos mal, a mí esas cosas raramente me hacen gracia, ni las películas de risa, ni los chistes. Genoveva está excitadísima, como una de esas mamás cuyos niños actúan en la función de fin de curso. Se ríe, aplaude, encuentra graciosísimo al tal Iván.

—¿A que es mono? —me pregunta—. ¿Has visto cómo se mueve? ¡Es un *crack*!

—Un *crack*, sí —le contesto, y bebo un poco para que no se note lo que pienso de verdad. No es que el tipo sea mono, sino que es como un mono de verdad. Delgado y fibroso, sí, pero va tan rapado y abre tanto los ojos que parece subnormal, aunque también se le podría tomar por un loco. Incluso desnudo se nota al kilómetro que es un tipo del extrarradio, un poligonero total. No sé qué le ha visto Genoveva. Dice que es muy gracioso, ¡horror!; si el otro, el profesor de Literatura, es tan gracioso como él, la velada acabará pronto.

El espectáculo, con pausas entre uno y otro número para que el público consuma y los números tan parecidos entre sí, acaba haciéndose pesado. Lo único divertido es que la gente se va animando y, al final de algunas actuaciones, los bailarines bajan de la pista y se mueven entre las mesas. Las mujeres gritan, les dicen horteradas, alargan la mano para tocarlos. En fin, todo esto causa más la impresión de un patio de colegio que de un estriptis auténtico.

Solo al final, casi al final, sucede algo interesante. El presentador, el horrible, el cutre entrado en años y carnes, sale de pronto para actuar. Cuando he visto que se preparaba me he temido lo peor, una charlotada máxima, resumen y súmmum de lo anterior. Pero no, me quedo de una pieza, porque se mueve de una manera provocativa y sensual. No lo hace como los demás, este va en serio, como si ese estriptis fuera la obra de su vida. Tiene un corpachón grande, se le notan la edad y los vicios, pero no puedo quitarle los ojos de encima. Me repugna y, al mismo tiempo, me atrae. Su baile es lo único erótico que he visto hoy.

Cuando pone el punto final, las tiparracas que se han pasado todo el espectáculo berreando y solo se han callado frente a él, prorrumpen en aplausos entusiastas. Bueno, no ha estado mal, pero ¿merece la pena aguantar el latazo de todo el espectáculo para estos últimos minutos de realidad? Dudo de que alguien que haya visto todo esto una vez regrese para verlo de nuevo.

Mientras el público empieza a desfilar, Genoveva pide otra botella de champán y cuatro copas.

—Enseguida llegarán —dice.

La luz es fuerte y plana, desagradable, quizá haga resaltar la soberbia belleza de nuestros acompañantes.

—Muy bien —le contesto al borde del mal humor.

⁓

—¡Habéis estado geniales, chicos, geniales los dos! Los espectáculos de Las Vegas no tienen nada que envidiar a este show. ¡Me ha encantado! A ver, Iván, ¿no vas a presentarnos a tu amigo?

Hoy está guapísimo, será la excitación de haber actuado. Tiene un punto canalla que me encanta. Lástima que se haya duchado, colorado por el esfuerzo y sudado debía de estar aún mejor. Da igual, ya le haré yo sudar más tarde. ¡Ay, por Dios, cómo soy. Genoveva, contrólate!

—Este es Javier.

—Y esta es mi amiga Irene; también le han gustado muchísimo vuestros números.

—Así que os ha gustado, chicas. Está todo muy currado, ¿eh?

¡Joder, han pedido Moët Chandon!, ¡de puta madre! Aquí hay clase y poderío, lo que hay que tener. Ya sabía yo que esta Genoveva daba la talla. Aquí habrá para todos. ¿Y la otra tía? No está nada mal, aunque va vestida como mi abuela y tiene una sonrisita que vete tú a saber lo que quiere decir. Seguro que al profesor le gusta, porque parece una niña de las monjas…, aunque el muy jodido todavía no ha abierto la boca. Como me descalabre el plan de esta noche se va a enterar, como me llamo Iván que se entera.

—Nos ha encantado, ¿verdad, Irene?

—Ha estado muy bien.

—Ha estado genial.

¡Por Dios, qué sosa es!, ¡con lo nerviosa que estoy yo! A mí estas cosas me rejuvenecen, me recuerdan a cuando era jovencita, salíamos en pandilla y te presentaban a chicos nuevos. ¡Pero ella es tan seca! Ahí está con la sonrisita de circunstancias que siempre se le pone cuando estamos con gente. Y durante el espectáculo ni siquiera eso, ¡seria como en un entierro, inmóvil como una estatua! ¡Con lo a gusto que me he reído yo! Y eso que el amigo de Iván es monísimo, con pinta de universitario de los de antes, y parece muy educado. La verdad es que no le pega nada a Iván. Me pregunto por qué son amigos y cómo ha llegado este chico aquí. ¡Como Irene le haga un desaire no vuelvo a salir con ella ni una vez más! Ya no estoy para aguantar a niñas mimadas que se creen que lo tienen todo merecido. ¿Alguna vez me ha dado las gracias por todos los planes que le he montado? Ni una sola. Claro, ella está en el mundo para que los demás la sirvan y la contenten. Pues no; si esta vez me estropea la noche, habrá sido la última.

—¿Habéis pensado adónde os apetecería ir a cenar, Iván?

—Mejor decídelo tú. Nosotros somos muy todoterreno.

Ojalá nos lleve a uno de esos sitios pijos adonde ellas deben de ir; aunque ahí seguro que no nos lleva ni de coña, no vaya a ser que sus amigos de la *jet* las vean con unos pringados como nosotros. Y el profe, ahí callado como un muermo. ¡Le daría una hostia! Claro que la otra tampoco parece que tenga mucha marcha, aunque lo mira de reojo y con cara golosa. A lo mejor es eso lo que les gusta de él a las tías, que se quede todo el rato callado y haciéndose el interesante.

—Conozco una brasería que es ideal. ¿Sabéis lo que es una brasería?

—Sí, un sitio donde te dan la brasa.

—¡Ay, Iván, eres la pera! ¡Yo es que me parto contigo!

Está claro que como no nos montemos la juerga este chico y yo…

∼

Y bien, hemos llegado al final. Ya estamos en la habitación del hotel y la tengo delante. Debería decirme lo que espera de mí, darme al menos una pista; pero no, es hierática, impenetrable. No se comporta en absoluto como una blanca paloma. Me ha traído hasta aquí sin el menor atisbo de embarazo, de vergüenza. Ha hecho los trámites en la recepción del hotel con el mayor desparpajo. No es una blanca paloma, pero no sé en qué categoría de pájaros clasificarla. A su amiga Genoveva sí, sin ningún problema, me recuerda a algunas madres de alumnas que aparecían por el colegio. Es mayor, debe de pasar de los cincuenta y cinco. Habla con ese tonillo aparentemente desenfadado con el que hablan los pijos. Es pesada, insustancial. Estaba deseando que se largara con Iván aunque eso significara quedarme a solas con esta chica. Esta chica. No tiene nada de extraordinario pero no es anodina. Sus ojos transmiten fuerza interior. No ha dicho ni una palabra en toda la noche. No sonríe. Cualquiera diría que hace esto por obligación, aunque es absurdo pensar algo semejante. Estará triste por algún motivo, no es problema mío. Mi único problema ahora es saber qué quiere que haga.

—Desnúdate, por favor —le digo.

Noto que ha empezado a ponerse nervioso. En eso todos reaccionan igual, se inquietan hasta que están seguros de lo que quieres de ellos. En lo demás, este parece diferente: no va vestido como un hortera, es comedido, habla poco y en voz baja, se quita la ropa despacio y ordenadamente. Los demás la tiraban al suelo con mala gaita, como si estuvieran cabreados. Les cabrea tener que desnudarse delante de ti, inmóvil, mirándolos.

Se queda desnudo. Es larguirucho, nada feo. Tiene un cuerpo normal, no ha trabajado sus músculos en el gimnasio. Poco vello. Sexo grande, pero no está en erección.

—Y ahora ¿qué? —me pregunta.

—Ahora, nada.

—Ya. Me quedo donde estoy y como estoy.

Vale, pues aquí me quedo; aunque me gustaría saber cuál es el quid de la cuestión, cómo viene definido este comportamiento sexual en los manuales al uso. ¿Voyeurismo estático? Mirar a un tipo desnudo. Quizá debería sentirme incómodo, pero solo me siento ridículo.

—¿Tú no te desnudas? —le pregunto.

Abre los ojos como platos. ¿Cómo me atrevo a hablarle a la diosa?

—No.

—¿Por qué?

—Porque no me apetece.

Pero este tío ¿qué se cree?, ¿que somos colegas, que estamos pasando un rato en plan amistoso? Aún estoy a tiempo de echarlo.

—Todo esto me resulta muy raro.

Nadie me ha dicho que deba quedarme callado, y esta situación me está rebelando por momentos; no soy un muñeco en un escaparate.

—No es asunto tuyo.

—Depende de cómo se mire. Tenemos más o menos la misma edad. Estamos en la misma habitación, pero yo estoy desnudo y tú vestida. Me gustaría saber por qué.

—Porque te pago y soy yo quien decide lo que hay que hacer.

Porque me paga, claro. Porque me paga estamos los dos aquí, quietos como imbéciles. Ella, vestida. Yo, en pelotas. Venir aquí ha sido una equivocación, un error absurdo; y yo hubiera debido intuirlo. Me pagan por enseñar el culo en un espectáculo de mierda. Me pagan por follar. Y lo hago, hago todo eso y cobro después; pero ninguna niña pija va a tenerme a su servicio solo para humillarme.

—Perdona, pero creo que ha sido un error venir aquí, un simple malentendido. De manera que voy a vestirme y me marcho. No te preocupes por el dinero, te regalo mi tiempo con mucho gusto.

—¿No te dijeron a qué venías?

—Da lo mismo, en serio. No vale la pena hablar más del asunto. Ha sido un placer. Si me dices cuánto ha costado la cena, te pago mi parte y estaremos en paz.

—Ya estamos en paz. La cena ha sido una invitación.

—Muchas gracias, entonces. Buenas noches.

Se ha vestido y se ha largado. ¡Me ha dado la mano para despedirse! ¿De dónde ha salido este tipo? ¿Qué es lo que no ha podido soportar de la situación? ¿Quizá no se dedica a esto de manera profesional? ¿Quizá era su primera vez? ¡Pero actúa desnudo en el club! Probablemente esperaba que me rindiera a sus encantos viéndolo frente a mí: «¡Ay, amorcito! Estoy loca por tus huesos. Poséeme, ¡por favor!». ¡Valiente imbécil! Tiempo perdido.

∽

—Así que no fue bien la cosa. ¡Anda, tío, eres un puto lince! Me acaba de llamar la señorona, que quieren salir con nosotros otra vez. ¡Las dos!, que quede claro. No hace ni una semana que estuvimos con ellas, y te aseguro que estas citas no suelen repetirse tan a menudo. Aquí ha pedido revisión de jugada la tal Irene; porque desde luego no es que Genoveva se haya pirado por mis huesos. Estas tías que ya tienen la vida asegurada no se cuelgan de un pringado, ni de un pringado ni de nadie, ¡vaya ganas de buscarse complicaciones con la vidorra que se pegan! Estas tías ni se sienten solas ni pollas confitadas; van a su bola. No sé si esta tiene nietos, ni se lo preguntaré para que no se mosquee por el rollo de la edad; pero ha habido tías, que ya llevo tiempo en esto, que después de echar un polvo te enseñan la foto de los nietecitos. ¡Hay que joderse!, y se quedan tan contentas. Todo porque tú no cuentas para nada, has existido el ratito del polvo y ya está. Son libres como pájaros, tío, se la suda el mundo. El dinero te da la libertad; la compra, tío, la compra. «Póngame unos kilos de libertad», y te la envuelven para regalo.

Me mira con cara de «todo eso no va conmigo». ¡Joder con el profesor! Es bien jodido el tío, raro de cojones. Cuando te crees que ya le tienes cogido el tranquillo, te sale por donde menos lo esperas. No se avanza con él, no hay manera. Parece que aún no comprenda que estas cosas se hacen por la pasta, para tener tu buen apartamento y todo lo demás. Me gustaría saber qué pasó el otro día con la Irene de los cojones. Vale que la tía parece una estirada; pero si es verdad lo que cuenta él, el único problema fueron sus propias neuras. «No soporto desnudarme y que ella se quede vestida, mirándome como si fuera un animal en el zoo. Lo único que quiere es humillar al tío que tiene delante, y yo tengo mi dignidad.» Cuando me dijo eso de la dignidad me puse como una moto. ¿Es que solo él tiene dignidad, no tengo yo la mía? Pues la tengo como todo el mundo, joder. Pero si eres un currito sin un pavo tienes que cerrar los ojos y pasar por muchas cosas. Además, estamos hablando de desnudarse, solo de quedarse en pelotas. ¡Ya está bien de cogérsela con papel de fumar!, que la vida está muy chunga. Yo he tenido que hacer muchas cosas que no me apetecían un carajo: aguantar palmetazos en el culo de alguna tía guarra y borde, hacerles el beso negro a una o dos viejas de más de cincuenta años que me daban un asco que te cagas. Pero este negocio es así; todos los currelos tienen partes malas, ¿o es un placer de cojones levantarse todos los días a las seis de la mañana, coger el metro, hacer dos transbordos y plantarse en la fábrica a las ocho para pasarse todo el día encerrado como un preso en un penal? ¡Anda ya, hombre! Y luego, vivir en un puto cuchitril con cuatro euros al día. Si piensas en todo eso, la dignidad se te pone a tono enseguida. Además, el profe ya debería saber que las tías son bordes y están llenas de caprichos hasta cuando son pobres. ¿Por qué cree que yo no me comprometo con nadie? ¡Y encima, va y no le cobra a la pijita esa! El tío es la hostia, de verdad.

—Mira, Iván, no quiero que te enfades conmigo, pero creo que a esa segunda cita no voy a ir.

—Oye, Javier, hasta ahora hemos ido teniendo suertecilla y has podido escoger: hoy una fiesta privada, mañana unas turistas…, pero ahora viene una época en que hay menos turismo y menos fiestas, que vamos de cara al invierno. Si empiezas a hacer chorradas, te quedarás sin un clavo y no podrás ni pagar el alquiler. Y entonces ¿qué haces, vuelta atrás? ¿Es eso lo que quieres?

—No, claro que no.

—Pues entonces, tío, sé responsable y ven.

Me eché a reír. Aquella llamada solemne a la responsabilidad me pareció divertida viniendo de quien venía y aplicada a lo que se aplicaba. El sonido de mi propia risa me hizo comprender que estaba haciendo una montaña de un grano de arena. Iván llevaba razón. Reflexioné: no se trataba de que yo fuera un hombre especialmente celoso de mi dignidad, quizá lo único que pasaba era que me había picado con aquella mujer, tan fría, tan desdeñosa. Mi reacción se parecía demasiado a la del típico macho español. Y, por supuesto, y ahí la razón de Iván cobraba más fuerza, había que pagar el alquiler, comer, comprar libros, vestirse, financiar aquellas rayitas de coca a las que iba acostumbrándome y que me daban fuerzas para seguir.

—Hagamos un trato. Yo voy de nuevo a la cita y tú me prometes acabar de leer *Crimen y castigo*.

—¡Joder, profesor, no hay quien te entienda! Pero vale, trato hecho. Acabaré ese rollo del castigo; aunque para castigo ya tengo bastante contigo, no necesito para nada al Raskólnikov ese de los cojones.

Nadie sabe lo que le pasa a este tío por el coco. Yo, el que menos. Ahora cambia de opinión por las buenas. A lo mejor ha montado todo este número a propósito, para encelar a la tía, para darle caña. Ya se sabe que a las tías les va en el fondo la marcha, y cuando las puteas vuelven con el rabo entre piernas pidiendo más. ¿Tan listo es el profesor? A lo mejor sí que lo es.

⁓

Llegamos a la habitación, que no es la misma del otro día porque ni siquiera estamos en el mismo hotel. Yo he bebido bastante durante la cena. La miraba de vez en cuando, como de pasada, como a traición. Siempre la veía igual: serena, hablando poco, casi sin sonreír. Iván y la amiga montaban solos el jolgorio: bromas, risas, brindis... Yo procuraba no mostrar la curiosidad que sentía.

Ahora estoy delante de ella, animado por la bebida y la coca, con la firme resolución de hacer lo que tenga que hacer sin concederle mayor importancia. Lleva un traje de chaqueta negro, un pañuelo anudado al cuello. Es elegante, una elegancia de tipo burgués, sin concesiones a la imaginación. ¿Qué la ha traído hasta esta habitación? ¿Por qué hace esto? Me quito los pantalones. Me desembarazo del jersey. Me quedo quieto. La miro.

—Le pongo lo de siempre, ¿no, señora?

—Sí —dice con sequedad.

O mi ironía le ha parecido demasiado punzante o no tiene sentido del humor.

Acabo de desnudarme con descuido, sin el menor deseo de resultar sexi. Ella me mira, carente de expresión. Buena jugadora de póquer. Le pregunto:

—¿Quieres que me siente o me quedo de pie?

—Siéntate en esa silla. Ponla delante de mí. Ahí no, más lejos.

—Perfecto, porque estoy un poco cansado.

—Con las piernas abiertas, por favor.

Aquí está, sentado y desnudo frente a mí. Me pregunto cómo es posible que me haya vuelto de golpe tan desinhibida, cómo soy capaz de jugar a este juego con tanta calma, con tanta frialdad. Con los demás hombres me resultó más difícil, con este, no. Noto su vergüenza, su nerviosismo, su incomodidad, y eso me reafirma.

Es extraño, he pasado toda la semana pensando en este hombre. Tenía la sensación de que era una fantasía, un ser irreal, como si el recuerdo que de él conservaba no fuera más que una especie de alucinación. Pero no, es como me pareció la primera vez: delgado, poco musculoso, con gesto infantil. No le pega nada ser un tipo que se alquila por horas, hacer tándem con ese hortera que le encanta a Genoveva. La reacción que tuvo el otro día fue curiosa: enfadarse como un clásico caballero español. Se largó sin coger mi dinero, ofendido y digno. No encaja en la tipología de hombres que había esperado encontrar en este submundo. Siempre pensé en inmigrantes con la cara dura, en gente marginal que se gasta las ganancias en droga, en listillos que han aprendido a sacar provecho de las mujeres porque no quieren trabajar. ¿En qué casilla está él? Al principio, su reacción del otro día me cabreó; pero luego he llegado a sentir tanta curiosidad como para pedirle a Genoveva que repitiéramos. Y aquí lo tengo de nuevo, desnudo frente a mí. Pensé que no vendría, pero aquí está.

Hoy ha cambiado de estrategia. Viene dispuesto a cumplir con sus obligaciones sin rechistar, pero su actitud sigue siendo la misma: desafiante, irritada, rebelde, como si me pidiera explicaciones por haberlo contratado. No creo posible que se comporte de igual manera con todas las mujeres que requieren sus servicios. ¿Qué pasa entonces, la ha tomado conmigo? ¿Le caigo mal? ¿Hay algo en mí que lo saca de quicio? Sea como sea, le he hecho desnudarse y adoptar la postura que me ha parecido. Debe de tener muy claro que quien manda en esta situación soy yo.

—¿Hoy no me pides que me desnude yo también?

Me había jurado a mí mismo que si me hablaba, le contestaría con vaguedades o con risitas. Pero soy un imbécil, y en cuanto abrió la boca allá que fui. ¡Hasta agradecí francamente que me hablara!

—Yo no te pedí que te desnudaras.

—Por lo menos lo insinuaste.

—¿Quieres que te diga la verdad?

—Bueno.

—Es que me parece ridículo estar desnudo delante de una mujer que está vestida.

—Y si yo estuviera también desnuda, ¿te parecería menos ridículo?

—Oye, en serio, todo esto es absurdo, absurdo de principio a fin: que yo esté aquí, desnudo o vestido, que estés tú mirándome. Y no solo es absurdo sino que es una mierda. De manera que no me preguntes nada ni me hagas hablar. Cuando te canses, me visto, me pagas y me voy.

Estoy sentada en la cama y me levanto. Empiezo a desnudarme. No creí que fuera capaz ni sé por qué lo hago, pero lo hago. Estoy tranquila, me siento relajada. No me fijo en qué hace él mientras me quito la ropa, pero al final veo que está mirándome, desconcertado. No sonríe, sigue teniendo la expresión de chico enfadado, cargado de razón. Ya sin ropa, vuelvo a sentarme tal y como estaba. Él cierra las piernas. Le dejo que haga lo que quiera.

—¿Mejor así? —le digo.

—Sí.

Esta tía me está haciendo sudar tinta. Ahora sí me ha despistado. ¿Qué quiere de mí?

—¿Por qué haces esto, Javier?

—¿Tú qué crees?

—¿Por dinero?

—¡Pues claro que lo hago por dinero!

—No tienes el perfil de un chico sin blanca que se dedica al alterne por necesidad.

—Bueno, pues así es. La gente que tiene dinero siempre se sorprende de que no lo tengan los demás.

—¿Y te gusta lo que haces?

—No, nada, ni pizca. Es más, me jode infinitamente. Yo soy profesor de Literatura, ¿sabes? Esa es mi auténtica ocupación, pero me echaron del colegio de monjas donde trabajaba y con esto gano dinero para vivir hasta que encuentre otro empleo en lo mío.

Se echa a reír, la tía. Es la primera vez que la veo reírse o sonreír. Soy un hombre pacífico, pero en este momento me lanzaría sobre ella y le daría de bofetadas. ¿Qué es lo que le parece gracioso, que me hayan echado del trabajo?

—Todos los chicos de compañía dicen que tienen profesiones intelectuales o importantes. ¿Sabes a qué me refiero?

—Te refieras a lo que te refieras, yo soy profesor y tu comentario me parece de muy mal gusto.

Me hace gracia que tenga tan mal genio. Me levanto y voy hasta el minibar. Es verdad que me cuesta un esfuerzo caminar desnuda delante de él, pero no me importa demasiado mientras sea yo quien controla la situación. Cojo dos copas, sirvo una botella pequeña de cava, repartiéndolo bien.

—Si nos tomamos una copa, a lo mejor dejaremos de discutir.

—Oye, Irene, no quiero darte la impresión de que discuto continuamente. Supongo que me has contratado para pasar un rato agradable, pero no me lo pones fácil, la verdad.

—Bebe.

Obedezco a mi clienta y bebo. Supongo que finalmente las cosas van a enfocarse hacia la normalidad: tomamos una copa, nos miramos, nos besamos... Estoy teniendo una erección y no sé si taparme o dejar que todo fluya, quizá como procedería en buena lógica. Pero ya que ella sigue imperturbable y sin hablar, le pregunto:

—Y tú, ¿a qué te dedicas?

—¿Yo? Llevo una época perdiendo bastante el tiempo. No me apetece trabajar.

—¿Pasas por un mal momento?

—Tampoco me apetece hablar de mí misma.

—Claro.

—A las clientas no se les hacen preguntas personales. Es así, ¿no?

—¡Y qué más da! Ni nos conocemos, ni nos conoceremos. Podemos hablar sin que tenga ninguna trascendencia.

—En eso llevas razón. Paso por un mal momento. Voy al psiquiatra.

—¡Ah, vaya! —¡Dios!, ¿y ahora qué le digo yo a esta tía?—. Todos pasamos por malas épocas.

—Dejémoslo, mejor no hablar.

—Sí, mejor no hablar.

Interpreto su «mejor no hablar» como una especie de señal, así que me levanto y voy hacia ella. Mis intenciones son más que evidentes; sin embargo, no se mueve, no se inmuta. Estoy a un centímetro de su piel y aún no ha reaccionado de ningún modo. Me doy cuenta de lo hermosa que es: labios muy rojos, cabello brillante. Tiene unas tetas fantásticas. Le pongo la mano en el hombro. Me inclino para besarla en la boca.

—No me toques, por favor. Puedes vestirte y marcharte.

—¿He hecho algo que te haya molestado?

—No. Me duele la cabeza. Gracias por haber venido.

La cara se le ha contraído en un gesto casi de dolor. Parece que me deseaba de verdad, pero quizá es un profesional tan bueno que sabe fingir a la perfección. Se viste deprisa, de espaldas a mí. Me hace un gesto con la mano y se dispone a salir. Lo llamo:

—¡Javier, no te he pagado!

—Dale el dinero a Genoveva cuando la veas. Ella se lo pasará a Iván. Siempre lo hacemos así.

Ha pronunciado la última frase con desprecio, como recalcando que solo soy una más entre sus clientas. Es un hombre muy raro.

Sola en casa, la cabeza se me dispara con pensamientos que debería controlar, desechar. En todo el tiempo que ha pasado desde mi separación, mejor dicho, mi abandono, no he solucionado ni uno solo de los problemas que me han surgido en esta nueva vida. El trabajo, pendiente de un hilo sin que tome ninguna decisión. Voy al psiquiatra pero nunca le cuento nada sustancial. Tampoco sigo sus consejos. Me repite una y otra vez que debo elaborar una rutina para el día a día. Me machaca con que debería analizar mi vida pasada hasta comprender qué ha sucedido. Piensa que soy imbécil. No necesito analizar nada, sé muy bien lo que ha sucedido. Me casé con un hombre a quien lo único que le interesaba de mí era el dinero, la posición social, la promoción profesional que podría brindarle. No me quería. Probablemente ni siquiera me encontraba atractiva. Cuando las cosas empezaron a ir mal, ese hombre se fue. Punto final del análisis. Entender lo que ha pasado es muy fácil. Más complicado me resulta aclarar por qué deseo ver de nuevo a ese chico. ¿Es guapo? No lo sé. Supongo que después de los individuos que Genoveva ha ido presentándome, este me parece, simplemente, civilizado. Pertenece a una tribu desconocida para mí. Estoy segura de que nunca hemos frecuentado los mismos lugares, aunque hayamos vivido durante años en la misma ciudad.

Javier, ese chico. Pienso que no miente. Cuando me contó que era profesor y lo habían echado de su trabajo, estaba diciendo la verdad. Habla muy bien, es educado, se nota que ha recibido una formación. No debería, pero siento curiosidad. La próxima vez que nos encontremos intentaré que me hable un poco sobre su vida. Quizá sabiendo más sobre él, deje de colarse en mi mente como un fantasma. Conocerlo mejor me confirmará que es como todos los demás hombres. Porque sin duda no es diferente. Dijo tópicos: «La gente con dinero pensáis que…», «Hago esto por necesidad». Tópicos. Si se tratara de un ser tan puro como pretende, no bailaría desnudo en un club ni se acostaría con mujeres por dinero y, desde luego, no tendría amistad con un tipo como Iván. Un hombre como todos. Lo primero que hizo al quedarnos desnudos fue intentar ponerme la mano encima. Sentí un escalofrío desagradable. Si llega a insistir, hubiera sido capaz de llamar a recepción pidiendo auxilio. Pero ahora me apetece verlo y voy a llamar.

—¿Genoveva? Soy Irene. Solo quería saber si esta semana vamos a salir otra vez con esos chicos.

—¡Ay, no hija! Esta semana no puede ser. Me voy a

una boda en Marbella. Se casa mi sobrina, la hija de mi hermano. ¡Un rollo que no me apetece nada! Es una complicación ponerme ahora a pensar en el vestido, los zapatos… ¡y viajar hasta allí! Claro que, como en Marbella tengo amigos, me quedaré unos cuantos días más. Si quieres, puedo darte el teléfono de Iván, que avise a Javier y salís juntos.

—No, solos los dos, no. Ya saldremos la semana que viene.

—Irene, si te pregunto una cosa sobre ese chico y tú, ¿te enfadarás?

—Casi seguro que sí. Mejor no preguntes nada.

❧

Mira por dónde, ahora resulta que la nena esa le ha hecho tilín. ¿A qué viene si no preguntarme si Genoveva me ha llamado para salir? Y cuando le he dicho que no, se ha quedado medio jodido.

—Oye, Javier. A ti te gusta la Irene esa, ¿no? Estoy seguro de que lo de quedarte quieto y en bolas ya ha pasado a la historia entre vosotros dos. Apuesto a que tiene un polvo cojonudo. Es lo normal. Lo que no era normal era lo de antes. A mí me viene una tía y me dice que me despelote y ya está y la mando al carajo. Una vez aún tiene pase, pero dos… Si quiere ver estatuas que se vaya a un museo. Un polvo es un polvo y un hombre es un hombre, y con los hombres no se puede jugar. Que se quede delante de ti empelotado, como si la cosa no fuera con ella es como decirte: «No vales una puta mierda, tío. Más a gusto que contigo me lo monto con un consolador».

—Mejor déjalo, Iván.

—Vale, muchacho, que no es asunto mío, ¿eh? Te lo decía como comentario general, como cosa de trabajo; pero si no quieres que hablemos del tema, lo dejamos y en paz.

¿Y ahora qué cojones le pasa? Igual piensa que no es bonito hablar de los polvos que uno echa con las clientas. Yo tampoco soy de los que van todo el tiempo largando de lo que hacen o dejan de hacer con las tías, pero no me corto si hay algo especial, y lo de esta Irene es muy especial. Si a una tipa que iba de virgen santísima ha conseguido meterle mano a la segunda de cambio está bien, ¿no?, es un tema como para comentar. Pero si no quiere, yo callado.

—Déjalo ya, Iván.

—Ya está dejado, tío. No te alteres, que te va a subir la tensión.

Pero que conste que a mí la Irene esta de los cojones me cae como el culo. Y no por lo que quiera o no quiera hacer en el catre, que a mí eso me la trae floja. Lo que me jode de ella es que parece que mire a todo el mundo por encima del hombro. Estirada, calladita, con pinta de nena buena pero poniendo siempre una cara como si tú fueras la última mierda y ella tuviera que aguantar el mal olor. Yo eso nunca lo he consentido en una tía; y en un tío, menos, claro está. Y mira que he estado con tías a las que la pasta se les salía por las orejas, pero a la mínima que se me ponían superiores, adiós muy buenas. Porque en la cama, hermano, en la cama el que manda soy yo, y vale que te pidan cosas especiales o que les comas lo que les tengas que comer, pero mirarte como si fueras un matado…, ¡ni hablar! Aún no ha nacido la tronca que tenga que desinfectarse las manos después de tocarme. Puede que yo no tenga cultura, que me busque la vida a salto de mata, pero no soy menos que nadie. ¡Ni hablar! Además, a tías que pagan por irse a la cama contigo es porque algo les falta, ¿no? Los tíos es distinto, que cuantos más polvos, mejor. Pero ¿una mujer?, no tener ni una polla a mano debe de ser una cosa muy triste. En el caso de Genoveva, todo es bastante normal. Ya tiene una edad, está divorciada y le va la marcha. ¿Qué solución le queda? Pues tira de chico de alterne y en paz. ¡Pero no va de marquesa! Al contrario, sabe que tiene un cuerpo que ya está pasadito y no solo te paga, sino que te agradece pasarlo bien contigo. ¡Es agradecida, joder!, y cachonda. Así da gusto trabajar, pero si te toca una remilgada que va de superior, lo mejor es pasar, tío; y eso es justo lo que haría yo. Pero no pienso decirle nada más al profesor. Total, para mí mejor que sigamos como estamos. Salimos los cuatro en pandilla, me gano una buena pasta y tan feliz.

⁓

Es una mujer extraña. Me gustan los ojos que tiene, extraños también, fríos, intensos. No sé qué transmiten, algo potente e indefinible, quizá desesperación. Al principio no me pareció gran cosa, pero he ido encontrándola cada vez más hermosa, distinguida, especial. Cuando se desnudó no quise mirarla con demasiada fijeza. Dada la situación, debo ser muy prudente. No quiero que se asuste, ni que piense que soy una especie de bestia sin sensibilidad. Debe de tener un concepto de mí completamente distorsionado. No se creyó que sea profesor. Muy lógico, no la culpo. Si pudiera, le explicaría mis circunstancias con más detenimiento; aunque, de momento, cualquier confidencia resulta impensable. Solo nos une la habitación de un hotel, y tenemos un papel que representar el uno frente al otro. Yo represento el mío sin ninguna convicción, y juraría que ella tampoco domina el suyo. Acostarme con una mujer por dinero ha sido hasta ahora muy diferente: las turistas rusas, las nórdicas, me hablan a veces en lenguas incomprensibles mientras follamos. Apenas conservo recuerdos de cada una de ellas. Pero Irene se parece demasiado al tipo de mujeres con las que siempre he tratado. Eso me produce una cierta inquietud, si bien ha sido con ella con quien me he mostrado más natural. Ojalá me diera alguna pista sobre su manera de ser. Pero no, se queda mirándome con sus ojos helados, y cuando le hablo me contesta con réplicas vagamente irónicas. Lo mejor sería no volver a verla nunca más, una complicación menos en mi vida, que ya se ha complicado en exceso. Pero estoy deseando encontrarla de nuevo. Quiero saber. ¿Quién es en realidad? ¿Por qué busca ver a hombres desnudos? ¿Por qué razón se desnudó frente a mí? Y, sobre todo, ¿qué hay detrás de ese punto trágico que destila su presencia?

Soy un estúpido a quien le pierden sus fantasías. Estoy invadiendo el terreno de la realidad con mis ficciones; algo muy propio de quien ha tenido en los libros su ayuda y su guía. Ideas absurdas: la mujer enigmática que esconde secretos y vivencias, tumultuosas pasiones. La dama del perrito, la vampiresa marcada por la vida. Simbología barata. Irene es una niña pija de clase bien; con esa etiqueta me fue presentada. No hay más que mirar a su lado: Genoveva, la pija prototípica, la madre de todas las pijas. No hay en su cabeza más inquietudes que las derivadas de su cuidado personal: la moda, el peluquero, los tratamientos corporales. Supongo que también le importan sus inversiones en bolsa. Irene debe de ser igual. Aunque... ¿y si estoy dejándome llevar por los tópicos? Quizá es una tipa que lee a Schopenhauer, declama a Rilke frente a un espejo y se extasía con la música de Gustav Mahler cuando regresa por las noches al hogar. Si estoy deduciendo que Irene es una simple pija por extensión de Genoveva, entonces yo soy un buscavidas por extensión de cómo es Iván. Y lo soy, claro que lo soy, soy un chico de alterne y un prostituto, pero no con tanta propiedad como Iván, el padre de todos los buscavidas. Esa es mi esperanza, que Irene, siendo pija, no lo sea en la misma medida que Genoveva. Creo que su aire trágico la libra de eso. Puede que las pijas sean patéticas, pero trágicas no.

¿Por qué ese rictus doloroso que hay en su cara? ¿Un divorcio deja marcas tan profundas? Todo depende de quién vive la experiencia, más que la experiencia en sí. Debe de ser una chica sensible pese a su displicencia, a su frialdad. No tengo idea de cómo demonio es, hay algo en ella que no logro descifrar. Me gustaría conocer su historia y, para qué negarlo, también me gustaría follar con ella, vencer su resistencia, escalar el muro, alcanzar la cámara del tesoro. Cualquiera diría que me mueve la aspiración de todo macho: tomar lo prohibido, demostrar que ninguna mujer se me resiste, hollar territorios vedados, triunfar. Pero no es así, creo que no es así.

~⁓

La boda estuvo muy bien. La novia, monísima, con un traje crudo palabra de honor de Cavalli, ideal. No lo pasé mal. Aun así, cada vez me da más pereza ir a ese tipo de eventos. A una cierta edad, para que algo te haga ilusión ha de ser un planazo. Y luego está el rollo de la familia, que siempre es lo mismo. No lo entiendo, la gente que hay por el mundo cambia, ¿no?, pero la familia está siempre igual: dicen las frases de siempre, cuentan las historias habituales..., todo te lo sabes de memoria: los hijos, los nietos... Lo único que va variando son los achaques: que si me han operado de una hernia discal, que si tengo alto el colesterol..., un latazo. Cuando estoy en una de esas reuniones familiares es como si envejeciera de pronto. Salgo de la fiesta y ¡zas!, me han caído diez años encima. Menos mal que en la boda me encontré con un par de amigos y gracias al cachondeo y a los gin-tonics pude resistir hasta el final. Si no, habría vuelto a casa con una depresión de caballo. Y es que a mí la familia, aunque la veo poco, me produce una claustrofobia horrorosa. Siempre me parece estar en un dibujo de cuento cursi de aquellos que leíamos cuando éramos pequeños: papá pato, mamá pata y los patitos detrás. ¡Todo tan previsible, tan normalito, tan vulgar! ¡Y luego te acuerdas de las malas pasadas que te han hecho!: mi cuñada sembrando siempre cizaña en contra mía, y mi hermano intentando hacer guarradas con la herencia de los papás... En fin, yo no soy rencorosa, pero después de haber pasado por ciertas experiencias, te das cuenta de con quién vas subido en el barco. Y lo más cabreante es que a la gente pobre le pasan exactamente las mismas cosas. Puri, aquella asistenta que tuve durante tantos años, me contaba su vida a la más mínima oportunidad. Bueno, pues resulta que sus problemas familiares eran muy parecidos a los míos: que si su cuñada la ponía verde, que si su hermana se había enfadado por el reparto de los cuatro cuartos que la madre les dejó al morir…, a otro nivel, pero exactamente lo mismo. Total, que esto de la familia, aparte de un coñazo, es una inmensa horterada.

Ya me había pasado otras veces: al volver de la fiesta familiar ¡tenía unas ganas de hombre!… Supongo que me apetece portarme mal para que quede muy claro que no soy como todos: ni hijos, ni nietos, ni bodorrios llenos de damitas de honor con un lazo beis en los bucles. ¡Ay, no, por favor, son cosas de otros tiempos! Mi familia no se ha enterado de que estamos en una nueva época, de que existe internet y la liberación de las mujeres. Yo soy una persona actual, más moderna, más abierta. El caso es que, en cuanto regresé de Marbella, llamé a Iván para que saliéramos los dos; pero solos, ya está bien de planes en comandita.

Lo pasé genial. Yo es que alucino con este tío. Lo primero que me preguntó no fue qué tal lo había pasado en la boda, sino en qué modelo de coche iban los novios. Bueno, por lo menos es original. Habíamos quedado en mi casa, y nos pasamos la tarde entera en la cama, sin parar ni un minuto. ¡Me encanta el sexo con este hombre! Está seguro de sí mismo, manda, impone. Se siente una en manos de un hombre de verdad. Él no demuestra ningún placer, pero casi es preferible así, porque es como follar con una máquina sin límites. Me devolvió los años de juventud que había perdido en la puñetera boda. Luego nos pusimos a hablar. Me dijo que su amigo el profesor quería hacer otra salida comunitaria, y yo le dije que Irene también.

—Parece que se han caído bien esos dos —comenté.

—Se han caído de puta madre. A ver si a tu amiguita se le quitan ya las ganas de ver tíos en bolas y nada más.

—¡Ay, no sé qué decirte, es tan rara!

—Él también, ¡anda que no es raro el profesor! Pero muy buena gente, ¿eh?

—¿Te imaginas si se enamorasen? ¡Sería divertido!

—No le veo por ninguna parte la diversión. Oye, tu amiga no será una borde, ¿verdad?

—¿Una borde? No sé qué quieres decir.

—Una de esas tías que van a hacer daño, de las que les gusta ver sufrir a los hombres.

Porque si es una de esas, soy capaz de arrearle unas hostias. Conozco a ese tipo de pavas: manías, mimos, exigencias... Les gusta jugar con los tíos, cazarlos y cuando están enganchados en la red..., si te he visto no me acuerdo. No me gusta esa tía, me da mal fario, muy consentida me parece que está. Javier es un tipo muy empanado, no se entera de nada, ni se imagina que hay gente con mala intención. Va por la vida a cara descubierta, es un panoli, joder. Si esta tía le hiciera alguna jugada, yo se lo haría pagar. Mejor para ella que no lo intente.

—¿Irene una mujer fatal? ¡Ay, hijo, no sé! A mí no me lo parece para nada, pero vete tú a saber. Nunca dice lo que piensa ni lo que siente.

∽

Estoy nerviosa, y enfadada por estarlo. No son nervios de estrés, sino de expectación. No sé por qué me altera tanto quedarme a solas con este chico. No puede haber sorpresas: se hará lo que yo diga. Quizá no estoy segura de qué quiero que pase. El otro día me desnudé ante él sin pensarlo. Debo tener cuidado, andar con pies de plomo. Mi experiencia con los hombres es muy limitada. De jovencita, nunca salí con chicos. Veía a mis amigas, las oía hablar de sus enamoramientos. No me parecía serio. Perdían los papeles, se convertían en otras personas, chicas estúpidas sin voluntad. Era incapaz de imaginarme a mí misma haciendo aquellas bobadas: poniendo los ojos en blanco, escribiendo el nombre del enamorado en todas las libretas, llorando cuando tenían alguna discusión. Yo tenía a papá, pasábamos los fines de semana juntos, íbamos al club, comíamos los domingos mano a mano. Todo era sencillo y armonioso, sin problemas ni sobresaltos. Además, mi obligación era estar con él, una obligación sagrada. Papá me había dedicado la vida entera. Nunca se volvió a casar, no salía con mujeres. Yo siempre estuve a su lado, él ocupaba todo el espacio libre en mi corazón. No necesitaba más.

Conocí a David en el club. Era amigo del hijo de un amigo de papá. Mi primer novio, y el último. Las etapas de nuestra relación fueron desarrollándose como en un programa previsto con anterioridad. Fue él quien se enamoró y yo me dejé querer cada día un poco más. Papá hubiera preferido para mí a un hombre con fortuna personal, con un negocio propio; pero su pensamiento siempre fue práctico, y enseguida comprendió que podía contratar a David en la fábrica, y así aseguraba su continuidad. Habló conmigo, me convenció de que era beneficioso para todos que me casara. Mis amigas ya estaban casadas. Aunque era un hombre moderno y pensaba que las mujeres deben ganarse la vida, también creía que el matrimonio proporciona un plus de protección. Quería seguir protegiéndome incluso después de muerto. ¡Pobre papá, si hubiera visto en qué ha acabado todo!: nuestra fábrica en la cuerda floja, David huyendo en plena crisis por la puerta de atrás, y con otra mujer. Un desastre, ¡un hundimiento en toda regla!

Papá nunca se equivocaba, pero se equivocó aconsejándome que me casara. Estábamos bien los dos solos. Si yo hubiera permanecido soltera, a lo mejor me habría dedicado a nuestra empresa con más intensidad. Si no me hubiera casado, no habría tenido que pasar por el trago de que me hayan abandonado. Sin la ruptura de mi matrimonio, no estaría ahora como estoy, pagando a tipos para que se desnuden delante de mí. Papá se equivocó y yo fui una imbécil incapaz de reafirmarme en mis deseos. Esa es la única verdad.

Solo falta una hora para que Genoveva venga a buscarme. Ya no estoy nerviosa. Ha sido bueno pensar en el pasado. Los recuerdos impiden que te engañes, devuelven cada cosa a su lugar. Vas conduciendo el coche de tu mente, te distraes y, poco a poco, te alejas del camino. Pero de repente, recuerdas y todo vuelve a la realidad, un buen golpe de volante recoloca el coche en la carretera. Ya no estoy expectante. No voy a encontrarme con un atractivo joven que me hace ilusión. Voy a pagar por estar con un hombre desnudo.

Hoy Javier se ha cortado un poco el pelo, solo un poco. Lleva un jersey azul marino que parece recién estrenado. Juraría que se ha arreglado para la ocasión. Los detalles de su rostro se me habían borrado. Compruebo que es bastante guapo, quizá mejor decir apuesto. No me quita los ojos de encima, siempre con una sonrisita de complicidad que yo no le devuelvo. No le hablo, me dirijo siempre a Iván, aunque me produce escalofríos con su aspecto de chulo barato, tan maleducado, tan vulgar.

—¿Os gusta el sitio que he escogido para cenar, chatis? Está de moda mogollón, pero es baratito, ¿eh? Lo hago para que no os gastéis mucha pasta y podamos corrernos otras juergas. No diréis que no me preocupo por vuestra economía.

—A mí no me llames «chati» —le suelto.

A Genoveva puede llamarla como quiera, si ella se lo consiente, pero no a mí. Hay un momento de silencio violento. No me arrepiento de lo que he dicho. Pongamos a cada uno donde le corresponde. Iván me mira con odio, pero sigue sonriendo.

—Te he llamado «chati» sin mala intención, que conste. Yo es que soy así, digo nombres cariñosos a la gente para que haya buen rollo, para la risa. Pero si tú no quieres, no hay más que hablar, te llamo por tu nombre y adiós muy buenas. O «señora», si te gusta más puedo llamarte «señora».

Genoveva huele el peligro de un enfrentamiento serio y empieza a parlotear. Dice tonterías, se ríe a carcajadas que no vienen a cuento. Me he puesto de muy mal humor. Con gusto me levantaría y me iría. ¿Qué hago yo aquí? ¿A santo de qué este hortera me llama «chati» y el otro desgraciado me mira como si nos conociéramos de toda la vida?

Pedimos la cena: entremeses y pasta, porque el restaurante en el que estamos es italiano. Empieza a correr el vino tinto. Javier no dice ni una palabra y ha dejado de mirarme con aquella insistencia. Supongo que se ha dado cuenta de que tengo ganas de irme, y a él debe de pasarle exactamente igual. Genoveva e Iván hablan y hablan; diciendo inconmensurables bobadas. ¡Y pensar que estoy pagando por aguantar todo esto! ¡Se acabó!; ha sido la última vez que juego a este juego. Este tipo de diversión no es para mí. Estuvo bien un rato, pero ya basta.

El tiempo pasa despacio, parece que esta maldita cena no vaya a acabar jamás. Mi humor no mejora. El arrebato de rabia profunda que me ha sacudido ha dejado secuelas que no sé cómo disipar. En cuanto acabe el postre, me levanto y digo que tengo que marcharme. Genoveva está tan achispada y tan feliz que ni se inmuta. Iván me mira con cara de burla.

—¿Te encuentras mal?

—Solo un poco cansada.

—Claro —dice, y su sonrisa burlona se convierte en una mueca feroz.

Javier se incorpora casi de un salto, abandona la mesa con determinación.

—Te acompaño —dice.

Salimos del restaurante, empezamos a caminar. No me pregunta nada, no habla, lo cual le agradezco infinitamente. Voy relajándome poco a poco; el mal humor se esfuma. Dejo de pensar en Javier como en un chico de alterne. Es un hombre que camina a mi lado, y eso me resulta agradable. Me asalta una idea impensada: creo que nunca antes había paseado en compañía de un hombre. Nunca daba paseos con David. Íbamos al club, al despacho, a casa de los amigos…, siempre en coche. Dábamos cenas en casa… No, estoy segura de que nunca paseábamos. Tampoco bailábamos juntos, porque a él no le gustaba. Extraños descubrimientos a estas alturas.

—Voy a tomar un taxi —le digo a Javier—. Lo siento, pero hoy no tengo ganas de nada. Te pagaré igual, no quiero que pierdas la noche por mi culpa.

Se para, se vuelve hacia mí. Me observa con cara de consternación.

—Me gustaría que dejaras de decir eso.

—¿Qué?

—Las alusiones a pagarme. Mira, yo no soy una especie de puto que encuentras en la calle. Soy una persona normal.

¡Una persona normal! Me asusta la estupidez que acabo de decir, me provoca vergüenza, casi dolor. Pero ¿cómo explicárselo?, ¿qué explicarle? Cobro, pero no soy un puto. No me ha encontrado en la calle pero sí mediante un contacto que se dedica a estas cosas. No soy lo que parezco, pero lo soy. Y sin embargo, debe de existir algún modo de que me entienda porque ella debe de estar en el mismo caso que yo: no es una frecuentadora de prostíbulos, pero paga por estar con un hombre. No es una mesalina, pero la excita ver hombres desnudos, probablemente porque no se atreve a más.

—No era mi intención ofenderte.

—Mira, Irene, hagamos una cosa: vamos a tomar una copa en cualquier lado y charlamos un rato.

—Con una condición: que me dejes pagarte la noche. De lo contrario, no voy.

—De acuerdo, está bien.

Condición ambigua: no sé si insiste en pagar porque de verdad no quiere perjudicarme o porque teme perder el control de la situación. Da igual.

—¿Tú sabes de algún sitio por aquí donde podamos charlar?

Quiere que charlemos para poder contarme su vida y justificarse frente a mí. Muy bien, que charle, que diga lo que quiera, es un profesor cabal y no le gusta este trabajo que está haciendo. Cuantas más excusas ponga, más ridículo lo encontraré. Quizá de esa manera lograré quitármelo de la cabeza cuando no lo tengo delante.

Vamos a un pub que él ha propuesto. Está lleno de gente. Nos sentamos a una mesa tranquila donde se puede conversar. Pedimos dos gin-tonics. Arranca él:

—¿No quieres decirme a qué te dedicas?

—Ningún inconveniente. Dirijo la fábrica que heredé de mi padre. Y tú eres profesor.

—Me echaron, eso ya te lo conté.

—¿Por qué eres amigo de Iván?

—Lo conocí cuando éramos dos críos. No volví a verlo más y luego nos reencontramos por diversas circunstancias. Me ha ayudado mucho. No te cae bien, ¿verdad?

—Es un poco pelmazo.

—Es como es, pero bajo la apariencia de chulo pasado de vueltas, hay un tipo muy majo. No ha tenido suerte en la vida. Su madre está en el psiquiátrico de una cárcel. Su padre los abandonó y después murió por sobredosis. Se crio a salto de mata.

—¡Qué barbaridad!

—Ha hecho lo que ha podido para seguir adelante.

El tono de su exclamación «¡qué barbaridad!» ha sido claramente irónico. ¿Quién es esta tía? ¿Piensa que todo el mundo hereda fábricas, no sabe que en la vida suceden cosas terribles, que hay gente muy jodida? ¿Está convencida de que me invento desgracias para entretenerla, para disimular que soy un prostituto depravado, un sátiro asqueroso? ¿Por qué le cae mal Iván, es demasiado basto para su fina piel? ¡Ahora mismo le daría dos hostias! ¡Claro que va a pagarme la noche completa, hasta el último céntimo me va a pagar!

—¿Tus padres viven?

—A lo mejor te parecerá muy gracioso, pero se mataron en un accidente de coche cuando yo era pequeño.

—¿Por qué iba a parecerme gracioso?

—Porque todo lo que te digo te parecen mentiras, cuentos chinos. No te crees que yo tenga una vida normal, y tampoco que Iván la haya tenido fuera de lo normal. ¿Qué te crees entonces? Dímelo.

—Nada. Ya no me creo nada.

—Yo tampoco me creo que seas una chica inocente que no se atreve a acostarse con un hombre.

Me he pasado, pero es que ya no aguanto más esta situación. Todo es ambiguo, todo es extraño y de nada sirve hablar. Ha bajado los ojos y está mirándose el regazo. Probablemente cuenta hasta diez antes de mandarme al infierno.

—He cambiado de opinión. Ya no me apetece irme a casa. Vamos a un hotel.

Quiero verlo desnudo ahora. Quiero que se desnude delante de mí.

—Está bien. Quien paga, manda.

¿A qué debo atenerme? ¿Va a lanzarse sobre mí como una tigresa para demostrarme lo que es capaz de hacer en la cama? Soy yo quien debería marcharse a casa ahora mismo; pero siento curiosidad y decido aguantar un poco más. Llegaré hasta el hotel, después, pase lo que pase, no volveré a ver a esta mujer. Está loca, es peligrosa, no se comporta de un modo normal.

Montamos el numerito del hotel: ella coge una habitación mientras yo la espero un poco apartado. Subimos. En cuanto cierra la puerta, me pongo a la labor de desnudarme, como un autómata. No la miro en un

324

buen rato, y cuando al fin lo hago, veo que está desnudándose también. Me da tiempo a observar su cuerpo menudo, delgado pero sin ángulos, blanco pero no lechoso, torneado y perfecto como una figura de mármol. Tomo una silla y me siento, a la misma distancia de ella que la última vez. Cruzo las piernas para cubrirme el sexo porque, al verla, me he excitado. Ella se sienta en la cama, delante de mí. Nos miramos sin hablar, pero todo es tan absurdo que me resulta imposible seguir callado.

—¿Y ahora? —le pregunto.

—Podemos hablar.

—Antes hemos hablado y la conversación ha estado a punto de acabar mal.

—Ahora no.

—Ahora no. ¿Estás segura?

El modo en que ha dicho «ahora no» ha sido bastante sensual, casi mimoso. La voz se le ha deshecho en la boca. Noto que el deseo empieza a elevarse en la habitación, como una bruma densa. Me levanto y voy hacia ella. Le toco un hombro, le toco un pecho. Me inclino para besarla. La beso. Tiene fuego en los labios, llameantes como hogueras. Me devuelve el beso con pasión. El deseo no la deja respirar, resuella. La tomo de los brazos delicadamente, tiro de ella para tenderla sobre la cama, pero de repente, se suelta de mí.

—No puedo, disculpa.

Le cojo de nuevo los brazos, le sonrío, le digo sofocadamente:

—Vamos, ven. No pasa nada, cariño.

Da un respingo, como si le hubiera picado un escorpión. Se aparta con una brusquedad que me asusta.

—¡Yo no soy tu cariño!

Intento reconducir la seducción, le acaricio la cara con el dorso de las manos. Se separa de mí a una distancia considerable, y yo me quedo quieto, con la polla empalmada como un imbécil.

—Lo siento, hoy no estoy preparada psicológicamente. Vete, por favor.

Me pongo la ropa deprisa, con rabia. Aunque, calma, lo sabía, sabía que algo así podía suceder, de modo que silencio. Silencio y adiós.

—Adiós, Irene.

—Ya te llamaré otro día.

—No me llames porque no acudiré.

—El próximo día quizá ya esté preparada psicológicamente.

—Díselo a Genoveva, ella te buscará a otro acompañante. Seguro que no le costará demasiado trabajo.

El pasillo enmoquetado me produce sensación de libertad, que se incrementa al alcanzar la calle. Soy libre. Mi carrera de prostituto es demasiado incipiente como para poder encarar estas situaciones con deportividad. Si me hubiera encontrado con esta loca más adelante, quizá habría reaccionado con mayor indiferencia, pero no hoy. Me siento humillado, estoy nervioso. Nunca nadie me había tratado así. ¿Qué esperaba, sin embargo, una dulce ama de casa que me susurrara palabras de amor? Iván no hubiera dado opción a que todo esto sucediera. ¡Ojalá encontrara un puesto de profesor mañana mismo! Camino hasta mi apartamento. Estoy cansado, tengo sueño. Tengo esperanzas de que el sueño me venza enseguida cuando me acueste, no lucharé contra él.

⁓

¡Cariño, llamarme cariño a mí! Pero ¿qué demonio se ha creído este tipo? Pienso detenidamente si ha existido algún detalle en mi actitud que lo impulsara a llamarme «cariño» y no, no encuentro nada. Todo estaba muy claro por mi parte: le dije que iba a pagarle la noche completa y no se me ocurrió hacerle ninguna promesa. Más preocupada estoy por mi reacción final: ¿por qué le aseguré que volvería a llamarlo?, ¿cómo se me pasó por la cabeza insinuar que la próxima vez me acostaría con él? ¡Y encima le pedí disculpas! ¿Desde cuándo se le piden disculpas a alguien que trabaja para ti? ¿Lo he hecho alguna vez con el personal de la fábrica? Debo de estar volviéndome loca.

Al día siguiente del desgraciado encuentro con Javier, regresé a la consulta del psiquiatra, al que había abandonado durante los últimos meses. Le conté que estaba de pésimo humor, que de nuevo me costaba dormir tras un periodo de mejoría. Naturalmente, no solté ni una sola palabra sobre el desencuentro con el profesor, ni sobre el alquiler de chicos acompañantes, ni sobre mi vida privada.

El pobre psiquiatra ya está acostumbrado a mi silencio. Me mira consternado, como diciendo: «Si no piensas abrir la boca sobre lo principal, ¿por qué demonio recurres a mí?». Obviamente no me lo pregunta de viva voz por más que lo piense, ya que pago sus visitas a un precio astronómico. En su descargo debo decir que lo intenta todo para que yo le abra mis interioridades, y como no obtiene resultados positivos, se limita a darme consejos generales. Ese día, después del malentendido con Javier, me hizo una sugerencia básica e inespecífica:

—No se maltrate todo el tiempo, Irene. Permítase alguna alegría, permítasela.

Lo que sucede con ese tipo de recomendaciones hechas a ciegas es que uno las aplica y las conforma según su realidad, lo mismo que los avisos del horóscopo que publican los periódicos.

En cualquier caso, he decidido que para concederme una alegría, voy a llamar a Javier. Lo llamaré porque me apetece verlo de nuevo y cuando lo vea, probablemente me alegraré, a pesar de su torpeza. Quizá la sugerencia del psiquiatra, hecha tan a bulto, no sea tan desacertada después de todo.

✧

Me ha llamado directamente por primera vez, sin mediar Genoveva. Le he dicho que no, que no quiero concertar ninguna cita con ella. Ese tipo de relaciones acaba haciendo daño. El hecho de que alguien te pague no significa que puedas exponerte a que lluevan sobre ti todo tipo de chaparrones y tormentas. No soy insensible. No soy una piedra. Se lo he dicho de modo educado, pero tajante: «Lo lamento, pero no. Quizá más adelante». La curiosidad que aún siento hacia ella se evapora poco a poco. Es una mujer profundamente perturbada por alguna razón que no alcanzo a comprender. Con eso me basta, no quiero saber nada más.

Hablé con Iván, sin contarle nada de la intempestiva reacción de Irene. Le pregunté si no tenía ningún trabajo para mí.

—¡Justamente! —me contestó—. Hay una guiri que quiere salida de cena y hotel para el viernes. Por desgracia, yo tengo otro compromiso. No te lo había dicho por si no te apetecía.

—¿Hay alguna razón por la que pudiera no apetecerme?

—La tía es un poco vejestorio.

—¿De qué edad?

—Dejó atrás los sesenta, pero paga muy bien. Pensaba pedirle que quedáramos otro día, pero si vas tú, mejor.

—No hay problema.

—¿Seguro?

—Seguro.

Resultó ser una francesa encantadora que hablaba bastante bien español. Tenía una apariencia impecable: elegante y distinguida. Además era educada y alegre. Me gustó, y yo le gusté a ella. En la cena nos reímos mucho, y en la cama hubo pasión. A aquella mujer todavía atractiva le hice sentir placer. Todo fue muy sencillo y natural; no me vi rechazado como si fuera un monstruo. Me agradeció la velada antes de marcharse. Me dio dos besos cariñosos en las mejillas. Me dijo que se acordaría siempre de mí.

Luego llegó el momento de pagarme. Me resultó violento coger el dinero directamente de su mano porque nunca lo había hecho así. Me pidió con amabilidad que contara los billetes por si había cometido algún error, a lo que, como es natural, me negué.

Después de aquella noche me sentí mejor; incluso más conforme con mi trabajo de chico de alterne. No todas las mujeres desprecian a quien compran, concluí.

El Mariano en persona se ha currado todas las coreografías. Y ha hecho una inversión, el tío, porque aparte de los decorados, están los trajes nuevos que llevamos todos, un pastón del carajo. Nos paga los ensayos aparte porque duran la tira y, encima, hace publicidad para que la gente se entere de que cambiamos el show.

Yo, personalmente, prefería vestirme de El Zorro que de romano. A El Zorro ya le tenía cogido el punto de héroe, aunque igual me da, porque cuando todos nos quedamos en pelotas, vamos vestidos de lo mismo: de hombre integral. El que está feliz como una perdiz es Javier. Yo también me alegro de que lo hayan puesto conmigo en el mismo número, los dos solos mano a mano. Él está muy contento, no tanto porque lo hayan subido de categoría, de un número en grupo a otro de dos protas, sino porque puede quitarse la batita del colegio, que siempre lo había puesto de los nervios. Ahora, de romano, se siente más importante. Aunque, si hay que decir la verdad, con esas patas tan largas que tiene y tan chupado, parece más un romano de una procesión de Semana Santa de un pueblo. Pero bueno, cada uno va como va y con la pinta que Dios le dio.

El número está bien, un pelín complicado. Salimos los dos de gladiadores y luchamos un rato. Yo, con una espada. Él, con una lanza. La complicación viene de que tenemos que ir quitándonos la ropa el uno al otro con la punta de las armas. Es jodido, porque si no aciertas en el sitio exacto del cierre automático, la ropa no cae. Al final, yo gano, apalanco al profesor contra el suelo y le pongo la espada en la garganta como si fuera a liquidarlo. Pero, de repente, aparece el Mariano disfrazado de emperador y coloca el dedo gordo para arriba, que quiere decir que le salva la vida. Para celebrarlo, todos en pelota picada y tan contentos. Me parece que este show va a tener un mogollón de éxito. Por ensayos no quedará, que hemos sudado la gota gorda.

Esta noche es la inauguración, y vienen Irene y Genoveva a vernos. Por lo visto, no tengo que decírselo al profesor porque es una sorpresa. Genoveva me ha contado que ya hace días que Irene y él llevan un rollo raro. Ella lo llama para salir y él la manda a la mierda. Me gustaría saber qué coño ha pasado. También Javier tiene cojones de no haberme informado de nada. ¡Es lo menos que podía hacer! Se lo echaré en cara, a ver si espabila. Si la cosa va de que la tía quiere amores, no le costaba nada largármelo. Si va de otra cosa más chunga, que no sé qué puede ser, pues a lo mejor le vendría bien un consejo mío. Pero no, el tío callado como un putas. Pues bueno, esta noche se va a encontrar el fregado cuando tengamos que salir a cenar y a lo que caiga después. Yo tampoco he dicho ni mu. Me hago el tonto. Si él no cuenta, no tengo por qué saber. Me imagino la estampa: «Queríamos darte una sorpresa el día de la inauguración del nuevo show». No creo que se cabree delante de ellas, es demasiado bien educado. Aguantará el tipo, capeará el temporal y a lo mejor así me entero de qué cojones va la cosa. Porque aquí pasa uno de organizador general a ser el último mono, que tiene huevos la historia.

¡El nuevo show ha triunfado! Acaba de terminar y la gente ha aplaudido que te cagas. El profe y yo hemos estado sembrados, luchando como dos fieras sanguinarias. Yo diría que somos a quienes más ha aplaudido la peña. No nos hemos equivocado en nada, todo ha salido de coña. Los demás números también han salido cojonudos. Y es que somos unos profesionales, joder. Al Mariano se le veía contento, tan contento que al final nos ha dicho: «Muy bien, chicos, os lo habéis currado», y cuando nos llama «chicos» es que está feliz como una puta piraña en un río lleno de domingueros. Nos ha soltado cien euros a cada uno, por la cara, en plan propina. «Para que os toméis un copa a mi salud.» ¡Faltaría más si me la voy a tomar, para que la salud le dure cien años, uno por cada euro de regalo! La verdad es que es una putada haber quedado esta noche con Genoveva, porque esta noche puede haber cualquier tía vip entre el público y, como voy como una moto, seguro que me la hubiera ligado a la primera de cambio. Pero calma, que hay más días que longanizas, y con este traje de romano que nos han dado, que me marca el paquete y me deja los pectorales al aire, me van a salir más planes que al George Clooney. Yo creo que, de esta, me cambio el coche, que ya toca.

Lo malo viene ahora, que voy a tener que decirle al estirado del profe que hemos quedado con las titis. Bueno, pues que se joda; al fin y al cabo, si se está comiendo alguna rosca en esta vida es gracias a mí. Si yo no le hubiera echado una mano, allí estaría en su casa cutre aguantándose la depresión de ser un parado, viviendo con aquella plasta de la Sandrita y bajando la basura a la calle todas las noches.

—Javier, tío, no había tenido tiempo de decírtelo con tanto ensayo y con tantos nervios por la inauguración, pero es que no me ha quedado más remedio que darles cita esta noche a Genoveva y a la otra. Insistieron, tío, insistieron a morir. Se enteraron de que se hacía el estreno del nuevo show y ya ves, están esperándonos fuera sentadas a una mesa.

¡Jo, vaya mirada! No sé si lucharía en el escenario con él después de una mirada así. Igual el tío me clava la lanza aunque no tenga punta. Pero lo peor es que me ha contestado: «Deberías habérmelo dicho». Ni una palabra más. Es lo jodido que tiene el profesor, que es especial. Si fuera como todo el mundo, pues se habría puesto como las cabras, berreando y tal. Entonces tú le respondes con la misma moneda y berreas también, de manera que al final todo queda en tablas. Pero no, el tío te mira como si quisiera matarte y punto; así que te deja con un mal cuerpo de cojones y ya no sabes qué decir ni qué hacer.

—Supongo que no me dejarás con el culo al aire.

—No. Si ya has quedado, iré contigo.

—De todas maneras, tronco, creo que me he perdido algo. ¿Se puede saber por qué hay mal rollo con esa tía? ¡Al principio te gustaba! ¿Ha pasado algo, habéis tenido alguna historia chunga?

—Déjalo, Iván.

—Yo lo dejo, pero si somos amigos tampoco tiene sentido que no me cuentes las cosas; sobre todo, si esas cosas pasan con unas tías con las que hemos salido los dos juntos desde el primer momento.

—Te he dicho que lo dejes, Iván. Voy con vosotros y basta. Eso es lo que quieres, ¿no?

—Vale, *brother*, quieto parado. No he dicho nada.

¡Joder con el profe, también tiene su mala hostia, joder! Mejor dejar la historia como está, no vale la pena cabrearse.

De todas maneras, creí que mi amigo del alma podía darme la noche y no, estuvo bien. No puso mala cara cuando llegamos a su mesa. Supongo que también fue gracias a que Irene no iba vestida como de costumbre, de secretaria en su día libre. No, se había puesto supersexi, con un minivestido negro escotado, medias negras caladas enseñando muslo, los ojos ribeteados de negro y carmín rojo en los labios. No me había fijado nunca en que estaba tan buena. Casi me dio pena no haberle dicho al profe que ya me encargaba yo de las dos.

Y nos fuimos de cena. El profe, bien, como siempre: educado, galante…, no como para tirar cohetes porque estuvo bastante serio, pero sin malos rollos. Y las otras, sobre todo Genoveva, todo el rato hablando de la actuación: que si habéis estado geniales, que si vaya número tan original, que si los trajes de romano, que si por allí que si por allá.

La cena, abundante y con la bebida controlada, por si acaso saltaba alguna chispa. Al salir del restaurante, cuando llegó el momento de pirarse cada uno por su lado, pensé: ahora es cuando el profe se despide y nos deja a los tres solos para que cada uno se las componga como pueda. Pero no, de eso nada; yo me fui con mi Geno y Javier se quedó en la calle con la tía, charlando como si tal cosa.

No soy nada chismoso. Normalmente me la suda lo que les pase a los demás y ni siquiera miro las revistas de cotilleo: que si uno se ha casado, que si el otro acaba de divorciarse. Me la sopla, y hasta me da vergüenza de los tipos que de todo quieren enterarse y andan metiendo la nariz en el sobaco del otro. Pero esto es diferente; daría algo por saber qué ha pasado entre Irene y Javier, qué está pasando en este momento. Le pregunté enseguida a Genoveva y me contestó que Irene tampoco había soltado prenda. Algo muy gordo ha pasado, está pasando o pasará; aunque también pueden ser chorradas de niños pijos.

⁓

—¿Vamos a un hotel? —pregunta Irene.

—No, Irene, hoy no. Ya somos como viejos amigos, así que te invito a una copa en mi casa. Si eso no te apetece, mejor nos despedimos ahora.

—¿No te gustan los hoteles?

—Hay muchas cosas que no me gustan, entre ellas los hoteles. ¿Vienes conmigo?

—Está bien; pero algo tiene que quedar muy claro: aunque estemos en tu casa, te pagaré.

—No hay problema. Tú quieres pagar y yo quiero cobrar. Todo en orden.

Tomamos un taxi. No está nerviosa, yo tampoco. Va muy arreglada hoy, se ha maquillado y se ha puesto un vestido sexi. ¿Para qué? Desde que Iván me ha anunciado este encuentro sorpresa he ido tomando la decisión de hacer lo que me dispongo a hacer. En primer lugar, venir a mi casa. Ya estoy harto de subir a la habitación que esta niña paga con la única finalidad de ver cómo me quito los calzoncillos. Me los quitaré aquí, exactamente como lo hago cada noche antes de meterme en la cama. Basta de liturgias baratas. Antes, le ofreceré una copa y, mientras la preparo, podrá ver las estanterías del salón, llenas de libros. Verá también que mi apartamento está limpio y ordenado. Quizá así se dé cuenta de que no soy un chico de arrabal, un puto de tres al cuarto.

Al entrar en mi casa, tal y como imaginaba, lo primero que le llama la atención son los libros. Se aproxima a ellos, los va observando de cerca, mucho rato. La dejo así y voy a la cocina. Preparo las bebidas. Me doy cuenta de que estoy cansado. Me duelen los brazos. Han sido muchos días de ejercicio intenso para que el número de los gladiadores saliera correcto. Aparezco en el salón con un vaso en cada mano y ¡oh encantamiento!, ella sigue absorta en la contemplación de los libros, con la única diferencia de que ahora está desnuda. Su vestido negro y su ropa interior yacen sobre el sofá. No hago el menor comentario. Dejo las bebidas en la mesa y empiezo a quitarme la ropa. Me quedo apoyado en la pared, mirándola. Es una sensación extraña observar cómo se mueve lentamente, ajena a mí, cómo toma un libro en la mano y, tras hojearlo, vuelve a dejarlo en su lugar, al mismo tiempo que puedo ver su espalda recta, su culo firme, las curvas suaves de sus caderas. Se vuelve por fin.

—Te gusta mucho leer.

—¿A ti no?

—No he leído muchos libros en mi vida. Siempre tenía trabajo en la empresa. Pensaba que podría leer cuando fuera vieja.

—Irene —le digo—. Voy a ir hasta donde estás. Ya no aguanto más esta situación. Si no quieres que lo haga, vístete y vete, por favor.

—No quiero irme.

Hace lo que ha anunciado: viene hacia mí. Junta su cuerpo al mío y noto su sexo pegado a mi vientre. Me besa los labios. Me besa el cuerpo entero, arrodillado ante mí. Luego me arrastra al sofá. Empiezo a desearlo, como si algo me mordiera por dentro. Es una sensación avasalladora, que me hace temblar, que me asusta, que me marea, que me anula. Pierdo de vista la habitación, la realidad, la identidad. No sé quién soy ni quién es él. No me importa. Luego el calor, ese calor que deshace las vísceras. Ya no hay él ni yo, es todo uno, quemándose. Regreso a la protección del claustro materno, donde nada existe aún.

—Irene —le susurro al oído.

No contesta, no respira. La miro.

Cuando la he penetrado ha emitido un suspiro, un gruñido, un gañido. No sé qué tipo de ruido era, pero era algo animal y al mismo tiempo espiritual, casi místico. Estamos el uno sobre el otro, aplanados en el sofá, exánimes. Tiene los ojos cerrados, está congestionada, todavía jadea un poco. Mirarla me parece un espectáculo maravilloso. ¿Qué ha hecho esta mujer en su vida? ¿Soy su primer hombre? ¿Es este su mejor polvo? Le beso el pelo tiernamente. Me conmueve, es como una niña que acabara de dormirse. No hace el menor movimiento, está aún dentro de sí misma, en su atmósfera, balanceándose en el aire o flotando en el mar.

Nuestra postura es forzada y cuando me incorporo un poco, ambos rodamos sobre la alfombra. Me echo a reír. Tengo ganas de reírme: estoy eufórico, estoy lleno de vida, estoy bien hasta el tuétano, drogado por sus sensaciones, por las mías. Ella abre los ojos, como si se despertara bruscamente, como si regresara desde lejos.

—¿Te encuentras bien? —le pregunto.

—Sí.

Pero no es verdad, no estoy bien. Me hubiera quedado más tiempo subida a la nube, sin pisar la tierra, sin existir. Nunca en toda mi vida había experimentado sensaciones tan agónicas. Por primera vez desde que tengo conciencia he podido escapar de mí misma, del pasado y del futuro. Ahora solo siento frío. No sé qué hora es. Tengo que marcharme.

—Ha sido salvaje, ¿no? —dice Javier.

Y no sé qué debo contestar. Vuelvo a estar en mi piel, vuelvo a ser yo aunque no del todo. Aún necesito acabar de recomponerme, tomar de nuevo las riendas, recuperar el control.

—Sí, ha sido estupendo. Además no me has llamado cariño, lo cual es de agradecer.

Una respuesta heladora. Extraño sentido del humor. Se viste deprisa. Busca la cartera, deja el dinero estipulado sobre la mesa. Me pregunta dónde está el lavabo. Mientras regresa, intento comprender su reacción. Está avergonzada, sobrepasada por haberse dejado llevar más allá de sus límites. Es una empresaria, una ejecutiva, una mujer seca que solo quería ver hombres desnudos para demostrar su poder, su control. Su modo de actuar después de un polvo tan potente me parece normal. No consigue ofenderme. Llama a un taxi desde su teléfono. Me da la mano para despedirse. Yo sigo desnudo. Vuelvo a reírme. Ella dibuja una pequeña sonrisa.

—Volveremos a vernos pronto, espero —le digo, y le atrapo una mano en el aire.

—Ya te llamará Genoveva.

¡Genoveva! ¿Qué pinta Genoveva aquí? Es igual, tiene derecho a continuar un tiempo con la ficción; pero si todo lo sucedido esta noche ha sido real, que lo ha sido, volverá pronto. Y yo me alegraré porque, ahora sí, y de manera muy clara, quiero volver a verla, y volver a follar como lo hemos hecho hoy.

～

He ido pronto a la fábrica esta mañana; aunque en realidad no sé para qué. En cuanto llego allí no hago más que escuchar lamentos y recibir malas noticias. Si no fuera por papá, por el recuerdo de papá, ya la habría vendido. Pero hoy al despertar me sentía emprendedora, con ganas de hacer cosas, de actuar. Quizá para dejar de pensar en la noche anterior. En cuanto he abierto los ojos, las sensaciones de ayer me han visitado de nuevo. He empezado a sentir pinchazos en los ovarios, escalofríos en todo el cuerpo, flojera en las piernas. Nunca había pasado por algo tan intenso, tan brutal. Estoy hecha un lío. Tengo cuarenta años. ¿Cómo he vivido hasta ahora? Soy una cuarentona que acaba de perder la virginidad. Sería divertido si no fuera tan patético. Por fortuna he perdido la virginidad con un prostituto. Podría haber sido mucho peor: con un viejo amigo reencontrado, con un divorciado que te acaban de presentar con la esperanza de que rehagas tu vida sentimental, tal y como Genoveva había planeado. No, al menos me las he apañado yo sola, he comprado lo que quería, no me he dejado llevar por una supuesta historia amorosa. Solo me perturba la sorpresa, el no haber intuido que el deseo podía ser tan intenso y su realización tan bestial.

Todavía en la cama, recién recuperada la consciencia después del sueño, he notado todos esos alfilerazos de placer que, mágicamente, mi cuerpo aún mantenía vivos. No he luchado por disiparlos; al contrario, me he dejado

339

llevar por ellos. Es posible que, durante toda mi vida, haya sido una mujer fría en el sexo. Sin embargo, es obvio que no soy frígida. Muchas veces lo pensé, sin que me importara demasiado. Tenía todo lo que la gente considera las claves de la felicidad: dinero, un marido, un trabajo importante, un prestigio social..., y sin embargo, ahora descubro que me faltaba aquello de lo que cualquiera puede disfrutar: el placer.

En un impulso, he cogido el teléfono que hay en mi mesilla de noche para llamar a Javier. Gracias al cielo, aún me queda un gramo de entendimiento y he abortado la iniciativa. No puedo permitirme ni siquiera una mínima ilusión. Javier es un chico de alterne, eso no debo olvidarlo. Cobra por sus servicios sexuales. Lo que para mí ha sido un encuentro profundo es la rutina diaria para él. Cada noche se acuesta con mujeres diferentes, a las que ni siquiera conoce. No se puede pensar en él como en un hombre normal. No lo es.

Hay algo más importante para mí que cualquier otra cosa en el mundo: mantener el control de mí misma. Estoy sola. Papá ya no vive conmigo. Debajo de mis pies está el vacío. No puedo permitirme poner un pie fuera de la fina cuerda por la que camino o caeré y caeré sin llegar nunca a estrellarme contra nada firme. Solo caer.

No voy a llamar a Javier por el momento. Las sensaciones que él me provocó y que aún están en mi cuerpo son solo mías ahora. Creo que podré vivir de ellas un tiempo más, convocarlas en vez de rehuirlas, mantenerlas bajo mi control.

Al despertar esta mañana he estado a punto de llamarla. Hubiera sido lo normal después del tórrido polvo de anoche. Ya se sabe que estas cosas suelen comentarse con cierta complicidad; es como celebrar el partido que le hemos sacado a un trozo de vida, entre los dos. De cualquier modo, enseguida he desechado la idea. Es verdad que se entregó en cuerpo y alma, pero se recompuso rápidamente. Aún me acuerdo de la frase lapidaria, felicitándose por que no la hubiera llamado «cariño», y de la despedida: «Ya te llamará Genoveva». Que hayamos tocado el cielo follando no significa que haya caído ninguna barrera social: ella sigue siendo una señora y yo un puto. Esa es la base de su reacción, independientemente de la vergüenza que pudiera sentir por haberse dejado llevar. Luego he pensado que tampoco podía llamarla por la simple razón de que no tengo su número de teléfono. Le pediré a Iván que lo consiga y la llamaré. Así a lo mejor evito que esa mujer haga una vez más de intermediaria entre nosotros dos. Creo que ya no procede que ni ella ni Iván gestionen nuestros encuentros; aunque quizá me equivoque.

Iván me llama para invitarme a tomar una cerveza. Pienso que quiere cotillear y, en efecto, al cabo de un minuto de estar juntos me pregunta qué tal me fue con Irene ayer. Como estoy harto de jugar al gato y al ratón con él alrededor de este tema, le contesto que me fue cojonudo y que necesito su teléfono para llamarla. Se queda sorprendido. No tiene su teléfono, se lo preguntará a Genoveva. Una pausa y dice:

—Pero no te habrás colgado de ella, ¿verdad?

—¡No, hombre, no!

—Mejor así.

Mejor así, macho, porque si a la primera tía con la que repites polvo ya le juras amor eterno, vas muy mal; la cagarás seguro. Yo creo que, en el fondo, el profesor aún no se ha enterado de qué va esta puta película. Hacer de chico de alterne es solo una oportunidad para llevar una vida distinta de la que tienen los curritos. Si haces una encuesta entre todos los chavales que actuamos en el show, a ver cuántos te salen que tengan novia o mujer fija. Ni uno, tío, que el show no es una oficina o la sucursal de un banco. Tampoco nosotros somos gente de a pie. No se puede llevar la vida que lleva todo el mundo si los fines de semana mueves el culo desnudo en un club. Ya lo vio él mismo con su Sandrita de los cojones, que le faltó tiempo para ponerlo de patas en la calle. Dedicándote a esto, no puedes tener pareja porque, al final, saltan chispas por todos lados. Y no te digo nada si, además de estríper, eres chico de compañía y te vas a follar con tías durante la semana. Pero se supone que eso es lo bueno, ¿no?, no estar pringado como un puto currante todos los días con la parienta, la suegra, los críos y el perro. No, nosotros somos libres y podemos hacer lo que nos pase por las pelotas, preocuparnos por nosotros mismos y por nadie más. Pero si el profe no entiende eso y lo único que quiere es volver a tener lo que tenía cuando estaba con Sandra, vamos mal.

Iván se olvidó de pedirle a Genoveva el teléfono de Irene. Tuve que recordárselo al día siguiente. No me llamó con el número hasta las ocho de la noche. Yo estaba leyendo en casa. Me pareció que me hablaba de manera un poco impertinente. Es obvio que no le apetece que yo tenga acceso directo a esa chica. Quizá es solo ese miedo suyo a que «me cuelgue» de alguien, o quizá es que le gusta controlar las situaciones.

Por fin pude llamarla. Contestó enseguida. «Soy Javier.» Un instante de silencio y luego un desganado: «Ah, hola, ¿qué tal?».

—¿Sabías que iba a llamarte?

—Me lo imaginaba. Genoveva me pidió permiso para darte mi número.

—Y tú le diste permiso.

—Es evidente.

—¿Querías que te llamara?

—Oye, Javier, no puedo charlar ahora porque estoy muy ocupada.

—Perdona, no sabía que todavía estabas trabajando.

Me estoy equivocando. Por ese camino voy mal. Si quiero verla tengo que cambiar rápidamente de estrategia.

—El trabajo es lo primero, querido Javier.

—Para mí también. Por eso pensaba que podíamos encontrarnos esta noche o mañana.

—¿Necesitas dinero?

—Sí.

—Esta noche, imposible. Mañana…, déjame pensarlo… Veré cómo tengo la agenda. Te llamaré.

Perfecto. Siempre que yo no abandone mi papel oficial de chico de compañía, todo estará correcto para ella.

El teléfono sonó a las diez de la mañana. ¡La agenda!, una mentira de lo más convencional.

—Quedemos a las nueve de la noche en el Saisons, un restaurante francés. Y si no te importa, mejor vamos a tu casa después. Bien pensado, los hoteles son un incordio, tengo que visitarlos tanto por trabajo que he llegado a aborrecerlos.

¡Harta de hoteles! La agenda a tope, los viajes de trabajo…, ¿no será más cierto que le apetecía verme cuanto antes mejor? Ha estado pensando todo el tiempo en aquel magnífico polvo. Estoy seguro de que hoy contará las horas hasta que llegue la noche. Puede que sea una mujer rara, puede incluso que esté desequilibrada; pero loca o cuerda, un polvo como el del otro día no es fácil encontrárselo así como así. Ninguno de los dos somos niños ya, ambos sabemos que entre nosotros sin duda existe una química especial.

¡La agenda, un pretexto infantil! Viene a la cita arreglada, elegante, se ha emperifollado para estar conmigo. Tiene clase, ¡qué duda cabe!, lleva un pañuelo de seda en el cuello, levísimo, y unos pendientes pequeños que brillan mucho. El restaurante tampoco lo ha escogido al azar: mesas con mucho espacio entre unas y otras, manteles blancos, velas…, nunca había estado en uno así. Le comento:

—Es un restaurante muy íntimo.

No está dispuesta a reconocer que ha hecho una cuidadosa elección, me dice en tono cortante:

—No sé si es íntimo o no. Simplemente me dijeron que se come bien. Además, tiene la ventaja de que no me conocen.

—Claro —digo—. No quieres que te vean conmigo.

—Nadie sabe a qué te dedicas; pero si no te importa, el próximo día te vistes de una manera más formal.

—¿Con americana? No tengo ninguna.

—Cómpratela, es más correcto que una camiseta y un jersey.

Todos esos comentarios impertinentes van dirigidos a ponerme en mi lugar, a mantenerme en él. Podría ofenderme, pero si saco hasta las últimas conclusiones de

344

lo que ha dicho, deduzco que vamos a vernos más veces y que desea que nuestra presencia sea armónica para los demás, como si fuéramos una pareja consolidada.

Pedimos la comida y ella hace traer un vino. Es excepcional, el mejor que he probado en mi vida: suave y gustoso. Mi primera inclinación sería brindar, pero me contengo, temiendo que me suelte que ella no brinda con vasallos o algo peor.

Empezamos a cenar. No encontramos temas de conversación. Evita mirarme a la cara. Yo intento no quitarle la vista de encima en ningún momento. ¡Qué difícil es esta mujer!, quizá lo mejor con ella sería empezar por la cama.

Cuando llega el segundo plato casi hemos vaciado la botella de vino. Estoy animado, pero sigo sin saber qué decir. De pronto ella, que corta impasible su filete, va y me pide:

—Cuéntame de cuando eras profesor.

Confusión máxima por mi parte.

—De modo que ya te crees que soy profesor.

—Tienes muchos libros en tu casa.

—¿Qué quieres que te cuente?

—No sé, quiénes eran tus alumnos, qué pasaba en las clases.

—Daba clases en un colegio de monjas, pero no era profesor titular, solo de refuerzo. Algunos padres querían que sus hijas se acostumbraran a leer buenos libros, que pudieran hablar de literatura en una conversación, que fueran más cultas. Bueno, era un colegio de niñas ricas, de hijas de papá.

—Yo también soy hija de papá.

Me echo a reír, la observo con simpatía.

—Entonces ya sabes a qué me refiero.

—No, a mi padre no le importaba que hablara de libros. Solo quería que acabara la carrera de Económicas para poder dirigir algún día la empresa familiar.

—A las chicas a quienes les daba clase tampoco les importaba la literatura, pero todo cambiaba cuando aprendían cómo se lee. Al principio tutelaba sus lecturas, hasta que comprendían que las novelas y los versos hablaban sobre la vida, sobre el amor, sobre las relaciones humanas, sobre cosas con las que ellas estaban en contacto. Les enseñaba que todas aquellas historias, siendo ficción, no hacían sino explicar la realidad.

—Suena divertido.

—Lo pasábamos bien; pero los tiempos cambiaron y llegó el momento en que ser más o menos culto parecía dar igual. Lo importante era estudiar para encontrar un trabajo de élite.

—Y entonces te despidieron.

—Sí.

—¿Me recomendarás algún libro para que pueda leerlo?

No doy crédito a lo que oigo. Casi eufórico, le respondo:

—¡Por supuesto que sí!

Sigo hablando en un tono completamente distinto, expansivo, animado:

—¿Sabes que le presté un libro a Iván? *Crimen y castigo*. ¡Y empezó a leerlo!, que llegue al final ya es algo más dudoso. Me temo que Dostoyevski no le ha robado el corazón.

Se ríe, ¡se ríe! ¿Qué es esto, una metamorfosis, una simple tregua? Tiene una risa bonita, los dientes blancos, alineados regularmente, los ojos se le entrecierran con

346

picardía. ¿Por qué nunca se ríe si está tan guapa cuando lo hace?

—Estás muy guapa cuando te ríes.

Como si la hubiera salpicado con agua helada, su rostro se ensombrece. Debo tener cuidado, no basta con evitar llamarle «cariño», cualquier alusión que implique una mínima intimidad la hará ponerse en guardia, retroceder. A la salida del restaurante le pregunto muy serio:

—¿Vamos a mi casa?

Asiente. Un taxi nos deja en la puerta. Durante el trayecto no hemos hablado. De buena gana la hubiera besado, le hubiera cogido la mano. Estoy excitado, mi cuerpo ha empezado a exudar deseo, pero no me atrevo ni a rozarla.

Al llegar, algún vecino se ha dejado el ascensor abierto y tenemos que subir a pie. Yo voy delante y ella se rezaga un buen trecho. Temo volver la vista y comprobar que ha desaparecido. Estamos un poco jadeantes al alcanzar el quinto piso. Meto la llave en la cerradura y me quedo quieto. La miro con complicidad, le sonrío, pero ella vuelve la vista hacia otra parte. Nada más entrar en el piso se lanza sobre mí como en una agresión callejera. Está sedienta, hambrienta, fuera de sí. Me tironea de la ropa, me empuja contra la pared. Sus movimientos son tan bruscos que me desconciertan. Intento que se calme un poco, le siseo al oído, la acaricio. Imposible, empieza a desnudarse de modo salvaje, tirando la ropa a su alrededor.

—¡Desnúdate! —me ordena.

—¿Vamos al dormitorio? —le propongo en voz baja.

Creo verla negar en la penumbra del recibidor. La cojo en brazos, la elevo un poco y chocamos contra la

347

pared. La penetro con fuerza. Me corro enseguida. Ella gime suavemente, como herida.

La situación se convierte inmediatamente en algo extraño: la ropa tirada por el suelo, la luz apagada... Hace frío. Irene intenta ir al baño pero no sabe dónde están los interruptores. Pide con voz crispada: «Enciende la luz».

Entro en el salón y, mientras la espero, me sirvo un dedo de whisky. La veo pasar hacia el recibidor como una sombra. Me asomo para saber qué hace. Está recogiendo su ropa, los zapatos, el bolso. Empieza a vestirse.

—¿Te vas ya?

—Es tarde.

—No es tan tarde. Tómate una copa y te buscaré un libro para que lo leas. ¿Te acuerdas?, me lo pediste.

—Bueno —acepta como de mala gana.

—Sírvete tú misma. Ahora vuelvo.

Voy al dormitorio y arranco la colcha de la cama. Me la echo por encima. No tengo bata ni albornoz. Se sorprende al verme envuelto de esa manera, como una víctima tras un terremoto. Voy hacia las estanterías, saco *La Celestina* de entre las hileras de libros y me siento en el sofá.

—La mayor parte de mis jóvenes alumnas nunca llegaban a comprender esta obra.

—¿Por qué?

—Porque aún no habían experimentado nunca la pasión, y la esencia de este libro es la pasión sexual. Escucha.

Le leo el primer encuentro entre Calisto y Melibea. Los une la casualidad y Calisto queda prendado de su belleza. Intenta inmediatamente un acercamiento amoroso, pero ella lo rechaza con todas las frases que se esperan de una mujer decente. Un segundo después, sin aviso previo, lo encela directamente: «Mucho más tendrás si perseveras».

—Curioso, ¿verdad? Dice lo que debe decir pero no quiere arriesgarse lo más mínimo a perderlo. Una técnica de seducción directa y brutal que no admite medias tintas ni interpretaciones.

Está escuchándome con enorme atención, pendiente de mis palabras. Sigo hablando sobre *La Celestina*, incluso recuerdo cosas que les decía a mis alumnas: la pasión elevada de los amantes, cercana al amor romántico pero siempre circunscrita al sexo. De repente, se estremece. Está a medio vestir.

—¿Tienes frío?

—Un poco.

—Ven aquí. —Abro el embozo que forma la colcha y le muestro un lugar al lado de mi cuerpo desnudo.

Duda, no se atreve, pero por fin viene hasta el sofá.

—Quítate la blusa —le digo en voz baja.

Duda de nuevo, pero se la quita. La abrazo y la tapo. Nos quedamos quietos. Ella tiene la cabeza incómodamente erguida para no apoyarla sobre mi pecho. Al notarla allí, desnuda, caliente, suave, la deseo de nuevo. Esta vez sintiendo ternura, emoción. Hacemos el amor despacio, a conciencia, en profundidad. Ella siente placer, se mueve a cámara lenta, los ojos cerrados, el cuerpo sinuoso y sensual como el de un gato. Duramos mucho tiempo. Alcanzo a oír su orgasmo oscuro y sofocado. Se desmadeja en mis brazos. Yo la sigo, con sacudidas violentas. Luego nos quedamos silenciosos y quietos. Por la ventana se cuela la sirena de una ambulancia, alejándose.

Me despierta un golpe en el estómago. Está levantándose y me lo ha propinado sin querer.

—Nos hemos dormido. Son las cinco de la mañana. Me voy.

—Quédate. Nos metemos en la cama y te despertaré a las ocho.

Responde vistiéndose, apresurada:

—No. Mañana tengo que ir muy temprano a trabajar.

Vuelve del lavabo peinada y con la cara fresca. Coge el bolso y saca el billetero.

—¿Te debo lo mismo de siempre? Porque hoy hemos estado más tiempo.

La indignación que siento me hace incorporarme de un salto.

—Es precio cerrado. No importa el número de polvos.

Espero que ante mi tono desabrido, ante la grosería que acabo de decirle, reaccione de alguna manera, replique, busque una explicación, incluso una disculpa. Pero me equivoco, se limita a encogerse de hombros. Deja el dinero encima de la mesa, se pone el abrigo y se va.

—Adiós —dice antes de cerrar la puerta.

No le contesto.

Una vez solo, siento de nuevo la fuerza de mi intuición, que me avisa de que no debería volver a ver a esta mujer. Nunca más.

～⁀つ

No pienso buscar explicaciones mágicas ni románticas. Mi descubrimiento tardío del sexo tiene una base racional. He pasado la vida tan centrada en mi trabajo que no había tiempo para pensar en nada más. Siendo una mujer casada, eso puede considerarse extraño, pero así fueron las cosas. Yo estaba absorta en el trabajo y mi marido en medrar a costa mía, de modo que ¿quién podía pensar en la cama? Sexo rutinario justo para cumplir: él conmigo y yo con él. Nunca eché nada de menos, mi vida estaba muy llena: la fábrica, papá... Ahora es peor, ahora me atrae el placer, aunque podría pasarme perfectamente sin él. En el fondo, no es más que un elemento desestabilizador: me hace pensar cosas que desearía alejar de mi mente. Voy al psiquiatra con mayor asiduidad. Es imbécil. Ayer me atreví a decirle: «Acabo de descubrir el sexo». Después de tantas sesiones de silencio por mi parte, hubiera debido reaccionar con cierta originalidad, pero volvió a la carga con lo de siempre:

—Hábleme sobre su matrimonio.

—¿Qué quiere que le diga? Es el pasado.

—Este juego consiste justamente en analizar el pasado.

—No hay nada que analizar. Me casé porque mi padre consideró que era lo mejor para mí y no quise defraudarlo.

—La presencia del padre es muy fuerte en su vida.

Naturalmente, estúpido, él me cuidó y me amó como nadie. Le debo todo lo que tengo en la vida.

—Era un gran hombre.

—¿Nunca ha encontrado en él ningún defecto?

—Mi padre está muerto. No pienso en él con el ánimo de encontrarle defectos.

Si cree que va a deslumbrarme con las cuatro reglas básicas de manual me infravalora: complejo de Electra, padre omnipresente…, todo eso ya me lo sé, y no es aplicable a mí. ¿Por qué los psiquiatras conceden tanta importancia al pasado? Mi cabeza nunca ha funcionado así. En la fábrica había que priorizar el presente para que existiera una mínima posibilidad de futuro. Puede que pensar sea importante, pero actuar lo es mucho más. Ese es el signo de los tiempos que nos ha tocado vivir. Si nos pasáramos la vida analizando lo que hemos hecho con anterioridad, el mundo se paralizaría. Lo crucial es tener ideas nuevas con rapidez y ejecutarlas sin miedo. Así es como obraba papá. Pero yo no tengo su fortaleza. Si él me viera en estos momentos se avergonzaría de mí. No es para menos. Aquí está la gran directora de la gran fábrica sin saber qué demonios hacer. Miradla, observad sus nuevos hábitos: va al psiquiatra y le gusta follar. Solo hay algo salvable en mi denigrante situación: voy de putos. No salgo con ningún gilipollas que haya conocido vía internet, no busco consuelo en un falso amor, no estoy dispuesta a tolerar a ningún cabrón que me brinde ternura y compañía. No, pago por follar, y eso me reconforta. El único pero es que follar con Javier me guste tanto. Ya lo superaré. Y en cuanto al psiquiatra, es absurdo, lo sé, pero me da cierta confianza acudir a su consulta, aunque sea para no hablar.

Ayer salí a comer con Genoveva. Me puso la cabeza como un bombo con sus temas habituales: belleza, moda, bienestar. Cuando nos servían el café se me ocurrió preguntarle:

—Genoveva, ¿tú tienes la sensación de haberte perdido algo en la vida?

—¡Ay, hija, por Dios, menuda idea! Tendría que pensarlo.

—Piénsalo.

Caricaturiza el acto de pensar poniéndose la mano bajo el mentón, achinando los ojos, aunque luego noto por su expresión que empieza a pensar de verdad.

—No sé, ¡tantas cosas! De haber nacido más tarde hubiera podido ser diseñadora de modas y llevar una vida más interesante. Habría hecho viajes de negocios, conocido a gente famosa... Pero en mi época no había opción para las mujeres, todo eran sacramentos: bautismo, confirmación, comunión y matrimonio.

—Pero llevando la misma vida que has llevado, ¿crees que hay algo que te ha faltado?

—Pues claro, muchas cosas. Por ejemplo, hubiera podido tener un marido menos plasta. Y lo más importante de todo: me hubiera encantado vivir una historia de amor como las que se ven en las películas, que un hombre se hubiera enamorado de mí hasta el punto de hacer locuras.

—¿Qué tipo de hombre?

—Un millonario. Un hombre poderoso que, al mismo tiempo que hacía locuras por mí, me llevara en su velero enorme a navegar por las islas griegas. Un tipo millonario, loco y sensible que me invitara a la Ópera de París una noche cualquiera. ¡Qué sé yo! Pero no haber disfrutado de esos sueños no me frustra demasiado, la verdad, sobre todo a estas alturas de mi vida. Soy realista y tengo lo que tengo. No me quejo. Si quiero algún extra, lo pago y ya está. Eso tú lo sabes muy bien.

Me guiña un ojo y se echa a reír. ¡Genoveva y sus sueños de Hollywood! Comparadas con la mía, follar más y mejor, sus aspiraciones se me antojan quimeras estúpidas. Lo son.

La llamo a mediodía. No parece nada entusiasmada al oír mi voz. Quizá piensa que quiero proponerle una cita para sacarle más pasta, por eso le pregunto enseguida:

—¿Has terminado de leer el libro?

Un silencio. Luego contesta:

—Sí.

—¿Y qué te ha parecido?

—No estoy de acuerdo con lo que tú dijiste.

—¿Por qué?

—Ya hablaremos, ahora estoy trabajando.

—¿Quieres que nos tomemos un café esta tarde?

Silencio muy prolongado. Estoy esperando cualquier impertinencia de las suyas. La dice por fin:

—¿Un café? Creía que no podías andar perdiendo el tiempo.

—Que me dedique a lo que me dedico no significa que me pase todo el día en la cama con mujeres. Tomo cafés con amigos, voy al cine…, tengo vida privada.

—¿Y qué pinto yo en tu vida privada?

—Un café, pintas un café y charlar sobre un libro. Si te apetece, bien. Si no, ningún problema.

—Está bien.

Le doy el nombre y la dirección de un bar del centro y quedamos. Es la persona más desagradable que he conocido jamás. Arisca como una alimaña.

En el bar, estoy nervioso mientras la espero. ¿Qué me pasa, me gusta esta mujer? Me gusta, y al mismo tiempo me doy cuenta de que puede ser letal como un veneno. Supongo que debe de tener sus motivos para comportarse como lo hace, pero no ofrece ninguna pista para saber cuáles son. ¿Me gusta, de verdad me gusta? Lo que me atrae de ella es su apariencia de normalidad. Tiene el aspecto de una chica corriente que yo hubiera podido conocer en cualquier momento de mi vida anterior. También me atrae la forma en que folla conmigo: su entrega total, la fuerza que emana de su cuerpo mezclada con su debilidad. Es como si se resistiera a sentir lo que siente y al tiempo se abandonara, casi dispuesta a morir. Ninguna otra mujer con quien me haya acostado reaccionaba de esa manera, jamás. Lo terrible es que cuando la fiesta ha terminado, se vuelve espinosa como un erizo. Si al menos consiguiera saber algo más sobre ella, si la viera relajarse por completo alguna vez... Debo de ser un estúpido porque, si así fuera, ¿qué haría yo, proponerle que se convirtiera en mi novia, mi amiga íntima, mi mujer? Parezco no ser consciente de lo que soy: un chico de alterne. No logro asumir que mi nuevo trabajo comporta una nueva identidad. Sigo experimentando la sensación de que estoy suplantando a otro y de que, tarde o temprano, todo se instalará de nuevo en la normalidad. Pero no debo engañarme, cuanto más tiempo pase en esta situación, menos probable será que el camino hacia una vida normal se presente ante mí, recto y libre de obstáculos.

La veo llegar a través de la cristalera del bar. Entra y enseguida viene hacia mí. Ni un amago de sonrisa. Me saluda, se sienta. Se queda mirándome con gesto inquisitivo. Leo en su cara: «¿Y ahora qué?, ¿para esto me has llamado?, ¿no ves que no tenemos nada de que hablar?». Para sobrellevar su reproche silencioso me embarco en una ridícula perorata acerca de por qué la he citado aquí. La razón son las cervezas, muy bien servidas, con la liturgia y el tiempo necesarios. Ella me escucha dejando ver claramente su actitud de paciencia infinita. Llega el camarero y pedimos dos cervezas, elegidas entre las muchas variedades que he citado como un papagayo en cautividad. Esta tipa me pone tan nervioso que estoy comportándome como un retrasado mental. Retomo las riendas de mí mismo e intento ser enérgico con convicción. La he llamado porque quiero saber más de ella, ¿no? Disparo:

—Me gustaría conocerte mejor.

Le pega un trago largo a su vaso. ¡Una sonrisa! ¿Aleluya? No, es una sonrisa irónica, dura, cínica.

—Creí que habíamos venido para hablar de *La Celestina*.

Lleva toda la razón, soy un imbécil, se me había olvidado.

—Cierto, es verdad. Dijiste que no estabas de acuerdo con mi interpretación y quisiera saber por qué.

—Tú lo explicas todo en clave pasional: el deseo y el sexo son lo importante de la historia. Sin embargo, yo creo que hay algo mucho más importante aún: la diferencia social. Los dos amantes son de clase alta. Los otros son pura chusma: la vieja alcahueta, los lacayos..., ellos buscan dinero y nada más.

—Pero también conocen la pasión.

—Como un arma para aprovecharse de los poderosos.

¿A qué demonio viene eso?, ¿quién es esta tía: una empresaria esclavista, está insinuando que solo soy un lacayo más o menos libidinoso? Me ha dado munición para atacar y la empleo porque estoy harto de recibir palos:

—Habrás observado que la propia Celestina recuerda con nostalgia la época en la que disfrutaba del sexo. Por no hablar de los criados, que se ponen morados a follar.

—Exacto, y nunca disfrazan el sexo con amor.

—Por cierto, Irene, ¿eres consciente de lo bien que nos entendemos en la cama?

La he cogido desprevenida y se sonroja. Aprieta las mandíbulas y me mira con ojos convertidos en rendijas a causa de la rabia.

—Eso no pertenece al libro.

—No —respondo, y le sostengo la mirada incendiaria.

Echa mano de su bolso y busca la cuenta para pagar. La atajo:

—Hoy invito yo.

—Me parece muy bien. ¡Ah!, y si no te importa, el próximo libro que me aconsejes, procura que trate de guerra, de política o de religión. Los de sexo y amor no me interesan.

—Lo tendré muy presente. ¿Ya te vas?

—Me esperan para una reunión de trabajo.

—¿Cuándo volveremos a vernos?

—Genoveva os llamará.

Me echo a reír.

—¡Por supuesto, Genoveva no puede faltar!

Ignora el comentario y se marcha con un susurrado adiós. En este momento la odio como nunca he odiado a nadie en mi vida, y eso que apenas la conozco.

~⁓

Sigue saliendo con esta tía. Lo sé porque Geno se lo huele, no porque se lo haya contado la tía en cuestión. Pero como Geno es más viva que el hambre, algo habrá. A mí no me importa, eso está claro. No soy su padre ni su hermano, y mucho menos su chulo. Si quiere montárselo por su cuenta, no voy a pedirle comisión. Lo que me jode es que no diga nada. ¿Por qué va de tapadillo, es que tiene miedo de mí? Yo soy más directo, ¡coño!, y me revienta la gente que hace una cosa delante y otra detrás. Si el profe se está sacando una pasta a costa de esta nena, pues cojonudo, me lo cuenta y ya está. Pero si los misterios son porque se ha colgado de ella y no se atreve a soltármelo, entonces está jodido, porque le van a dar un revolcón como los de los encierros de San Fermín.

Pero ahora sí que no entiendo ni un carajo. Ayer me llama Genoveva para salir los cuatro otra vez. ¿Y eso? Si follan los dos juntos a su aire, ¿qué necesidad tienen de montar el número en plan pandilla? A lo mejor Genoveva se equivoca. ¡Yo qué sé!, ¡que les den! Yo, a mi bola.

Cenita de parejas en un argentino. Plan cojonudo. Me aticé un entrecot que no me cabía en el estómago, con sus champiñones y sus patatas al horno. Tenía tanta hambre después del show que no me fijé en nada más; directo a la vaca y punto. Luego, ya a los postres, empecé a pillar cosas aquí y allá. Había buen rollito, con bromas de doble sentido sobre los filetes que nos habíamos pegado y los que vendrían después. En fin, chorradas de esas que a Genoveva le encantan, que a pesar de los años que tiene, a veces parece una chavala de colegio.

Mientras me comía la mousse de chocolate, ya empecé a poner las antenas en plan serio: el profe la miraba con cara de borrego degollado, ella también, pero menos. Miraditas, sonrisitas…, está claro que llevan un lío aparte de las salidas de los cuatro; pero no sé qué clase de lío es. Una posibilidad es que el imbécil del profe se haya colgado de esta pava, pero otra muy diferente es que el tío sea un puto genio y se la esté chuscando en plan privado para que le regale un coche o algo así. Aunque yo no se lo aconsejaría, porque esos regalos fuertes te comprometen mucho después. Si le aceptas un coche a una chorba, te quedas como en sus manos, a lo que usted guste mandar. Para mí eso es lo peor, el siniestro total, la cagada del siglo. La tía se pone en plan jefa y se vuelve caprichosa, exigente, llena de manías que te toca aguantar con la boca cerrada y amén. En fin, un puto lío en el que no vale la pena meterse.

Después de esa última cena en el argentino, llamé a Javier para arrearnos un kebab y una birra donde los moros. Le pregunté. ¡Joder, tampoco pasa nada por preguntar!

—Oye, profe, ¿tú qué rollo te llevas con esa tía?

Se echó a reír, pero se ríe para disimular, que ya lo conozco bien.

—¿Otra vez con eso, Iván? Mira que eres plasta, ¿eh?

—¡Hostia, tío!; es que hay que estar muy ciego para no ver. Aunque a mí no me importa en el fondo. Si te lo pregunto es solo para que no te la pegues, colega.

—No, hombre, no. Lo tengo todo controlado.

Me gustaría que fuera cierto lo que acabo de decirle a Iván, pero no. No controlo nada y ni siquiera sé lo que debo controlar. Irene me gusta cada vez más. En la cama es un tifón que me arrolla; pero no se trata solo de eso. Cuando menos lo esperas, se convierte en una de aquellas primeras novias de juventud: inexperta, asustada, tierna, una niña a quien llevas de la mano. Después aparece de golpe su otra cara: agresiva, distante, agria como un limón, atormentada. Su tormento solo desaparece cuando deja el dinero sobre la mesa para pagarme. Sin embargo, últimamente ha aceptado salir varias veces conmigo solo para charlar y tomar un café.

—¿Os veis para follar todos los días?

—Que no, Iván, que no. Nos vemos de vez en cuando, y no siempre para follar. A veces solo charlamos.

—¿Charlar, de qué?

—De libros, de cine… El otro día fuimos a ver una película. Luego tomamos una copa y la comentamos con toda tranquilidad.

—Y cuando hacéis esas cosas, ¿te paga?

—No.

—¿Y cuando folláis?

—Sí, entonces sí.

—Eso es raro.

—Bueno, es como si tuvieras una amiga con la que…

—Sí, con la que de repente echas un polvo cobrando. Si ya lo entiendo, ya.

Pero no entiendo nada. Un lío de puta madre. ¿Hoy vamos de cultura gratis y mañana de catre con la pasta por delante? ¿Y eso cómo se come, con patatas? Aunque, bien pensado, un hurra por el profesor. Tiene un par de huevazos. El tío se la tira previo *cash*, y luego va y le pega la paliza con los libros. Ella, encantada: polla y cerebro por el mismo precio. ¡En la vida se me hubiera ocurrido esa combinación! A lo mejor tendría yo también que hacer esas ofertas de dos por uno. No con libros, claro; pero decirles a las titis que les llevo el coche a cambiar el aceite por el mismo precio del polvo. ¡Hay que joderse con el profesor! ¡Es genial, el cabrón! ¡Un puto *crack*!

—Hay que vender la empresa, Irene. Ya no queda otro remedio. Si esperamos un mes más, perderá todo su valor. La crisis es mundial, y está durando más de lo que esperábamos. Ha llegado el momento.

—Déjame que lo piense.

—No hay nada que pensar. Estamos en quiebra, compréndelo.

—¡Te he dicho que lo pensaré! Te llamaré por teléfono cuando tome la decisión.

Adiós a todo. Ya no me queda nada de papá. Ya no me queda nada de mi vida. Ya no me queda nada de mí. Vender es fácil para este tipo, pero yo... Me gustaría hacerme pequeña y esconderme en algún lugar donde no sintiera nada, donde pudiera esperar en paz el momento final.

He aceptado varias veces salir con Javier solo para hablar un rato y tomar café. Al principio cumplimos estrictamente ese propósito, pero las últimas veces no ha sido así. En el momento de la despedida, algo nos ha impedido separarnos físicamente y hemos acabado yendo a su casa. Empiezo a pensar que estoy enferma, solo con olerlo saltaría sobre su cuerpo. Nunca hubiera pensado que fuera posible algo así. No es normal. Sigo notando durante horas las sensaciones del sexo con él. Me despierto a media noche loca de deseo. No es normal. Me da miedo; quizá estoy desarrollando una obsesión patológica. Es como si ya no me perteneciera del todo a mí misma. Por primera vez en la vida percibo un peligro del que no podría librarme papá. Javier es sin duda ese peligro. Me descontrola, me aliena, me vuelve dependiente. Ha hecho trizas mi fuerza de voluntad. Y es un puto, no lo olvido, un tipo que cobra por irse a la cama con mujeres.

Hay días en los que no puedo creer que esto esté sucediéndome justo a mí. He caído muy bajo.

Decidí contarle algunos de mis miedos al psiquiatra. Pensé que me resultaría imposible sincerarme con él, pero luego pensé que estoy pagándole para que me escuche con discreción.

—He conocido a un hombre con el que me obsesiona hacer el amor.

Me hizo preguntas sobre él. Le conté que es educado, culto, bien parecido, agradable de trato. Entonces se echó a reír.

—No veo cuál es el problema.

El problema es la obsesión, maldito imbécil. El problema es que me siento atrapada en una tela de araña. El problema es que mi galán es un prostituto. Eso no fui capaz de decírselo, las palabras se negaron a salir.

—Quizá ha vivido usted siempre demasiado preservada, Irene. A menudo, sin que nos demos cuenta, los refugios se convierten en cárceles y las personas que nos protegen, en nuestros carceleros.

No solo es un imbécil sino también un cabrón. Se estaba refiriendo a papá y a mí. Cualquier cosa que le cuente él la hace desembocar en papá y en mí. Como si no hubiera matices, situaciones especiales, variaciones infinitas en una relación. No, siempre acabamos en el manual del psicoanálisis. No tiene ni idea de lo perfecto que fue mi padre. Ni siquiera huele la de complicaciones y dolor que me evitó. Y en cuanto a Javier, si le confesara a qué se dedica para ganarse la vida, comprendería que sí tengo un problema difícil de resolver. Pero ¿para qué decir la verdad? Este tipo es un imbécil y un cabrón.

Da por terminada la sesión del día poniéndole una guinda decorativa a su psiquiátrico pastel.

—Mire, Irene, se sorprendería si supiese la cantidad de mujeres de clase acomodada y vida plácida que descubren tarde el sexo y el amor, o que no lo descubren jamás. Usted ha tenido suerte, disfrute la situación. No ponga barreras, déjese llevar, no se asuste, serénese.

Soy una más del montón de señoras acomodadas, eso es lo que cree. Una mujer que ha llevado una vida convencional junto a su esposo, jugando al tenis, tomando el té con sus amigas, comprando mil regalos por Navidad. Pero no, nada de eso es cierto: he vivido una infancia sin madre, he trabajado como una mula en la empresa, he soportado a un marido que se casó conmigo por simple interés, he sufrido un abandono humillante, he dejado de ver a mi círculo de amigos y frecuento a prostitutos para poder follar. Estoy sola. Si a eso le llamamos una vida plácida y burguesa, entonces sí, soy una señora acomodada más.

Al salir de la consulta ya tenía una decisión tomada. Adiós al imbécil y cabrón. Se acabó la terapia, lástima de dinero perdido. Solo voy a aprovechar uno de sus consejos: disfrute de la situación. Al demonio pongo como testigo de que voy a intentarlo. Para empezar, aceptaré poner en venta la empresa. Ya no puedo luchar más. Tengo y tendré dinero de sobra. ¡Al infierno con todo! La señora acomodada va a montarse su pequeña revolución.

～

Nada está escrito, todo va fraguándose poco a poco, podemos darle la forma que escojamos. Nunca he creído en el destino, pero recuerdo vagamente a mi madre diciéndome: «Todo irá bien». Luego no volví a verla nunca más porque murió en aquel accidente tan absurdo. Sin embargo, yo sigo vivo. Todo irá bien. Ya no estoy deprimido como cuando perdí el trabajo, como cuando Sandra me dejó, echándome a la calle. Me he defendido con uñas y dientes. Soy un bailarín de estriptis y un prostituto, pero lo único que debería contar es que sigo siendo yo mismo, haga lo que haga para vivir. Además está Irene. Ahora nos vemos casi a diario. Hacemos el amor, pero también hablamos sobre mil cosas. Continúa siendo un enigma, nunca cuenta nada de su vida, pero cada vez la noto más cercana, más abierta, más real. Está empezando a sonreír y el otro día casi se rio a carcajadas. Su rostro es precioso cuando se ilumina, cuando pierde esa aureola trágica que suele enmarcarlo. Me gusta cada vez más. Es valiente, misteriosa, elegante. Me pone los pelos de punta ver cómo se entrega cuando follamos, como una novia virgen, como una mujer salvaje que acabara de encontrar en una isla desierta. Después se recompone, vuelve a mostrarse cínica, gélida. Pero esa máscara también caerá algún día, una defensa que dejará de necesitar cuando esté conmigo. Todo irá bien.

Hay cosas que me va costando aceptar: su dinero cuando insiste en pagarme, la compañía de las mujeres que Iván sigue buscándome. Irene me hace preguntas sobre eso de vez en cuando, aparentemente casuales: «¿Has quedado hoy con alguien más?», o teñidas de sarcasmo: «¿Te van bien los negocios?». Estoy seguro de que pronto se atreverá a pedirme que la vea solo a ella. Y cuando lo haga, ¿aceptaré? Porque si me dedico solo a ella, mis ingresos dependerán de su bolsillo. Quizá me proponga una cifra a la semana, al mes. Si me avengo a eso, nuestra relación estará siempre viciada: la señora y su chico. Solo pensarlo me da grima, pero estoy atrapado en un laberinto que no tiene salida, al menos de momento, después nadie sabe qué puede pasar. Hoy por hoy debo ser cuidadoso con mis movimientos: no asustarla, no retroceder en los avances que hemos logrado, no ponerla en fuga con alguna torpeza. Todo irá bien.

Llaman al teléfono. Es ella. Quiere que la acompañe a una cena en su club, con amigos. Me sorprende tanto que no sé qué pensar. ¿Es una prueba? ¿Presentarme en público significa subir un peldaño más en la accidentada escalera de nuestra relación?

—¿Qué debo decir si me preguntan a qué me dedico?

—Diles la verdad.

—¿Que salgo contigo por dinero?

—¿Esa es la verdad?

—Sí, pero no.

—No entiendo.

—Pues…

Me entiende perfectamente, pero está provocándome para que hable. Me gustaría saber qué es lo que quiere oír.

—No te esfuerces, da igual. Mejor di que eres profesor. Eso también es verdad, ¿o se trata de otro sí pero no?

—En efecto, también es un sí pero no.

—Una situación muy ambigua, la nuestra.

—Sí pero sí.

La oigo reír al otro lado del teléfono y me parece que tiene una risa bonita, clara, alegre. Quedamos para las ocho de esa misma noche. No me pide que vaya vestido con corrección.

〜〜〜

¡Hostia, tío, lo veo y no lo creo! Verlo no lo he visto, pero me lo ha contado el profesor. Irene lo invitó a cenar en su club privado, con toda la peña de sus amigos pijos. Un club la leche de lujoso donde se pueden practicar un montón de deportes, con piscina cubierta, donde además se celebran fiestas, cenas, cócteles…, la de dios. Se puso guapo para ir. ¡Joder, esta historia es como *Pretty woman* pero al revés!: la ricacha que se casa con el pobre tío putón. Pero, ¡ojo, que a lo mejor hay gato encerrado! Cuando Javier empezó a largar, todo sonaba cojonudo: que si todos lo miraban con curiosidad, que si ella estuvo muy cariñosa y le ponía la mano en la rodilla como si tuvieran tope de confianza… Él se encontraba violento, claro, porque parece que todos los pijos no le quitaban la puta vista de encima y se sonreían como diciendo: «Mira tú con Irene, al final le ha tocado un buen premio en la tómbola». Y ella venga a hacerle arrumacos delante de todos y a decirle si le gustaba toda la comida que le ponían en el plato. El profe dice que cuando están solos nunca lo trata con tantos miramientos porque es tímida; pero yo más bien creo que estaba montando el numerito de cara a la galería, para que todos pensaran que el profe era un noviete que se había echado. Yo, en su caso, ya me habría pescado un mosqueo del copón; pero el profe tiene paciencia y nunca piensa mal de nadie. Aunque algo debe de andarle por la cabeza porque si no, ¿a santo de qué me lo cuenta si nunca me cuenta nada?

Yo, por si acaso, y como no quiero que puteen a mi amigo, he llamado a Genoveva para tomar una birrita con ella y le he preguntado a las claras:

—Oye, Geno, ¿tú sabías que Irene ha invitado a Javier a su club?

—Es la primera noticia que tengo.

—Pues sí, y resulta que la chica se le ha puesto tierna para la ocasión, cuando luego en privado nunca lo trata así.

—¡No me digas, vaya bombazo! La gente del club debe de estar a punto del infarto y locos por saber. Me extraña que nadie me haya llamado para enterarse de más. Irene había roto el contacto con todos los amigos, así que figúrate cómo debe de estar el patio después de esa presentación. ¿Tú sabes cómo lo presentó, como amigo, como novio?...

—Ni idea, chata, ni idea. Y si he de serte franco, a mí lo del bombazo me la suda un montón. Lo que yo quiero saber es qué idea lleva tu amiga con respecto a Javier, porque me da en la nariz que la cosa va un poco de puteo. Que salga con él es normal, pero ¿para qué presentarlo en sociedad y ponerse besucona delante de todos, si nunca lo trata así?

—¿Y a ti eso qué más te da?

—Sí que me da. Javier es un tío muy buena gente, muy legal, y no tiene tanta experiencia de la vida como yo.

¡Coño!, pero ¿qué hace la tía? ¿Pues no está mirándome ahora con cara de ponerse caliente y querer marcha? ¿No ve que no va de eso la reunión, que va de mi amigo y punto?

—Tú eres más canalla, ¿verdad, Iván?

—Ahora no se trata de quién es más canalla o más cabrón, que en eso yo ganaría de calle. Lo que me preocupa es que mi amigo se está colgando de Irene, y me parece que ella está jugando con él: hoy te quiero, mañana no. Hoy te enseño a la gente como un mono del zoo, y mañana ni te saludo.

Yo creo que ni me escucha, la Genoveva esta de los cojones. Ahora me pone morritos y me mira con cara de salida y me está acercando el pie a la entrepierna por debajo de la mesa. ¡La hostiaría, de verdad que la hostiaría! No se entera, joder, tres huevos le importa todo lo que no sea follar.

—Y tú, ¿no estás un poco colgado de mí, mi pequeño Iván?

—Yo, lo más colgado que conozco son los jamones en los bares, Genoveva, que ya sabes cómo soy. Además, hoy llevo prisa. Lo que quiero preguntarte es si tú tienes idea de lo que Irene piensa hacer, si te ha contado algo sobre el profesor.

Le ha sentado mal este corte que le he pegado; pero que se joda, ya me estaba poniendo nervioso. Me dedica una sonrisita asesina.

—¿Te has convertido en el protector de Javier?

—Algo por el estilo. Fui yo quien lo metió en todo este cachondeo del estriptis y el alterne.

—Y te sientes responsable.

—Pues sí.

—Muy considerado por tu parte. Mira, si hoy tienes prisa estamos perdiendo el tiempo tú y yo. No tengo ni la más remota idea de lo que Irene piensa o tiene intención de hacer. Ella es cerrada como una caja fuerte y nunca habla de nada personal. Puedes creértelo o no.

—Pero las mujeres siempre os contáis vuestras historias cuando sois amigas.

—Lamento decepcionarte, pero tampoco Irene es íntima mía; digamos que somos amigas de conveniencia.

—¿Y eso qué quiere decir?

—Nos acompañamos la una a la otra, salimos juntas si es necesario…, pero de confidencias, nada de nada. Cada una va a lo suyo. Y si no tienes más que preguntarme, mejor nos vamos, que tú tienes prisa y yo hora reservada en el spa.

Así son estas tías, a lo suyo, ya lo ha dicho muy bien. Se la sopla la amistad y lo que les pase a los demás. Solo les importa su *body* y su bolsillo. Me dan asco. Pero hoy se ha jodido, porque le apetecía un polvo y se ha quedado sin él. A ver si se entera de que a mí no me va a manejar como maneja la mamona esa al profesor.

～～つ

Invitarme a ir a su club, con sus amigos, tiene muchas connotaciones. Si quiere demostrarme que su relación conmigo va más allá del sexo pagado, entonces esa invitación es importante. Pero puede que solo pretendiera enseñarme a los demás como trofeo, como prueba de que se ha rehecho de su divorcio. El caso es que esa duda siempre se me plantea con ella, y no sé con cuál de las dos opciones quedarme.

Cuando acabó la cena y estuvimos los dos solos, sus reacciones querían indicarme claramente que nada había variado en la situación: ella es la señora y yo su maromo. Cara seria, frialdad y su obsesión de pagarme inmediatamente por mis servicios. Que no haya ninguna duda sobre nuestro tipo de vínculo. No quiso esa noche hacer el amor y cuando le pregunté: «¿Crees que les he caído bien a tus amigos?», enseguida me respondió de mala gana: «Prefiero ver el partido sin comentarlo». Horrible, una horterada impropia de ella que me sentó como un tiro. De vez en cuando la embiste el impulso incontrolable de ser brutal. Lástima, porque durante la cena, cuando me trataba con tanto cariño, me sentí muy bien. Nunca la había visto representar el papel de mujer enamorada, de chica que se comporta con ilusión. Curiosamente lo hacía de maravilla. Quizá no sea tan gélida como parece. Ha estado casada, alguna vez habrá experimentado sentimientos de ternura, de amor. Estoy convencido de que su actitud ambigua hacia mí nace de sus bloqueos interiores. ¡Quién sabe!, si alguna vez supera sus problemas psicológicos y yo estoy ahí…, a lo mejor podría funcionar.

Cometí el error de contarle lo de la cena a Iván. Debería haber previsto su reacción. Iván detesta a las mujeres, y con Irene no es diferente. Se puso hecho una furia: «¡Pero, hombre, ¿no ves que está jugando contigo?!». Me ha dado los consejos habituales: «Mándala al carajo. Aunque sea una buena clienta, otros contactos con pasta no te han de faltar. Si lo que te va es un rollo estable, yo te lo busco, de verdad. Pero a esta tía quítatela de encima cuanto antes o te joderá».

Sin embargo, ¿cómo hacer caso de alguien con quien no tienes nada en común?

Me encantó. Me divertí como una loca observando la cara de gilipollas que ponían todos. No hace falta ser agente secreto para saber que alguno de los amigos del

370

club se ha enterado de que han empezado las gestiones para vender mi empresa. Y si se entera uno, se enteran todos. ¡Un diez para mí! Después de estar meses y meses sin dar señales de vida, la primera noticia mía que reciben es que me deshago de la empresa. «¡Pobrecita! —debieron de pensar alegrándose mucho—, no ha podido con todo.» ¡Al infierno con ellos! ¡Se acabó la lenta agonía del negocio! Voy a quedarme forrada de dinero y sin el gerente dándome la tabarra como un Pepito Grillo. Sé que a papá mi decisión le dolería, pero me da igual. No es momento de sentimentalismos.

Durante todo el tiempo que he estado yendo a la consulta del psiquiatra, nunca ha parado de insinuar que mi padre ha sido nocivo para mí. Sus frases aún me resuenan en el cerebro: «El amor es a veces una agresión», «El cariño puede ser necesidad de control», «La protección llega a convertirse en una cárcel»… De buena gana lo llamaría ahora por teléfono para decirle: «He vendido la empresa que mi padre fundó y por la que luchó toda la vida, doctor. Ya lo ve, después de todo no fui su muñequita, no me dejó tan horriblemente traumatizada como para impedirme actuar. Sé lo que quiero y lo hago». Por supuesto, no lo llamaré. A los imbéciles hay que olvidarlos cuanto antes.

Llevar a Javier fue una jugada maestra. Seguro que ya habían empezado los rumores, los comentarios, las llamadas telefónicas: «Lo sé de buena tinta, Irene vende la fábrica». Y en medio del hormiguero enfurecido: *¡zas!*, mi correo electrónico con copia para todo el grupo: «¿Nos vemos para cenar en el club?». Lo primero que debieron de pensar es que quería darles la primicia de la venta; pero yo voy y me presento con un tipo. ¡Genial!

Desaparezco, y cuando vuelvo a aparecer, lo hago acompañada de un profesor de instituto. No de un abogado, un economista, un financiero, un ejecutivo o un empresario. Nadie de la tribu, no. ¡Un profesor de Literatura! Larguirucho, pero con buena planta. Educado y amable. Con gafitas de intelectual. ¡Me encantó ver la sorpresa en la cara de todos!, pero me gustó aún más comprobar cómo intentaban disimularla. Solo hubiera podido superarme a mí misma invitando a Iván en lugar de a Javier. Entonces mi triunfo hubiera sido superlativo. Pero hacerle carantoñas a Javier es fácil, casi podría afirmar que me gustó. No me imagino haciendo otro tanto con el mono amaestrado de su amigo. Y debo decir que Javier estuvo perfecto: contenido, sin perder los papeles, sin buscar protagonismo, sin asombrarse demasiado por mi actitud cariñosa…, como un actor de profesión. Quizá de tanto subirse a los escenarios ha adquirido alguna habilidad teatral. Y yo no me sentía fuera de lugar tratándolo como si fuéramos pareja. En cierto modo, lo somos. Sin embargo, después…, después se produjo el efecto consabido: cuando interpretas bien un papel, puedes acabar por creértelo. A Javier le sucedió: estaba pegajoso, pidiendo cariño, como si quisiera darle continuidad íntima a nuestra comedia. Y de eso, ni hablar. Lo despedí de manera muy correcta y, naturalmente, le pagué. Le pagué como siempre, hasta el último céntimo.

No habían pasado ni veinticuatro horas de estos hechos cuando recibo una llamada de Genoveva.

—¡Geno!, ¿qué tal, qué es de tu vida?

Mi tono efusivo sonó falso. El suyo era seco, adusto.

—Oye, Irene, ¿es verdad que llevaste a Javier al club y se lo presentaste a la gente del grupo?

—Veo que el tamtan de la selva no ha dejado de funcionar. ¿Quién te lo ha dicho?

—Eso da igual.

—La información que te han pasado es cierta, ¿y?

—Te recuerdo que yo estoy implicada en toda esta historia de los chicos, bonita, y que el grupo sabe que salimos de copas juntas. Una cosa es que la gente sepa que paso de todo y que me monto mi vida con libertad, y otra darle detalles de mis asuntos.

—En ningún momento se mencionó tu nombre, y presenté a Javier como un amigo.

—La persona que me llamó me dijo que era tu pareja.

—¿Y solo te llamó para decirte eso?

—Claro que no, me llamó para saber más cosas sobre vuestra relación: si vivís juntos, dónde os habéis conocido…, en fin, para cotillear.

—¿Y tú qué contestaste?

—Nada, eché pelotas fuera.

—Pues entonces, ya está.

—Te ruego que seas prudente, Irene. Estas cuestiones no son para jugar.

No son cuestiones para jugar, maldita niña mimada, porque lo de frecuentar chicos de alterne, según cómo se cuente y el matiz que se le dé, puede estar francamente mal visto. A ver si por culpa de esta nena el rumor llega a oídos de mi ex y me retira la pensión, que todo podría suceder. Yo siempre me he caracterizado por mi discreción. Hago lo que me da la gana, y la gente lo sabe, pero sin exhibicionismos y sin cargarme las normas de manera descarada. Vivimos en sociedad, y si esta nena ha decidido cargarse todo lo que le queda, la fábrica y el prestigio, allá ella, pero que no cuente conmigo para bajadas a los infiernos, que yo vivo muy bien tal y como estoy.

—Oye, Irene, ¿puedo preguntarte una cosa? No estarás enamorándote de ese chico, ¿verdad?

—No, creo que no.

—Piensa que este chaval es un pringado que no tiene dónde caerse muerto. Si le das esperanzas, intentará sangrarte, sacarte toda la pasta que pueda. Creo que llegaría a ser peligroso. A este tipo de sujetos hay que mantenerlos a distancia porque nunca se sabe cómo van a reaccionar. No son como nosotros, Irene, son chusma, desechos.

—Te entiendo muy bien. Deja de preocuparte, Genoveva.

Me encanta eso también. La niña de papá ha conseguido adelantar por la izquierda a la mujer experimentada. ¡La gran Genoveva, medio muerta de miedo! Me encanta, no puedo evitarlo.

～～

Me despierta el teléfono. Son las siete de la mañana. Contesto sin pensar e intento comprender todos los datos que se me vienen encima, datos que no forman parte de mi vida diaria y que se escapan a una fácil identificación. Voy poco a poco ordenando lo que oigo. Me hablan desde el hospital psiquiátrico de la cárcel. La madre de Iván acaba de morir. Lo han avisado, pero él les ha pasado mi número de teléfono y ha colgado. No quiere saber nada. Entiendo las frases pero no la situación y, por lo tanto, no sé qué debo decir. ¿Iván estaba borracho?, ¿qué significa «no quiero saber nada»? Al final, pido tiempo.

—Dentro de un par de horas estaré ahí.

Una ducha y café. Camisa limpia y tejanos. Sigo sin tener idea de los pasos que debo dar. Me siento a fumar un cigarrillo hasta que se haga la luz en mi mente. Por fin lo veo claro. Llamo por teléfono a Iván. No contesta. Una vez, dos... Dejo un mensaje con voz grave: «Iván, ¿estás en casa? Contéstame, por favor». Cuelgo y, pasados apenas unos segundos, me llama él.

—Oye, tío, no estoy para hostias. Ve tú a donde mi madre y a ver qué coño pasa.

—Iván, no cuelgues, por favor. Un momento, tenemos que hablar. No te muevas de casa. Voy a verte.

Me arriesgaba a que no me abriera la puerta, pero me abre. Son las ocho y apesta a alcohol. Va en pijama. Está como ido, furioso también. Intento hablar pero no me deja.

—Mira, Javier, ya sé de qué va la vaina y no pienso presentarme. ¿No la tenían encerrada? Pues si la ha espichado es cosa de ellos, mía no.

—Un poco de calma, Iván. No sabes qué quieren de ti. Solo te avisan porque se ha muerto tu madre. Hay que ir. Si quieres, yo te acompaño.

—¡Y una mierda!, ¡sí sé lo que quieren! Quieren que vaya, que pague el entierro y que llore. Y yo no estoy para hostias. A mí mi madre me sudaba la polla cuando estaba viva, y ahora que está muerta aún me la suda más. No pienso ir allí a soltar la lágrima y a decir: «¡Pobrecita, qué sola estaba, vaya vida mala que se chupó!». Cada uno se busca su suerte, ¿comprendes?, así que ella se buscó la que tuvo.

—Tu actitud no es razonable, Iván. Te diré lo que es mejor: te vistes, vamos a ese hospital, damos la cara, hacemos lo que haya que hacer y nos volvemos tan ricamente. Será solo un momento, ya verás.

—Mira, profesor, ya sé que siempre te cuelgo mis marrones funerarios, que los tendría que aguantar yo; pero ya me conoces, no sirvo para esas cosas. Te vas tú solito al psiquiátrico y pagas el entierro, que eso es lo que quieren esos hijos de puta. Por el dinero no te preocupes, que todo va a mi cargo. Luego te largas y en paz. No hace falta que te quedes para el puto responso del cura. Somos amigos, ¿no?, pues hagamos ese trato: yo te ayudo en la vida y tú me ayudas con mis muertos. Haces un buen negocio, porque ya no me queda nadie más vivo; en el fondo, ganas tú.

Me hace gracia ese planteamiento tan peregrino y me echo a reír. Acto seguido voy hacia él, lo cojo del brazo y lo empujo hacia su dormitorio.

—Venga, hombre, no digas chorradas. Date una ducha y vístete. Yo te preparo un café bien cargado. Cuanto antes nos pongamos en marcha, antes estaremos de vuelta.

Rechaza mi mano con tanta fuerza que me hace daño.

—¡Déjame en paz! ¡Te he dicho que no voy! Si quieres ir tú, vale. Si no quieres, no vayas, pero yo no me muevo de donde estoy. Haz lo que te pase por los cojones.

Me asustan sus ojos enloquecidos, su tono violento. Bajo la mirada. Asiento.

—De acuerdo, iré yo. Esta tarde pasaré a verte.

Cuando estoy alcanzando la puerta, me llama:

—¡Javier!

Me vuelvo despacio, lo miro.

—Cómprale unas flores, ¿vale?, valgan lo que valgan. Lo que tú hagas bien hecho estará. Y que la quemen, nada de cementerios ni de cruces.

Tomo un taxi y desembarco en la dirección que he pedido por teléfono. No quiero estudiar con detenimiento el lugar: gris, feo, impersonal, deprimente. Me recibe una mujer.

—Usted no es el hijo.

—No, soy un amigo. Iván está en cama.

—¿Y no vendrá?

—No creo que pueda, tiene mucha fiebre.

—Ya.

En su monosílabo está sobreentendida toda la verdad de la situación: el hijo no quiere venir. A partir de ese momento el tono que emplea es más directo, menos comedido. La muerta no tiene nada que ver ni con ella ni conmigo, de modo que el trámite puede llevarse a cabo sin necesidad de paliativos emocionales.

—La han encontrado muerta al amanecer. Había ido a los lavabos y allí se desplomó. Probablemente ha sido un infarto. ¿Quiere que se le practique la autopsia?

—No.

—¿Entierro o incineración?

—Incineración.

—¿Asistirá usted a los servicios fúnebres?

—¿Hay servicios fúnebres?

—El sacerdote de la institución dice unas palabras y encomienda a Dios el alma del difunto. Se hace siempre así.

—No, no asistiré.

—¿Y las cenizas?

—Pueden deshacerse de ellas.

—Muy bien. ¿Quiere verla?

Me coge por sorpresa y hay algo que me impulsa a contestar afirmativamente, quizá la curiosidad, quizá un remoto atisbo de piedad que ha tomado cuerpo en mí.

Vamos juntos, la mujer y yo, a través de pasillos inter-

377

minables, hasta llegar a una pequeña sala. Paredes de madera y unos bancos colocados a modo de iglesia. En el centro, una especie de mínimo altar, frente al que hay un ataúd. El tanatorio de la institución. El ataúd es muy simple, tiene la parte superior cerrada por un cristal que deja ver el cuerpo de la muerta. Me acerco. Reconozco a la mujer que comió con nosotros el día de Navidad. La piel de la cara está cerúlea, los rasgos se le han afinado muchísimo. La nariz parece un cuchillo con el que se podría cortar algo. No han maquillado el cadáver, solo lo han peinado con el pelo hacia atrás. Va vestida con una túnica blanca. Es como un pájaro muerto: pequeña, frágil, un soplo de lo que fue. Me doy cuenta de que nunca he sabido su nombre. Siento una pena inmensa, no por ella sino por mí. «Yo acabaré igual», pienso. No en el psiquiátrico de una prisión, pero sí en algún albergue donde acojan a los viejos marginales y sin seguridad social, como yo.

La mujer está esperándome fuera.

—Cuando la familia no tiene recursos o no quiere hacerse cargo de los gastos...

No la dejo terminar:

—El hijo lo pagará todo, a través de mí. ¿Pueden ponerle unas flores?

—Desde luego, no hay problema.

Pasamos a un minúsculo despacho y me da los datos para hacer la transferencia. Se queda con una fotocopia de mi carnet de identidad. Consulta al banco para saber si hay fondos en mi número de cuenta. Nos despedimos. Muchas gracias. Adiós. No me acompaña en el sentimiento porque no ha lugar.

Llego hasta una parada de autobús y tomo el primero

378

que pasa. No sé adónde va, pero quiero alejarme cuanto antes de allí. Bajo al cabo de diez minutos. Busco un bar y pido una cerveza. Estoy aterrorizado, no quiero morir como la madre de Iván. A partir de mañana haré lo que sea para encontrar un trabajo de verdad. No puedo seguir así. Me tiembla la mano que sostiene el vaso, pero enseguida salgo de mi reacción histérica y voy tranquilizándome. «Aún soy joven», pienso. Estoy convencido de que encontraré un trabajo decente, de que recuperaré los hábitos normales de un hombre normal. Los fantasmas que acaban de visitarme me hacen desear algo que no había añorado jamás: morir en mi cama, rodeado de mis hijos, de mis nietos, de alguna plañidera contratada para la ocasión. Quiero dejar de ser un desecho social. Quiero ostentar de nuevo la dignidad de un hombre. Lo conseguiré.

No sé si espoleado por aquel voto solemne, creí que debía hacer bien las cosas, y eso pasaba por esperar a la tarde y presentarme en casa de Iván, decirle que todo estaba arreglado y que su madre descansaba en paz. Así que, en vez de echar tierra encima de lo ocurrido y olvidarlo, llamé a su puerta a las ocho en punto, dispuesto a cumplir con mi obligación.

Cuando Iván me abrió estaba desnudo. Puso cara de no haberme visto en la vida. Dejó la puerta abierta y musitó: «Pasa». Enfiló hacia su habitación y yo me quedé solo, sin saber qué hacer. Dije en voz bien alta, para que pudiera oírme:

—¡Si estás descansando, volveré mañana! ¡Adiós!

Le oí gritar:

—¡Espera un momento!, estoy con una puta. Enseguida salgo.

Se me encogió el corazón. Me di cuenta del error que había cometido acudiendo allí.

—¡No te preocupes, ya volveré!

Casi estaba ganando la puerta cuando él se asomó de nuevo.

—Pero ¿qué coño haces, tío, adónde vas? ¿Es que no puedes esperar ni cinco minutos? Ya hemos acabado. Le pago y listo.

Me puse a mirar por la ventana del salón, que no daba a ninguna parte. Poco después, salieron los dos. Ella era una mujer joven, de aspecto caribeño, exuberante y vulgar. Él seguía desnudo.

—¡Venga, tía, mueve el culo, que es tarde y mi amigo me espera! —le soltó.

—¿Me llamarás otra vez?

—¿A ti?, ¡prefiero una mamada de urgencia en cualquier esquina!

—¡Ay mira, el señorito, adónde viene a parar! Pues que la esquina esté bien iluminada, que igual no te la encuentran.

Vi con pánico que Iván levantaba la mano para descargarla sobre ella. Me abalancé y le atrapé el brazo en el aire.

—Ya vale, por favor. Deja que se marche.

La mujer hizo ademán de escupir en el suelo y salió. Yo seguía reteniendo el brazo de mi amigo. Me miró a la cara, y sonriendo con una mueca tensa, dijo muy suavemente:

—Suéltame, *brother*, que ya se ha acabado la agresión.

—Será mejor que vuelva mañana.

—¡Que no, tío, que no! Ahora mismo nos echamos un trago y me cuentas cómo ha ido la hoguera de la vieja. ¿Un whisky?

—Cerveza para mí.

Desapareció en la cocina. Yo tenía el corazón desbocado, el pecho comprimido por una gran presión. Intenté inútilmente serenarme. Regresó con las bebidas.

—Antes de nada, tío, dime cómo les has pagado a los de la cárcel.

—Por una transferencia.

—Pues dame tu puto número de cuenta y te lo ingreso ahora.

—Ya habrá tiempo para eso.

—Ni hablar. Lo hago ahora mismo por internet.

Saqué facturas y papeles. Se los tendí. Se sentó al ordenador y tecleó un rato.

—Listo, ya estamos en paz. Y este papelorio, ¿qué coño es?

—Una copia del certificado de defunción.

Lo rasgó por la mitad, sin echarle una ojeada, y lo tiró al suelo. Se sentó en el sofá, siempre desnudo.

—Bueno, y ahora, cuéntame.

—¿Por qué no te vistes, Iván?

—¿Te molesta que esté en bolas? ¡Ni que fueras maricón!

—Me da corte hablar contigo así. Somos personas civilizadas, ¿no?

—¡Hombre, profe, somos civilizados de la hostia! ¡Hala, ya está! ¿Mejor así?

Se había puesto un cojín sobre el sexo. La agresividad no solo le salía por los ojos, sino por todos los poros de su piel, por los dientes blancos que mostraba en una sonrisa feroz. Mi objetivo inmediato era salir cuanto antes de la casa, pero aun así le pregunté:

—¿Qué quieres saber exactamente?

—Pues, no sé, si estuvieron bordes contigo, si me pusieron a parir por no haber ido yo en persona...

—No, nada de eso. Todo fue muy correcto, muy profesional. Firmé unos cuantos papeles en tu nombre. Me dijeron que había sufrido un infarto por la noche, mientras iba al lavabo. La encontraron en el suelo, ya fallecida. Me preguntaron si quería que le practicaran la autopsia y dije que no; no sé si hice bien.

—Muy bien, tío, muy bien. ¿Para qué rajar muertos? Mejor que los dejen como están. Por cierto, ¿la viste?

—¿A tu madre? —Me interrumpí un momento. Bajé la vista, bajé la voz—. Sí, sí que la vi.

—¿Y?...

—Pues nada, allí estaba. Era un tanatorio muy digno, muy bien.

—Y el cuerpo, ¿cómo estaba?

De sus palabras habían desaparecido la furia y el sarcasmo. Me miraba con los ojos muy abiertos, con enorme ansiedad.

—Pues... ¿sabes qué pensé, Iván? Pensé que parecía un pajarito que se hubiera caído de un árbol: pequeño, seco, con las plumas sin lustre y sin color. Me dio pena.

Su cara se contrajo en una mueca extraña que la deformó por completo. No lo reconocí. Soltó un alarido agónico, se levantó y fue a su habitación. Oí su llanto desesperado, cómo daba puñetazos sobre el colchón, quizá sobre la almohada. Me largué a toda prisa. Sé que hubiera debido quedarme para intentar consolarlo, pero ¿cómo sacar aquel dolor de la cabeza de un hombre? Y aquel hombre, ¿qué tenía que ver conmigo?, ¿qué tengo yo que ver con alguien que intenta pegar a las mujeres?

Las cosas me suceden, al parecer, sin que yo pueda

evitarlas o influir sobre ellas. Llegué a casa con los nervios hechos trizas, cansado, asqueado. Sorprendentemente, enseguida me dormí.

~~~

Es curioso, me siento libre como un pájaro y, al mismo tiempo, como si ya no perteneciera al mundo en el que estoy. ¡Tanta importancia tenía la empresa para mí! Había sido el centro de mi vida durante mucho tiempo y ahora ya no es nada, solo humo. No estoy arrepentida ni tengo mala conciencia por venderla. Un negocio es un negocio; lo demás, romanticismo pasado de moda. Ya nadie entrega su alma a un trabajo. Para sacarla adelante y sortear esta crisis habría tenido que emplear todo mi tiempo y mi esfuerzo. ¡Qué cansancio! Ya no quiero luchar más.

Debería estar contenta: soy libre por primera vez en la vida. No tengo vínculos ni obligaciones, nadie depende de mí ni yo dependo de nadie. Saldría a la calle para proclamarlo a gritos. Pararía a la gente en las esquinas para decirles que puedo hacer lo que me dé la gana, para escupírselo en la cara. Los zarandearía para que me entendieran bien. Es muy frustrante saber que a nadie le importa lo que me ocurra. Que sea libre o esclava les da igual, y eso me enfada. Una contradicción.

Hace un tiempo habría acudido al psiquiatra para decirle que vivo en esa contradicción: soy libre y me cabrea serlo. Él me habría dado, sin duda, alguna píldora relajante. Hoy no, hoy ya sé relajarme por mi cuenta, de una manera natural. Llamaré a Javier y lo contrataré para esta noche; suponiendo que esté libre, por supuesto. Quizá debería pactar con él una especie de mensualidad, liberarlo de otros compromisos para que se dedicara solo a mí. Puede que no aceptara, puede que acostarse con otras mujeres no solo le proporcione dinero, sino también placer. ¿Siente el mismo placer con otras que conmigo? Conmigo no está fingiendo, eso lo sé: se convulsiona, gime, se desfonda al final. Jamás había visto ese placer en mi marido. Si con las otras hace lo mismo, debo reconocer que es un gran profesional.

—¿Javier?

—¡Irene, qué sorpresa!

—¿Estás libre esta noche?

—¡Pues claro!

—¿Voy a tu casa a las diez?

—¡Como si quieres venir antes!

—No, antes tengo trabajo.

—Perfecto entonces, prepararé algo para cenar.

Preparará una cena con toda la parafernalia seudorromántica. Lo ha hecho otras veces: velas en la mesa, música ambiental…, queda todo muy hortera en el minúsculo salón de su cuchitril.

Abrió la puerta y me abalancé sobre él. Le tiré de la ropa y comencé a quitársela. Él se reía, yo no. Tenía ganas de follar como nunca antes. Era hambre, era sed. Soy una orangután en celo, soy un animal. Nos revolcamos por el suelo. No quiero palabras, ni besos, ni caricias ni juegos previos. Quiero follar. Y follamos. Me pongo encima de él. Abro las piernas, cierro las piernas, le atrapo la polla con fuerza. No tardamos nada en corrernos, los dos a la vez. Resuellos, suspiros. Cuando recobramos la calma, me mira a la cara y empieza a darme besitos breves en todas partes: los párpados, las mejillas, la frente. Pasa al cuello y me hace cosquillas. Me repliego, intentando evadirme de su boca. Se ríe, se ríe como un loco y me aprieta en un abrazo descomunal, que me contiene entera.

—Eres un encanto —me dice.

Intento incorporarme, deshacer su nudo. Me lo impide.

—No dejo que te vayas —susurra.

Interpreta el papel del novio juguetón y eso me incomoda. Aún no sé si ha desaparecido el enfado terrible que sentía cuando he llegado. Le pido que me suelte y por fin me hace caso. Me pongo en pie y recojo la ropa esparcida a nuestro alrededor.

—¿Puedo ducharme?

—Naturalmente. Mientras tú te duchas, yo preparo la cena. Una perfecta organización.

Está eufórico. Yo estoy avergonzada de mi reciente efusión. Entro en su cuarto de baño. Lo oigo canturrear en la cocina. Está eufórico, sí. Curioseo las cosas que tiene sobre un estante de cristal: crema de afeitar, la maquinilla, un frasco de colonia a granel, un envase de Ibuprofeno... Poca cosa. Había pensado que un hombre que baila desnudo en un espectáculo utilizaría productos sofisticados para la piel, perfumes, aceites de masaje. Pero no.

Me ducho. Los músculos se me van aflojando bajo el agua caliente. Me seco con una toalla que hay colgada en un gancho. Todas las células de mi cuerpo vuelven a ser mías y están bajo control. Mientras estoy frotándome con la toalla, recuerdo que está usada y siento aprensión. Es absurdo y lo sé: practicas sexo con un hombre pero sientes asco de su toalla usada. Claro que con Javier hay sexo, pero no intimidad. Con David había intimidad, pero no placer. No se puede tener todo al mismo tiempo. Da igual, vayamos por turnos. De repente, me doy cuenta de que mi profundo cabreo ante mis contradicciones ha desaparecido. El método natural ha resultado más efectivo que las píldoras del psiquiatra.

Salgo al saloncito de Javier, tan austero, tan pequeño, tan lleno de libros. En un rincón ha preparado la mesa para cenar, donde, tal y como me temía, ha puesto una vela.

—La cena está lista —dice asomando la cabeza por la puerta de la cocina.

Una ensalada y pasta. Debía de tenerlo todo preparado con antelación, porque lo ha hecho muy rápido. Una botella de vino blanco dentro de un saquito, para que conserve la temperatura ideal. He visto esta escena en bastantes comedias americanas que dan por la tele. Son para gente joven. El chico, la chica, la vela encendida y el vino. Al final siempre sucede algo imprevisto; bueno o malo, no importa, el caso es que sorprenda al espectador. El desenlace siempre está cantado: los dos se enamoran. No he visto ninguna película en la que la chica le pague al chico por follar.

—¿Están buenos los espaguetis?

—Muy buenos.

—La salsa no la he hecho yo. La he comprado esta tarde en una tienda de productos italianos.

Está guapa así, recién duchada. Se le ha ido el poco maquillaje que llevaba. Sin maquillaje me gusta más. También se le han suavizado los rasgos. Cuando llegó tenía líneas marcadas alrededor de la boca, líneas de tensión. Supongo que se ha relajado tras el polvo de bienvenida, tan brutal. Y ahora aquí estamos, cenando como una pareja corriente.

—Me he alegrado muchísimo de que hayas venido, Irene.

—Gracias —le contesto, porque no sé qué otra cosa se puede decir. Espero que esto no derive en un intento de escena amorosa.

—Incluso puedo decir que necesitaba tu visita. Ayer tuve un día muy duro. Se murió la madre de Iván, que estaba ingresada en el psiquiátrico de una prisión. Él me pidió que me hiciera cargo de todos los trámites porque no se sentía capaz de afrontarlo. Fue muy deprimente.

—¿Por qué tuviste que hacerlo tú?

—La relación de Iván con su madre era bastante especial. Familia desestructurada, relaciones de amor-odio…, cosas complicadas.

—Tu amigo ya no es un niño. Ha tenido tiempo de librarse de sus traumas.

—No es tan fácil.

—Eres muy solidario.

—¿Tú no?

—Para ser solidario hay que ser muy feliz o muy bueno. Si no es así, mejor no ayudar.

—¿Qué es lo que te falta a ti?

—Las dos cosas. No soy buena ni feliz.

O le pongo punto final a esta conversación, o me hará preguntas sobre temas personales, que no quiero contestar.

—¿Hay algo de postre o estoy castigada?

Va corriendo a la cocina y trae un envase de helado. Mientras lo sirve, tengo tiempo de observarlo a placer. La luz de la lámpara hace que le brille el pelo. Está guapo hoy. Comemos en silencio. De repente me mira, muy serio.

—Ayer vi a la madre de Iván en su féretro. Me dio por pensar que yo acabaría igual: abandonado, solo en un rincón, sin nadie a quien le importe si estoy vivo o muerto.

—Eso que dices es muy duro.

Ha sido como un navajazo. Me ha cogido desprevenida y casi se me ha quebrado la voz. Él se ha dado cuenta. Se levanta y viene hacia mí. Me coge de la mano, vamos juntos hasta el sofá y allí nos sentamos, abrazados, en silencio. Al cabo de un rato siento sueño y me dejo ir.

Me despierto sobresaltada en mitad de la noche. No hay luz en el salón. He dormido en el sofá y Javier está echado sobre la alfombra. Me levanto, nerviosa, e intento pasar por encima de él sin despertarlo. Me acerco a la ventana para que el reflejo de las farolas de la calle me permita ver qué hora marca mi reloj.

—Son las cuatro —oigo que dice desde el suelo.

—Lo siento; no quería que te despertaras, pero es que tengo que marcharme.

—¿Por qué? Quédate a dormir aquí. Si lo prefieres, puedo cederte mi cama. Yo me acuesto en el sofá.

—Tengo que marcharme.

Cuando me ve hacer ademán de sacar mi billetero del bolso para pagarle, se levanta de un salto.

—Hoy no, por favor.

Noto tanta autoridad en su voz, tanta desesperación, también tanta violencia, que decido hacerle caso y guardo el dinero, aunque sé que estoy cometiendo un error que lamentaré.

—¿Te pido un taxi?

—Lo llamaré yo misma desde abajo.

—Como quieras.

Se acerca, intuyo que para darme un beso. Me echo

atrás procurando que mi gesto no parezca un rechazo. Levanto la mano en señal de despedida. Le sonrío.

—Te llamaré. Gracias por la cena.

Que me besara o no, es un hecho que carecía de importancia en sí mismo. Sin embargo, en aquellos momentos no habría podido soportar ni un detalle más de intimidad, ni uno solo. Bajé la escalera a pie y pedí un taxi desde la calle. Al entrar en mi casa, la encontré solitaria y silenciosa, como siempre.

~

Debería hacerle algún regalo al profesor. Se lo merece después del marrón que se ha chupado con lo de mi vieja. A lo mejor podría pasarle uno de los contactos buenos, de los que me guardo solo para mí. Estoy pensando en Puri, que es un filón de oro. Lo malo es que, como ya llevamos casi tres años de folleteo, igual me dice ella que no le apetece cambiar. Aunque lo más seguro es que sea el profe quien diga que no. Solo quiere montárselo con turistas, en fiestas de muchas tías y con la tronca esa de Irene. Si le propongo una peluquera divorciada me contestará que no está interesado. Por más que le insista en que es la dueña de un salón de peluquería de la hostia y tiene mogollón de pasta y un estilazo que te cagas, dirá que no. A él el estilo le importa un carajo. No hay más que ver a Irene, siempre tan relamida, con tacón bajo y blusas de secretaria. Él mismo, que ahora está subiéndose un buen jornal, bien podría comprarse alguna camiseta chula o un tejano de Armani Jeans. Pero nada, sigue con su ropa de almacén. Y gracias que, para ir a las fiestas, lo obligué a pillarse un pantalón negro y una camisa blanca en condiciones, que si no se me presenta en chándal, el muy cabrón.

No, voy a olvidarme del contacto de Puri. Mejor me paso por una librería, dejo pasta y que me hagan un vale. Así va él después y se escoge los libros que le apetezcan. Eso puede que le haga ilusión, y yo tengo mucho interés en que quede contento. Quiero que sepa que le agradezco un huevo que se tragara el marrón de la vieja. Y es que yo no me veía con cojones de hacerlo, se pusieran como se pusieran los del centro de internamiento. Ir allí, aguantar las condolencias, todas mentira, y luego soportar a la borde de la directora, mirándome como diciendo: «Nunca venías a verla, hijoputa». Ni hablar. Tampoco quería verla muerta. Supongo que el rollo ese de «Una madre es una madre» tiene algo de verdad. Aunque la mía era una mierda de madre. A lo mejor alguna vez sí que me quiso y me miraba diciendo muy orgullosa: «Mira el enano este, si es mi propio hijo». Pero un rato solo no vale. Me acuerdo de un día en que uno de los curas, cuando los curas aún me daban el coñazo, va y me suelta: «Tienes que agradecer siempre a tu madre que te trajera a este mundo. A ella le debes el ser. A ella y a Dios». Yo pensé: así que una madre es como las gatas, ¿no?, que te cuidan un tiempo y luego te dejan tirado por cualquier parte, y eso es muy de agradecer. De Dios ya ni hablemos, todo el tiempo vigilándote por si te portas mal. ¡Anda ya y que os follen a todos!

En aquella época en que mi abuela me llevaba a los curas para que me dieran consejos, yo me pescaba unos cabreos de la hostia. Siempre estaba cabreado por dentro hasta que me descontrolaba del todo. Era como esos tíos de las pelis a los que les han hecho una putada muy gorda y están reconcomidos hasta que consiguen vengarse y descansan por fin. Pero yo no tenía de quién vengarme. ¿De mis padres?, ¡pero si eran dos pringados y dos ruinas humanas! Así que me pasaba la vida rabioso y la rabia se rebotaba contra mí. Cada vez estaba peor. Hasta que un día lo vi claro y me dije: «Calma, tío, que tal como vas, es cuestión de tiempo que te estrelles». Entonces empecé a buscarme la vida, a olvidarme de lo pasado y a cuidar de mí mismo. Es verdad que de aquella época cuando era joven me ha quedado un punto justiciero. No me gustan las putadas; aunque lo curioso es que más que saltarle a la yugular al tío que hace una putada, lo que me sale es arrearle una hostia al que la aguanta. ¡No soporto a los que aguantan calladitos las putadas ajenas! ¡Me ponen de mala hostia!

El caso es que pasé de los consejos de mi abuela, de los curas y de todo dios. «Tienes que portarte bien.» ¡A la mierda! «Tienes que ir a la escuela y estudiar.» ¡Al carajo! «Tienes que encontrar un trabajo como Dios manda.» ¡A tomar por saco! «Tienes que escoger una buena chica y fundar una familia.» ¡Y una leche! Pasé de todo eso pero me busqué la vida y me cuidé. ¡Y aquí estoy!, que alguien venga a decirme algo ahora: mi apartamento cojonudo, mi ordenador, mi coche, ropa de marca, guita para mis gastos… y todas las tías que quiero, pagando ellas o pagando yo.

Lo de la librería y el cheque-regalo es lo mejor, seguro que le gustará. Tiene suerte el profesor de que le flipe leer. Coge su libro, se apoltrona en algún sitio donde no haya demasiado follón y se olvida del mundo. A los demás que nos den. Yo lo tengo más chungo. Sí que me paso horas colgado del Twitter, el Facebook y todas esas mierdas, pero no es lo mismo, joder. Él con los libros hace cultura, y lo que hago yo es enrollarme con una panda de tarados y de capullos que en el fondo me dan asco. Pero a mí leer me aburre. No he podido con el Raskólnikov ese de los cojones. Si el poli no para de perseguirlo y de darle el coñazo, digo yo que al final tendría que rebotarse y pegarle unas hostias, o mejor apiolarlo, joder, acabar con la historia. Pero no, el Raskólnikov venga a comerse el coco y no hacer nada. Me aburre, joder, no puedo remediarlo.

El profe tiene suerte a pesar de todo lo que le ha pasado últimamente. Por ejemplo, que sus padres cascaran de jóvenes en un accidente es un puto chollo. Y no me he vuelto loco por pensar eso. Así ha podido acordarse de ellos como si fueran la hostia de buenos, y también inventarse todo lo que le haya venido en gana: que si le compraban juguetes, que si le daban besos antes de dormir…, lo que sea, porque eso funciona así; al principio puede que no te creas tus inventos, pero después van entrando en la chola con más fuerza y acabas pensando que son la pura verdad.

Yo habría hecho cualquier cosa por no haber conocido a los viejos que me tocaron en la rifa de padres. Por lo menos el cabrón de él la espichó pronto, pero ella…, siempre he vivido sabiendo que andaba por ahí, jodida y hecha una mierda, tirada por la calle sin que nadie diera un pavo por ella. Por no hablar de los últimos años. Los últimos años siempre la tenía metida en un rincón de la cabeza, jodiéndome: «Estoy en el almacén de locos de una cárcel». ¡Hostia, tío!, ¿qué más se puede pedir? Había caído en lo más hondo, no hay ningún escalón más que se pueda bajar, en el puto sótano acabó. Y yo allí, aguantando que estuviera viva. En eso he sido un mierda. Hubiera tenido que plantarme un día delante de ella y soltarle un tiro en la cara. Pero me comí las ganas y hasta me la llevaba a casa el día de Navidad. ¡Un mierda, hay que joderse!

Por eso digo que para el profe todo ha sido más fácil, y encima le gusta leer.

~⁓

La situación resulta bastante confusa; ambigua, cuando menos. Tenía muchas ganas de llamarla para quedar, pero se supone que es ella quien debe solicitar mis servicios profesionales. Sin embargo, la otra noche no me pagó, y fue una cena maravillosa. Estaba relajada, estaba divertida…, se podría decir que se mostró incluso cariñosa. Cierto es que, al final, decidió volver a su casa en plena madrugada. Pero, aparte de eso, hubo un avance importante en nuestra relación. Avance importante, ¿hacia qué meta? No sé qué responder. Irene es una mujer arisca, despreciativa, contradictoria, con uno de los caracteres más extraños que he visto jamás. Intentar comprenderla se ha convertido en una especie de reto para mí; pero la tarea se vuelve casi imposible porque no cuenta nada. ¿Cómo puedo ni siquiera adivinar qué piensa o qué siente si se niega a hablar sobre ella misma? Y no debo hacerle preguntas. Estoy convencido de que cualquier curiosidad por mi parte puede asustarla y ponerla en fuga. Es como una de esas yeguas de raza, nerviosas y desconfiadas, frente a las que se aconseja no hacer movimientos bruscos. Sin embargo, estoy seguro de que existe un tesoro de ternura en su interior, un tesoro que no encuentra el camino de salida.

Finalmente la llamé.

—Hoy no puedo. Tengo que trabajar. Quizá mañana.

—Pero mañana es viernes y actúo en el club. Tengo que estar pronto allí.

—Nos vemos después de tu actuación.

—Había pensado en actividades diurnas.

—¿Actividades diurnas?

Se ha reído, y su risa sigue sonándome bien.

—Ya sabes, dar un paseo, tomar un café.

Su silencio se prolonga un instante, pero enseguida acepta mi proposición y quedamos en una cafetería. Al parecer, su trabajo puede esperar.

Aparece cuidadosamente arreglada, muy elegante. Alguna vez me gustaría verla vestida con tejanos y una simple camiseta, como voy yo. Nos damos besitos en las mejillas, casi con timidez. Se sienta y se queda callada. No la incomodan los momentos vacíos de palabras, pero a mí sí. Pedimos café.

—Te ha gustado lo de las «actividades diurnas».

—Sí. —Sonríe vagamente.

—No sabía cómo expresarme. El caso es que me gusta cuando nos encontramos para hacer lo que la gente hace con toda normalidad. ¿Entiendes lo que quiero decir?

—Sí, dar un paseo o tomar café.

—Es más que eso; lo que estoy intentando decirte es que me gusta estar contigo, Irene, de noche y de día.

Espero una reacción malhumorada o que cambie de tema sin contestar, pero baja la vista y dice:

—Sí, para mí también es muy agradable.

No deja de ser una fórmula bastante vacía de contenido, pero lo suficientemente alentadora como para animarme a continuar:

—El ambiente en el que vivo como chico de alterne es una mierda. No consigo acostumbrarme a esta historia. Todo tiene un aire cutre, sórdido. Puede que sea un tipo chapado a la antigua, pero echo de menos otra clase de relaciones: estar en pareja, la complicidad que se crea entre dos, la compañía profunda que significa estar con alguien, el apoyo... ¿Me entiendes?

—Te entiendo, sí.

—¿Tú nunca añoras esas cosas?

—No. Yo estoy bien como estoy.

—Eres más fuerte que yo.

—No lo sé.

—¿Sabes una cosa? He vuelto a buscar trabajo; y no solo como profesor. Pienso que podría hacerlo bien como dependiente en una librería, como ayudante de bibliotecario... No sé, ando mandando mi currículum por ahí. Es difícil, pero no es imposible. Hace tiempo que había dejado de intentarlo, pero ahora tengo nuevos estímulos, me siento más motivado.

—¿Te has cansado de nosotras?

—¿Nosotras?

—Tus clientas.

Sabe cómo joderte, lanza el dardo en el momento oportuno y con toda puntería. Pero, calma, no pienso contestarle mal. Quizá he forzado demasiado las cosas, he jugado demasiado rápido. Ya está bien por hoy.

—¿Qué te parece que hagamos, Irene? ¿Damos una vuelta?

—Me gustaría ir a tu casa.

Sonrío, asiento. Ella sonríe también. Doy otra vuelta de tuerca:

—Con una condición.

—Me la imagino; pero si yo no te pago, ¿de qué vas a vivir?

—Tengo otros ingresos. Eres la única a quien no quiero cobrarle.

Observo disimuladamente su rostro buscando un mínimo rictus de contrariedad. Si ahora me preguntara por qué, lo consideraría como una invitación a decirle algo más comprometido, a dar un paso de gigante, quizá. Pero no lo pregunta. Se pone de pie y busca las gafas de sol en el bolso.

~⌒つ

La escena final con el gerente en la notaría ha sido muy desagradable. Ya habíamos hablado muchas veces, revisado los números, firmado mil papeles. ¿Por qué me monta entonces un número absurdo frente al notario y el comprador?

—¿Puedo hacer un pequeño aparte con la señora?

Salimos al pasillo. Me mira a los ojos.

—Irene, ¿estás completamente segura de que quieres vender?

—¿A qué viene esto? Ya sabes que sí.

—Yo tenía la obligación de decirte lo mal que estaban las cosas y lo he hecho; pero existe la posibilidad, con un esfuerzo por tu parte...

—Volvamos al despacho, por favor.

—Irene, es la empresa de tu padre. El trabajo lo ha sido todo para ti, cuando salgamos de este edificio desaparecerá para siempre de tu vida.

—¿Sabes qué pienso ahora? Que la empresa de mi padre es la responsable de todo lo malo que me ha pasado desde que nací. Volvamos dentro, por favor.

Ha puesto la misma cara que si le clavaran un puñal en el corazón. Muy teatral. Quiere dejar bien claro que ha hecho algo para disuadirme. Quiere destacar mis errores, mi falta de coraje para seguir al mando, mi incapacidad para luchar.

Al salir a la calle pretendía que comiéramos juntos. Me he dado el gustazo de quitármelo de encima. Se acabó.

Pensé en llamar a Javier. Una sorpresa. Una comida imprevista como «actividad diurna». ¿Era adecuado? No me importaba eso, por una vez. Necesitaba compañía.

—Hoy no puedo, Irene. Actuamos a mediodía Iván y yo.

—¿A mediodía?

—Una multinacional de cosmética celebra su convención anual. Como casi todas las ejecutivas son mujeres, han pensado en un estriptis como fin de fiesta. Pagan muy bien. No puedo dejar tirado a Iván.

—No tiene importancia. Otra vez será.

—Mañana mismo, si quieres.

—Mañana no puedo. Ya te llamaré.

He quedado con Genoveva como sustituta. No quiero comer sola hoy. Hemos bebido champán y brindado por la venta de la empresa. Al terminar me encontraba bastante achispada, y de nuevo he tenido ganas de llamar a Javier. Pero no está disponible, claro, está desnudándose y haciendo el imbécil frente a un montón de tipas de lo más vulgar. En realidad, tampoco me apetecía follar con él. Lo único que me hubiera gustado es que me acariciara la espalda en silencio como a veces hace. En esos momentos la mente se me queda en blanco y descanso, dejo de pensar.

Nos hemos visto con frecuencia creciente en los últimos días. Unas veces me paga y otras, no. Es mejor que me pague de tanto en tanto porque tengo que hacer frente a los gastos de la vida normal. Mi búsqueda de trabajo no ha dado resultados, ni los dará. ¿Quién necesita a un licenciado en tiempos de crisis? Podría intentar que me contrataran en una fábrica, de currante en un almacén. Pero ¿de verdad me veo descargando cajas de un camión ocho horas al día? No. No me veo haciendo nada ocho horas al día. Necesito tiempo para leer, para pensar. Mi abuela me mantuvo mientras fui estudiante y luego Sandra lo hizo en parte, también. No estoy acostumbrado a cumplir un horario completo. No soy valiente, no soy batallador. Ser chico de alterne me ha permitido tener tiempo libre, seguir viviendo como siempre viví. El mundo es complicado, cada vez más. No se puede tener todo, aunque en ocasiones me asalta la idea de que con un poco de suerte sí podría tener mucho más.

Irene me llamó una mañana y quedamos citados para cenar. Fuimos a un japonés y luego a mi casa. Tuvimos una sesión de sexo esplendorosa, de las nuestras, intensas y salvajes. Después, casi sin pensar, le pregunté si quería quedarse a dormir. Nunca se queda, pero ese día me respondió que sí. Me dejó de una pieza. Un avance importante.

Le presto un pijama que le viene enorme y su pinta nos hace reír. Se tumba a mi lado. Apago la luz. Ni la toco, porque le tengo miedo. Siempre me embarga la sensación de que puede echar a correr. Al rato, oigo su respiración acompasada. Se ha dormido. Me llena un bienestar que no sentía desde hace mucho tiempo. Duermo junto a alguien de nuevo. Una mujer. Casi no se filtra luz por la ventana y no puedo siquiera entreverla, pero la oigo, tranquila, sosegada. Estoy tan emocionado que siento ganas de llorar. ¡Qué solo he estado en estos últimos meses!, pero hoy tengo un bien preciadísimo: la respiración ligera, casi infantil, de una compañera que duerme conmigo.

A la mañana siguiente abro los ojos y ya no está allí. No pasa nada; se ha despertado temprano y se ha ido a trabajar, procurando no molestarme. Huelo la almohada, impregnada de su perfume. Doy vueltas en la cama, me desperezo..., estoy bien. De repente, me asaltan dudas sobre algo que puede ser significativo. Miro en la mesilla de noche. Voy al salón e inspecciono por todas partes. No, no ha dejado dinero para pagarme. ¡Menos mal! Debe de haber estado pensando qué hacer y ha tomado esa decisión; no es mujer que actúe sin reflexionar.

Me preparo el desayuno canturreando y lo tomo en la cocina, tranquilo, con una sensación creciente de orden en mi vida. ¡Quién sabe!, quizá esté cerrando un paréntesis y a partir de ahora todo puede volver a ser como era, o incluso mejor. De pronto, y sin ningún desencadenante lógico, me asalta una punzada de inquietud: ¿y si todos los detalles afectuosos de la noche anterior son como una especie de despedida? No es impensable, en el fondo casi no conozco a esta mujer. Cometo la imprudencia de llamarla por teléfono. No contesta. Le dejo un mensaje: «No quiero nada en especial; solo oírte. Te llamaré después».

Me doy una ducha. Salgo a la calle. Compro el periódico y me siento a leerlo en un bar, con un buen café. Las absurdas inquietudes que hace un momento sentía se despejan por fin. Aun así, cuando suena el teléfono y compruebo que es ella, me llevo una gran alegría.

—Perdona. No te he llamado porque estaba en una reunión de trabajo. ¿Nos vemos hoy?

Impulsivamente contesto que sí, pero enseguida me doy cuenta de que no puede ser. Tengo ensayo en el club y se prolongará más de lo habitual porque hemos introducido algunos cambios en el número. Acepta que nos veamos al día siguiente, aunque hay cierta decepción en su voz.

Llega a la cita sonriente, cosa excepcional, y yo la recibo con un abrazo, sin miedo a que me rechace, cosa excepcional también. Estamos en un italiano de lujo que ella ha escogido. Estudiamos la carta, pero yo levanto la mirada y ella lo hace al mismo tiempo. Ninguno de los dos desvía la vista. Juraría que la noto más franca, más directa, casi cómplice. Quizá estoy a punto de tomar contacto con la mujer real que se esconde tras la mujer enmascarada con la que he venido tratando. Es un momento importante; no creo haberme equivocado con respecto a ella: «Guarda un tesoro de ternura en su interior» que, tarde o temprano, quizá ahora mismo, aflorará.

Cenamos tranquilamente. Le cuento los cambios que hemos introducido en nuestra actuación: la lanza es demasiado larga e Iván ya lleva varias rozaduras sobre la piel..., detalles tontos a cuyo relato imprimo cierta comicidad. La veo reír. La mujer que ni siquiera sonreía, se ríe por fin. De pronto, me dice:

—Quizá haya alguna manera de que podamos arreglar lo de tu trabajo.

Tengo el corazón desbocado y me pregunto si se dispone a pronunciar las palabras que quiero oír. Está un poco nerviosa, no me mira a la cara mientras habla.

—Ya sé que tus actuaciones en el club no piensas

abandonarlas, pero quizá sí podrías dejar tus citas con mujeres. No sé cuánto dinero sacas con esos contactos, ni qué cantidad necesitas para llevar tu vida normal; pero podría hacerse una estimación y..., bueno, yo te pagaría una especie de sueldo. Te liberaría de esas obligaciones para que estuvieras siempre a mi disposición. Dentro de un orden, claro está.

¿Un jarro de agua fría? No lo sé; en cualquier caso debo decírselo ahora, ahora o nunca. Finalmente ha sido ella quien ha sacado esta conversación.

—Irene, llevo pensando en estas cosas mucho tiempo, aunque nunca me había atrevido a planteártelas. Tú eres dueña de una empresa, ¿verdad?

—Sí, tengo una empresa.

—Quizá pudiera darse el caso de que..., de que encontraras un puesto de trabajo en ella para mí. No sé hacer muchas cosas, pero con un empleo a tiempo parcial en las oficinas o en la administración sería suficiente. Sabes que llevo buscando algo desde hace tiempo, pero es imposible. Si hacemos lo que tú propones, pagarme por... salir contigo, me condenas a seguir siendo lo que soy. Además, nuestra relación no puede evolucionar de modo normal. No quiero ser tu chico de alterne, ni tuyo ni de nadie. Me humilla, me revienta, nunca me acostumbraré. Si trabajara en tu empresa y las cosas fueran bien, con el tiempo podría incluso dejar de bailar en el club. Tú y yo viviríamos una vida normal como vive la gente normal. Hay algo entre nosotros, Irene, no sé qué es exactamente ni hacia dónde irá a parar, pero no será nada si no le damos la mínima oportunidad.

Me he expresado con vehemencia contenida, pero creo que también con sinceridad total. Ella no ha cambiado de expresión, lo cual no es sorprendente. Le he hecho una contrapropuesta que no esperaba y tiene que pensar. En efecto, un instante más tarde dice:

—Lo pensaré.

—Bien. Hoy no hablemos más del tema, si te parece. ¿Vamos a mi casa?

Vamos a mi casa y hacemos el amor. Como no quiero estar interpretando sus mínimos gestos y ponerme histérico, me concentro en mi propio placer. Lo paso bien. La perspectiva de hallar una solución para mi vida me relaja en vez de inquietarme.

A la una de la madrugada, Irene dice que se va.

—¿No te quedas a dormir?

—Mañana tengo una reunión importante a primera hora —explica—. En la empresa —añade.

Su perfume persiste un buen rato flotando en la habitación y me adormece.

꩜

Llego a casa a la una y media. Me ducho. Me pongo el pijama. En vez de meterme en la cama, me siento en el sofá del salón. Apago la luz general y me quedo con una lamparita que casi no ilumina. Una tenue penumbra, bien. Tengo una botella de whisky al alcance de la mano y bebo a gollete porque no me apetece ir a buscar un vaso. Me echo a reír. De verdad que es increíble; debe de tratarse del destino, del karma o del ángel de la guarda, que me conduce siempre por los mismos caminos. Mi chico no quiere un sueldo por sus servicios exclusivos; lo que quiere es trabajar para mí en un trabajo decente. Quiere trabajar en mi empresa, justo la que acabo de vender. Un montaje perfecto para él. Así nuestra relación podrá evolucionar, una evolución que ni el propio Darwin llegaría a conjeturar. Voy a hacer un esfuerzo de imaginación: el chico empieza de botones en el hotel y llega a director general. En las antiguas películas americanas siempre sucedía así. También en las películas americanas aparecían los cazadotes, que pretenden a la chica rica, sosa y feúcha. Muy bien. Le busco una colocación a tiempo parcial para que no se canse demasiado y él, poco a poco, va escalando puestos en el organigrama. Como mientras tanto nuestra relación ha ido evolucionando también hacia la cumbre, yo voy echándole una mano para que triunfe al final. Una vez en la cúspide total, nos casamos. Entonces mi muchacho consigue hacer el doblete ideal: gerente y esposo de la dueña. Es un plan fantástico para él; pero no solo para él. ¿Acaso yo no obtengo ventaja alguna en esta organización? ¡Por supuesto que sí! Para empezar, saco de mi carne la espinita social de haber sido abandonada por un marido y, encima, me agencio otro: nuevo y en buen estado. En cuanto a la empresa, ¿qué más puedo pedir? Ganamos un increíble licenciado en Literatura, con la falta que hace un buen literato para cualquier gestión financiera. Y, encima, es profesor en paro, bailarín de estriptis y prostituto profesional. ¡Un fichaje de campanillas! Lástima haber vendido el negocio, porque con un nuevo empleado así, quizá habríamos conseguido reflotarlo.

Me pongo en pie y voy a buscar mis fotos de boda. Cuando David me dejó, pensé en tirarlas a la basura; pero al final, las arrinconé en un cajón. Aquí están, y aquí estoy yo con un vestido blanco de seda salvaje y un velo de tul ilusión sujeto a la cabeza por una diadema de flores. No sé por quién me dejé engañar para llevar esa pinta tan clásica. Si mi madre hubiera estado viva, no me habría dejado vestirme así. Seguro que era más moderna, o no. ¿Cómo voy a saberlo si nunca la conocí? Aquí veo a papá, elegante y ufano, naturalmente; casaba a su única hija y ganaba un activo estupendo para la empresa en la figura de aquel joven abogado que, a partir de aquel momento, trabajaría para él. La empresa. Bien me jodiste con la empresa, papá. Una cárcel perfecta para mí. Una trampa atrapamaridos que, visto lo visto, nunca falla. Y aquí está David, serio y con chaqué. Seguro que ese día apuntó en su agenda: «Boda a las doce». Todas son imágenes gloriosas que podrían repetirse de nuevo dentro de poco. Con otros personajes, claro está. Papá ya no saldría en las fotos porque está muerto. David está con una mujer que no soy yo. El novio sería Javier. ¿Cómo iríamos vestidos para la ocasión nupcial? Él llevaría el traje de romano con el que baila en el club y yo debería ponerme a tono: quizá un vestido rojo de vampiresa con un corte lateral por el que sacaría la pierna y el pie, enfundado en un tacón de aguja plateado. ¡Fastuoso! Los padrinos serían Genoveva e Iván. ¡Más fastuoso todavía!

Bebo un buen trago y luego echo dos gotas de whisky en la foto. Una, sobre la imagen de papá. Otra, sobre David. Quiero que brinden conmigo por mi nuevo matrimonio, que nunca sucederá.

Todo hubiera podido ser distinto esta vez; de hecho, estaba empezando a serlo. Yo nunca le hacía preguntas a Javier. No quería saber nada más. Estábamos bien como estábamos: charla y sexo. De vez en cuando, dormir juntos y contentos, después de follar. Le agradezco que me haya abierto las puertas del placer en el sexo. De lo demás no tengo queja: educado, amable, cariñoso y diverti-do. Pero yo aspiré a más, a tenerlo en exclusiva por un precio concertado que nos conviniera a los dos. Un acuerdo civilizado y a vivir: con la empresa vendida, el dinero en las arcas..., ¡libre por primera vez! Un fallo imperdonable, porque aspirando a tenerlo solo para mí, a él le di la opción de aspirar a todo: trabajo seguro, rela-ción que evoluciona y una vida normal.

Quizá debí decirle: «La empresa ya no está dentro del *pack*», pero me guardé el dato, y así seguiré. ¡Vaya mier-da! Hay mujeres que valen lo que valen por sí mismas, otras siempre formamos parte de un *pack*.

Mañana llamaré al psiquiatra para mandarlo al infier-no. ¿Ya lo he hecho? Da lo mismo, lo mandaré al infierno otra vez. Le diré: «Usted llevaba razón. He vivido en una jaula de amor paterno y dinero; pero no voy a salir de ella tomando pastillas e intentando conformarme. Saldré como a mí me apetezca. ¡Mamón!».

Será divertido, será genial. Mañana mismo lo llamo.

Tengo sueño, pero no me iré al dormitorio. No, me quedaré aquí, toda la noche en el sofá. No quiero más orden en mi vida. Para mí, el orden ha sido el caos.

～

Creí que había metido la pata definitivamente, de ver-dad. No me ha llamado en quince días; y cuando la he llamado yo, siempre me decía que estaba ocupada: una acumulación de problemas en la empresa que requería su atención. Hasta ayer. Ayer me llamó tan contenta: por fin el panorama de trabajo se ha despejado y puede vol-ver a la normalidad. Yo ya estaba casi seguro de que mi proposición la había hecho recular hasta el principio de la historia. Todo perdido, adiós. Le había contado a Iván que le pedí un puesto de trabajo en su empresa y su reacción no me animó.

—Pero tú estás loco, chaval. ¿De verdad te has creído que estas tías están por la labor? Solo con pensar que trabajaras en su empresa y que le insinuaras llevar una vida de pareja, ya debió de ponerse de los nervios. Y me apuesto los huevos a que cuando estuvo sola en su casa, se descojonó de ti. Parece que no te enteres, profesor; para estas tías somos unos pringados, lo último de lo último, puta carne de cañón. ¿En qué país es que van por clases sociales y los de abajo no se pueden ni tocar? En la China o en la India, no me acuerdo. Bueno, pues aquí tres cuartos de lo mismo. A ver si te has creído el rollo de que en la democracia todos somos iguales y el copón.

No podía contestarle que yo no soy él, ni que la relación con Irene no es solo de sexo. Lo intenté:

—Mira, Iván, no te digo que Irene se haya enamorado, pero creo que soy algo para ella, que me trata de un modo especial.

—Sí, seguro que suspira por ti todas las noches. Seguro que le pega besos a tu foto. ¡Que no, profe, que no! Ella te ha propuesto folleteo con exclusividad, pero eso no quiere decir nada. Estas tías, todas las tías, se vuelven egoístas, no les mola compartir. Por naturaleza, quieren una polla propia; pero de ahí a darte trabajo y llevar contigo un rollo serio…, quítatelo de la cabeza, profesor. Quítatelo o esta tía te joderá. Y mi consejo es que le digas que, de exclusividad, nada de nada. Que se ponga a la cola. Ya te lo advertí al principio, si te quedas con una sola, la has cagado.

Iván ha cambiado desde que su madre murió. Se ha vuelto más agresivo, abomina más si cabe de las mujeres, responde muchas veces de modo brusco, está siempre de mal humor. Debe de sentirse culpable por no haberla atendido, o rabioso por no haberse vengado de ella. ¡Quién sabe! En cualquier caso, mis dudas se disiparon con la llamada de Irene. Quedamos para la noche.

Está radiante con un vestido escotado de color azul. Se comporta con toda normalidad, como si nos hubiéramos visto el día anterior. Sonríe, habla; la veo tan alegre que tengo la sensación de que en cualquier momento va a anunciarme que tiene un trabajo para mí. No estoy pidiendo nada excesivo, ni inmoral. No quiero aprovecharme de la situación. Ella me gusta, yo le gusto, ¿por qué no intentarlo? Si trabajara para su empresa procuraría hacerlo bien. Ni se me ocurriría aspirar a privilegios o tratos de favor. Tampoco pretendo medrar ni ganar una fortuna; solo un salario justo que me permita vivir, pagar el alquiler, comprar libros... Nunca he sido un hombre ambicioso y no comprendo a quienes lo son. Con mi pequeño apartamento tengo bastante, un poco de tiempo libre y ya está, felicidad asegurada. Abandonaría el trabajo en el club, del que ya estoy harto, y los encuentros con mujeres, que cada vez me revuelven más las tripas. No reniego de lo hecho; las cosas han sido como han sido y no había alternativa. Pero debo dejar el mundo marginal de una maldita vez. No quiero acabar como Iván, como su madre. En cuanto a la relación con Irene..., ya se verá. Por el momento, cada uno en su casa. Evolucionaremos o nos quedaremos encallados, pero al menos los dos tendremos las cosas claras y quizá, solo digo quizá, surja algo duradero. Las relaciones estables no se basan únicamente en pasiones violentas o amores románticos. Es posible que al estar juntos con otras reglas de juego, lleguemos a conocernos bien, a querernos incluso. No sería difícil si siempre se presentara ante mí como hoy: preciosa y contenta. Hoy me mira de un modo especial, casi arrebatador. La deseo. De buena gana me levantaría de la mesa del restaurante y la arrastraría hasta mi casa. Hoy el sexo va a ser explosivo.

Lo fue, explosivo y total, hambriento y entregado. Después tomamos un café en la cocina, una pequeña ceremonia íntima. Con mi taza humeante en la mano, le pregunté:

—¿Has tenido tiempo de pensar en mi trabajo?

—¡Por supuesto que sí! Ya he dado las órdenes pertinentes para que se busque algo en lo que puedas encajar.

—Verás, Irene, no me gustaría que pensaras que...

—No es necesario añadir ninguna explicación más. Todo está muy claro. He pensado que, para celebrarlo, os invito a cenar en mi casa. Seremos los cuatro de siempre: Genoveva, Iván, tú y yo.

Nunca he estado en su casa. No ha dicho qué es exactamente lo que vamos a celebrar. A lo mejor se refiere a los cambios que van a producirse en su vida y la mía. Tengo confianza en que sea así. Tampoco la había oído expresarse de un modo tan profesional: «He dado las órdenes pertinentes». En su entorno de trabajo debe de ser otra mujer muy distinta. No lo sé; bien pensado, solo la conozco en la cama y en la mesa de un restaurante...

Ha insistido en pagarme esta noche. No tiene importancia, dejaré que sea ella quien imponga los ritmos de cambio en la situación.

～⁀

Acojonante, ha sido acojonante. Una pasada, de verdad. Me extrañó que nos invitara a su propia casa, porque no es lo normal, pero allí estábamos a la hora convenida para la cena. Un casoplón de la hostia. El salón es grande como una discoteca. Sillones por todas partes y un sofá largo como un tren. Y cuadros, y muebles antiguos y modernos todos mezclados. Todos buenos, de primera, que yo de eso no sé mucho pero algo sé. Un armario bajo o como se llame que, cuando lo abrió me quedé espatarrado: botellas y botellas de whisky y de ginebra, de mil marcas y otros licores que vete a saber tú qué serán. Nunca había estado en la casa de un rico, así como invitado, quiero decir. Sí que había visto casas buenas cuando vamos a actuar a alguna fiesta, pero ninguna como esta. ¡Coño, al principio me dio rabia! Si hubiéramos sabido que estas zorras tenían semejante nivelazo, el profe y yo les habríamos cobrado más. Aunque los muy ricos tienen fama de regatear, de ser tacaños, que por algo se hacen ricos. También me puso de mala hostia la cosa en sí, porque ¿a santo de qué esta tía borde tiene que vivir como una reina y los demás nos buscamos la vida como podemos? Una injusticia como un castillo. Ya sé que siempre ha habido gente con pasta y tíos pringados, y que siempre será así; pero cuando lo ves en vivo y en directo toca las pelotas, jode y en paz. Por lo menos, daba la impresión de que pensaba tratarnos como vips: «¿Qué os apetece tomar?», «Sentaos, por favor». Todo muy fino y muy educado. Hasta el hielo que pusieron en los vasos parecía distinto del que sacas en tu casa de la nevera. Hacía un ruido fantástico al chocar contra el cristal: *cloc, cloc...*, sonaba a lujo, sonaba tan bien como el whisky cayendo después, con su colorcillo de miel.

Nos sentamos y empezamos a decir chorradas, como siempre. Yo, para tocar un poco los cojones, dije que whisky no me apetecía, que prefería cerveza. No quería que pensaran que soy un matado que se aprovechaba de la situación, que yo un whisky me lo tomo cuando quiero. Fue a buscarla la dueña y, cuando volvió con la botella y una copa helada, Genoveva le preguntó si la criada tenía el día libre. Claro, seguro que Irene la ha quitado de en medio para que no nos vea.

Yo, de vez en cuando, miraba al profesor y le hacía señas con los ojos para que se fijara en el lujazo; pero el tío no se enteraba. Estaba acojonado, sentado con las piernas juntas como los viejos que van al médico de la Seguridad Social y esperan en la sala. Se le veía arrugado como una colilla acabada de tirar. Yo no, yo estaba tan fresco, bebiendo mi birra como si estuviera en el bareto de la esquina. Yo no me arrugo delante de nadie.

Allí nos quedamos en plan charla social, hasta que se hizo la hora de cenar y dijo Irene que pasáramos al comedor. ¡Joder, parecía que estuviéramos en una puta película! En el comedor había un bufet con un montón de cosas frías en bandejas tapadas por trapos blancos. Solo había que quitarlos y comer. Seguro que la criada se lo había dejado todo preparado, para que ella no tuviera que molestarse. Era una cena cojonuda, de las que no se ven todos los días. Hasta percebes había, que nunca los había probado porque me dan como asco. Esa noche tampoco los probé. ¿Cómo voy a tragarme un bicho que no se sabe dónde tiene la cabeza y dónde los pies? Pero había otros mariscos que sí pillé. Genoveva decía cursiladas de las suyas: «¡Ay, por Dios, qué orgasmo de cena!». Antes me hacía gracia, pero ya empieza a tocarme los cojones. Le daría una hostia. La mataría. Pero nada, yo tranquilo, me levantaba a rellenarme el plato cuando tocaba y me reía y miraba al profesor, que ya estaba menos nervioso, parecía encantado de la puta vida, brindaba con la copa y miraba a Irene como si aquello fuera la celebración de un jodido casorio y ella la novia.

La tal Irenita se iba desmadrando. Le pegó al vino cosa mala y después al Moët Chandon. La sirvienta había dejado un cubo enorme lleno de hielo y botellas, para que no tuviéramos que ir a la cocina a buscarlas, no fuera caso que nos descojonáramos del cansancio. De allí íbamos mamando. Y la Irenita le daba bien, aunque seguía siempre en su estilo: hablando poco y soltando algún comentario borde de vez en cuando. A mí me pone de los nervios esta tía porque nunca sabes si se está quedando contigo o te habla sin mala intención; aunque para mí que es lo primero. «¡Qué camisa tan mona llevas, Iván! —me dice de pronto—. ¿Es de marca?» Lo que el cuerpo me pedía era contestar: «Vete a vacilarle a tu puta madre, nena», pero me callé porque es una clienta y el profesor es mi amigo. Por cierto: ¿cómo es posible que se haya colgado de una tiparraca así? Fría, mirándote siempre como si fueras un matado, antipática, más rara que un perro verde..., ¿no hay más tías en el mundo? Yo le caigo como el culo y me pregunto por qué huevos me ha invitado a cenar. Supongo que le gusta putear a la gente.

El caso es que cuando ya llevábamos muchas botellas trincadas, la dueña de la casa va y dice que tiene una sorpresa para todos. Entonces saca un montón de papelinas para que esnifemos a discreción.

—¡Anda!, ¿y eso? ¿Cómo te las has apañado para hacerte con semejante arsenal? —se me ocurre decirle.

—Tú piensas que soy una niña tonta, ¿verdad, Iván?

—Yo no he dicho eso. Eso lo dices tú.

—Hablamos de pensar, no de decir.

Este Iván es perfecto, me encanta. Agresivo, cretino, faltón, machito sin cerebro. Pura chusma. El rey de los horteras, el *number one*. Un tesoro antropológico.

—¡Yo siempre digo lo que pienso!

Menos mal que no llevaba una recortada, que si no la acribillo allí mismo. En eso que el profesor, viendo el mal rollo que se está liando, dice un par de chorradas para cortar. Todos nos reímos. Hasta Genoveva se ríe. La pobre lleva tal colocón de bebida que parece que se va a dormir de un momento a otro.

Nos metemos unos tiritos, una farlopa de primera calidad. Los ánimos se calman. Seguimos hablando de las gilipolleces de siempre, nada especial. Entonces Irene se levanta y pone música. Luego empieza a bailar en plan sexi por todo el comedor. ¿De dónde ha sacado ese rollo? Hoy vamos de sorpresas. La droga la ha puesto a tono, le hace enseñar su parte escondida. Genoveva se pone a bailar también; entre el colocón que lleva y lo pasada de años que está, tiene menos gracia que un oso dándole al *break dance*. El profe, genio y figura hasta la puta sepultura, se queda muy parado y solo sonríe un poco para disimular. Yo me uno al mogollón haciendo el ganso, aunque no sé de qué va el lío. ¿Qué viene después:

ha preparado la chacha dos habitaciones o nos lo montamos hoy de cama redonda? Para probar le toco una teta a Genoveva, que, haciéndose la cachonda, se pone a berrear y me tira por la cabeza un trozo de pan que ha cogido de la mesa. Cuando por fin la cosa parece que se anima, va Irene y pregunta: «¿Queréis un gin-tonic?». El profe dice que sí y la Irenita de los cojones nos deja a todos de piedra porque va y suelta: «Pues vamos a tomarlo a un bar. Aquí hace mucho calor». Javier, encantado, ¡qué alivio!, ¿no, profe? No veías tú muy clara la situación. De manera que recogemos nuestros bártulos, arramblamos con las papelinas que aún no hemos tomado y salimos a la calle.

A la primera de cambio, Irene, que está pasada de rosca, ve un autobús que se acerca a una parada y se pone a correr. «¡Seguidme!», grita. Nos subimos al puto autobús sin billete, claro, y por la puerta de atrás. El conductor no dice esta boca es mía, y la poca gente que viaja a esas horas nos mira sin ganas. No tenemos ni puta gracia: cuatro zánganos que se nota a la legua que van colocados y con ganas de montar el numerito. A mí toda esa movida empieza a joderme, nunca me ha gustado llamar la atención. Tampoco me gusta que una nena mona sea la que manda en el grupo. Pero vale, estoy aquí a lo que venga, y además, Irene lleva la nieve en el bolso, y con un tirito que otro podré resistir. Javier está contento pero sorprendido. Le ríe todas las gracias a su chica; seguro que nunca la había visto tan feliz.

Llegamos al centro y entramos en un bar de copas. Cuatro gin-tonics y risitas y bobadas en plan «la noche es joven» y Genoveva diciendo que aquello le recuerda a sus años mozos. ¡Joder con sus años mozos, hasta dinosaurios debía de haber! Vamos haciendo turnos para ir al lavabo a pegar alguna esnifada suplementaria. Nos ponemos hasta las cachas, nos pescamos un buen ciego. Voy tan colocado que se me pasa el cabreo.

De repente, la nena, la directora de los planes de esta noche, dice que apuremos el vaso y salgamos a la calle porque le falta el aire. No me extraña, nunca la había visto beber tanto ni mucho menos meterse nada por la nariz. Salimos y caminamos por la calle, bastante zombis los cuatro. Entonces pasamos por la plaza de no sé qué santo, esa que tiene una fuente enorme en el centro.

—¿Os apetece un baño? Hace calor, yo tengo mucho calor.

Dicho y hecho. La tía va y empieza a despelotarse allí en medio. Pero a despelotarse de verdad, se quita el sostén y las bragas y se queda como su madre la parió. Acojonante; ¿qué le ha pasado a esta tía? Eso sí que nunca me lo hubiera esperado de ella. La gente siempre te sorprende, joder. Nos mira, muy pasada de vueltas, con los aires superiores de siempre.

—¿A qué esperáis? ¡Venga, chicos, ropa fuera y al agua!

Yo le sigo el rollo inmediatamente y me lo quito todo. No voy a acoquinarme ante nadie, y menos ante esta chorba que me tiene hasta los cojones. Además es divertido. Camisa, pantalones, gayumbos…, ¡al agua patos! ¡Hostia, qué fría está! Miro hacia fuera y allí están Genoveva y Javier, vestidos de pies a cabeza. El profe, con una sonrisa rara. Genoveva, con una cara de cabreo del copón bendito. Se acerca a su amiga y empieza a decirle: «Irene, por favor, por favor».

Todo eran porfavores pero no decía nada; aunque

estaba claro que le estaba pidiendo que dejáramos de montar el show cavernícola y acabáramos la fiesta en paz. Pero no había intención, allí estaba Irene levantando agua con los pies como una cría en la playa. ¡Joder, yo me lo estaba pasando en grande! Después de todo, aquello era una fiesta de la hostia. Miré otra vez al profe y ni se movía, el cabrón, solo ponía cara de palo, aunque de un poco de tristeza, también. Supongo que le estaba sentando como una patada en los huevos que su palomita se estuviera desmadrando y fuera capaz de aquel numerito, incluido el despelote. Ya se lo decía yo, pero el que no quiere ver, no ve.

En estas que vemos que se acerca un taxi. Genoveva ni se lo piensa:

—Bueno, chicos, ha sido un placer. Yo me largo.

Y coge la tía y se va. Vale, pienso yo, pero ya te llamaré mañana porque no hemos hecho cuentas; a no ser que la invitación de aquí la bañista incluya también nuestros honorarios de esta noche.

El profe se pone nervioso al ver el coche y le arrea otra tanda de porfavores a la sirena.

—Irene, por favor.

Yo, en plan chorras y para arreglar un poco el ambiente, que se está poniendo chungo, voy y suelto:

—¡Es la poli!

El coche pasó de largo, pero Irene ya estaba fuera del agua, muerta de risa. Chorreando como iba se puso los zapatos, cogió la ropa bajo el brazo, el bolso y echó a correr, riéndose y en bolas. El profe la llamó e iba a seguirla, pero yo salté de la fuente y lo cogí del brazo.

—¿Adónde coño vas?

—Está desnuda, Iván.

—Déjala, joder. Ahora entrará en algún portal y se vestirá. Luego cogerá un taxi y ¡para casa! Lleva dinero, no hay de qué preocuparse. La fiesta se ha acabado.

Empecé a vestirme y él seguía quieto como un pasmarote, con cara de pena.

—Venga, profe, vámonos. ¿Te apetece una birra final? Vente a dormir a mi choza esta noche.

—No, gracias. Me voy a casa.

Echó a andar como si volviera de un puto entierro, despacio, con la cabeza gacha y arrastrando los pies.

—Y a nosotros ¿quién nos paga lo de esta noche? —le grité cuando se había alejado un poco.

—No lo sé, Iván, no lo sé.

Lo que digo, peor que un empleado de pompas fúnebres. ¡Ay, el amor! Palomita blanca y pura. La cagaste, burtlancaster. Y es que la vida es así; bien debería saberlo un tío que se pasa las horas entre libros. Aunque yo, que tampoco soy imbécil, tengo idea de que los que leen tanto acaban perdiendo las cosas de vista. Puede que los libros no pinten la vida más bonita de lo que es, pero sí que la hacen más importante. Y cosas importantes en la vida de la gente corriente no hay. Nada, nada es importante. Bueno, cobrar sí lo es, así que mañana mismo llamo a Javier para ver cuándo piensan pagarnos las pájaras estas.

La fiesta de la otra noche me dejó muy desfondado, muy triste. El comportamiento de Irene no se correspondía con el de una mujer que está planteándose nuevos planes de vida. Si el proyecto es darme un trabajo e iniciar un futuro conmigo, ¿por qué su diversión tenía aquel tono desesperado? Es evidente que no está en el momento psicológico que yo esperaba. De hecho, su mente nunca está donde espero encontrarla. Siendo positivo, puedo interpretar lo de la otra noche como una despedida del mundo un tanto canalla en el que nos hemos movido hasta ahora. Dice adiós a nuestra relación prostituida con una fiesta de droga y alcohol. Quizá, simplemente, es que estoy volviéndome estúpido, intentando cambiar los hechos a golpes de voluntad. Iván se inclina por esta segunda opción, pero él ignora lo que sucede entre esta chica y yo. Irene me necesita más que yo a ella, y estaré a su lado cuando surjan dificultades en su vida, que surgirán. Es insegura, frágil, neurótica. Su vida parece haber sido fácil cuando no es así. Ha sufrido una infancia solitaria, un matrimonio roto, un trabajo demasiado absorbente. Ha estado siempre rodeada de pijos frívolos y superficiales que no tenían gran cosa que ofrecerle. Conmigo vivirá de modo diferente, conseguiré que todo sea más simple a su alrededor, más auténtico, más armonioso. Leeremos libros y los comentaremos. Iremos a cenar a una pizzería los sábados, como tantas parejas. No quiero hacer planes sobre el lugar donde llegaremos a convivir porque es prematuro; pero puestos a pensar en el ideal, lo mejor sería una nueva casa. Una nueva casa para los dos, ni tan elegante como la suya, ni tan escueta como la mía. Empezar desde cero. Soy un hombre sereno, raramente me altero, y quien está junto a mí suele apreciar esa virtud. Trabajar y vivir con tu pareja. Es muy sencillo y puede salir muy bien.

La llamo por teléfono. Esta tarde tengo ensayo y no

podré. Estoy muy atento a su tono de voz, que es normal.

—¿Cómo estás, Irene?

—Bien, con un poco de resaca.

—Lo de anoche fue bastante excesivo, ¿verdad?

—¿Excesivo? No sé, fue divertido.

—¿Cómo debo tomarme lo que pasó?

—No te entiendo.

—Me sorprendió la que organizaste. No porque correrse una juerga me parezca mal en sí, solo es que en algún momento me dio la impresión de que dábamos un paso atrás. Salir de nuevo con Iván y Genoveva, montar un espectáculo en plena calle…, no sé, tenía la sensación de que iniciábamos una nueva etapa más tranquila, tú y yo solos.

—No tiene tanta importancia, fue una especie de celebración sin motivo alguno, me dio por ahí.

¿Qué se ha creído este tío? ¡Maldito cabrón! ¡Me llama para pedirme explicaciones por lo mal que me porté! Es mucho más imbécil de lo que había creído. Dentro de un minuto me preguntará por el trabajo que debo buscarle. ¡Es todo tan cutre!

—Sí, pero me gustaría saber si estás bien, si todo sigue en el buen camino.

—No veo por qué tendría que ser distinto, Javier.

—¿Nos vemos mañana?

—Mañana tengo mucho trabajo en la fábrica, mejor pasado.

—Y nos vemos los dos solos, ¿te parece?

—Estupendo. Ahora te dejo, me están llamando por el teléfono fijo.

Todo sigue igual. ¿Todo sigue igual? Quizá si mi situación fuera distinta habría llegado el momento de cortar con Irene. Demasiada incertidumbre. Sin embargo, mi única esperanza de futuro viene de ella.

~~~

—Sí, Iván, sí. Vuestro dinero de la otra noche lo tengo yo. Irene me lo transfirió a mi cuenta corriente porque ella invitaba. Es lo menos que podía hacer después del número que nos montó.

—Iba pasada de vueltas.

—Fue horroroso y así mismo se lo he dicho a ella, no te vayas a creer. Yo, en plan buenas amigas, ya le había advertido alguna que otra vez; pero es que esa noche se pasó diez pueblos. Yo soy una señora y tengo mi reputación; además, vivo de una pensión que me paga mi ex marido. No puedo andarme con tonterías ni jueguecitos. Y no consigo encontrarle la gracia, de verdad, cogerse un colocón serio, vale, pero ¿qué tiene de divertido bañarse desnudo en una fuente?

—¡Bueno, tampoco estuvo tan mal!

—Para ti quizá no, Iván, y no te molestes por lo que te voy a decir. Vosotros estáis en vuestro mundo, vuestro rollo, y en ese ambiente no tiene tanta importancia lo que hagáis. Hasta puede que sea un tanto que subís al marcador, algo para contar a los amigos; pero para nosotras no es lo mismo. Me entiendes, ¿verdad, Iván?

—Sí que te entiendo, sí.

¿No te voy a entender, maldita zorra? Nosotros somos morralla, que si nos da por despelotarnos a las doce del mediodía delante de una catedral, no pasa nada. Lo máximo, que llegue un guardia urbano y nos eche a patadas como perros que somos. Pero vosotras, no; vosotras sois la puta guinda del pastel, siempre subidas a lo más alto. Estaría bueno que por correros una juerga con los de a pie quedara tocada vuestra reputación. ¡No, hombre, no!, si entenderte te entiendo mejor que la madre que te parió. El que no entiende es el profe, pero ¿yo?, yo entiendo esas cosas desde el mismo momento en que nací. Todo eso lo he mamado, ¿comprendes?, mamado. Primero aprendí que soy una puta mierda y luego el resto: que cualquiera es más que yo. Hasta que se me hincharon las bolas y empecé a hacer lo que me daba la gana. Y lo hago, eso siempre, lo que no significa que pueda cambiar la realidad. La realidad está bien clara: vosotras sois unas pijas y nosotros unos pelados. Eso es así desde que el mundo es mundo. ¿Y qué puedo hacer, pillarme una recortada y liarme a tiros? ¿Y a quién iba a dispararle, a ti? Tú eres en el fondo una pobre gilipollas que hasta pena me das. Lo que no debe hacerse es daros confianzas, como ha hecho el profesor. Se echan unos cuantos polvos, se cobran las deudas y ¡al carajo! Pero eso de salir a tomar copas y enrollarse..., ¡ni de coña! Que las señoras se vayan a jugar a la guardería de señoras y nos dejen en paz.

—Se lo he dicho clarito. Por mi parte, se acabó. No puedo arriesgarme a salir con ella y que me monte un pollo en público cuando menos lo espere.

—Pero ¿tanto se ha pirado?

—Está cada vez peor. Ya era una chica rara, muy niña de papá y muy metida en su mundo, pero ahora se le han acumulado los problemas: la muerte del padre, el abandono del marido y la crisis de la empresa hasta tener que venderla... No ha sabido superar nada de eso y se está trastornando.

—¿Ha vendido la empresa?

—Hace muy poco, y por lo que he ido oyendo, la ha vendido muy bien. No creo que vaya a faltarle nunca liquidez; pero, claro, el trabajo era su vida y ahora tiene las manos vacías. Le dije que fuera al psiquiatra y empezó a ir, pero...

—Lo siento, Genoveva, pero tengo que cortar. ¿Nos lo montamos algún día tú y yo solos?

—No sé, Iván, creo que no. Me ha quedado muy mal rollo. Dejemos pasar un tiempo, ¿vale? Quizá el destino nos unirá. Enseguida te giro el dinero.

—Un beso, Geno.

Un beso y adiós. El destino lo tiene claro, a esta no vuelvo a acercarme nunca más. Y eso que es una tía legal, y no como la loca de su amiga. Así que ha vendido la empresa, ¡vaya notición! Pero la muy zorra sigue diciéndole al profe que lo va a contratar para leerles libros a los curritos. ¿Qué busca, qué quiere, joderlo a fondo? A ver cómo se lo digo yo ahora a Javier. Se lo diga como se lo diga tiene que ser pronto, para que no se haga más ilusiones y se le caiga la venda de los ojos de una puta vez.

Lo cité en un bar antes del ensayo. Así, por muy fuerte que la noticia le diera en plena cara, no podría ponerse demasiado histérico, que luego tendría que ir a currar. No sabía por dónde meterle mano al asunto. La verdad es que me he quedado sin sangre, esa pava es una borde de cuidado. Más que eso, es peligrosa. Porque uno puede tener épocas malas y cagarse en todo; yo mismo estoy de muy mala hostia desde que mi vieja cascó. Pero ir a joder a alguien a tiro hecho, engañarlo de esa manera..., y encima siendo Javier un tío tan majo. Esta titi se merece la muerte, o algo peor.

Se lo solté a escopetazo, en cuanto nos sentamos en el bar.

—Tu amiga Irene ha vendido la empresa, Javier. ¿Lo sabías tú, sabías eso?

—No puede ser.

—Vale, no podrá ser pero la ha vendido. Me lo ha dicho Genoveva.

—Lo habrás entendido mal.

—El que no entiende nada eres tú, profesor. Esta tía se está quedando contigo, va a pura mala hostia, te lo digo yo.

—No puede ser.

—¡Y dale! ¿Por qué no la llamas por el puto teléfono y le preguntas si ha vendido la puta empresa?

—He quedado con ella para cenar.

—Es una buena ocasión.

Ojalá se entere este colega medio tonto de que, si pretendes vivir de las tías, las reglas tienes que ponerlas tú.

~~∽~~

Sí, es verdad. La tengo delante y acaba de corroborarlo: ha vendido su empresa. Y ahora ¿qué le pregunto?, ¿qué le digo? Me mira tranquilamente, como si nada hubiera sucedido, o como si lo que ha sucedido no tuviera ninguna importancia.

—Entonces, ya no puedo trabajar para ti.

—En la empresa, no; pero puedes hacer otras cosas: darme clases de literatura o cualquier otra idea que se te ocurra. ¿Se te ocurre algo?

—No tiene gracia, Irene.

—Hay algunas cosas que has demostrado hacer muy bien.

—¡No pienso ser tu puto a sueldo! Creí que lo habías entendido. Si te pedí que me dieras un trabajo fue justamente para dejar ese tipo de vida.

—Pero ¿qué diferencia hay? Dejas el club, dejas las citas con las demás mujeres y te dedicas solo a mí. Yo te doy un sueldo y en paz. Los dos salimos ganando.

—Eso no va a ninguna parte. Es un tipo de relación viciada, muerta, que no duraría. Nunca me tratarías como a un igual, y yo no me sentiría bien. Quiero una vida normal, Irene, un vínculo auténtico entre nosotros.

—Yo te ofrezco un vínculo exclusivo y con reglas fáciles de cumplir para ambos.

Los hombres son increíbles. Había estado tan apartada de ellos gracias a papá y al falso matrimonio en el que viví que nunca había podido darme cuenta. Pero sí, son increíbles. Este tipo, al que conocí desnudándose en un club, al que llevo pagando sus servicios sexuales durante meses, está exigiéndome que solucione sus problemas económicos de un modo moral y socialmente aceptable para él. ¡Me recrimina que haya vendido la empresa que mi padre fundó y yo contribuí a hacer grande! ¡Me echa en cara que no le haya pedido permiso para liquidar el negocio, que no le haya dado la oportunidad de llevar una vida respetable! Lleva razón, debería haber conservado una estructura empresarial ruinosa solo para poder ofrecerle un puesto de conserje. Es tan excesivo que empieza a ponerse interesante.

—No quieres entenderme, Irene. Creo que lo mejor será que dejemos de vernos.

—Sí te entiendo, Javier. No te gusta ser un prostituto

ni un mantenido. Está bien, déjame que intente buscarte algo entre mis conocidos. Tengo muchos contactos en el mundo de los negocios; es una opción que no hemos explorado aún.

—De haberte interesado, la habrías explorado tú por tu cuenta.

Debería mantenerme firme. De hecho, es ahora cuando tengo la oportunidad clara de saltar de este barco que no me lleva a ningún puerto. Lo sé, estoy casi seguro. Sin embargo, cualquier barco es mejor que el tablón al que ando agarrado, totalmente a la deriva.

—He estado muy ocupada con todo el maldito asunto de la empresa. ¿Tienes idea de lo que significa liquidar un negocio? Y no hablo únicamente desde el punto económico o legal. ¿Te has parado a pensar en el coste emocional que ha tenido todo esto para mí? La fábrica ha sido la labor de una vida, era todo mi mundo. Comprendo que estés preocupado por tu futuro, pero yo también paso por malos momentos.

—Lo siento, Irene, llevas razón.

Lleva razón y yo soy un idiota, pero en el fondo sigo pensando que, por muchos problemas que tenga, la plataforma en la que se desarrolla su vida es despejada y plana, mientras que yo estoy metido en un hoyo.

El resto de la cena discurre por cauces serenos. Ambos intentamos superar el bache, evitamos recaer en la discusión que acabamos de mantener. A la salida del restaurante nos dirigimos a mi casa. Follamos apasionadamente, como de costumbre. Nos enroscamos el uno en el otro como si se tratara del último polvo. Se diría que cualquier dificultad surgida entre nosotros ha sido superada. El sexo siempre ofrece apariencia de normalidad, de auténtica cercanía. Hasta cuando me meto en la cama con una turista existe un momento de mutuo agradecimiento, de paz total.

Antes de despedirse, Irene me paga. La miro con un cansancio infinito. Soy incapaz de empezar de nuevo la batalla, de explicar lo que ya he contado mil veces. Ella me sonríe.

—Todo se arreglará, Javier. Dame un poco de tiempo. Te buscaré un trabajo entre mis conocidos, si eso es lo que quieres.

«Si eso es lo que quieres.» Para ella sigue siendo como un capricho que yo tuviera, como una opción entre las miles que se me presentan. No entiende nada. No tiene ni idea de lo que significa para un hombre que la mujer que tiene al lado le pague por follar. Sin embargo, quizá esta vez sí me busque un trabajo. Se ha dado cuenta de que estoy dispuesto a desaparecer, y no quiere perderme. De eso estoy bien seguro. Incluso es preferible no trabajar directamente en su negocio. Me sentiré más libre, menos coaccionado. Después, cuando las cosas estén encauzadas, yo me encargaré de que ella vaya cambiando poco a poco, de que comprenda lo que es una relación auténtica, serena. Ninguno de los dos tiene por qué ser desgraciado. Sea en las circunstancias que sea, nos hemos encontrado. Somos dos personas abandonadas por la suerte, pero está en nuestra mano que eso varíe. Yo sé cómo hacerlo, Irene solo tiene que dejarse llevar, confiar en mí.

Al día siguiente me llamó Iván. Estuve a punto de no responder, pero habría sido inútil.

—¿Qué, profe, que te ha dicho la pájara?

—No le llames la pájara, por favor.

—Vale. ¿Qué te ha dicho, es verdad que ha vendido la empresa?

—Sí, es verdad.

—¿Y lo del trabajo que pensaba darte?

—Mira, Irene ha tenido muchos problemas. La empresa era muy importante para ella. Venderla forzada por la crisis ha sido un palo terrible. No tenía la cabeza como para pensar en mí.

—¡Hostia, tío, yo alucino!, pero podía haberte contado lo de la venta, ¿no? ¿Por qué ha tenido que ser Genoveva quien nos pasara el dato de puta casualidad?

—No lo hizo, es verdad, pero ya están aclaradas las cosas. Ahora moverá sus contactos para buscarme un puesto de trabajo.

—¡Ah, entonces perfecto!

¿Qué le pasa al profe, es un gilipollas o le va la marcha? Por muy pillado que esté con esta nena, debería darse cuenta de que lo único que quiere es tomarle el pelo. ¿Qué digo tomarle el pelo? Va a por él, va a joderlo, quiere hacerle pagar todas las putadas del marido, o de todos los hombres que ha conocido en su puta vida. Es que lo tengo tan claro que me salta a los ojos. Y sobre todo, ¿por qué quiere Javier un trabajo si ya tiene uno? ¿Tan horrible le parece bailar en el club? ¿Tan arrastrado es tirarte a una tía y que te suelte una pasta? ¡Pero si todas las tías deberían pagar por un polvo! ¿Y yo, qué opina entonces de mí este amiguete? Pues ya me lo imagino: que soy una mierda pinchada en un palo, que no tengo dignidad ni nada que se le parezca. Pero ¿qué diferencia hay entre currar despelotándose o dejarse la vida en una oficina? Pues está claro: si trabajas en una oficina no tienes ni para comer, eres un puto esclavo. ¿Y a quién le gusta ser un esclavo y que los señoritos te adelanten en sus coches de lujo mientras tú pedaleas en una jodida bicicleta? ¡Al profesor!, eso le gusta al profesor y a nadie más en el mundo.

—«Entonces, perfecto» ¿es una respuesta irónica?

—¡Es una respuesta, leches! Lo único que yo digo es que esta tía te tiene cogido por las pelotas, Javier. Pero que te busque un curro en la empresa de un amigo me parece muy bien. Así, por lo menos, no pones todos los huevos en la misma cesta. Porque si una tía es tu jefa y tu novia al mismo tiempo, pues mejor te echas al río con un pedrusco como corbata.

Me echo a reír. Iván es Iván y no cambiará nunca. Para ser el amigo perfecto solo le falta comprender que yo no soy como él.

La relación con Javier es como un experimento sociológico. No sé en realidad lo que es, pero me gusta, hace que me sienta bien. Cuando me levanto por las mañanas tengo un acicate para afrontar el día, algo en que pensar que no me abruma ni me deprime. Jamás hubiera imaginado que fuera tan excitante emplearse a fondo en las relaciones humanas. Supongo que solo puedes llegar a disfrutar si estás convencida de que nadie puede hacerte daño. Yo estoy convencida de eso. Soy inmune al dolor que los demás puedan infligirme. He llegado a semejante estado de un modo rápido, casi imprevisto. He pasado por las etapas que los libros de psicología apuntan para las mujeres abandonadas: estupor, sufrimiento, angustia, vergüenza, rabia, preocupación por el futuro... Sin embargo, esas fases se han presentado desordenadamente, en ocasiones todas a la vez. Ahora me hallo instalada en el exceso, en la anarquía. Soy feliz así. Ya no quiero construir nada, ni tengo que preservar nada porque la fábrica desapareció. Ha desaparecido todo lo que me ataba y constreñía. Ya soy libre.

Conocer a Javier ha resultado providencial. He disfrutado mucho del sexo con él, y he comprendido muchas cosas. Como por ejemplo que no existe el amor. Si alguna vez me había sentido algo estafada por no haberlo sentido o generado, ya me puedo tranquilizar. Las parejas solo buscan el equilibrio entre lo que cada uno tiene y no tiene, sin más. Mi caso no es una excepción. David buscaba el éxito profesional acercándose a mí. Javier se conforma con menos. ¡Pobre, hasta me da un poco de pena! Yo, por mi parte, ganaba un estatus casándome con David, y otro puntal en la empresa. Existía equilibrio entre lo que ambos queríamos y ofrecíamos. Pero Javier…, quiere poner en mis manos su sueño de felicidad, tan modesto y rutinario: vivir tranquilos en nuestra casa, salir a cenar con amigos el sábado, ir a ver una película, hacer la compra en el supermercado una vez a la semana. Un plan encantador, pero que llega muy tarde para mí. Él, a cambio, se libra de bailar en el club y de ser un chico de alterne, algo que le humilla profundamente. Me pregunto por qué. Si fuera una mujer lo entendería, pero ¿un hombre? No hay más que fijarse en Iván. Él sí sabe de la vida y conoce el precio de la libertad. Es tan libre como me hubiera gustado serlo a mí.

Aunque ahora nada me ata. Tampoco la amistad; mis amigos fueron los primeros en dejarme sola tras el abandono. No tengo hijos. Nunca los deseé, fue el único punto en el que me opuse a los designios de papá. Él quería un heredero para la fábrica, perpetuarse. Tampoco insistió demasiado, porque nunca hablábamos de cosas íntimas. ¡Un heredero para la empresa! ¡Pobre papá! También me da un poco de pena. ¡Pobres hombres en el fondo!, siempre haciendo lo que se espera de ellos. David precisaba el éxito social, papá tenía encomendada la tarea de hacer prosperar su empresa y criarme a mí, Javier necesita ser un honrado trabajador. ¡Pobres hombres desnudos de voluntad propia!, siempre embarcados en las gestas que el mundo ha creado para ellos.

Tengo más de cuarenta años y solo dos cosas me han importado en la vida: la empresa y papá. A la empresa se la ha llevado el viento de esta bendita crisis. En cuanto a papá, desde que aquel psiquiatra tan cretino insinuó que su cariño hacia mí era una especie de agresión, ya no me atrevo a pensar en él. A pesar de todo, soy muy feliz. Cuando algo me atormenta tomo una raya de cocaína. No dependo de nadie. Todo está en mis manos. Tengo poder.

Llamo a Genoveva para que me pase el número de Iván y luego lo llamo a él. Se queda patidifuso cuando le digo quién soy. Es la primera vez que hablamos por teléfono. Recuerdo con claridad su cuerpo desnudo en la fuente: enjuto, fibroso, enérgico.

—¿Sabes que Genoveva no quiere que salgamos más los cuatro juntos? —le digo.

—Sí que lo sé. Tiene miedo de que le estropeemos la reputación. Pero tampoco es para tanto, tía, lo pasamos muy bien la otra noche.

—Javier tampoco se bañó.

—El profesor es como es. Eso lo sabes tú mejor que yo.

—No, mejor que tú, no. Te llamo para proponerte que salgamos los tres. Si Genoveva quiere quedarse fuera, allá ella, pero eso no tiene por qué fastidiarnos la diversión a los demás.

Se queda mudo un buen rato; tanto que temo que se haya cortado la comunicación. Pero no, por fin oigo su voz chulesca:

—¿Y no sería mejor que salierais solos Javier y tú? A ver si voy a parecer un acoplado que no pinta nada ahí.

—Ni hablar. Una juerga es una juerga.

—En eso llevas razón.

¡Joder, tío, lo que menos me esperaba! Me gustaría saber qué es lo que anda buscando esta chorba. ¿Quiere darle otra hostia al profesor? Estoy seguro de que sí, pero no pienso hacer el primo diciendo que voy a preguntarle a él. Acepto encantado la salida, pero que la nena tenga claro que yo cobro. Javier puede hacer lo que se le pase por las pelotas, pero yo no estoy para gilipolleces. Por si acaso no está claro, se lo suelto:

—La tarifa de siempre, ¿no?

—La de siempre.

Un hurra por Iván. La voz no le ha temblado. La tarifa de siempre. Todo claro y concreto. Mucho mejor.

～～

¡Coño!, ¿seré imbécil?, ¿pues no soy yo quien está poniéndose nervioso? ¡Anda ya y que les den morcilla! La cosa no va conmigo. Yo, tranqui, a mi rollo. El profesor no hizo ningún comentario cuando le dije que me había llamado la tronca para salir los tres. Supongo que también lo llamó a él; espero, vaya; no sea cosa que esté metiéndome en un lío sin enterarme. Si esta tía cuenta conmigo para algún plan, como por ejemplo, poner celoso a Javier o hacerle alguna putada, ya puede olvidarse. Javier es, ante todo, mi amigo.

Como quien no quiere la cosa le pregunté:

—Oye, profe; ya sabes que esta noche salimos los tres, ¿no?

—Sí, lo sé.

—Y eso ¿cómo se come?

—Genoveva no quiere venir.

—Ya, pero ¿es que Irene y tú andáis de mal rollo?

—No.

—¿Tú crees que yo pinto algo con vosotros dos?

—Sí.

¡Hala: sí y no! Y en caso de que no sepas qué quieren decir esas palabras, busca en el puto Google. ¡Joder!, ¿no podría hablar un poco más? Pues no, no le daba la gana. Bien, el caso es que esa noche la tía nos invita a un restaurante francés. Mucha vela encendida y mucho probar el vino, pero yo me quedé con hambre. No importa, yo solo quería ver qué salía de aquella reunión a tres.

La titi estaba normal, como siempre, con ese careto que nunca sabes qué le pasa por la cabeza. Estuvimos hablando en plan fino. De la comida, de la priva, de que si el vino blanco pasa bien pero es traicionero… La cosa resultaba aburrida, pero yo estaba en tensión, pensando que de un momento a otro se iban a pelear delante de mis morros. Aunque iba preparado, con el rollo escrito en la chola: «Mirad, tíos, si tenéis problemas entre vosotros o ganas de bronca en general, por mí podéis mataros, pero esperad a que yo no esté delante. La sangre me marea». Como discursito me parecía bien, no era demasiado fuerte, pero ponía a cada uno en su sitio. Aunque no, no hizo falta, seguimos largando toda la noche del vino blanco, del tinto y de la madre que los parió a todos.

Al final, la tía pagó, y antes de que alguien pudiera preguntar qué hacíamos entonces, ella misma propuso que fuéramos a pegarnos unos tiritos a su casa. Javier puso cara de palo y dijo con mala leche: «Pero sin baño en la fuente». Ella lo miró de la misma manera que había mirado al camarero durante toda la cena, como si se la sudara lo que decía o hacía.

Me acordaba de la casa muy bien, aunque me pareció menos bonita que la primera vez. Era como si el dueño pudiera ser cualquiera, como si le hubieran soplado los muebles que tenía que poner y nada fuera suyo de verdad. Por ejemplo, no había fotos en marcos por todas partes como suele haber en las casas pijas. ¡Con lo que me habría gustado echarle una ojeada al marido, o a su familia!, cualquier cosa que me hubiera dado pistas de cómo había sido la tía antes de convertirse en el pedazo de borde que era.

Puso música y sirvió whisky. Sacó nieve de un cajón y nos pegamos un buen tiento. ¿Quién le vendería un material tan bueno, y a qué precio? No pensaba preguntárselo, no fuera que se lo tomara a mal.

La cosa empezó a animarse. Nos reíamos y armábamos cachondeo a costa de Genoveva. Que si «Yo no me meto en la fuente porque no sé nadar», que si «Tengo mejor reputación que una santa», que si «Vivo de la pensión de mi ex, que me mantiene aunque es maricón»… Cada uno decía la suya, a cada cual más bestia y más chorras. Venga a reírnos y venga a pegarnos tiros de coca. Al final, ella, que estaba sentada en el sofá al lado de Javier, se quitó un zapato y empezó a pasarle a él un dedo gordo por la oreja. Era el momento de pirarse, así que me puse de pie y dije:

—Señores, la compañía es muy agradable pero yo me largo. Mañana tengo que madrugar.

Entonces la tía, con dos cojones, va y suelta:

—No, os vais los dos. La velada se acaba aquí. Mañana os ingreso el dinero.

Como un jarro de agua fría y una descarga eléctrica después, así nos sentó la frase. Yo me quedé quieto, callado, esperando verlas venir, pero entonces el profesor se levantó muy digno, con una cara de cabreo que nunca antes le había visto, y enfiló la puerta.

—El que se larga soy yo. Buenas noches.

Lo seguí a toda leche, pero se volvió de mal talante y me dijo:

—Me voy solo, Iván.

Aún fui detrás de él, hasta empecé a bajar la escalera para cazarlo, pero iba como una moto, no conseguiría cogerlo ni de coña. Además, me había dejado la mochila en el salón y allí lo llevaba todo: el carnet, la pasta, las llaves del coche... Volví atrás, entré en el salón. Ella no se había movido de donde estaba, hasta seguía teniendo la pata estirada como cuando provocaba a Javier tocándole la oreja. Se sonreía con recochineo. Le habría dado una hostia bien dada. No, lo que de verdad me pedía el cuerpo era bajarla a rastras del sofá, ponerla de rodillas y empezar a apalearla con un bate de béisbol hasta que viera que la cabeza le caía de lado, como la de una gallina muerta. No era un pensamiento que me pasara por la chola sino que tenía ganas de hacerlo de verdad, allí mis-

433

mo y en aquel momento. Tanto, que me dio miedo y puse en movimiento mi mente poderosa como hago cuando la rabia me ciega. Veo una cascada de agua helada y me meto debajo. Los chorros me caen por todo el cuerpo. Pongo las muñecas juntas hacia arriba y el frío empieza a entrarme por las venas. Calma, calma. Respiro hondo. Me voy quedando tranquilo. Pienso: «Esta no es tu guerra, Iván».

—Oye, Irene, ¿tú qué rollo te llevas con mi amigo?

—Y tu amigo ¿qué rollo se lleva conmigo? ¿Se lo has preguntado?

—No, y no quiero meterme donde no me llaman, pero esta noche parecía que quisieras tocarle los cojones. Le haces cariñitos y luego le mandas que se pire, así, delante de mí y sin avisar.

—¿Quieres otra copa?

Nos tomamos más copas. Yo seguí protestando por lo del profesor, que si parecía que quería jugar con él, hacerlo un desgraciado…, hasta que la tía se pone muy seria y me dice:

—¿Tú crees que Javier está loco por mí? Pues no es eso, no te equivoques. Javier es como todo el mundo, quiere algo. Quiere que le proporcione un trabajo en el que se sienta un hombre normal, respetable. Quiere mi dinero, pero sin que se lo pague directamente. Quiere que sea su novia buena y santa, como la que tenía antes de conocerme a mí. ¿Te imaginas? Anda muy despistado, el pobre. Así que no me vengas con todas esas historias de que me ama y yo lo hago sufrir jugando con sus sentimientos porque no son más que frases hechas.

¡Hostia, la tía, qué fuerte! Dice las mismas cosas que

digo yo. ¿A mí me va a contar eso esta nena?, ¿a mí? Pero si yo echo a correr cada vez que oigo la palabra *amor*.

—¿Le has dicho todo eso a él, así a las claras?

—No, ¿para qué? Él se monta sus historias y yo le dejo hacer. Tampoco me escucharía si le hablara con sinceridad.

—¡Hostia! —dije, porque no sabía qué decir. Aunque tampoco hubo ocasión, porque entonces la tía me coge del brazo y me arrastra al sofá y me pega un morreo que te cagas y empezamos a montárnoslo los dos. ¡Y cómo nos lo montamos! Es una fiera, la tía, folla genial. Me dejé ir. Un polvo de primera, sin manías. Empiezo a entender por qué el profesor se ha colgado de ella. Mira que yo nunca me embarco del todo en un polvo, siempre dejo una rendija por la que mirar; pero en este me embarqué y cuando acabamos no me acordaba ni de qué nombre tengo puesto en mi carnet de identidad. Por fin, la tía, tan fresca, me suelta:

—Ahora mejor te marchas, Iván. El polvo te lo pagaré aparte.

—Me gustaría que esto quedara entre nosotros dos, ¿vale, Irene?

—Cuenta con mi discreción.

¡Vaya frase, como en una película! Me sonríe, le sonrío y me voy.

Pongo el coche en marcha. Me sale un montón de cansancio por todas las partes del cuerpo. Me quedaría dormido allí mismo. Seguro que, cuando me despertara, no me acordaría de nada. ¿He echado un polvo con Irene? ¿Cómo se han liado las cosas? ¿Atracción fatal? De cualquier manera, no me remuerde la conciencia.

El profe se lo ha buscado él solito. ¿A santo de qué le consiente a esta tía que haga y deshaga en su vida?

⌒

Estoy solo en casa, muy tranquilo. Es martes y llueve. No tengo actuaciones, citas ni ensayos. Leo un libro sobre trastornos de la personalidad, interesante. Todo lo que voy descubriendo en sus páginas me parece aplicable a Irene. No está en sus cabales, seguro que no. Lo que sucedió ayer es un ejemplo palmario. De entrada, actúa con lo que podríamos llamar «buena intención». Se siente relajada e idea planes, me llama por teléfono, quiere que lo pasemos bien. Después, sin embargo, algún sentimiento interfiere en su mente y desea hacerme daño. No creo que se trate de algo premeditado, es solo una reacción ante los impulsos contradictorios que se cuecen dentro de ella.

Ayer no tuve paciencia y me fui airadamente. Hubiera debido aguantar el tirón y enfrentarla a sus propios actos; pero es duro que te traten con tanta desconsideración. Nos echó de su casa como a perros, a Iván y a mí. «Ya basta», me dijo una voz interior. Estaba dispuesto a cortar nuestra relación sin duda ninguna. Sin embargo, esta mañana me he despertado en paz.

Ahora nuestra relación está en mi mano. Si yo no hago nada, ella no me llamará y será el final de la historia. Si doy marcha atrás, todo seguirá como hasta ahora. Debo pensarlo bien antes de tomar una determinación, porque seguir como hasta ahora me parece inútil, absurdo, una continua fuente de estrés y servilismo.

Debería hacer que cambiaran las cosas, encontrar

una solución. Descarto mantener una conversación larga y profunda con ella; de poco serviría. La clave es intentar ayudarla sin que ella se entere, ir desbloqueando sus sentimientos poco a poco, conducirla sutilmente hacia pensamientos positivos y luminosos. Tener paciencia, mucha paciencia. No pensar nunca que quiere ofenderme adrede. Al contrario, estar seguro de que, en el fondo, sus salidas de tono son un grito pidiendo ayuda.

Yo podría ayudarla. Le ofrecería días sencillos vividos en paz, compartir lo bueno y lo malo. Conmigo saldría de su charca de infelicidad, olvidaría lo antiguo, empezaría de nuevo.

Mientras pienso en todo eso, voy adormeciéndome. Un timbrazo me despeja y el libro se me cae de las manos. Es ella al teléfono.

—¿Qué haces, Javier?

—Estoy leyendo.

—Saliste de estampida anoche.

—Era lo que querías, ¿no?

—De repente me entró un cansancio brutal, tenía mucho sueño, necesitaba dormir.

—¿Siempre despides así a tus invitados? Aunque nosotros solo éramos un par de empleados, claro, supongo que ahí está el quid de la cuestión.

¿Por qué le digo eso? ¿No ha quedado claro que debo tener paciencia? ¿No es mi propósito aguantar los golpes, reconducir su modo de ser hacia praderas sosegadas y campos en flor? Porque ¿es esa la opción que he elegido, continuar con la historia?

—No te lo tomes tan a la tremenda. Yo estuve brusca, pero tú reaccionaste muy mal. En cualquier caso no te llamo por nada relacionado con eso. Solo quiero decirte que uno de mis contactos me ha ofrecido una entrevista de trabajo para ti.

—¿Cómo?

—Es para hacer de documentalista en una empresa. Ya sabes, ordenar y guardar: archivos, *e-mails*, contratos... ¿Crees que sabrías hacerlo?

—Bueno, sí, claro; si me explican bien lo que quieren...

No salgo de mi asombro, estoy feliz. Antes de que pueda preguntar nada, ella se lanza:

—No tengo información sobre horarios ni condiciones. Nada de nada. Tampoco significa que el trabajo vaya a ser para ti. ¿Tienes algo para apuntar? Te paso el nombre de la empresa y la dirección.

Después de recibir el bombazo me quedo vacío, me siento a pensar. Afortunadamente he tomado la decisión acertada: resistir. Hay que ser paciente, tolerante, comprensivo con los demás. Es necesario analizarlo todo sin apasionamiento, tener capacidad de adaptación, que una idea se abra camino entre las demás: tú puedes cambiar la realidad. Mi vida cambiará, y la vida de Irene, también.

Por la tarde aparece Iván en casa, sin avisar. Viene a contarme que tenemos una actuación muy buena para el día siguiente. Una convención empresarial solo de mujeres. Es una firma de corsetería donde todas las empleadas son mujeres y como los números del año han sido muy positivos, las premian con una cena seguida de festejo. Ahí es donde intervenimos nosotros.

—Quieren el número de la lucha romana, claro. La cosa será en el salón de un hotel. Y ¿sabes cuánto nos pagan? ¡Cuatrocientos pavos por barba, tío! Por solo un rato de marcha y cachondeo no está mal, ¿verdad? Al que me ha pasado el contacto tenemos que darle cincuenta cada uno, con cien se conforma.

—¿Y después?

—Pues nada, tío, encantados de haberlas conocido y a pirarse. Lo máximo habrá que tomar una copita con ellas, por eso de las relaciones públicas; pero después trincamos la pasta y adiós: mucha suerte y que sigáis vendiendo sostenes a punta de pala.

—No sé.

—¿No sabes, profe?, ¿qué es lo que no sabes?

—Tantas mujeres en plan de juerga… se pondrán pesadas, querrán meternos mano, hacer el imbécil.

—Bueno, ¿y qué? Tú ya vas siendo viejo en el oficio y sabes cómo quitártelas de encima con gracia.

—No me apetece un carajo.

—No me jodas, Javier, esto es curro, no se trata de que te inviten a su boda. ¿Vas a decir que no a trescientos cincuenta pavos del ala porque no te apetece? ¿De qué vas, de rey del mambo? Aparte de que si no vienes, a mí me revientas el plan. ¿A quién encuentro yo para mañana si tú no haces el número conmigo?

—No te embales.

—¿Cómo que no me embale? Esto es mi curro, tío, así que dime si estás en el rollo o no.

—Pues justamente ese es el tema, Iván, que a lo mejor dentro de poco ya no lo estoy.

—¿Puedes explicarte, a ver si me entero de algo?

—Irene me ha conseguido una entrevista de trabajo con un amigo suyo que tiene una empresa.

—¡Ah!, ¿y qué trabajo es ese, si puede saberse?

—Documentalista. Ordenas, informatizas y guardas todos los papeles.

—Y ese trabajo ¿lo tienes ya?

—De momento tengo que hacer una entrevista, pero hay muchas posibilidades de que me lo den. Voy recomendado por Irene.

—Ya.

¡Joder con la recomendación! La tía ni siquiera le dice que ha vendido su barraca y ahora le busca un curro. Mientras tanto, va y se marca un polvo conmigo. Pues no entiendo ni una puta mierda, joder. Yo, si estuviera en el pellejo del profe, no dormiría tranquilo.

—No me habías contado nada.

—Me acabo de enterar. Ha sido una sorpresa para mí.

—Pues que lo dejes todo me toca los cojones.

—Si eres mi amigo, deberías estar contento. Yo siempre he querido dejar esto, Iván, desde el principio. No me acostumbro, no es para mí. Cada vez que me quedo desnudo en el club es un trauma, cada maldita vez. Y lo demás ni lo menciono. ¡Me humilla acostarme con una mujer por dinero!, ¿comprendes?, me humilla y me deja destrozado.

Mientras me escuchaba, Iván ha ido poniéndose sombrío. No parece enfadado sino tristón. Mis palabras lo han ofendido, claro está. Hemos vuelto a lo mismo de siempre. Le estoy diciendo: «A ti todo te da igual, pero yo soy mejor». Me apresuro a hablar de nuevo:

—De todas maneras, cuenta conmigo para la actuación de mañana. Aunque sea la última, no fallaré.

—Vale, muchas gracias. Espero que en el club no nos dejes colgados. Fui yo quien te llevó allí y no quiero quedar mal con el dueño.

—No te preocupes, avisaré con tiempo. Haré las cosas bien.

Da las buenas noches en voz muy baja y se va sin añadir nada más.

⌒

Anoche me quedé inconsciente. Supongo que me tumbó
la mezcla de coca y alcohol. Esta mañana me he despertado con círculos negros alrededor de los ojos, parecían
agujeros. Cualquier día la asistenta me encontrará tirada
en el suelo, sin pulso. No me asusta demasiado. Vendrá
un médico, quizá también la Policía, o un juez. La gente
pensará que me he suicidado: «A la pobre empezaron a
irle mal las cosas de golpe. El fracaso de la empresa, el
abandono del marido…, seguramente ni siquiera había
superado la muerte de su padre. Sin madre desde pequeñita… Esas vidas siempre acaban mal». Pensarán semejantes gilipolleces, y probablemente algunas más. Me
fastidia ese tipo de comentarios, pero como ya estaré
muerta si se producen, todo dará igual.

Me llama Javier. Quiere verme para pedirme consejo
antes de acudir a la entrevista de trabajo. Detalles de cajón: cómo debe ir vestido, qué actitud debe adoptar…
¡Pobre!, es como un mono que no hubiera aprendido a
saltar. Sin embargo, está loco por aprender cómo se des-
plazan los demás monos de rama en rama, para hacerlo
exactamente igual. Quiere ser un mono más.

Quedo con él y le cuento un par de bobadas sobre
cómo hacer una entrevista de trabajo, nada que no pueda leerse en un suplemento dominical. Sin embargo, mis
indicaciones le parecen magníficas. Luego, como no está
para disimulos, me pregunta si de verdad su posible em-
pleador es buen amigo mío, y si lo he recomendado con

entusiasmo. A las dos cosas le contesto con un sí. Cuando la parte práctica está solventada, me asegura que, si consigue ese trabajo, todo cambiará. Su vida dará un vuelco y, curiosamente, la mía también. Entraremos en un plano superior de sosiego y normalidad. Habla en tono paternal, tranquilizador. Concluyo que mi vida le parece un desastre del que él piensa redimirme. Los hombres han venido al mundo a redimir mujeres, a implantar un poco de racionalidad en nuestros pobres cerebros, llenos de basura romántica. Mi caso debe de antojársele especialmente complicado, no es fácil rescatarme de mí misma; pero él tiene toda su esperanza puesta en la metamorfosis que se producirá. Por fortuna, no menciona los rasgos de mi carácter que deben borrarse. Es un detalle que le agradezco. Me imagino, sin embargo, el cuadro global que propone. Vivimos juntos. Él llega del trabajo y se repantinga en el sofá de mi salón. Me cuenta las incidencias de su jornada laboral apasionante ordenando facturas y papelotes. Cenamos lo que haya preparado mi asistenta y nos vamos a dormir porque al día siguiente hay que madrugar. ¿Quizá veremos algún programa de televisión?, ¿un rato de lectura? Como proyecto de nueva vida suena genial.

¡Todo es tan divertido! Por una vez, después de años grises de honradez y sumisión, se me ocurre dar unos pasos por el lado oscuro. Contrato a un prostituto, a un prostituto de verdad, el cual está a punto de redimirme y mandarme de vuelta al redil. ¡Alabado sea el Señor! Mi destino es el paraíso, lo quiera o no.

Estaba acojonado de verdad, pensaba que al final no se presentaría y me dejaría con el culo al aire. Pero no, el profe es el profe, y estaba como un clavo en el sitio de la cita. En la mano llevaba una maletita con la ropa de romano. No me había fallado. Otra cosa es el careto que traía, serio como el de un muerto.

Había quedado con él un rato antes para hacerle un poco de preparación psicológica, no fuera que todavía le diera por rajarse. No pensaba decirle nada en contra de la tipa, ni del trabajo ese que le ha buscado. Ya se lo he advertido mil veces y no pienso seguir. No soy su puto padre.

Nos tomamos unas birras en un bar y fuimos por turnos a los lavabos para pegarnos un tirito. El ambiente se fue poniendo un poco mejor y al profe la cara se le relajaba cada vez más. Menos mal, porque ir de actuación con aquella jeta no era de recibo. El tema de su curro nuevo no salía en la conversación, hasta que yo lo saqué preguntándole directamente:

—Oye, profe, y si te dan el curro ese de arreglar papeles, ¿cuánto vas a ganar?

—Aún no lo he preguntado.

—¡Ah! —dije, y lo dije de manera que se notara que me parecía una burrada no haberlo preguntado.

El tío está preparándose para dejar el club y los contactos sin saber si lo que va a ganar le permite seguir viviendo como vive. Va sobrado, el cabrón. Ahora, entre unas cosas y otras está levantándose una pasta al mes, y yo no entiendo un carajo de eso pero me da en las narices que por ordenar papeles no van a pagarle mucho. Un sueldo normalito y vale. Claro que, malpensado que soy, a lo mejor si vive con Irene y ella paga todos los gastos ya tiene suficiente. Al fin y al cabo, cuando estaba con Sandra también lo hacían así; era ella quien aportaba lo más gordo.

—Yo, de ti, no dejaría el trabajo del club hasta que no tuviera lo otro bien trincado.

—Claro.

Dice «claro» para que me calle, pero no piensa hacerlo. ¡Se va a pegar una hostia! Si deja el club y no le sale lo del trabajo ese y la tía le da la patada, se va a quedar bien jodido. Yo ya no podré hacer nada por él, que en cuanto me sacan de lo mío no conozco otra manera de ganarse la vida. ¡En fin, la gente muy lista no tiene ni puta idea de cómo va el rollo! Me fastidia por él, que es buen tío.

A la hora convenida nos plantamos en el hotel de lujo y pregunto en recepción por la tía que tiene que recibirnos. Pasado un rato aparece una especie de pijorra con los morros llenos de silicona. Nos echa una ojeada de arriba abajo, a ver qué tal es el género, y pone cara de que le parecemos menos de lo que esperaba. Empiezo a ponerme de mala hostia. La tipa, que se llama Mila, va pintada como una puta puerta y con el pelo teñido de rubio. Lo primero que dice, sin saludar siquiera, es:

—¿Y la ropa?

—La llevamos aquí.

—Creí que la traeríais ya puesta.

—Es que no es carnaval, ¿comprendes?, y nosotros por la calle vamos vestidos de persona.

—Pues no sé dónde os vais a cambiar.

—¿No hay ningún cuartito cerca del salón? ¡Podríais haberlo pensado!

—¡Ay, no, mira, no se me ocurrió que necesitarais un camerino como las estrellas de Hollywood!

En ese momento le hubiera pegado una hostia. Me

444

acerco a ella sin saber qué voy a hacer, pero el profe me sujeta del brazo y pregunta:

—¿Hay un lavabo cerca?

—Sí, eso sí.

Nos acompaña por los pasillos. Hemos empezado mal y me jode, porque justamente hoy, que el profe no quería venir, nos sale una tía borde. Cuando nos quedamos solos en el puto lavabo me pongo a cien.

—¡Joder, profe, si quieres nos vamos! ¡Esta tía me pone de los putos nervios! ¡Igual le suelto una hostia y la cosa acaba en drama!

—Tranquilo, Iván, tranquilo. Nada de violencia. Actuamos, nos tomamos al final una copa con las chicas y nos vamos. Todo en paz y concordia. No vale la pena montar el número. En el salón habrá muchas chicas y no todas te caerán mal.

Lo voy a echar de menos al profesor. Si deja este curro me acordaré de él. Siempre dice lo que se debe decir. Me deja más tranquilo. Le hago caso.

Nos vestimos de gladiadores y entramos en el salón, que tiene un nombre puesto en una placa dorada: «Hermitage». Nada más poner un pie dentro, las tías, que son un mogollón, empiezan a gritar como cerdas. Están todas sentadas en una mesa corrida y ya han acabado de cenar. Hay copas por todos lados y botellas de cava vacías. Deben de andar ya un poco tocadas. Los camareros trajinan por allí y nos miran con cara de cachondeo. Se dicen cosas al oído los unos a los otros. Me jode que se hagan los graciosos a cuenta nuestra.

Nos quedamos en un rincón. Viene una tipa mayor, muy arreglada, vestida de negro, que debe de ser la jefa de verdad, porque la borde se hace a un lado:

—Buenas noches, ¿qué tal? Bienvenidos; me encanta que estéis aquí. Espero que hagáis pasar un buen rato a las chicas. Luego os servirán una copa.

Después de soltar el rollito se sienta otra vez y nos quedamos con la borde, que sigue mirándonos como si fuéramos mierda pura.

—¿Necesitáis algo para la actuación?

—Sí, un enchufe para poner la música y que apaguen todas las luces menos las de este rincón.

—Vale, ahora lo digo.

—¡Ah, y que se larguen los camareros!

—Eso no puede ser. Los camareros tienen que seguir atendiendo la mesa.

—De eso, nada. Mientras nosotros actuamos, aquí no se mueve ni dios.

—Oye, guapo, ¿quién te has creído que eres para andar dando órdenes?

—Tú verás, encanto, o se hace como yo digo o nos largamos ahora mismo y que os enseñen las pelotas los monos del zoo.

Se pone colorada como un puto tomate. Parece que va a reventar o que me va a saltar al cuello, pero se aguanta, la tía. A ver qué otra cosa puede hacer a estas alturas de la película, con las titis y la jefa esperando que empiece el show. No dice nada y se va. Habla con el jefe de los camareros y todos salen de la sala. Apagan las luces. Pongo la música a toda castaña y las nenas nos prestan atención. El profe está muy tenso, ya lo veo, pero hago como si no lo viera; solo me faltaría ahora tener que preocuparme por él.

Empezamos el numerito de los romanos, que nos lo sabemos tope bien después de tanto tiempo. Peleamos, movimientos al milímetro. Nos quitamos la ropa de arriba, la de abajo, por aquí, por allá. Todo va bien, silencio en la sala. Cuando nos quedamos en taparrabos hacemos un buen rato de baileteo y allí no se mueve ni una mosca. Toca quedarse en bolas vivas. Miro al profesor.

—¿Allá vamos, Javier?

—Allá vamos.

Allá vamos, Iván, allá vamos; pero juro que será la última vez. Juro que no puedo más. No quiero soportar más miseria, ni más humillación. Es la última vez.

¡Alehop! Acorde final, desnudo integral. Aplauden, al final siempre aplauden, las tías, muy serias, como si estuvieran en un concierto de violines y músicos con pajarita. Aún les acojona ver a un tío en pelotas delante de todo el mundo.

Nos exhibimos un poco, por delante, por detrás, y es entonces cuando empieza el cachondeo: berridos, aullidos de loba, gritos de «¡Tíos buenos!», palmas al aire, golpes en la mesa, alguna silla que se cae... Nosotros, como si nada, nos ponemos otra vez el taparrabos y nos acercamos a la mesa corrida. Al tenernos cerca, se calman. Vamos pasando de chica en chica y les decimos: «Buenas noches, ¿lo habéis pasado bien?», cuatro chorradas. Siempre hay alguna graciosa oficial que nos dice cosas: «¡Ven aquí, macizo, que te voy a poner contento!». Lo típico, pero no hay desmadre ni se pasan un pelo porque, al fin y al cabo, tienen allí a su jefa.

Luego la gente se levanta y hacen corros. Vuelven los camareros. Tomamos una copa. Ponen música de ambiente. Dejamos de ser la atracción principal. El profe va a por la capa de romano y se la pone un poco por encima. Yo no, que miren lo que quieran, que buen hambre deben de tener. He dejado un fajo de tarjetas del club en una mesa de la entrada, por si salen clientas. Aunque me extrañaría, porque todas son carne de fábrica, unas pringadas. El camarero más joven me dice: «Te cambio el puesto». «¡Qué más quisieras tú!», le contesto para que no vuelva a hacerse el simpático. Miro el reloj. Llevamos más de dos horas allí. El contrato está cumplido. Me voy directo a la borde de los morros de morcilla y le digo que nos vamos, que queremos cobrar. Me perdona la vida otra vez y me alarga un sobre, porque con mi contacto hemos quedado en que nos pagarían en *cash*. Le digo:

—No. Nos lo traes al lavabo. Quiero contarlo y no me da la gana hacerlo aquí, delante de todo el mundo.

Como ya no tiene el acojono de que la dejemos colgada va y me suelta:

—Oye, guapito, ya vale de exigencias. Aquí tienes el dinero acordado. Si quieres lo cuentas ahora mismo y si no, tú verás lo que haces. Yo no voy a llevarte la pasta en una bandeja.

Con dos cojones voy y lo cuento. Delante de ella, delante de todo el mundo, todos menos el profesor, que siempre tan fino, va y se larga. Cuando llego al último billete, le digo:

—Por un poco más, nos lo montamos tú y yo.

Sacude la cabeza como dejándome por imposible, pone una sonrisita superior y dice algo así como *cash*, *trash*, que no entiendo.

Cuando entro en los lavabos, Javier ya está casi vestido.

—Oye, tú que eres el culto. Esta tía me ha dicho algo que no entiendo, algo así como *prash*, o *trash*... Es inglés, ¿verdad?

—*Trash* quiere decir basura.

—¡Vaya, qué simpática, ¿no?! ¿Quieres que vuelva y le suelte una leche?, ¿quieres, profe?

—Lo único que quiero es que salgamos de aquí, cuanto antes, mejor.

—Vale, a esta tampoco valdría la pena hostiarla. ¿Tomamos una birra o te vas directo para casa?

—Tomamos una birra. Necesito descomprimir.

Vamos a un bar guay de la zona que está animado. El profe parece triste y como de mal humor. Lo tanteo a ver qué coño le pasa.

—Bueno, ¿se te ha quedado mal cuerpo o qué?

—Ha sido espantoso.

—¡Hombre, tanto como espantoso!... Las chicas se han portado bien. Lo único malo ha sido la borde esa de los cojones que quería jodernos. Seguro que hace años que no ha echado un buen polvo.

—Estoy harto de todo esto, Iván, de verdad. Tú me salvaste la vida dándome la oportunidad de ingresar dinero, pero ha llegado un momento en que me doy cuenta de que esto no es lo mío y no puedo aguantarlo más.

—Porque te lo tomas a mal; si fueras un poco más pasota...

—Pero no lo soy, y es demasiado tarde para cambiar de carácter. Tú me entiendes, ¿verdad?, dime que me entiendes.

—¡Pues claro que te entiendo, joder! Pero en la vida no siempre se puede escoger lo que quieres. Hay veces que dices: «Pues sí, mira, yo he hecho siempre lo que me ha pasado por los cojones». Pero luego lo piensas mejor y no. ¿Se puede escoger al padre y a la madre? No, ¿verdad?, primera cagada. Porque si yo hubiera podido escogerlos, no habrían sido como eran ni de coña. Para em-

449

pezar, habrían tenido pasta, y luego todo lo demás. Así que, ¿qué libertad ni qué leches?, cada uno se apaña como puede y en paz.

El profe me mira como si le extrañara mucho lo que digo. Luego se echa a reír. ¡A saber qué coño le ha hecho gracia! Me dice:

—¡Eres la rehostia, Iván!

Pues vale, pues sí, pues lo seré. Ni idea de por qué se ríe, pero por lo menos se ríe, ¡joder!

—¿Se puede saber qué es tan divertido?

—Es que… las cosas que tú dices están escritas desde hace mucho tiempo y… el caso es que quien las escribió tardó mucho en llegar a esas conclusiones.

—¡Anda, coño, porque sería medio tonto! Ponme un ejemplo.

—Un ejemplo es Freud.

—Pues ese Freud debía de ser subnormal, porque eso de que los viejos te los chupas sí o sí no es muy difícil de ver. Y es que todos los tíos de la cultura son un poco flojos, joder, como el puto Raskólnikov, que porque mata a una vieja asquerosa que se lo merecía un montón, se pasa mil páginas con la conciencia remordida.

Se reía como un crío, el profesor; así que seguí diciendo chorradas un buen rato porque me gustaba verlo contento, que nunca lo está. Luego nos repartimos la pasta de la borde aquella que me había quedado con ganas de matar y nos largamos a dormir.

Es un edificio de oficinas, con la fachada de acero y cristal. Miro el nombre de la empresa en unas placas metálicas que hay en el vestíbulo. Sexta planta. Una vez en el ascensor, es complicado lograr que funcione. Observo los botones de los pisos, sin comprender. Un portero que está detrás de un mostrador, me grita: «Dele a la palanca de seguridad». Tardo un poco en entender pero finalmente doy con ella. Subo solo, afortunadamente. Me he puesto un pantalón caqui y una camisa blanca, con la cazadora por encima. Supongo que estoy correcto, aunque no creo que eso sea demasiado importante, porque un documentalista no trabaja de cara al público.

Hay una chica en la recepción. Le digo mi nombre y que tengo cita para una entrevista de trabajo. Se pone a buscar en el ordenador. Al final, me sonríe:

—Le recibirá el señor Guzmán personalmente.

Eso debe de significar que a los demás aspirantes, si es que los hay, no los recibe el señor Guzmán personalmente. Bien por Irene. Todo va bien.

La recepcionista me acompaña por los pasillos. A un lado, hay cubículos con paredes de cristal ahumado que no llegan hasta el techo. Se oye teclear, alguna conversación telefónica…, son los despachos donde los empleados trabajan. Entramos en una salita con varios pupitres. Tienen una pequeña plataforma lateral para posar los papeles. Recuerdo haber utilizado alguno parecido cuando estudiaba en el instituto. La chica me da un fajo de folios:

—Tiene que rellenar estos cuestionarios. Cuando termine, pulse este interruptor. ¿Puedo ofrecerle alguna bebida: agua, café?…

—No, gracias. Estoy bien así.

Me deja solo y empiezo a mirar los papeles. Es un fajo importante. Los del principio son muy normales: nombre, nacimiento, domicilio… Después vienen preguntas sobre mi vida profesional: formación, experiencia… Luego pasan a la vida personal: casado, hijos, aficiones… La tercera tanda se complica un poco; me preguntan si estoy afiliado a algún club deportivo o si soy miembro de alguna ONG, si tengo mascota, si formo parte de Protección Civil o del voluntariado de la ciudad. De verdad no comprendo que ninguna de esas cosas pueda indicar si un candidato es idóneo o no para el trabajo. Pero falta lo peor. La última parte de los cuestionarios es simplemente alucinante. Se trata de un montón de preguntas ridículas que hay que responder de modo amplio. Por ejemplo: «¿Qué tiene más valor, un caracol o una piedra? Razónelo». «¿Dónde prefiere bañarse, en un río o en el mar? Razónelo.» Contesto sin saber si mis respuestas son las adecuadas. Lleva razón Iván, nunca se puede escoger. Si se pudiera, yo me largaría y dejaría este estúpido cuestionario sin terminar. Pero me quedo.

Cuando me doy cuenta, llevo más de hora y media contestando aquellas gilipolleces. A lo mejor el tiempo que tardas en rellenar el cuestionario puntúa también. Mal si eres muy lento, demasiadas dudas al responder. O al revés, si eres muy rápido demuestras poca reflexión. Me duele la cabeza, estoy nervioso. Pulso el interruptor y, tras cinco minutos inacabables, aparece una chica que no es la recepcionista. Se presenta como la secretaria del señor Guzmán. Me pide que la acompañe y me deja en otra salita, esta con sillones y revistas. Tengo que esperar aquí hasta que me reciba el jefe. Vuelve a ofrecerme bebidas y, esta vez sí, le pido un café, que me trae enseguida.

El señor Guzmán tiene más o menos la misma edad que yo y pinta de capullo. Lleva un traje gris claro de tela blanda, sin corbata, una barbita de tres o cuatro días. De repente me asalta la impresión de que lo he visto en el club, asistiendo al espectáculo en las primeras mesas. Dibuja una sonrisa breve, muy profesional. Me tranquilizo, resulta muy improbable que este hombre haya venido al club, pura neura mía. ¿Qué diría un tipo guapo y moderno, ejecutivo y jefe, si supiera que el aspirante que está frente a él baila desnudo en un club, y si supiera que el aspirante se acuesta con mujeres desconocidas por dinero? Intento apartar esa idea de mi cabeza.

Empieza la entrevista. Guzmán me comenta algunas de mis respuestas al cuestionario. Pregunta varias veces sobre mi experiencia como profesor de Literatura. No es tan gilipollas como parece y nos enrollamos bien. Me explica detenidamente en qué consiste el trabajo y quiere saber por qué razones aspiro a él. Le cuento que llevo varios meses en paro y que, a pesar de no tener problemas económicos, necesito volver a trabajar. Le recalco que trabajar es muy importante para mí, que necesito encontrarme dentro del tejido social. Insisto en que cambiar de actividad, dejar de ejercer como profesor, puede venirme incluso bien. Me abrirá nuevos campos, acabará con las posibles rutinas que hubieran podido formarse en mi etapa docente. Asiente con decisión, como si le hubiera convencido mi exposición de los hechos. Me dice lo que voy a ganar, que no es mucho pero no está mal.

Ha pasado media hora y hemos terminado. Se incorpora con energía y yo lo imito inmediatamente. Me da la mano, un buen apretón, más fuerte que al llegar.

—Ahora debemos estudiar en equipo su candidatura. Dentro de unos días le diremos algo.

Como en ningún momento ha mencionado a Irene,

quiero asegurarme de que sabe quién soy y le doy recuerdos suyos.

—Sí, Irene, por supuesto, una magnífica empresaria; lástima que haya tenido que vender su empresa.

—Son tiempos convulsos —digo tontamente.

—¡Tiempos terribles! —exclama él, y se larga.

Quedo en manos de la secretaria, que me lleva hasta recepción.

Al salir a la calle, un sol agradable me da en plena cara. Me apetece sentarme en la terraza de un bar y beberme una cerveza. Camino hasta alejarme bastante del lugar. Escojo la cafetería al azar, es tranquila. La cerveza está buena. Pienso en la entrevista y creo que no solo no ha ido mal, sino que podría afirmarse que ha sido francamente buena. En cuanto al trabajo, puedo hacerlo con los ojos cerrados e incluso estoy convencido de que con el tiempo llegaría a gustarme. Me siento satisfecho; al final, las cosas volverán a encarrilarse y esta etapa extraña de mi vida será solo eso: una etapa extraña. Llamo a Irene.

—¡Hola!, hace un rato que he acabado la entrevista.

—¿Y qué tal?

—La verdad es que estoy contento. Me ha ido muy bien. He tenido buen rollo con tu amigo.

—Es un hombre muy agradable.

—¿Qué te parece si comemos juntos y te lo cuento con más detalle?

—¡Uy, no, imposible! Hoy voy a estar muy ocupada todo el día. Te llamaré yo mañana o pasado y cenamos.

Cuelgo un poco sorprendido, un poco cabreado. ¿Muy ocupada? ¿Por qué tiene tantas ocupaciones si ya no trabaja en la empresa? Supongo que se refiere a que tiene que ir a la peluquería o al gimnasio; pero bien podría posponer esas cosas y venirse conmigo a charlar un rato sobre las incidencias de la entrevista. ¿No se da cuenta de lo importante que es esto para mí? Bueno, no merece la pena enfadarse, ya reaccionará a su debido tiempo.

Como sigo con ganas de comentar lo que acaba de suceder, llamo a Iván, que, hoy por hoy, es mi único amigo. Enseguida acepta que comamos juntos. Quedamos en un alemán que hay cerca de su casa.

—¿Y qué tipo de cosas te preguntaban en esos cuestionarios?

—Al principio, lo normal: estudios, experiencia, edad… Luego preguntaban chorradas.

—¿Qué clase de chorradas?

—Pues no sé; por ejemplo: ¿qué vale más, una piedra o un caracol?

—¡No me jodas!

—Lo que oyes.

—¿Y qué contestaste tú?

—Contesté que un caracol tiene más valor porque es un ser vivo.

—¡Cojones, yo no hubiera sabido qué contestar!

—Me pareció que eso era lo indicado, demuestra que eres una persona con humanidad.

—Pues no sé qué decirte; a lo mejor piensan que eres tonto del culo. Porque ¿y si la piedra es un diamante? No me digas que si te dan a escoger entre un diamante y un caracol vas y te quedas con el puto caracol, por más vivo que esté.

—¡Hombre!, visto así… Pero en este tipo de entrevistas quieren que contestes lo políticamente correcto. Piensa que ahora todas las empresas van de ecologistas y solidarias con el género humano.

—¡No me jodas! Pues a mí me da en las narices que las empresas lo que quieren es forrarse y maricón el último.

—Vale, pero eso no se puede decir.

—Ya me lo imagino. Estoy seguro de que si a mí me hicieran una entrevista de trabajo de esas, a la salida estaría esperándome la Guardia Civil para meterme en la trena.

Me río a gusto, me río de verdad. Iván, a su manera, es un *crack*. Lo voy a echar de menos cuando no trabajemos juntos. Será lo único bueno que voy a perder. Le lanzo una flor:

—De eso nada; tú serías capaz de hacer cualquier trabajo mejor que nadie en el mundo si te lo propusieras. Tienes una inteligencia superior a la media.

—¡Carajo, profesor, nunca me habían dicho nada así! ¿Qué andas buscando, que pague la comida?

Se ha puesto colorado y orgulloso. ¡Pobre Iván! Debe de ser verdad que le han dicho pocas cosas bonitas en la vida. Procuraré ir viéndolo de vez en cuando, encontraré un momento para él.

—¿Y cuánto vas a cobrar, Javier?, ¿te lo han dicho?

—Lo suficiente.

—¡Ah, pues muy bien!

Si no quiere decirme la cantidad, es que va a cobrar una mierda. Espero que haya hecho bien los números. Yo creo que la manera en que vive el profesor ya se sale de un sueldecillo, así que a lo mejor la titi tiene que completárselo. Si yo fuera él, seguiría trabajando un tiempo en el club hasta ver cómo venían dadas. Pero si se lo digo igual me manda al infierno, así que mejor me callo y ya se verá.

—¿Brindamos, Iván?

—¡Eso está hecho!

Brindamos con las jarras del restaurante alemán en alto. Son historiadas y de muchos colores. Quedan bonitas chocando en el aire. También es bonita la costumbre de brindar.

Me sobresalta el teléfono. Son las once. No he oído el despertador, que debe de haber sonado a las diez. Los lunes siempre estoy muy cansado después del fin de semana en el club; y ayer estaba especialmente agotado, no sé por qué.

—Hola, soy Irene. ¿No me reconoces?

—Perdona, aún estoy en la cama, medio atontado.

—Lo siento. A lo mejor no tiene ninguna importancia, pero quería contártelo pronto. Hace un rato he llamado a mi amigo para preguntarle por tu entrevista de trabajo, y me ha dicho que le causaste una magnífica impresión.

—¿Hablas en serio?

—Muy en serio. No sé cuánta trascendencia tiene eso; ahora hay que esperar a que la empresa dé el veredicto final, pero pensé que te gustaría saber que has superado lo que es estrictamente la entrevista.

—¡Eso es magnífico!

—¿Quieres que nos veamos para una celebración?

—¡Pues claro que quiero!

—¿Comemos en algún sitio?

—Ven a mi casa. Prepararé algo bueno y compraré una botella de cava.

—Llegaré sobre las dos.

Llegará para comer juntos. Una celebración. No puede estar siempre lloviendo; de vez en cuando sale por fin el sol. Para todo el mundo brilla el sol, para mí también. Si me dejara llevar por lo que siento, daría un salto y proyectaría un puño hacia el techo. Todo irá bien. El destino no marcha siempre en línea recta, sino que traza meandros, da vueltas de campana, se enrosca como un caracol. Finalmente retoma el camino con un avance imprevisto.

Me doy una larga ducha. Me visto. Salgo a la calle y tomo un café con magdalenas. Voy a comprar a un supermercado de alto nivel en el que sé que venden delicatesen. Me entretengo en escoger: salmón ahumado, jamón de Jabugo, queso Gorgonzola, tomates cherry, una botella de champán y galletas francesas. El cargamento de un *gourmet*.

De regreso, hago la cama, barro el salón, limpio el lavabo…, después preparo la ensalada. Procuro que la cocina esté bien ordenada. Si tuviera que dejar este apartamento, lo sentiría. He acabado por tomarle cierto cariño. Aunque es mejor no adelantar acontecimientos. Paso a paso. He aguantado tanto, que ahora sería estúpido mostrarse impaciente.

Irene llega puntual. Está preciosa. ¿En serio no me había dado cuenta de hasta qué punto es guapa esta mujer? Lleva un vestido de flores pequeñas con un cuello blanco que le da un aspecto infantil. Abro la puerta y se echa en mis brazos. No estoy soñando, me abraza con fuerza. Está alegre como quizá nunca la había visto. Esta situación me parece tan nueva que me quedo un poco retraído, como si acabara de conocerla.

Se mueve por el salón, sonríe, observa la mesa que he preparado. Todo le parece bien. Se acerca y me besa en la boca. Nos enzarzamos en un beso largo, profundo, que acaba en jadeos y hambre de sexo. Me separo un poco y la miro a los ojos:

—¿Antes o después de comer?

—Antes y después.

Me río y la tomo en brazos, la llevo a la habitación. Siento que el aire viciado que se respiraba en nuestra relación se ha disipado de pronto. Respiro la nueva brisa. Nos enzarzamos en la cama con intensidad, con placer, con final feliz. La mujer extraña, hosca, esquiva, difícil, cínica y triste ha desaparecido. Quizá, quiero pensar, ha entrevisto un futuro conmigo y no le parece tan mal.

Comemos, charlamos, bebemos. En esos momentos me gustaría hablar de los cambios que se producirán en nuestras vidas si me dan ese trabajo; pero aún siento miedo frente a ella, miedo a su zarpazo de pantera, que te puede destrozar. Ya habrá tiempo de hacer planes.

Al final de la comida estamos achispados, perezosos. Volvemos a la cama y hacemos de nuevo el amor. Después nos quedamos dormidos. Cuando me despierto ya no hay luz natural. Me levanto y preparo un té. Cuando estoy tomándolo en el salón aparece ella, aún desnuda.

—Quisiera hablar contigo —me dice, y siento cómo todas las alarmas de mi cerebro se disparan a la vez.

—Adelante, te escucho.

—Tengo la sensación de que ya nunca más serás mi chico de alterne.

—Me alegro de que digas eso porque es verdad. Eso se acabó, ya no seré el chico de alterne de nadie.

—Nunca más te pagaré.

—Nunca más.

—Jamás te lo he dicho, pero contigo he descubierto una dimensión del sexo que no conocía.

La emoción que siento me impide contestar. Le pongo una mano en la mejilla, la acaricio.

—Pero hay algo que te quiero pedir, Javier, algo puntual.

Se calla, me mira detenidamente. Ahora está seria. Por fin dice, alto y claro:

—Quiero que tú y yo hagamos un trío en la cama, con Iván.

Me quedo pasmado. Suelto una risita estúpida. Ella sigue en el mismo tono:

—Siempre he tenido esa fantasía: ¿cómo será con dos hombres al mismo tiempo? Con un solo encuentro ya vale. Si me siento incómoda o sobrepasada por la situación, levanto la mano y paramos.

Necesitaría mucho tiempo para saber cómo debo reaccionar, qué debo contestarle. Estoy tan sorprendido que no consigo ordenar mis ideas. Calma, hay que ser cauteloso; ahora que está todo encarrilado sería fatal desbaratarlo. Veamos. En el fondo, su petición indica confianza y complicidad. Es una despedida del pasado. Queda atrás la época oscura, pero antes de que comience la luminosa, hay que pagar una prenda: un trío. El trío es una despedida, unos fuegos artificiales. El futuro empezará muy pronto. La evolución con Irene ha sido dura, lenta, dolorosa, pero ha llegado a un punto final.

Ve que tardo en responder y dice:

—No estarás celoso, ¿verdad?

Le contesto que no, que haremos el trío y que yo mismo se lo propondré a Iván.

¿Y esto, cómo se come esto? De momento me entra un acojono total porque pienso que ella le ha contado lo de nuestro polvo salvaje. Pero no, a medida que el profe va explicándose, veo que no sabe nada del asunto. ¡Menos mal! Y entonces, ¿lo del trío va en serio? No entiendo nada.

—Las cosas van a cambiar entre nosotros. Parece que lo de ese trabajo está hecho y entonces... llevaremos otro tipo de relación.

—¿Vais a vivir juntos?

—Eso quizá suceda en una segunda fase. Primero, cambio de vínculos. Después, cambio de costumbres.

—Y entre fase y fase, un buen polvo a tres.

—Ese comentario no tiene gracia.

—¡No te mosquees, profe! Es que todo esto me parece raro.

—Para ella es como una despedida del mundo de los chicos de alterne, un adiós.

—Un capricho.

—Un capricho, también. Un punto final.

—Ahora serás su novio.

—No sé qué voy a ser: su pareja, su novio, su íntimo..., el nombre da igual.

—Pero no te pagará.

—No, no me pagará.

—¿Y a mí?, ¿me pagará a mí cuando hagamos ese trío?

—Si no te paga ella, te pagaré yo.

—Ese comentario tampoco tiene gracia. Mira, yo a ti estoy dispuesto a hacerte los favores que sean, pero a Irene, no. Espero que eso no te cabree.

—Le diré que te pague. No habrá ningún problema.

¡Joder, es que no consigo entenderlo! La tía quiere follar a lo grande, pero ¿por qué he de ser yo el tercero?

¡Que se lo monten con otro! Lo que busca la muy zorra es enfrentarnos a Javier y a mí. Primero, el polvo conmigo. Ahora, esto. Y además es violento, me parece un marrón. Si me pongo muy caliente, mal, porque él está delante. Pero si me quedo como una momia, peor. En fin, hubiera preferido pasar del tema, pero ya que estamos en la movida, haré lo que pueda, trincaré la pasta y adiós. Lo que venga después me la sopla, ya se apañarán con su rollo raro esos dos. Lo único que me jode es que cuando empiece la siguiente fase y se vayan a vivir juntos, será más difícil ver al profe. Ya no trabajaremos juntos y de salir los tres, ni hablar. Yo con esa tía no salgo porque algún día me descontrolaré y acabaré dándole una hostia. En fin, la vida es así, rara de cojones.

~⁀⁀⁀

He quedado con ellos en casa. Mejor aquí que en el apartamento de Javier. Estoy nerviosa. Es la primera vez con dos hombres. Me da igual quiénes sean. Hubiera debido tener esta experiencia con desconocidos, pero no me veo capaz. Soy consciente de mis limitaciones. Incluso con ellos dos, a quienes ya conozco en la cama, me resultará difícil. Beberé alcohol, me meteré unas líneas antes de que lleguen. Tengo que mostrarme muy normal, muy en mi papel: yo pago, yo mando. Dos hombres a mi servicio. Me va a costar. La mente, ya formada, sigue funcionando, diciéndote cuál es tu identidad. Hoy quiero borrarme a mí misma, no ser yo, no ser otra, no ser nadie, como si nunca hubiera existido.

Suena el portero automático a la hora convenida. Me he arreglado a conciencia: vestido, maquillado, perfumado. Al entrar me miran, me besan, me saludan. Quizá voy demasiado chutada. Quizá no he calculado bien las cantidades necesarias para ponerme a tono. Quizá me he precipitado colocándome y hubiera sido mejor hacerlo en su presencia, todos en equipo, al alimón.

Como la cita hoy no incluía cena, solo he preparado unos aperitivos. A Javier lo veo fatal: violento, agitado, pálido. Lo pasará mal. Debería echarlo y quedarme a solas con Iván. Iván es un canalla sin escrúpulos, sin valores, sin miedo. Sabe que su vida es una mierda pero no aspira a nada mejor. Si hubiera ligado con él en vez de con Javier, la cosa no habría durado ni quince días. No tiene la paciencia que hace falta para tratar conmigo. Javier sí la ha tenido; como quiere una vida diferente, se ha arrastrado por el suelo, ha consentido cualquier cosa que viniera de mí. Es un cordero.

Pasamos un buen rato bebiendo y diciendo bobadas. Enseguida tengo la sensación de borrachera. Es Iván quien inicia la acción, como no podía ser de otra manera. Mira a Javier y Javier me mira a mí. Iván se levanta del sillón, se quita la camiseta: un torso delgado como el de una imagen de crucifixión. Luego los pantalones, los calzoncillos. Se queda desnudo. Javier y yo lo observamos, pero va directo a su objetivo: me hace ponerme en pie, tironea de mi jersey, me desabrocha el sostén, pega dos intensos chupeteos a mis pezones que hacen que me estremezca. Me baja las bragas, se aplica a mi sexo con la lengua. Siento que las piernas me fallan. De repente, Iván le pega un golpe con el pie a Javier.

—¡Despierta, tío! —le ordena a media voz.

Javier se desnuda y viene hacia mí. Me toma los hombros con ambas manos, desde atrás. Noto su boca caliente en el cuello, mientras el otro sigue siempre en mi sexo, sin parar. Me caigo, literalmente me caigo sobre el sofá, sin fuerza en las piernas. Oigo que susurran. Me toma uno de los brazos, el otro de los pies y me llevan al dormitorio. Me tumban en la cama. Me dejo hacer. No tengo voluntad. Entonces empieza el ataque. Bocas me succionan. La punta de un pene me dibuja de arriba abajo la espina dorsal. Me penetran. Entran, salen, lamen. No sé qué parte de mi cuerpo está en ebullición porque siento cómo un río de lava caliente se me escapa entre las piernas. No puedo parar, no quiero parar. Olvido quién soy. Tengo delante a un monstruo potente, dotado con mil armas. Es imposible luchar contra él.

Me he corrido tantas veces que acabo siendo como un pedazo de tela mojada, sin capacidad de movimiento. No oigo nada, no abro los ojos. Me quedo agazapada, en posición fetal. Creo que duermo, pero no lo sé. Los oigo cuchichear, muy a lo lejos.

Tengo sed, mucha sed, y me despierto buscando agua en la oscuridad. Pienso que estoy sola, pero no es así. Se enciende la luz del pasillo y veo salir a Javier, desnudo. Vuelve con un vaso de agua. Me ayuda a incorporarme, bebo.

—¿Estás bien? —pregunta.

—Sí, estoy bien.

—Iván se ha ido.

Por desgracia, él se ha quedado. Lo que necesito es estar sola en mi casa, descansando, reviviendo la experiencia que acaba de suceder.

—¿No sería mejor que volvieras mañana, Javier?

—Es muy tarde. ¿No puedo quedarme a dormir contigo?

—Estoy realmente cansada.

—Creí que aún podrías estarlo un poco más.

Se me acerca, empieza a acariciarme la entrepierna, me besa. Hace como los perros: necesita marcar el territorio en último lugar, erradicar las trazas del perro anterior, reivindicar la propiedad. Me cubro con la sábana.

—No, por favor.

—Cariño…

—Déjame, Javier, te lo ruego.

—Está bien, no te preocupes. Me quedaré en un rincón de la cama, quietecito como un monje.

—Te estoy pidiendo que me dejes sola, que te vayas a tu casa. Ya te llamaré.

—Pero Irene, si vamos a empezar una nueva vida, ¿qué te importa que me quede a dormir? No te molestaré y mañana cuando despertemos, estaré aquí.

Me levanté, fui al salón y abrí la caja donde guardo un duplicado de las llaves. Lo cogí y se lo metí en el bolsillo de los tejanos, que estaban tirados por el suelo. Vi que me había seguido y me observaba estupefacto.

—¿Ves? Ya tienes las llaves de mi casa. ¿Contento? Puedes venir mañana y desayunar, incluso puedes tirar la basura del día anterior. ¿Te sientes más realizado así, ya instalado en la nueva vida? Ahora te pido que te vayas.

—No entiendo tu actitud, Irene. Habíamos hablado.

La veo en la penumbra, desnuda. Tiene el pelo revuelto, el maquillaje de los ojos emborronado. Veo el gesto de su cara, y es furia lo que parece sentir, furia desbocada, total. Me grita:

—Habíamos hablado ¿de qué, Javier? Hablar contigo no sirve para nada. No te enteras, no escuchas, sigues siempre con tu idea de mierda en la cabeza. Los demás no te importan, tú montas tu realidad paralela y vives en ella, tan fresco y tan contento. ¡Ni siquiera te ves a ti mismo! Por eso eres capaz de hacer el ridículo hasta el extremo.

—¿A qué viene esto, Irene? ¿Hay algo que te ha molestado, algo que he hecho o dicho…?

—¡Tú, me molestas tú! ¡Siempre haciendo planes para nuevas vidas, siempre intentando redimirme como un misionero! ¿Es que no recuerdas quién eres, a qué te dedicas, cómo nos hemos conocido, qué acabamos de hacer con tu amiguito?

De verdad no sabía cómo almacenar en mi mente lo que estaba oyendo. Pensé que, ante todo, no debía perder la calma. Irene se encontraba alterada. Después del trío sexual, del intenso placer, aparecía en ella la culpa, la vergüenza, todas las sensaciones de las que creía haberse desprendido.

—¿Sabes qué pienso, Irene?, creo que deberíamos tomarnos un té y serenarnos un poco. Luego quizá sea mejor que hoy no durmamos juntos. Me iré a casa.

Estoy esperando que me suelte una nueva andanada de improperios, pero no lo hace. Abre el armario y se pone un albornoz. Va hacia la cocina y la sigo. Veo que pone agua a hervir y prepara la tetera. Bien, ya pasó la borrasca, ya descargó el chaparrón. Voy a vestirme, que me vea desnudo en este momento solo complica la situación.

Regreso y ahí está, sentada a la mesa de la cocina. Envuelta en el albornoz y con el pelo revuelto, una taza humeante entre las manos, parece un ama de casa que acabara de levantarse. Le sonrío. Me coloco frente a ella, donde tengo preparado mi té.

—¿Estás mejor? —me atrevo a preguntarle.

No responde. Me mira sin expresión, pero parece haber exorcizado todos sus demonios, estar en paz.

—Mira, Irene, yo creo que este tipo de experiencias sexuales tienen siempre un punto traumático. Yo mismo me he quedado con mal sabor. Mientras dura la efervescencia del deseo todo va bien, pero luego...

Me interrumpe con una risotada. No sé qué pensar. Sigue bebiendo en silencio. Ha vuelto a ser la mujer sin expresión. Siento un temor indefinido. Acabo mi té de un sorbo apresurado. Me levanto y le doy un beso en la frente. Mientras voy hacia la puerta digo:

—Mañana te llamo. Si quieres verme antes, llámame tú en cualquier momento.

Antes de cruzar el umbral oigo su voz: «¡Javier!». Me vuelvo y veo su sonrisa enigmática.

—No te han escogido para el trabajo.

Me cuesta entender el sentido de sus palabras, pero lo entiendo al fin.

—¿Desde cuándo lo sabes? —pregunto.

—¿No quieres enterarte de por qué no te han elegido?

—Adelante, dímelo.

—Mi amigo me llamó: no dabas el perfil, que es una manera piadosa de decir que no dabas la talla. Le pedí alguna explicación y me contestó, muy compungido: «¿Qué vamos a hacer en la empresa con un profesor de secundaria, Irene, qué vamos a hacer?».

—¿Desde cuándo lo sabes?

—Desde ayer. Pero no era cuestión de estropear la fiesta de hoy, ¿no te parece?

Ahora lo que distingo en su rostro es una sonrisa de simple ironía, de pura maldad. Cojo el azucarero que hay sobre la mesa. Es metálico, es macizo, pesa mucho. Me acerco a ella y le doy un golpe con ese objeto macizo y pesado en la sien. El azúcar salta en todas direcciones. No se queja, no intenta defenderse. La cara se le contrae, su cuerpo se desliza por la silla hasta el suelo. Me agacho y sigo golpeándola en el mismo lugar, cada vez con más fuerza, con más determinación. No estoy nervioso, no estoy alterado. Estoy bien. Oigo crujidos en su cabeza, la sien se le ha puesto tumefacta, le sale sangre por el oído, los ojos están en blanco. El olor de la sangre me hace parar. Empiezo a temblar de la cabeza a los pies, las manos son lo que me tiembla de forma más descontrolada. Me incorporo y tengo la sensación de que no puedo moverme. Como sucede en las pesadillas, estoy clavado en el suelo y las piernas no me obedecen. Respiro profundamente varias veces, acierto a sacudir la cabeza y echo a correr.

⁓

¡Hostia!, dónde estoy, quién soy y todo lo demás. Miro el móvil, que estaba recargándose en la mesilla. Las cinco. Las cinco y el profe llamando. No hace ni dos horas que me he echado en la cama, tres horas que lo he dejado, ¿qué cojones querrá Javier? Me hago el sueco, interrumpo la llamada, pero entonces empieza a sonar el interfono de la calle y el teléfono otra vez. Voy al recibidor.

—¡Ábreme, por favor, soy Javier!

—¡Hostia, tío, son las cinco, estoy hecho una mierda! Mañana te llamo yo.

—¡Ábreme, por favor!

Lo pide de tal manera que me mosqueo. Le abro.

Entró por la puerta como un caballo desbocado. Me asusté, nunca había visto al profe tan nervioso, tan jodido. Estaba blanco como una puta pared y respiraba como un perro cansado. Ya vi que la cosa era chunga, así que me puse en plan papá bueno y le hice pasar.

—¡Dios mío, Dios mío!

—Bueno, tío, calma. Pasa al salón y siéntate. ¿Quieres echar un traguito?

Pero no estaba para calmarse, le temblaban las manos.

—¡La he matado! —me suelta de pronto.

—¡Pero ¿qué coño dices?!

Se dejó caer como un fardo en el sofá y se tapó la cara con las manos. Lloraba como un crío; pero no me contestaba, el cabrón. Empecé a ponerme nervioso yo también, así que me dije: «Cálmate tú, Iván». Pensé en la catarata de agua helada cayéndome por las muñecas. ¿Qué quiere decir «la he matado»? Conociendo al profesor puede ser cualquier cosa. Por ejemplo, la tía se ha puesto borde, él le ha dado un par de hostias y eso le parece el colmo de la agresividad. Entonces le da la impresión de que la ha dejado medio muerta, pero la tía solo ha recibido un simple golpe.

—¿Cómo la has matado, Javier? Cuéntame cómo ha sido.

—Con un cacharro metálico que pesaba mucho. Le he dado golpes y golpes en la sien. La sangre le salía por el oído.

—¡Hostia puta!

¡Hostia y mil veces hostia! El tío se la ha cargado de verdad. Si ha sido como dice, se la ha cargado, joder. Los mansos son así; cuando les sale la rabia del fondo de los huevos, se convierten en fieras.

—¿Y dónde ha sido eso, en su casa?

—En la cocina de su casa.

—¿Y la has dejado allí? ¿Has cerrado la puerta del piso y la has dejado allí?

Llora y sigue llorando, sin contestar, pero parece que dice que sí con la cabeza. ¡Joder, vaya cristo, joder! De repente me doy cuenta de que voy en pijama, justamente el pijama que lleva el Pato Donald en la camiseta. No es serio. Voy a cambiarme a la habitación y así pienso en qué coño hacer.

Cuando vuelvo, el profe no se ha movido. Sigue diciendo: «Dios mío, Dios mío», y hace un ruido como de un animal malherido.

—Tú no tendrás llave de su casa, ¿verdad, Javier?

Echa mano al bolsillo del pantalón y saca unas llaves. ¡Menos mal!

—Me dio estas llaves antes de... Es que me dijo que yo...

—Ahora déjate de hostias de lo que te dijo. Bébete un café y fúmate un canuto, así como estás no sirves para nada. ¡Venga, date prisa! ¡Y deja de llorar de una puta vez!

—¿Vas a llamar a la Policía?

—Pero ¿tú estás chalado, tío?

Preparo dos cafés cagando leches y le voy preguntando si se ha cruzado con alguien, si alguien lo ha visto. Dice que no.

Fuimos a casa de la tipa. Aparqué lejos y llegamos a pie. No había nadie por la calle a esas horas. Subimos al piso por la escalera. Yo llevaba en el bolsillo los guantes de fregar platos que había cogido de mi cocina. Abrí yo la puerta del piso. Silencio total. El profe entró delante. Y allí estaba, sí, tirada en el suelo, con la piel blanca o verdosa…, muerta. La primera persona muerta que veía en mi vida, joder. No era plato de gusto, con un montón de sangre seca pegada en el pelo. ¡Vaya masacre, joder! ¡Jódete con los tranquilos y bien educados! ¡Jódete con los que leen libros!

Busqué en los armarios de la cocina y, debajo de la pila, había más guantes de fregar. Le pasé unos a Javier. En otro armario más grande estaban el aspirador y la fregona, también varias botellas de lejía, rollos de papel.

—Y ahora, tío, ¡a limpiar! No estamos fichados por la poli, pero más vale prevenir. Yo la cocina y tú el salón. Todo lo que hayamos tocado, todo. Y después el suelo con mucha lejía. ¡Y con ganas, déjate los nervios para otro rato! Por cierto, ¿tú hoy llevabas condón, verdad?

—Lo tiré por el váter.

—Vale, perfecto, como yo.

Nos pusimos a limpiar como dos chachas que se hubieran vuelto locas. Toda la cocina. Todo el salón. Como yo acabé antes, pasé al dormitorio. Cuando vi la cama con las sábanas revueltas se me erizaron los pelos del cogote. Allí habíamos estado los tres follando, no hacía mucho, y ahora ella se había quedado tiesa en la cocina, fiambre total. Fui a buscar una bolsa de basura y metí las sábanas dentro, esas nos las llevábamos.

Dos horas después la cosa estaba lista. Mucho tendrían que buscar para encontrar algún rastro, y ni el profe ni yo estábamos fichados. Limpieza total.

Tiramos las llaves a una alcantarilla y volvimos a mi casa. Corté las sábanas en pedazos y las fui quemando en la bañera, poco a poco para que no se organizara una humareda del carajo. Los guantes de fregar, también. A lo mejor no hacían falta tantas precauciones, pero no estaba de más, que yo he visto muchas películas y pueden cazarte por una chorrada.

El profe estuvo muy bien durante el limpioteo, pero luego se volvió a hundir y a decir bajito: «Dios mío, Dios mío. ¿Qué he hecho?». Así que antes de que se reenganchara a la llorera, le dije:

—Mira, son las ocho y media de la mañana. Vamos a coger el coche y nos vamos a ir a desayunar a la otra punta de la *city*, para espantar los fantasmas.

No solo lo hice por los fantasmas, sino porque en un sitio público el profe tendría que comportarse y dejaría de darme el coñazo con los lamentos.

Fuimos a un bar lleno de currantes que hay cerca del mercado de abastos donde se come de puta madre. La verdad es que con todo aquel currelo que nos habíamos pegado y casi sin dormir, yo tenía un hambre del copón.

Nos sentamos a una mesa en medio de todo el follón que había a aquellas horas. El profe dijo:

—Ahora la encontrarán.

—Pero tardarán, porque ella dijo que la chacha estaba de vacaciones. De todas maneras, no te preocupes: nadie la reclamará porque no tiene familia. En la vida van a relacionarla con nosotros.

—¿Y Genoveva?

—¿Genoveva? ¡A ver si te crees que va a ir a contarle a la poli que sospecha de dos putos con los que ella y la titi solían follar! Esa se quedará más muda que un pez.

—¿Y el amigo de Irene que me hizo la entrevista de trabajo?

—¡Joder, profesor, ese tío ni se entera! ¿Va a relacionar al amigo de una amiga con un asesino que se la carga en una juerga con sexo y alcohol? ¡Hemos dejado los restos de botellas y de farlopa para que la poli investigue menos! Se supone que una tía sin familia que lleva esa vida se la juega, ¿no? No creo que les interese demasiado.

Pedimos dos platos de huevos fritos con patatas y beicon. La yema estaba blandita, se deshacía por encima de las patatas, y el beicon crujía en la boca. De la cerveza no quiero ni hablar: fría, potente, te bajaba por el gaznate refrescando y calentando a la vez. ¡Hostia qué desayuno, el mejor de mi vida! Luego la emprendimos con un café bien fuerte y dos trozos de tarta de Santiago, pura almendra de la mejor.

El profe le daba al diente con las mismas ganas que yo. También tenía hambre, ¡qué coño! Vi que se encontraba mejor y entonces, mientras pedía otro café, me pareció que era el momento de preguntarle:

—¿Qué pasó con la tía, Javier? ¿Qué te hizo ponerte tan de los nervios?

Bajó la cabeza. Creí que no pensaba contestarme, pero sí, me miró con cara de borrego y habló en voz muy baja:

—Me dijo que no me habían seleccionado para el trabajo y luego se rio de mí. Entonces me di cuenta de que había estado siempre riéndose de mí, siempre, desde el principio.

—Bueno, esas cosas pasan, tío. Déjalo, no te acuerdes más.

Le contesté eso y punto final. No era cosa de repetirle que yo se lo había advertido mil veces porque lo sabía y lo sé: la gente con dinero es de otro planeta, y el pringado que piensa que vive en el mismo, acaba mal.

—¡Dios mío, Iván! ¿Y ahora qué voy a hacer con mi vida, qué voy a hacer?

Entonces sí que me cabreó y lo hubiera enviado a la mierda allí mismo. Lo miré fijo fijo a los ojos y le dije lo único que se podía decir:

—¿Qué vas a hacer? ¡Pues aguantar, tío, aguantar y seguir adelante como todo el mundo! ¿Qué crees que hacemos los demás?

～⌒

CRÓNICA DE SUCESOS:

Irene Sancho, empresaria de cuarenta y dos años, ha sido encontrada muerta esta mañana en su domicilio. Fue su asistenta quien avisó a la Policía, ya que presentaba signos de haber sido brutalmente asesinada.

Fuentes policiales especulan con la posibilidad de que la muerte ocurriera en el desarrollo de una velada de sexo, alcohol y drogas, aunque reconocen que por el momento carecen de pruebas o testigos y no descartan ninguna línea de investigación.

Algunos vecinos han declarado que habían visto a individuos de etnia magrebí deambulando por el barrio durante las últimas semanas, pero se trata de testimonios imprecisos.

Como es sabido, a medida que se dilata el tiempo tras un crimen, resulta más difícil su esclarecimiento. La mujer llevaba tres días muerta cuando fue hallada, por lo que la resolución del caso puede calificarse a priori como muy complicada. El juez ha impuesto inmediatamente el secreto de sumario.